Das Buch

Hauptkommissarin Inka Brandt hat gerade eine unangenehme Trennung hinter sich und zieht mit ihrer Tochter von Lübeck zurück in ihre alte Heimat nach Undeloh in die Lüneburger Heide. Dort kommt sie erst mal bei ihrer Schwester unter, die einen Biobauernhof betreibt. Die reine Idylle sollte man meinen. Doch weit gefehlt, denn bald schon treibt eine Leiche im Dorfteich. Zusammen mit ihren Kollegen von der Hanstedter Kripo beginnt Inka zu ermitteln. Der Tote war Therapeut im *Seerosenhof*, einer psychosomatischen Klinik am Ort. Doch alle Ermittlungen führen scheinbar ins Leere. Kein Täter, kein Motiv, keine Spuren. Und als eine zweite Leiche gefunden wird, beginnt sich Inka ernsthaft zu fragen, ob es tatsächlich so eine gute Idee war, aufs Land zu ziehen ...

Die Autorin

Angela L. Forster lebt und arbeitet im Hamburger Süden, dessen bezaubernde Landschaft mit der Nähe zum Alten Land und der Lüneburger Heide sie immer wieder zu neuen Geschichten inspiriert. Sie arbeitete als Journalistin für regionale Zeitungsverlage und als Textkorrespondentin.

ANGELA L. FORSTER

Heidefeuer

Ein Fall für Inka Brandt

Kriminalroman

Ullstein

Besuchen Sie uns im Internet:
www.ullstein-taschenbuch.de

Originalausgabe im Ullstein Taschenbuch
1. Auflage März 2016
© Ullstein Buchverlag GmbH, Berlin 2016
Umschlaggestaltung: ZERO Werbeagentur, München
Titelabbildung: © Jelena Jovanovic/Arcangel Images
Satz: Pinkuin Satz und Datentechnik, Berlin
Gesetzt aus der Sabon
Druck und Bindearbeiten: CPI books GmbH, Leck
Printed in Germany
ISBN 978-3-548-28753-9

Prolog

»Heute bist du dran«, flüsterte der Mann, der in vorletzter Stuhlreihe im Gemeindesaal des Hotels *Heiderose* in Undeloh saß.

Ein zischendes »Pssst«, hinter sich, ließ den Mann in den schwarzen Reiterstiefeln und der cognacfarbenen Cordjacke herumfahren.

Blöde Kuh, du willst doch auch nur das eine, dachte er, drehte sich wieder vor und verschränkte die Arme vor der Brust.

Der Mittdreißiger auf dem Podium plapperte munter weiter. In Birkenstocksandalen und ausgewaschenen Jeans wirkte er nicht besonders attraktiv. Dennoch schien er etwas an sich zu haben, das die Damenwelt faszinierte, wie ihn seine eigenhändig erlegte und in Rotwein geschmorte Heidschnuckenkeule.

Ein Gaumenschmaus.

Soeben brachte der Frauenschwarm einen Lacher in seine Plauderei ein. ›Der Mann ist der Kapitän, aber die Frau steuert das Schiff.‹

Kurz dachte der Mann in der Cordjacke an seine Frau. Viel hatten sie erlebt, waren durch Höhen und Tiefen gewandert.

Tosender Applaus holte ihn aus den Gedanken.

Der Mann hinter dem Pult, Robert Andresen, trat vor und verbeugte sich tief. Seinen therapeutischen Vortrag über den Seitensprung bei Mann und Frau und die gesellschaftlichen Unterschiede der soziologischen Entwicklung hatte er überzeugend zu Gehör gebracht.

Andresen strahlte, während achtzig Frauen und ein paar wenige Männer klatschten und jubelten.

Als der Applaus nachließ, stand der Mann aus der vorletzten Reihe auf und lenkte seine Schritte Richtung Diele. Über die rotbraunen Terrakottafliesen betrat er die Vorhalle des Hotels. Die Rezeption war nicht besetzt.

Mit seinen Reiterstiefeln schritt der Mann links den kurzen schmalen Gang hinunter, gönnte sich einen ausgiebigen Blick auf seine Gestalt in dem bodentiefen Spiegel und drückte die Tür der Herrentoilette auf.

Diesen Moment hatte er noch.

Im Hintergrund verebbte der Applaus.

Jetzt musste er sich beeilen.

Er betrat die Vorhalle, ging vorbei am Fahrstuhl, der zu den oberen Zimmern und ihren Bewohnern führte, die sicher ausnahmslos im Gemeindesaal hockten. Eine Veranstaltung, und war sie noch so lächerlich, ließ man sich abends auf einem Dorf, wo es außer Fernsehen nichts gab, nicht entgehen. Vor allem nicht, wenn sie den Unterhaltungswert einer Gameshow besaß, bei der jeder gewinnen konnte. Und Robert Andresen, Therapeut der psychosomatischen Einrichtung *Seerosenhof*, verteilte großzügig Gewinne. Für den einen mehr, den anderen weniger.

Der Mann warf einen kurzen Blick zur verwaisten Rezeption und atmete auf. Hinter dem Informationsstand, bemalten Milchkannen, dem Regal mit dem Honig und plätscherndem Steinbrunnen mit naturgetreuen Plastikenten, drückte er die Tür ins Freie auf.

Zwanzig Schritte weiter lehnte er sich gegen die Hauswand und wartete. Bis auf ihn war niemand hier. Noch nicht. In ein paar Minuten ginge es hier zu wie übermorgen auf Garbers Scheunenfest.

Kohlgeruch drang aus den zwei geöffneten Hotelküchenfenstern hinter ihm. Widerlich. Er hasste Kohl in jeder Variation.

Dann schwang die doppelseitige weiß lackierte Eichenholztür des Hotels *Heiderose* auf. Er drückte sich dichter an die Wand, um nicht gesehen zu werden. Durch seine Cordjacke kroch die Kälte. Er fröstelte und zog den Kragen über den Nacken. Der Wind schlich sich von Norden heran, brachte kühlere Abende und den Herbst.

Männer und Frauen strömten aus dem Hoteleingang. Einige gingen ihres Weges, andere blieben stehen, rauchten oder redeten.

Zum vierten Mal besuchte er Andresens Veranstaltung. Immer verließ dieser als Letzter den Saal, ließ sich feiern wie einen Popstar, bis alle Gäste gegangen waren.

Der Mann beobachtete, wie Andresen zu seinem Fahrrad ging, eine braunlederne Mappe auf den Gepäckträger klemmte und das Fahrrad über den Sandweg auf den schmalen Bürgersteig schob. Für den Plattfuß hatte er gesorgt.

Er sah sich um. Das *Brunnencafé* und die *Heidjer-Kate*, gegenüber dem Teich, waren geschlossen. Kein Mensch spazierte mehr durch den Ort.

Im Abstand von zehn Metern, um nicht aufzufallen, folgte er dem Therapeuten bis fast zum Ende des Dorfteichs. Er beschleunigte seine Schritte, bis er nah genug bei ihm war.

»Wer sein Fahrrad liebt, der schiebt«, sagte der Mann in der Cordjacke.

Ohne aufzusehen, betrachtete Andresen den platten Hinterreifen. Seine weizenblonden Haare waren zerzaust, und er sah ausgesprochen verärgert aus. »Ja«, knurrte er. »Irgend so ein Vollhorst hat mir den Reifen zerschnitten.«

»Das ist ärgerlich«, bejahte der Mann in der Cordjacke.

Andresen sah auf. Der Mond warf einen schwachen Schein auf sein Gesicht. »Ach, Sie sind es. Ich habe Sie gar nicht erkannt. Die Gemeinde sollte endlich Straßenlaternen aufstellen, man sieht ja die Hand vor Augen nicht. Waren Sie wieder auf meiner Veranstaltung? Das vierte Mal, wenn ich richtig mitgezählt habe, oder?« Andresen grinste. »Ja, bei meinen Vorträgen kann jeder etwas lernen.«

»Halt die Klappe! Dein psychologisches Gequassel interessiert mich so wenig wie Pferdescheiße«, polterte der Mann los und sah Andresen ohne mit der Wimper zu zucken an. »Heute bin ich hier, um mein Versprechen einzulösen.«

Andresen fiel das Grinsen aus dem Gesicht. Er wollte das Fahrrad umdrehen und schützend zwischen sich und den Mann stellen, zu spät.

Sein Mörder hob den Arm, die Schneide des Messers blitzte im Mondlicht kurz auf und sauste sekundenschnell über Andresens Hals.

Andresen starrte ihn ungläubig mit aufgerissenen Augen an. Noch immer klammerte er sich an das Fahrrad. Blut quoll aus seiner Kehle, die aufklaffte wie ein angetrocknetes Butterbrot, färbte den hellblauen Hemdkragen, den senfgelben Pullunder, tropfte auf den Fahrradsitz, die Birkenstocksandalen.

Der Mann mit der Klinge löste Andresens rechte Hand vom Lenkergriff und gab ihm einen Schubs an der Schulter. Andresen fiel rückwärts in den Dorfteich, versank für zwei Wimpernschläge und tauchte bewegungslos an der Oberfläche, die Arme vom Körper weggestreckt, wieder auf.

Es war die perfekte Kulisse für den nunmehr verstummten Robert Andresen. Der Therapeut der psychosomatischen Einrichtung *Seerosenhof* lag im Dorfteich, umgeben von weißen Seerosen.

Welch ein malerisches Wassergrab.

1

»Du hast versprochen, Hanna bei den Ferienzimmern zu helfen. Morgen kommen neue Gäste. Ich muss noch schlachten und den Tresen vom Hofladen auffüllen.«

»Das ist dein Beruf, Tim, nicht meiner.« Inka legte beide Hände um den Becher und nippte am Hagebuttentee.

»Stimmt. Du sitzt ja im warmen Hanstedter Büro, wo du Kaffee für deinen Chef kochst und Berichte tippst, wohin Frieda, Holzmanns Schnucke, wieder ausgebüxt ist.«

Mit einem Knall landete Inkas Becher auf dem Tisch. Der Tee schwappte über den Rand und hinterließ auf dem weißen Tischtuch ein rosa Sternenmuster.

»Und wo ich als Polizistin arbeite«, konterte Inka.

»Du machst es dir einfach. Wir waren nur einverstanden, dass du auf ...«

»Tim«, schaltete sich Hanna ein. »Jetzt ist Schluss. Inka ist meine Schwester, und das ist auch ihr Zuhause. Dass Fabian sie nach Strich und Faden betrogen hat, dafür kann sie nichts. Oder sollte sie deiner Meinung nach mit Paula in Lübeck bleiben?«

»Nein. Natürlich nicht. So hab ich das ja auch nicht

gemeint. Fabian ist ein Windhund. Und ich hab euch gleich gesagt, die Ehe hält keine fünf Jahre. Bei dem Lebenswandel, den der führt. Nur auf mich wollte ja keiner hören. Und dann zieht sie auch noch zu den Fischköpfen nach Lübeck.«

»Na und! Glaubst du etwa, Undeloher sind besser als Lübecker? Außerdem wollte ich keinen Bauern heiraten, sondern …« Inkas Handy vibrierte auf dem Tischtuch und robbte sich an das Sternenmuster. »Moment.« Sie sah auf das Display. *Fritz Lichtmann ruft an*, stand in einer Textzeile auf dem Handy. Sie drückte die Annahmetaste. »Inka hier. Morgen, Fritz.«

»Morgen, Inka. Gut, dass ich dich noch erreiche.«

»Was ist los? Ich wollte gerade zur Wache.«

»Spar dir den Weg. Bei euch am Dorfteich liegt ein Toter.«

»Bin in zehn Minuten da«, antwortete sie und legte grußlos auf. »Hanna, kannst du Paula zur Tagesmutter fahren?«

»Klar. Was gibt's?«

»Am Teich liegt ein Toter. Viel Spaß beim Bettenaufschütteln, Tim.« Inka feixte, schnappte sich das Mohnhörnchen aus dem Brotkorb und verschwand aus der Wohnküche des Biohofes Sundermöhren.

2 Vom Hof brauchte Inka mit dem Wagen zum Undeloher Dorfteich, über die Heimbucher Straße bis auf die Wilseder Straße, knapp fünf Minuten. Hinter Mark Freeses biergelbem Mini-Cooper parkte sie am Straßenrand.

»Morgen, Fritz, Mark.« Inka nickte ihren Kollegen zu. »Was haben wir?«

»Robert Andresen, vierunddreißig.« Lichtmann wies auf den Toten, der am Teichrand im Gras lag. Wasserschlingpflanzen wickelten sich um seine Beine, und eine weiße Seerose zierte den linken Knöchel. Sah man von den Umständen des Todes des Mannes ab, war es, wie er dalag, ein fast malerisches Bild. »Er war Psychologe im *Seerosenhof*. Das ist der riesige Bau um die Ecke im Neunstücken«, erklärte Lichtmann.

Inka nickte. »Hab von dem Kasten gehört«, sagte sie. »Haben wir eine Plane für den Herrn?«

»Im Wagen«, erwiderte Mark Freese und flitzte los.

Inka sah ihrem Kollegen nach, der sich hinter dem Absperrband durch neugierige Touristengruppen schob, die minütlich mehr wurden. Auf der Wilseder Straße stockte der Verkehr auf beiden Seiten. Autos reihten sich hinter Zweispännern ein. Ungeduldige Fahrer hupten, schimpften aus Wagenfenstern. Pferde wieherten und klapperten mit den Hufen. Wanderer holten ihre Kameras aus Rucksäcken, fuhren Objektive aus, Handys klickten im Sekundentakt.

»Haltet die Leute zurück. Und die dahinten sollen mit der Huperei aufhören. Die machen die Pferde scheu«, rief Inka zwei uniformierten Kollegen der Wache entgegen. »Meine Güte, was gibt es für Idioten!« Sie schüttelte den Kopf. »Hatte er was bei sich?«

Lichtmann hielt Inka einen Plastikbeutel mit einem Portemonnaie und einem Schlüsselbund vor die Nase. »Das ist alles. Wir wissen aber, dass er gestern Abend von 20 Uhr bis 22 Uhr im Gemeindesaal des Hotels *Heiderose* einen seiner monatlichen Vorträge hielt.«

»Und was ist mit Unterlagen, Aktentasche oder Beutel?«

»Nichts, Inka. Im Hotel liegt nichts, und um den Teich herum ist auch alles abgesucht. Vielleicht finden wir was im Wasser. Mark hat Taucher angefordert, aber das dauert, bis die aus Winsen hier sind.«

»Und wer hat ihn gefunden?«

»Zwei Rentner, Touristen aus Leipzig, die in die Heide zum Pilzesammeln wollten.«

»Na, als Touristen sind wir die wohl los«, stellte Inka trocken fest. »Wo sind sie?«

»Da drüben, bei Kollegin Bartels.« Lichtmann nickte mit dem Kopf über seine linke Schulter.

3 Ein Rentnerehepaar hockte auf einer Holzbank längs des Teiches. Eine junge Streifenpolizistin saß neben der Pilzsammlerin und hielt ihre Hand.

»Ich muss mit beiden sprechen.«

»Später«, entschied Lichtmann. »Lass sie ein paar Minuten verschnaufen.«

Inka nickte und stellte sich an das Kopfende des Toten. »Wann kommt Teresa?«

»Schon da«, meldete eine Stimme hinter ihrem Rücken.

Inka drehte sich um, stellte sich auf die Zehenspitzen und küsste Teresa überschwänglich auf die Wangen. Ein pudriger Duft nach reifem Pfirsich setzte sich in ihre Nase.

»Terry, wie ich mich freue, dich zu sehen. Wie geht es dir?«

»Na, damit kommst du ja früh raus. Bist du nicht

schon seit zwei Monaten wieder bei den Ziegen im Stall?« Teresas große braune Augen blinzelten sie übermütig an.

»Der Sundermöhren-Hof hat keine Ziegen. Und ja, es tut mir leid. Aber ich wollte dich mit meiner schlechten Stimmung nicht vergraulen. Du weißt schon, Fabian und so.«

»Seit wann nimmst du Rücksicht auf eine alte Freundin?«

Inka zog eine Flunsch. »Ich machs wieder gut. Lass uns heute Abend in die *Heidjer-Kate* gehen und eine Runde quatschen.«

»Da bin ich dabei.« Mark Freese schob sich zwischen Teresa und Inka und fasste beide Frauen um die Taille.

»Ein anderes Mal, Mark, das ist ein Frauenabend«, erwiderte Inka und entzog sich Marks Griff.

Fünfundzwanzig Jahre war es her, dass Mark, Teresa und Inka gemeinsam das Hanstedter Gymnasium besucht hatten. Die Erste der drei, die Hanstedt nach dem Abitur verließ, war Teresa, um in Hamburg Medizin zu studieren. Dort lernte sie ihre Lebenspartnerin Flora kennen. Mark studierte Betriebswirtschaft und stieg in die elterliche Lüneburger Keksmanufaktur ein. Inka verzichtete aufs Studieren und bewarb sich nach dem Abitur bei der Hanstedter Polizei, wohin Mark ihr sechs Jahre später folgte.

»Nein.« Teresas Blick fiel auf den Toten. »Geht ihr zwei nur. Flora und ich wollen heute Abend ...«

Mark ließ sie nicht ausreden. »Wunderbar«, entgegnete er, »ich hol dich um acht Uhr vom Hof ab.« Lasziv blinzelte er Inka zu und verschwand Richtung Streifenwagen.

»Na super, da hast du mir ja was Feines eingebrockt«, murrte Inka, als Mark außer Hörweite war.

»Das ist die Strafe, weil du dich nicht gemeldet hast«, erwiderte Teresa.

»Das ist keine Strafe, sondern die Einfahrt zur Höllenschlucht. Und sag ja nicht, ich habe unrecht.«

Mark war, wie Teresa, ihr bester Freund und Kollege. Und auch wenn sie ihn sehr schätzte, brauchte sie zurzeit Teresas ruhige Art und die Knautschecke der *Heidjer-Kate* und kein übersprudelndes Temperament, mit dem man prima über die Dörfer ziehen konnte. So weit war sie noch nicht.

»Seit wann ist er tot?« Inka sah auf den Toten, ging in die Hocke, und Teresa tat es ihr gleich.

»Na ja, er lag im Wasser, 12 Grad Nachttemperatur ... Hmm«, Teresa wiegte den Kopf hin und her und sah auf ihre Armbanduhr. »Ich denke, seit zehn bis elf Stunden.«

»War das ein Hirschfänger?« Inka wies auf den Schnitt am Hals des toten Robert Andresen.

Mit dem behandschuhten Zeigefinger spreizte Teresa die Wundränder am Hals des Toten und schüttelte den Kopf. »Der Schnitt ist zu fein und zu gerade gesetzt. Ein Jagdmesser macht an der Klingenspitze einen Bogen, aber der Schnittbeginn säße tiefer, da der Ansatz anders läge. Nein, das schließe ich aus, weder ein Hirschfänger noch ein Fabrikat eines Jagdmessers kam zum Einsatz. Eher eine scharfe, gerade verlaufende Klinge ohne Sägeblatt. Im Institut sehe ich mir das genauer an.«

»Fein, dann ran an die Arbeit. Ich brauche den Bericht bis morgen früh.«

»O nein, Inka. Du weißt, Flora und ich ... Heute ist der spezielle Abend bei ihren Eltern.«

Inka grinste. »Jeder kriegt, was er verdient.« Mit flinken Schritten steuerte sie auf Fritz Lichtmann zu, der sich zu dem Rentnerehepaar gesellt hatte.

»Deine Worte bringen dich irgendwann in Lebensgefahr«, hörte sie Teresa hinter ihrem Rücken rufen.

Inka wusste, wie ihre Freundin es meinte. Teresa nahm ihre Arbeit ernst. Ihr Beruf kam an erster Stelle. Dennoch hörte sie die Spur Enttäuschung in ihrer Stimme.

4 Neben dem Rentnerehepaar rutschte sie auf die Holzbank.

»Mein Name ist Inka Brandt. Ich leite mit meinem Kollegen Fritz Lichtmann den Fall des ... des Mannes, den Sie im Dorfteich fanden. Geht es Ihnen besser?«

»Ja, danke«, erwiderte die Frau in den braunen Wanderstiefeln. »Wir haben uns nur furchtbar erschreckt.«

»Ich verstehe«, antwortete Inka. »Können Sie uns sagen, zu welcher Uhrzeit Sie am Teich waren?«

»Aber das haben wir doch schon alles Ihrem Kollegen erzählt.« Ihr Blick flog zu Mark Freese, der neben der Streifenpolizistin stand und eine seiner angeregten Unterhaltungen führte. Über seinen üppigen Erzählstoff rätselte Inka schon seit der Schulzeit. Morgen früh würde ihr der Kopf dröhnen, als hätte sie einen Liter »Waldgeist« geleert, den eigens gebrannten Kräuterschnaps von Glüters Hof. *Teresa, ich habe einen gut bei dir*, dachte sie und wandte sich wieder der Pilzsammlerin zu.

»Ich weiß es nicht mehr«, entgegnete die Rentnerin. »Wir sind aus dem Zimmer ...«

»Wo wohnen Sie?«

»Im Hotel *Heiderose*, aber das ...«

»Ja, Frau ...«

»Seidel. Erwin und Martha Seidel heißen wir.«

»Frau Seidel«, begann Inka neu, »haben Sie gestern Abend auch die Veranstaltung von Robert Andresen besucht?«

»Ja, aber wir sind nicht lange geblieben. Nur bis zur Pause. Es hat uns nicht gefallen. Das Fremdgehen ist für uns Alten kein Thema.«

»Und heute Morgen sind Sie aus dem Hotel zum Pilzesammeln aufgebrochen.«

»Nein. Erwin wollte erst noch frühstücken. Obwohl ich sagte, wir müssen uns beeilen. Eine Zimmernachbarin verriet mir, dass die größten Rotkappen im Wäldchen hinter dem Totengrund sprießen.«

»Ja«, ergänzte der Rentner. »Und nur, weil du die für dein Kaffeekränzchen morgen mit nach Hause nehmen willst, hab ich auf meine Heidschnuckenwürstchen verzichtet. Wir wohnen in Leipzig, müssen Sie wissen, da gibt es die nicht, Frau ... Wachtmeister«, plauderte er los, als ihm weder Inkas Nachname noch Titel einfiel.

»Ich verstehe.« Inka schmunzelte. »Unsere Undeloher Heidschnuckenwürstchen sind aber auch verdammt lecker, und der Biohof Sundermöhren macht die besten. Wenn Sie auf der anderen Straßenseite die nächste Straße links in die Heimbucher Straße einbiegen und der Straße fünfhundert Meter folgen bis zum Kopfsteinpflaster, sehen Sie hinter dem Friedhof und der Kapelle die Einfahrt zu einem Bauernhof mit Hofladen. Dort können Sie Würstchen und andere leckere und tolle Sachen kaufen.« Inka räusperte sich, warf einen Blick auf Lichtmann, der sie vergnügt anblinzelte. »Natürlich gibt es überall in Undeloh schöne Sachen. *Heitmanns Hökerladen* zum Beispiel ist eine wahre Fundgrube für alles, was gut aussieht, gut schmeckt, gut riecht und gesund ist ... Nun ja ... kommen wir zurück zu ... Wenn Sie noch einmal überlegen, erinnern Sie sich dann, um welche Uhrzeit Sie das Hotel verließen?«

Der Rentner nickte ein paarmal, dann erwiderte er, fast in Zeitlupe: »Sie haben recht. Ja. Wenn ich recht überlege, fällt es mir wieder ein. Die Kirchenglocken läuteten. Sieben Mal. Ich zähle immer mit, wenn ich Glocken höre.«

»Es war also sieben Uhr, als Sie losmarschierten.«

Nicken.

»Und als Sie am Dorfteich vorbeikamen, sahen Sie den Toten im Wasser liegen.«

Der Rentner schüttelte verneinend den Kopf.

»Nein?«

»Nein«, antwortete Seidel. »Eigentlich waren wir schon auf dem Wanderweg, als meine Frau ...«

»Erwin.« Ein harscher Blick strafte den Rentner aus dunklen Augen.

»Ja«, drängte Inka.

»Meine Frau wollte, dass ich ihr eine Seerose aus dem Teich fische.«

»Dass du aber auch dein Plappermaul nicht halten kannst«, zischte Martha Seidel. Eine Spur Rosa färbte ihre Blässe.

»Wir sind nicht vom Naturschutzbund, Frau Seidel«, setzte Inka schlichtend nach, obwohl sie Martha Seidel gern auf die Finger geklopft hätte. »Herr Seidel, bitte weiter.«

»Ja«, er zögerte kurz, »wie gesagt, wir sind noch einmal um den Teich.« Seidel wies mit erhobenem Arm in Richtung des Toten, wo sich die Plane lüftete und zwei Männer mit einem Metallsarg hervortraten. »Und als ich die Seerose mit meinem Stock«, er griff um den silberfarbenen Entenknauf des Wanderstocks, »herausangeln wollte, hing da plötzlich ein Bein dran. Na und der Rest des … des Herrn.«

»Haben Sie sonst noch etwas gesehen? Eine Aktentasche, Unterlagen, die im Gras oder Wasser lagen?«

»Nur auf dem Gepäckträger vom Fahrrad klemmte eine Tasche. Aber die haben wir nicht aufgemacht«, setzte der Rentner nach, als rechtfertige er sich im Vorwege für eine bislang unausgesprochene Verfehlung.

»Auf welchem Fahrrad, Herr Seidel?«

»Ein Trekkingrad, es lag da vorne im Gras. Nichts Besonderes. 28 Zoll, Rahmenhöhe 52 Zentimeter, Halogenscheinwerfer, grauer Diamant-Stahlrahmen, 6-Gang-Shimano-Schaltung, Gewicht höchstens 21 Kilogramm …«

»Stopp, Herr Seidel. Sie haben ein Fahrrad am Tatort gefunden und uns nichts gesagt?«

»Woher soll ich wissen, dass es wichtig ist?« Unruhig rutschte er auf der Bank herum.

»Wo ist das Rad?« Inka holte tief Luft.

»Meine Frau hat es hinter dem Teich beim Eingang des Hotels in einen Fahrradständer geschoben.« Er fuchtelte mit seinem Wanderstock in die Richtung. »Wir sind sehr pingelig, wenn es um Fahrräder geht. Sie müssen wissen, bis zur Jahrtausendwende führten wir in Leipzig, in der Lindenstraße, einen ausgezeichneten Fahrradladen, und Räder so hinzuschmeißen, ist nicht gut fürs …«

»Sie warten«, würgte Inka den Rentner erneut ab. Sie

machte eine Kopfbewegung zu Lichtmann und rannte über den Sandweg in Richtung Hotel.

»Und welches ist es jetzt?«, schnaufte sie. Mindestens fünfzig Leihfahrräder warteten in Zweierreihen auf ihre täglichen Ferienbenutzer vor dem Hoteleingang.

»Ein graues«, antwortete Lichtmann, der keuchend hinter Inka auftauchte. »Ich schlage vor, du suchst auf dieser und ich auf der anderen Seite.«

Nach fünf Sekunden wedelte Inka mit den Armen in der Luft. »Hierher, Fritz, das muss es sein. Das mit der Tasche auf dem Gepäckträger. Und das auf dem Lenkergriff, dem Sattel und der Pedale könnte Blut sein. Was meinst du?«

»Das könnte nicht, das ist Blut, Inka. Aber das sollen sich die Kollegen ansehen und Fingerabdrücke vom Rad und unseren übereifrigen Pilzsammlern nehmen. Diese verrückten Touristen«, murmelte er.

»Sieh mal, Fritz. Das Hinterrad hat einen Platten.« Inka beugte sich nach unten und fühlte mit den Fingern über das Gummi. »Aufgeschlitzt wie seine Kehle. Sagte die Seidel nicht, in Andresens Vortrag ging es um das Fremdgehen?«

»Du meinst …« Fritz Lichtmann schien leicht irritiert.

Inka nickte. »Ein eifersüchtiger Partner, dem Andresen auf den Fuß getreten ist. Möglich wär's«, bemerkte sie, dann vibrierte ihr Handy. Sie griff in die Hosentasche. Das Display zeigte einen Anruf von Hanna. »Hanna, was gibt's?«

»Paula ist so quengelig und hat auf Bauch und Rücken rote Flecken. Du musst mit ihr zum Arzt.«

»Gib mir eine Viertelstunde, Hanna. Ich beeil mich.« Inka legte auf.

»Schlechte Nachrichten?«
»Paula muss zum Arzt.«
»Flitz los, den Rest mache ich mit Mark«, bot Lichtmann an.

5 »Mensch, Deern, bist endlich wieder im Lande.« Doktor Manfred Konopka stand aus seinem Arztsessel auf und kam mit offenen Armen und wehendem Kittel auf Inka zu. »Hab dich ja seit Urzeiten nicht gesehen. Bist ein bisschen blass und dünn.« Er tätschelte Inka die Hüfte.

Seit er in den Sechzigern in Hanstedt die Praxis eröffnet hatte, war Konopka der Haus- und Kinderarzt der Familie Brandt. Auf dem elterlichen Hof in Undeloh ging er ein und aus wie ein Familienmitglied und hieß »Nuppi«, seit Inka denken konnte.

»Und du, Paula, wie geht es dir?«

»Das juckt so, Onkel Nuppi«, antwortete die Kleine.

»Na, lass mal sehen.« Konopka griff Paula unter die Arme und setzte sie auf die Untersuchungsliege. »Eindeutig Windpocken. Ist meine Kleine nicht geimpft?« Konopka warf Inka einen strengen Blick zu.

»Nein. Ich wollte sie in Lübeck, nur da ... Nein. Sie ist nicht geimpft.«

»Ja, das höre ich häufiger.« Er runzelte die Stirn. »Da denken Eltern, soll das Kind alle Krankheiten ruhig durchmachen, aber immer ...«

Inka atmete tief ein. Ihr Magen fühlte sich an, als benutzte ihr Neffe Linus ihn für seine Boxübungen.

»Nun, so schlimm wird's nicht werden. Mach dir mal keine Sorgen.« Konopka fasste Inkas Hände. »Kinderkrankheiten sind Kinderkrankheiten, und wir leben nicht im 18. Jahrhundert«, präzisierte Konopka und setzte sich hinter seinen Schreibtisch. Aus einer Schublade zu seiner Rechten holte er einen regenbogenfarbenen Schuhkarton und öffnete den Deckel. »Na, such dir was aus.« Er strich der Kleinen, die von der Liege gerutscht und Konopkas Winken gefolgt war, über die blonden Locken.

»Und was mache ich jetzt?«, fragte Inka aufgeregt. »Ich habe ...«

Konopka kam ihr zuvor. »Ich schreib dich krank. Der Tote in eurer Katzenkuhle kann warten.«

»Du weißt ...« Sie brach den Satz ab. Natürlich. Neuigkeiten verbreiteten sich wie ein Lauffeuer über die Dörfer. Und ein Toter im Dorfteich, den Undeloher Bewohner »Katzengrube« nannten, weil dort in den 50er Jahren die Bauern neugeborene Hofkatzen ertränkten, blieb kaum länger als eine Stunde verborgen.

»Wie geht's deinen Eltern?«

»Gut«, antwortete Inka und zog Paula das Jäckchen über. »Die beiden kutschieren mit ihrem Wohnmobil durch die Weltgeschichte. Die letzte Karte kam aus Monaco.«

»Ja.« Konopka lachte, und seine goldumrandete Brille, die er auf der Nasenspitze trug, rutschte runter und fiel in seinen Schoß. »Sieh mal«, er setzte die Brille wieder auf, »da hängt ein ganzes Bataillon Karten.« Er zeigte auf den Spiegel über dem Waschbecken, dessen Rand mindestens zwanzig Ansichtskarten zierten. »Weißt, Deern«, er warf einen verträumten Blick zum Spiegel, und Inka schien es, als wäre er gern in jedem Land beim Aussuchen dabei gewesen, »die beiden machen es verdammt richtig. Diese Schufterei. Seit Jahren predige ich, sie sollen den Hof und das Viehzeug verkaufen.«

»Ja«, erwiderte Inka und lachte. »Ich hörte von deiner Hartnäckigkeit.« Sie stand auf und ging mit Paula zur Tür, die einen kleinen gelben Trecker in der einen und ein grauweißes Plastikschaf in der anderen Hand hielt.

6 Als sie im Auto saß, wählte Inka Fabians Nummer. Wie üblich sprang der Anrufbeantworter an. »Fabian, ich war bei Nuppi. Paula hat Windpocken. Sie kann nicht zur Tagesmutter. Hanna und Tim haben Hochsaison auf dem Hof, und ich hänge mit einem Fall fest. Du musst dich um Paula kümmern. Ruf mich an, sofort.«

Von der Praxis lenkte sie durch Hanstedt und fuhr auf der Landstraße zwölf Kilometer Richtung Undeloh. Auf der Wilseder Straße überholte sie eine Pferdekutsche, die zwei schwarzbraune Kaltblüter zogen. Sie warf einen kurzen Blick zum Dorfteich, wo die Spurensicherung ihre Arbeit verrichtete, und bog hinter *Heitmanns Hökerladen* in die Heimbucher Straße ein.

»Na«, flötete Hanna, »da seid ihr ja wieder. Was hat Nuppi gesagt?« Sie wischte ihre nassen Hände in die grüne Schürze.

»Windpocken.« Inka verzog das Gesicht. »Kein Kontakt zu anderen Kindern, Schwangeren und Menschen, die noch keine Windpocken hatten oder nicht geimpft sind, so lange, bis die Bläschen und der Juckreiz verschwunden sind.«

»Und nun?«

»Ich habe Fabian auf seinen Anrufbeantworter gequatscht. Er darf sich als Vater beweisen.«

Hanna lachte auf. »Fabian, du hast Fabian angerufen! Na Mahlzeit. Dein Nochehemann schafft mit Ach und Krach den monatlichen Zoobesuch.«

»Fabian ist ein A...«, Inka hielt inne und sah auf Paula, die im Sandkasten eine Schaufel Sand nach der anderen über den Trecker und das Plastikschaf warf, den Berg mit der Schaufel platt schlug und die Prozedur erneut begann. »Ein Arsch«, flüsterte Inka, »aber er liebt Paula.«

»Ja. Doch Liebe und Verantwortung sind bei Herrn Fabian Neureuther zwei Paar Stiefel. Das solltest du wissen, Schwesterherz.«

Entmutigt verschwand Inka mit Paula in die Dreizimmer-Einliegerwohnung, die sie vor zwei Monaten bezogen hatte, als sie von Lübeck nach Undeloh gezogen war.

Sie schaltete den Fernseher ein und setzte Paula zu ihrer Lieblingssendung »Bob, der Baumeister« aufs Sofa. Dann wählte sie auf ihrem Handy Fritz Lichtmanns Nummer.

»Fritz, ich bin es. Paula hat die Windpocken. Was machen wir jetzt?«

»Dann muss Mark ran«, antwortete Lichtmann entschlossen. »Wenn ich die Kreuzfahrt zu den Fidschis absage, treibt mich Charlotte mit der Peitsche barfuß durch die Lüneburger Heide.«

»Das schafft Mark nie alleine«, entgegnete Inka.

»Gib ihm telefonisch Hilfestellung. Oder wir fordern Ersatz aus Soltau an.«

»Nein. Wir werden ja wohl mit einem Mord fertig werden«, entschied Inka. »Was ist mit den Gästen auf Andresens Vortrag? Seid ihr weitergekommen?«

»Alles in Arbeit. Mark und zwei Streifenkollegen klappern alle ab, die angemeldet waren. Ist bisher aber nur die übliche Mischung Dörfler und ein Haufen Touristen. Die Angestellten hab ich durchgecheckt. Und denk dran, morgen beginnt das Scheunenfest. Es ist jetzt schon die Hölle los.«

»Ja.« Inka stöhnte. Morgen, am 3. September, stand auf Garbers Hof der dritte und letzte Termin des alljährlichen Scheunenfestes mit Musik, Tanz und nach Inkas Geschmack mit viel zu viel Dorfinfos und Döntjes an. Und das zur Hochsaison. Inkas Erinnerung ging zu ihrem letzten Scheunenfest vor dreizehn Jahren. Bauer Matthiesens alkoholgetränkte Döntjes-Witze und die anschließende Rauferei lösten heute noch Schmunzeln aus. Vier Bauern landeten im Krankenhaus, zwei in der Güllegrube, drei in der Hanstedter Ausnüchterungszelle, und einen scheuchte Ehefrau Waltraut nach Hause und schloss ihn eine Nacht im Keller ein.

»Und wie sieht's mit Andresens Verwandtschaft aus? War er verheiratet, gibt es Eltern, Geschwister?«, fragte Inka, als wollte sie der Vergangenheit so schnell wie möglich entfliehen.

»Krieg ich auch noch raus. In einer halben Stunde bin ich mit dem Leiter des *Seerosenhofes*, wo Andresen arbeitete, verabredet.«

»Fritz, es tut mir leid.«

»Mach dir keinen Kopf, Inka. Alles wird gut.«

»Danke, ruf mich an, wenn es Neuigkeiten gibt, und falls wir uns nicht mehr sehen, wünsch ich dir und Charlotte viel Spaß auf dem Schiff und den Inseln«, setzte sie schnell nach und legte auf.

Bob, der Baumeister, legte ebenfalls seinen Helm ab,

eine andere Zeichentrickserie begann, und Inka überkam ein schlechtes Gewissen. Kindermädchen-Fernsehen war nicht das, was sie Paula als geistige Nahrung andachte. Zumindest nicht in diesem Ausmaß.

Ihr zweiter Anruf galt Teresa. »Hey, Terry. Ich bin's. Erzähl, was sagt Andresen?«

»Sag mal, glaubst du etwa, ich bin die Lüneburger Heidehexe? Morgen früh hast du gesagt, nicht in einer Stunde. Sag mir lieber, wie es Paula geht. Fritz erzählte, du bist mit ihr zum Arzt gegangen.«

»Sie hat die Windpocken.«

»Ach, die netten Varizellen sind wieder da. Hat sie Fieber oder Gehstörungen?«

»Fieber und Gehstörungen? Um Himmels willen! Nein. Was erzählst du da?« Inka schnaufte in den Hörer. »Hast du noch mehr medizinischen Kuhmist auf Lager?«

»Nein, schneide ihr nur die Fingernägel kurz, damit sie die Bläschen nicht aufkratzt und sich die Bakterien verbreiten.«

»Danke«, murmelte Inka. »Du, ich muss auflegen, ich warte auf einen Anruf von Fabian. Er muss Paula holen.«

»Fabian?«

»Ja. Fabian. Und sag jetzt nichts.«

»Ist ja gut, nur ...«

»Terry, ich will nichts hören!«

»Lass mich ausreden. Ich wollte nur sagen, dass ich Paula gerne über den Tag nehme, während du arbeitest. Sie kommt mit mir ins Institut. Tote kriegen keine Windpocken.«

»Sag mal, spinnst du? Soll sie dir vielleicht assistieren?«

»Super, was du mir zutraust.« Teresa klang enttäuscht.

»Nein«, entgegnete sie. »Ich werde Blümchen, meine Assistents-Sekretärin, mit Paula in mein Bereitschaftszimmer einquartieren, und sollte irgendetwas sein, bin ich sofort zur Stelle. Na, wie wäre das?«

Erleichtert atmete Inka auf.

7 Als Paula ihr Mittagsschläfchen hielt und sie Hanna versprach, in einer Stunde zurück zu sein, schlich Inka in den Stall und holte Harlekin aus der Box. Eine Runde an der frischen Luft täte ihr gut, würde ihr den Kopf freipusten.

In Lübeck nutzte sie jede freie Minute, um mit *Jonny*, ihrem Rappen, über das Niendorfer-Brodtener-Ufer und den Timmendorfer Ostseestrand zu reiten. »Du stinkst wie ein Stallbursche«, hatte Fabian gesagt und sich von ihr abgewandt. Er verstand Inkas Liebe zur Natur und den Pferden nicht.

Inka sattelte den Haflinger, den sie vor zwei Monaten auf Arno von Hofstettens Gestüt gekauft hatte. Die Hofstettens gehörten zu der reichsten Sippe in der Lüneburger Heide.

Das gleichmäßige Geklapper von Harlekins Hufen auf Asphalt beruhigte ihr Gemüt. Sie ritt die Heimbucher Straße runter bis an die Wilseder Straße und hielt sich rechts bis zum Dorfteich. Ab da ritt sie im Galopp weiter auf den Heidelehrweg zu und über die ausgeschilderten Reiterwege.

Sie ritt, ohne nachzudenken. Vorbei an Flussauen, Wäldern mit ausladenden Kiefern, Tannen und Wacholderbäumen, Feldern und Wiesen. Hinein in das fliederfarbene Blütenmeer der Heidelandschaft.

Inka atmete tief ein. Der herbe Duft der schwarzen Beeren des Wacholderwäldchens erfüllte die warme Nachmittagsluft. Irgendwo blökten Heidschnucken, bellten zwei Hunde ein Duett. An einem Heidebach, unter einem Holzsteg, stoppte sie und band Harlekin ans Pfahlwerk. Sie zog Reitstiefel und Socken aus und hielt neben Harlekins Kopf, der schlabbernd das kühle Nass genoss, die Füße ins klare Wasser.

»Na, mein Guter, das tut gut, was?«, sagte sie. Inka ließ sich auf den Rücken ins blassgrüne Gefälle sinken und breitete die Arme aus. Für einen Moment schloss sie die Augen, ließ nachmittägliche Sonnenstrahlen ihr Gesicht streicheln und ihre Gedanken mit dem lauen Wind davonziehen. Wie gut es tat, wieder zu Hause zu sein und die Aufregungen der letzten Monate einfach zu vergessen. Sie atmete den würzigen Duft des Wacholders ein, plätscherte mit den Füßen im kühlen Wasser und spürte, wie sie eine innerliche Ruhe erfasste. Sie musste gerade fünf Minuten gelegen haben, als es über ihr auf dem Holzsteg polterte. Inka schreckte auf.

Zwei Reiter saßen ab. Stiefelabsätze bollerten auf Holz. Sand rieselte durch Bretterlücken. Pferde wieherten und schlugen abwechselnd ihre Hufe auf den Steg.

Durch einen Holzschlitz erkannte sie Lukas Deerberg.

Der achtundzwanzigjährige Gutssohn aus Egestorf war mit Femke, der Tochter von Arno von Hofstetten, verlobt. Nächsten Monat, im Oktober, stand die Hochzeit an. Falls es so weit kam. Wie man sich im Dorf erzählte, hatte Lukas die Heirat bereits viermal aus familiären Gründen verschoben.

Lukas Deerberg trug schwarze Reiterstiefel, braune Reiterhosen, einen gleichfarbigen Sweater und eine tannengrüne Steppweste. Die junge Frau neben ihm steckte in Jeans und dunkelblauer Weste, die sie über einem weißen Hoody trug. Ihre schwarzen Haare, zu einem Pagenkopf geschnitten, umrahmten ein helles Gesicht. Mit ihrer zierlichen Gestalt wirkte sie neben Lukas wie ein kleines Mädchen und so zart, dass man Angst bekam, sie könne davonfliegen, wenn man sie anpustete. Femke von Hofstetten ähnelte diesem Persönchen in keiner Weise, sondern war in allen Punkten das Gegenteil des zerbrechlichen Wesens, das über Inka auf der Holzbrüstung stand.

Bevor sich Inka bemerkbar machen konnte, tobte über ihrem Kopf ein heftiger Streit los.

8 »Lukas, du bist ein Arschloch«, donnerte die Frau auch schon los, die Inka trotz ihrer Jugendlichkeit auf Ende zwanzig schätzte.

»Nun mach mal halblang, Rike«, fuhr ihr Lukas Deerberg schnippisch ins Wort. »Wir kennen uns eine Woche, und es war von vornherein klar, dass wir beide nur unseren Spaß wollten.«

»Spaß? Erst sagst du, ich bin die Einzige, die du liebst, und gestern Abend sehe ich dich mit dieser Schlampe Viola knutschen.«

»Rike, sie ist nur eine ...«

»Eine von vielen. Meinst du wohl.«

»Dass ihr Frauen immer jedes Wort auf die Goldwaage legt. Ich liebe euch nun mal alle.« Lukas Deerberg fasste

Rike um die Taille, hob sie hoch und setzte sie auf das Geländer. Er hielt die zarte Person fest, bevor sie mit dem nächsten Windhauch, wie der Fallschirm einer Pusteblume, in die Lüfte trieb.

Rike, wer diese junge Frau mit der festen Stimme in einer fragilen Hülle auch immer war, hatte vollkommen recht. Lukas Deerberg benahm sich wie ein blasiertes Arschloch. *Nun gib ihm endlich den Laufpass, und knall ihm vorher noch ordentlich eine*, dachte Inka und zog die Füße aus dem Wasser, die dabei waren, sich in Eisklumpen zu verwandeln.

»Du bist wohl sehr von dir überzeugt, was?«, zischte Rike.

»Nur wenn ich eine so hübsche Frau wie dich erobern will.«

»Spar dir das Süßholzgeraspel, Lukas. Und jetzt lass mich runter! Zum Glück gibt es ja noch andere Männer.«

»Wenn du mit anderen Männern deinen vertrockneten Figaro meinst, kann ich nur lachen.«

»Du bist widerlich.« Rikes Hand knallte mit so einer Wucht, die man dem zarten Persönchen nicht zugetraut hätte, auf Lukas' Wange.

»Warum?« Lächelnd rieb sich Lukas die linke Gesichtshälfte. »Sei ehrlich, Süße, dir gefallen doch meine zwanzig Jahre jüngeren Schenkel.«

»Verschwinde«, fauchte Rike, »oder …«

Deerberg lachte übertrieben laut auf. »Nun komm her, du Wildpferd.« Rikes Gegenwehr erstickte er mit ungeduldigen Küssen und forschenden Händen.

Inka drückte sich unter den Steg und hielt die Hand vor den Mund. Die beiden feierten jetzt nicht über ihrem Kopf Versöhnung, oder?

Ob Femke von Hofstetten wusste, dass ihr Verlobter als Möchtegern-Amor im Heidekraut vernachlässigten Ehefrauen seelenvolle Abenteuer bescherte? Waren das die familiären Gründe für vier verschobene Hochzeitstermine? Wie auch immer. Dass Lukas sie betrog, hatte selbst Femke nicht verdient.

Das Stöhnen klang umso lauter und intensiver, je mehr sich Inka die Ohren zuhielt. Irgendwann kamen ein weiblicher spitzer Aufschrei und Lukas' seufzender Laut.

Stille. Ein paar Augenblicke. Geflüster, Pferdewiehern, Hufgeklapper. Lukas Deerberg und Rike saßen auf und ritten davon.

Inka zog sich Strümpfe und Schuhe an, band Harlekin vom Pfahl und ging den kleinen Hang hinauf. Sie erschrak, als hinter einem Wacholder ein Mann auftauchte, der sie übermütig angrinste.

»Das war eine Vorstellung, was?«, stellte er fest, während er sich den Hosenboden der Jeans klopfte.

»Ja«, räusperte sich Inka. »Haben Sie etwa zugesehen?«

»Na, Sie doch auch.« Der Mann lachte. Er hatte ein sympathisches Lachen aus schokoladenbraunen Augen.

»Nur die gemütliche Bank hat mir gefehlt. Sebastian Schäfer.« Der Mann, den Inka auf Anfang vierzig schätzte, streckte die Hand aus und stakste wie ein Storch über Heidekraut auf sie zu.

»Inka Brandt.« Sie nahm die Hand entgegen, während sie mit der linken den Haflinger am Zügel hinter sich herzog. »Und das ist Harlekin.«

»Freut mich, dich kennenzulernen, Harlekin.« Mit gebührendem Abstand verbeugte sich Sebastian. »Du bist ja ein besonders hübscher Brauner. Sie auch. Ich meine«,

Sebastian machte eine Geste zu Inkas Haaren, »Sie sind ja kein Brauner, ich meine Blonder, Sie sind blond. Nun, es freut mich auch, Sie kennenzulernen.«

Inka grinste. »Ebenfalls«, erwiderte sie. »Sind Sie auf Pilzsuche?«

»Nein, auch Pilze mag ich nicht.«

»Auch?«

»Ja. Nein. Ich meine, ich suche keine Pilze. Ich genieße die Natur.«

»Ah ja. Viel Vergnügen. Übrigens, eine Bank können Sie in Auftrag geben und der Lüneburger Heide spenden. Gehen Sie in die Touristikinfo.« Inka schwang sich auf Harlekins Rücken, winkte kurz und galoppierte zurück auf den Reiterpfad.

Am Dorfteich hielt sie kurz inne. Das aufgeregte Treiben vom Morgen war verebbt. Touristen fuhren in Kutschen vorbei, winkten wie Queen Mum persönlich, standen vor Buden mit geräuchertem Heideschinken, Lammfellen und geflochtenen Heidekörbchen, saßen vor Cafés, aßen Buchweizentorte, tranken Kaffee und reckten die Hälse in die Nachmittagssonne. Der Alltag war ins Dorf zurückgekehrt, und es war ein normaler friedlicher Tag wie an allen anderen Tagen.

Zumindest sah es so aus.

9 Nachdem sie Paula am nächsten Morgen in Stade bei Teresa im Institut gut versorgt wusste, fuhr Inka zur Wache. Mark Freese saß über Papierkram gebeugt am Schreibtisch.

»Morgen, Mark«, grüßte Inka fröhlich. »Wie weit sind wir?«

»Guten Morgen, liebe Inka«, flötete Oberkommissar Mark Freese. »Ich dachte, wir beide wollten eine Standleitung halten.«

»Hat sich erledigt. Paula ist bei Teresa. Wir können loslegen. Tut mir übrigens leid wegen gestern Abend.«

»Kinder gehen vor«, sagte er und: »Was sagt Teresa, hat sie schon was für uns?«

»Nein«, antwortete Inka und kippte das Fenster, um den würzigen Zimtgeruch, der ihren Kollegen ständig umgab, aus dem Raum zu lassen. »War Fritz gestern im *Seerosenhof*?«

»Jupp. Ich sehe gerade die Unterlagen durch.«

»Und?« Inka legte ein Brötchen mit Heidschnuckenschinken in den Kühlschrank.

»Nichts Besonderes. Der Leiter, Ludwig Wesel, erklärte, dass Robert Andresen seit einem Jahr als Therapeut im *Seerosenhof* gearbeitet hat. Er soll bei seinen Patienten beliebt gewesen sein. Hier steht«, Mark blickte kurz auf, »dass er Fälle übernahm, bei denen es sich um Ehebruch handelte. Er kurierte die betrogenen Partner, die dem Alkohol verfielen, Drogen nahmen oder Depressionen nicht bewältigten. Das war sein Spezialgebiet und gestriges Thema in der *Heiderose*. *Der Seitensprung bei Mann und Frau und die gesellschaftlichen Unterschiede in der soziologischen Entwicklung.*«

»Wohl eher auswickeln als entwickeln.« Inkas Gedanken rasten in Höchstgeschwindigkeit durch fünf Jahre Ehe mit Fabian. Wenn er nur endlich die Scheidungspapiere unterschrieb.

»Was?«

»Nichts, Mark. Steht in den Unterlagen etwas von Verwandten, Freunden, Liebschaften?«

»Seine Eltern leben in Südafrika und bewirtschaften ein Weingut. Eine Schwester wohnt in Hamburg-Harburg.«

»Sind alle informiert?«

Mark Freese nickte. »Die Schwester kommt morgen, die Eltern übermorgen. Liebschaften keine.«

»Gut. Wo hat Andresen gewohnt?«

»In Wilsede zur Untermiete, bei einer Rentnerin. Sein Zimmer wurde durchsucht. Nichts. Nur belangloser Papierkram über Seelenklempnerei, Statistiken aus Amerika, China, Frankreich und Italien. Seinen Laptop habe ich Henry aufgedrückt. Ergebnisse stehen aus. Sobald er etwas hat, ruft er an.«

»Wie läuft die Befragung der Gäste von Andresens Veranstaltung?«

»Schleppend, Inka. Laut der Servicekräfte aus der *Heiderose* saßen über achtzig Menschen im Saal. Angefangen haben wir mit den Touristen. Die Hälfte ist geschafft.«

»Schönes lila Heidekraut. Und heute beginnt das Scheunenfest.«

»Richtig. Hier probier mal!« Mark hielt Inka eine Schüssel mit Keksen hin.

»Nein, danke. Und du solltest auch nicht immer dieses Zeug futtern.« Inka blies die Wangen auf.

»Das ist kein Zeug! Das ist die neue Waffelmischung aus der Fabrik meiner Eltern. Maracuja, Granatapfel und …«

»Zimt.«

»Nein. Für die Weihnachtssaison: Lübecker Marzipan mit Kirsch. Es ist der Probelauf der neuen Sorten. Wir machen gerade eine Marktumfrage. Das Rennen macht

Granatapfel. Nimm endlich eine, und sag mir, wie sie dir schmeckt.«

Bereits bei der Kombination Lübecker Marzipan und Kirsch drehte sich Inka der Magen um. Zögernd griff sie in die Schüssel.

»Ich werde dir welche für Paula einpacken. Kinder sind die ehrlichsten Kritiker.«

Inka nickte, während sie auf einer Waffel mit undefinierbarer Füllung herumkaute.

»Und?«, drängelte Mark und sah Inka aufmerksam an, dann: »Nein«, er winkte ab, »nein, sag lieber nichts. Lass den Geschmack auf der Zunge wirken. Er muss sich entfalten. Mit Keksen ist das wie mit gutem Wein.«

Was für ein blöder Vergleich, dachte Inka. *Paula würde sie diese trockenen Dinger garantiert nicht geben.*

»Hat Fritz nur den Leiter oder auch die Patienten im *Seerosenhof* befragt?« Inka griff nach der Flasche Wasser, die auf ihrem Schreibtisch stand.

»Nein, nur den Leiter. Na sag, wie ...«

»Gut«, würgte sie Marks Frage ab. Sie war feige, aber sie würde ihm noch die Wahrheit sagen, nur nicht jetzt. »Ich mach mich auf in den *Seerosenhof*. Du bist ja noch mit Kollegin Bartels bei den Touris beschäftigt. Falls du mich suchst ...«, Inka machte die typische Geste, »Handy ist an.«

Mark nickte, auf seinem Gesicht lag ein ernster Zug. »Findest du mich zu dick?«, fragte er, als Inka schon halb aus der Tür war.

»Solange es nicht mehr wird.« Sie blickte auf Marks Bauch, den sie weder unattraktiv noch abstoßend fand. Ein Mann mit Bäuchlein zum Kuscheln war nicht das Schlechteste.

10 Sebastian Schäfer schritt den langgezogenen, leicht erhöhten Heidschnuckenweg hinauf, weiter über den Wanderweg und hinein in die lilablühende Heidelandschaft.

Welch ein phantastischer Ausblick! Aber Sebastian war nicht hier, um die Aussicht zu bewundern oder sich körperlichen Ausgleich zu verschaffen.

Er befand sich in einem Konflikt, einem großen Konflikt, von dem er hoffte, dass die zwei Freistunden vom *Seerosenhof* und die frische Luft etwas Klarheit in seine Gedanken brächten.

Auf den Tag genau vier Jahre war es jetzt her, als seine Frau und seine siebenjährige Tochter einem Frauenmörder zum Opfer gefallen waren. Es war seine Schuld.

Sein Beruf als Polizeipsychologe.

Nicht nur einmal hatte Maja ihn gebeten aufzuhören, eine Praxis für Psychotherapie zu eröffnen und ein ruhiges Leben zu führen. Ihre Versuche waren kläglich gescheitert.

Nur noch diesen einen Fall, wir sind so dicht dran, wir können den Mistkerl erwischen, bevor er ... hatte er gesagt.

Ja. Er hätte auf Maja, seine junge Frau mit dem kupferfarbenen Teint, hören sollen.

Es war ein Morgen wie jeder andere gewesen, wie jeder normale Mittwochmorgen. Katharina löffelte ihre Cornflakes aus der rosa Prinzessinnenschüssel am Küchentisch, und Maja verstaute die Brotdose in der Schultasche ihrer Tochter und stellte das Geschirr in die Spülmaschine. Er trank Kaffee, vervollständigte seine Notizen für den Tag, küsste und umarmte seine Frau und seine Tochter und verließ das Haus. Alles wie immer.

Heute Abend habe ich eine Überraschung für dich, hatte er Maja zugerufen, dann war er in den Wagen gestiegen.

Sie lächelte ihm zu. Ein letztes Mal.

Der heutige Arbeitstag würde der wichtigste seit zwei Jahren werden. Die Nacht über war es ihm gelungen, den entscheidenden Hinweis auszuarbeiten, um den Mörder, der elf Frauen tötete, zu schnappen. Er war am Ziel.

Dann zwei Wochen Ferien in Dänemark. Das online gebuchte Ferienhaus wartete. Im nächsten Monat begann seine neue Arbeit in einer Gemeinschaftspraxis in Altona.

Maja würde sich freuen.

Als er erkannte, dass er etwas übersehen, die Zeichen falsch gedeutet hatte und in die ausgelegte Falle des Mörders getappt war, war es zu spät. Über eine Videobotschaft auf seinem Handy musste er zusehen, wie seine Frau und seine Tochter gefesselt am Fenster ihres Hauses standen, das kurz darauf in die Luft flog.

Es war der Gedanke an Rache, der Sebastian die letzten vier Jahre aufrecht hielt. Tag für Tag tauchte er mit seinen intellektuellen medizinischen Fähigkeiten ab, sah in die Abgründe der menschlichen Seele, kam er den Mördern auf die Spur. Und außer einem hatte er sie alle im Visier. Er kannte keine Gnade. Wozu auch?

Insiderkreise nannten ihn den *Rächer*.

Und er überschritt seine Grenzen. Er trank zu viel, schlief zu wenig, und wenn er einmal eingeschlafen war, rissen ihn Alpträume aus dem Schlaf. Als die Halluzinationen begannen, wusste er, die nötige Auszeit war gekommen. Nicht seinetwegen, sondern für die Jagd auf das Ungeheuer, das ihm sein Leben, seine Familie genommen hatte, galt es gesund zu werden.

Sebastian warf einen Blick auf seine Armbanduhr. Seit über einer Stunde war er unterwegs, aber sein Kopf dröhnte noch immer von dem Knall, Feuerschlangen tanzten vor seinen Augen über Hauswände, verschlangen seine Frau, seine Tochter.

Sebastian rannte los. Angst und Verzweiflung standen ihm ins Gesicht geschrieben. Er fing an zu schreien, bis seine Kehle brannte, seine Augen die Landschaft nur noch als schwimmende Masse ordneten und ihm der Kopf zu platzen drohte. Er sank auf die Knie, fiel zur Seite, lag zusammengerollt wie ein Baby im Heidekraut, wimmerte und schrie. Mit den Fäusten trommelte er auf den Boden, grub die Finger in die Wurzeln der Pflanzen, riss sie aus der Erde, warf sie um sich, stand auf und begann von neuem, bis Schweiß sein staubiges Gesicht sauber wusch, seine Lunge ihm Pause verordnete. Erschöpft und schweißnass setzte er sich auf einen Baumstumpf, steckte sich eine Zigarette an, inhalierte so tief und oft hintereinander, dass ihm schwindelig wurde.

Drei Saatkrähen kreisten mit lautem *Kraa, Kraa, Kraa* kaum zwei Meter über seinem Kopf und weiter Richtung Tannenwäldchen. Ihr schwarzes Gefieder glänzte im Sonnenlicht metallisch grün, und ihre dunkelbraune Iris äugte Sebastian bedrohlich an. Drei Heidewächter, die jede seiner Bewegungen beobachteten. Zehn Meter weiter marschierte ein Ehepaar mit Wanderstock und Wanderstiefeln. Der Mann lüftete ansatzweise grüßend seinen grauen Trachtenhut mit Gamsbart, sie nickte lächelnd. Die Raben flogen weiter auf einen Wacholderzweig. Sie ließen ihn nicht aus den Augen.

In Sebastians Kopf verlangsamte sich allmählich der Strudel, sein Blick klärte sich, seine Gedanken ordneten sich. Er hob die fünf Kippen auf, die im Heidekraut vor seinen Füßen lagen, und machte sich mit drohendem *Kraa, Kraa, Kraa* im Rücken auf den Heimweg.

An der Wilseder Straße warf er einen neuerlichen Blick auf seine Armbanduhr. In einer Viertelstunde begann das autogene Training. Er musste sich beeilen. Noch immer war ihm auf eine körperliche Weise elend, fühlte er sich ausgelaugt und schwach.

Mit dem Hemdsärmel wischte er sein Gesicht ab.

11 Kurz nach acht Uhr lenkte Inka ihren Golf über die belebte Wilseder Straße bis zur Sackgasse Neunstücken. Sie fuhr die kleine Anhöhe hinauf zum Anfang der Weidefläche und parkte auf dem Parkplatz neben einem Lieferwagen mit der Aufschrift: *Firma Rein & Weiß, alles Grau, dann kommen wir. Tischwäsche und Leibwäsche jeder Art. Telefon 04189/42 42 42.*

Die psychosomatische Einrichtung *Seerosenhof* in Undeloh galt in Fachkreisen als ausgezeichnete private Klinik. Die Undeloher sträubten sich vehement gegen die Bezeichnung Klinik. Ein halbes Jahr, bevor der erste Spatenstich für den *Seerosenhof* erfolgte, schwollen lautstarke Proteste über umliegende Dörfer. Es ging die Angst um, dass Höfe und Häuser nicht sicher wären und Brandstiftungen, Diebstähle und Viehabschlachtungen bald zur Tagesordnung gehörten.

Täglich schwirrten neue Horrormeldungen von Hof zu Hof und Dorf zu Dorf. Die Bauern und Bewohner rotteten sich zusammen und demonstrierten vor dem Hanstedter

Rathaus. Sie rammten Protestschilder in die Rabatten vor ihren Häusern und beriefen Gemeinderatssitzungen ein. An ihren Kutschen fuhren sie Protestplakate spazieren und beklebten Kartoffelsäcke und Eierkartons mit Infozetteln. Eine befremdende Einigkeit der Dorfgemeinschaft machte sich breit.

Inzwischen feierte der *Seerosenhof* sein dreijähriges Bestehen, und die aufgeregten Gemüter von damals hatten eingesehen, dass von den Patienten keine Gefahren ausgingen. Zumindest vertrat man diese Meinung bis zum 2. September 2014, dem gestrigen Dienstagmorgen und dem Fund der Männerleiche im Dorfteich.

Durch zwei breite Glastüren betrat Inka den *Seerosenhof*, der in Größe und Aussehen dem Palast der Eiskönigin glich. In seinem Foyer war einem futuristischen Künstler ein wahres Meisterwerk gelungen. Der Fußboden aus weißem Travertin-Marmor verführte dazu, in Gedanken über einen im Sonnenschein glänzenden See zu wandeln. Über Inkas Kopf schwebte ein gigantischer Kronleuchter, der, wenn er nicht den Eispalast ausleuchtete, jedes Staubkrümelchen einer Fabrikhalle sichtbar machte. Und das in einem Dorf in der Lüneburger Heide, wo Pferdeäpfel auf der Straße lagen, Bauern in Gummistiefeln Prinz-Heinrich-Mützen lüfteten und Kartoffelstaub durch die Luft stobte.

Links vom Eingang befand sich ein gläserner Empfangstresen, der den Besucher in ferne Galaxien entschweben ließ. Etwas abseits auf der rechten Seite standen ein steingraues Ledersofa und zwei transparente Kunststoffsessel. Auf einem Tisch aus Glas und Chrom stapelten sich, sorgfältig geordnet, Zeitschriften und Prospekte mit Ausflugszielen der nahen Umgebung.

»Kann ich etwas für Sie tun?« Eine Frau in einem hellblauen Kostüm mit passenden Pumps tauchte wie aus dem Nichts neben Inka auf. Sie war nicht mehr ganz jung, aber ihre gepflegte Kleidung und die aufrechte Haltung verrieten Eleganz, die mit der Einrichtung zu einer Einheit verschmolzen. Inkas Blick fiel auf eine silberne Brosche in Form einer Seerose am Revers ihres Blazers.

In diesem Augenblick öffnete sich eine Flügeltür, und Menschen aller Altersstufen verteilten sich in geschäftigem Treiben im Foyer. Die Gummisohlen ihrer Turnschuhe quietschten einen Refrain. Einige Männer und Frauen steckten in Jogginganzügen und trugen zusammengerollte weiße Handtücher unter dem Arm. Andere steuerten auf den Fahrstuhl zu oder bildeten Grüppchen, standen am Anmeldetresen oder fanden sich vor dem Eingang des *Seerosenhofs* zum Rauchen ein.

»Ähm«, irritiert blickte Inka zu ihrer Gesprächspartnerin. »Ich muss dringend mit Herrn Wesel sprechen.«

»Geht es um einen Aufenthalt in unserem Hause?«, fragte die Dame mit der Seerosenbrosche. Ihre Whiskeystimme krächzte.

»Nein. Entschuldigung.« Inka zog ihren Dienstausweis aus der Hosentasche. »Inka Brandt. Hanstedter Kripo. Wir untersuchen den Mord an dem Therapeuten Robert Andresen. Es gibt noch offene Fragen zu klären.«

»Gestern besuchte ein Kollege von Ihnen Herrn Wesel. Ich denke nicht, dass es erneut nötig ist, Herrn Wesel zu belästigen.«

»Das, Frau …«

»Plunder«, antwortete die Frau kühl.

»Frau Plunder, die Sorge um Ihren Chef ist lobenswert, leider kann ich darauf keine Rücksicht nehmen. Und jetzt melden Sie mich bitte an«, sagte Inka nachdrücklich.

Frau Plunder hob ihre Nase Richtung Kronleuchter. Wortlos setzte sie sich in Bewegung und bedeutete Inka, ihr zu folgen.

Hinter dem Anmeldetresen lotste sie Inka durch eine weiße Tür in einen separaten Flur. Ein schmaler Gang, breit genug, einer Person Durchlass zu gewähren, mit braunen Wänden, wo sich eine Ratte wohl gefühlt hätte.

»Warten Sie bitte«, blitzte sie Inka durchdringend an, dann öffnete sie eine Schiebetür.

Keine zehn Sekunden später tauchte sie wieder auf. »Herr Wesel lässt bitten.«

»Danke«, erwiderte Inka und fragte sich, ob diese Frau auch lächeln konnte.

Ludwig Wesels Büro war ein äußerst geschmackvoller, hell möblierter, lichtdurchfluteter Raum. Er strahlte eine Behaglichkeit aus, die Inka überraschte.

»Guten Morgen.« Ludwig Wesel erhob sich aus einem Chefsessel vor bodentiefer Fensterfront, die einen berauschenden Ausblick in einen Spätsommergarten bot.

Lila und weiße Dahlien, rosafarbene Malven und weißblühende Rosensträucher leuchteten um die Wette, und die Strauchsonnenblumen streckten ihre gelben Blüten der Septembersonne entgegen.

Wesel näherte sich Inka mit schweren Schritten. Er war klein und dick wie ein Kobold, und sein Gesicht mit dem freundlichen Lächeln strahlte Vertrauen und Glaubwürdigkeit aus. Ein Mann, dem man wie einem Pfarrer oder eben jenem Therapeuten seine geheimsten Verfehlungen beichtete, ohne über irgendwelche Konsequenzen nachzudenken.

Er reichte Inka die Hand, die sich weich und warm anfühlte.

»Guten Morgen«, erwiderte Inka und ließ sich in einen cremefarbenen Ledersessel im hinteren Eck des Büros dirigieren.

»Darf ich Ihnen eine Erfrischung anbieten?« Ludwig Wesel faltete die Hände vor dem Bauch. Er trug einen dunkelblauen Leinenanzug und ein weißes Hemd, dessen zwei obere Knöpfe offen standen. Inka schätzte ihn auf fünfundsechzig, was seinen watteweißen Haarkranz rechtfertigte.

»Nein, danke. Ich wollte Ihnen nur ein paar Fragen zu Ihrem Mitarbeiter Robert Andresen stellen, dann sind Sie mich auch schon wieder los.«

Wesel sah sie forschend an, runzelte die Stirn und sagte dann: »Ihr Kollege befragte mich bereits gestern.« Mit schnellen Schritten ging er zu einem Schrankregal. »Ich gehe nicht davon aus, dass die Hanstedter Polizei unorganisiert ist. Sie haben einen guten Ruf, Frau Brandt. Warum also kommen Sie? Beschäftigt Sie ein privates Problem?« Mit dem Rücken lehnte er sich an das Regal und vergrub die Hände in den Hosentaschen. Er blinzelte Inka aus stahlblauen Augen an, als kehre er ihr Innerstes nach außen und rief die Geister der Vergangenheit.

»Vielen Dank. Und nein. Es ist einzig und allein meine Arbeit, Herr Wesel, die mich zu Ihnen führt«, stellte Inka klar. Irgendwie war ihr mulmig zumute. Dieses Gefühl überkam sie immer beim Zahnarzt, sobald die Sprechanlage über dem Kopf klickte, sie von der Illustrierten aufsah, den Atem anhielt und auf den Aufruf ihres Namens wartete.

»Frau Brandt. Ich will Ihnen ja gerne zuhören und Auskunft erteilen, nur fürchte ich, ich kann Ihnen bei Ihrer Arbeit nicht helfen. Alles, was ich weiß, habe ich Ihrem

Kollegen erzählt.« Wesel zog seine Hände aus den Hosentaschen und ließ die Geister ziehen. Er griff nach einem Wasserglas und einer grünen unbeschrifteten Flasche, die er einmal kurz, aber kräftig aufschüttelte.

»Manchmal, Herr Wesel«, begann Inka im ruhigen Ton, »sicher kennen Sie es aus Therapiesitzungen mit Ihren Patienten, fallen Kleinigkeiten erst hinterher aus den Löchern der Erinnerung. Doch genau diese Kleinigkeiten führen oft zu einem Ganzen. So ist es auch bei uns. Und darum möchte ich Sie bitten, Ihre Angaben doch noch einmal zu wiederholen.«

Wesel schnaufte, Unmut furchte seine glänzende Stirn. Er schenkte das Glas mit einer trüben Flüssigkeit voll, setzte sich in den zweiten Ledersessel und antwortete: »Bitte, was wollen Sie wissen?« Er trank einen ordentlichen Schluck und wartete auf Inkas Frage-Antwort-Spiel.

»Robert Andresen arbeitete seit einem Jahr als Therapeut im *Seerosenhof*. Bitte sagen Sie mir, wenn ich mit meinen Angaben falschliege.«

Inka wartete auf Wesels Nicken, dann fuhr sie fort: »Er war bei den Patienten beliebt und hielt einmal monatlich einen Vortrag im Gemeindesaal des Hotels *Heiderose*. Seine Eltern wohnen in Südafrika und seine Schwester in Hamburg-Harburg. Robert Andresen war ledig. Wissen Sie, ob er eine Freundin hatte?«

»Nein.« Wesel zuckte die Schultern. »Mir liegen nur Informationen aus der Personalakte vor. Private ...«

»Wo hat er vorher gearbeitet?«, würgte Inka den Leiter ab.

»Da muss ich nachsehen.« Das Leder quietschte, als Wesel sich erhob. Er zog einen Aktenordner aus dem offenen Regalschrank und blätterte darin herum. »In Hamburg. In einer Behindertenwerkstatt. Ich lasse Ihnen die Adresse kopieren.«

»Ich nehme den ganzen Ordner.« Entschlossen sah sie Wesel in die Augen.

Der lachte kurz auf und schob den Ordner ins Regal. »Kann ich sonst noch etwas für Sie tun?«, fragte er und hörte auf zu lächeln.

Inka fühlte sich, als stünde sie im Hofladen vor der Fleischtheke ihres Schwagers. »In der Tat, das können Sie«, entgegnete Inka. Sie wies zum leeren Sessel.

»Was liegt Ihnen auf dem Herzen?«, fragte Wesel, ohne Inkas stummer Aufforderung nachzukommen.

»Können Sie mir sagen, ob Patienten von Ihnen an der gestrigen Veranstaltung im Hotel *Heiderose* teilgenommen haben?«

»Auch das muss ich verneinen.« Mit den Fingern kämmte er sich das Resthaar. »Wir verlangen täglich ein strenges Programm von unseren Gästen. Das ist ein Baustein für Menschen, die aus der Bahn geworfen sind. Sie müssen ... Aber das führt zu weit«, sagte er, dann: »Nun, zu Ihrer Frage. Diese kann ich Ihnen nicht beantworten. Die Abendgestaltung steht unseren Gästen zur freien Verfügung.«

»Wie viele Patienten betreuen Sie derzeit in Ihrer Einrichtung, Herr Wesel?«

»Wir bevorzugen das Wort *Gäste*, Frau Brandt. Und um auf Ihre Frage zurückzukommen: Wir durften heute Morgen in unserem Hause den vierundsiebzigsten Gast begrüßen.«

»Eine stattliche Anzahl für unser überschaubares Undeloh.« Wesel überhörte ihren Tonfall, und Inka setzte nach: »Welche Krankheiten behandeln Sie? Gibt es in Ihrem Haus ein Spezialgebiet?«

»Nein. Wir therapieren alle Ängste, Panikattacken bis hin zu Depressionen und Burn-out. Die Liste ist so lang wie die Hilfe, die diese Menschen benötigen.«

Da war er wieder, der vertrauensvolle Mann.

»Herr Wesel, ich muss jeden Patienten, Pardon, Gast befragen. Und zuerst die … Gäste, mit denen Herr Andresen gearbeitet hat.«

»Jetzt?«

Inka nickte. »Jetzt. Und auch die Kollegen von Herrn Andresen«, setzte sie nach.

»Ha«, Wesels Oberkörper machte einen Hüpfer. »Wie stellen Sie sich das vor? Es laufen Sitzungen und Kurse. Ich kann da nicht reinschneien.«

Inka erhob sich und baute sich vor Wesel auf. »Gut, dann komme ich, wenn Ihre Gäste bei Kaffee und Kuchen sitzen. Oder ist es Ihnen lieber, wenn ich sofort meine Kollegen rufe und wir einen kollektiven Klinikausflug auf die Wache unternehmen?«

Wesels Unterkiefer klappte nach unten und er starrte Inka an, dann nickte er.

Verschwunden war das Ich-kann-dir-alles-erzählen-Gesicht.

12 Kaum, dass die Glastür des *Seerosenhofes* sich hinter Inka geschlossen hatte, vibrierte ihr Handy in der Hosentasche. In einiger Entfernung blieb sie vor dem Eingang und einer Runde rauchender Patienten stehen und sah auf die Anruferkennung. *Fabian ruft an*, leuchtete auf. Sie nahm ab.

»Fabian, es wird ja Zeit, dass du dich meldest«, wetterte Inka los, während sie ein paar Schritte zu ihrem Auto schlenderte. »Seit gestern Vormittag versuche ich dich zu erreichen.«

»Jetzt halt mal die Luft an, Inka. Ich war zu einem Termin mit einem namhaften Werbepartner und musste die Nacht durcharbeiten.«

»Ach, du Armer. Wie waren deine Appetithäppchen diesmal? Blond, brünett oder rothaarig?«

»Wie immer, sehr witzig, Inka.«

Inka rollte die Augen. »Mach, was du willst, nur vergiss nicht, dass du noch eine Tochter hast, die dich braucht.«

»Du meinst wohl, du brauchst mich«, antwortete Fabian bissig.

»Nenn es, wie du willst, aber komm gefälligst nach Undeloh.«

»Sag mal, spinnst du? Du kriegst die Betreuung unserer Tochter nicht gebacken, und ich soll alles stehen und liegen lassen! Bei mir schmort ein wichtiger Auftrag in der Röhre. Immerhin geht es ja auch um dein Geld.«

»Schön, dass du es ansprichst, Fabian. Paula kaut nämlich seit zwei Monaten auf Pappe, weil ihr Vater Champagner mit Damen schlürft, die halb so alt sind wie er.«

»Du und deine Dramatik«, knurrte Fabian ins Telefon.

»Dramatisch wird es im Winter, wenn Paula barfuß durch den Schnee läuft, weil ich ihr keine Schuhe kaufen kann.«

Inka grinste. Jetzt war sie dramatisch.

»Du hast sie nicht alle, Inka!«, schrie Fabian.

»Wenn es dir dann bessergeht. Wann kommst du Paula holen?«

Inka hörte tiefes Schnaufen.

»Gar nicht. Ich kann nicht weg. Ich habe ... Sag mal, was ist da bei dir für ein Höllenlärm?«

»Weiß ich nicht, warte mal.« Inka stopfte das Handy in die Hosentasche und beobachtete die Szenerie vor dem Eingang des *Seerosenhofs*, während sie langsam auf das Haus zuging.

Die rauchende Patientengruppe wirkte aufgebracht. Eine Frau schluchzte, eine andere lief im Kreis umher und schrie immer: »Nein! Nein! Nein!« Wieder eine andere lehnte an der Hausmauer, das Gesicht in den Händen vergraben. Dann tauchte die Seerosenfrau auf und redete auf die Gruppe ein. Ab und an legte sie einen Finger auf die Lippen.

»Na, sind Sie auch ein Neuzugang?«

Eine Stimme hinter ihr ließ Inka zusammenzucken. »Ach, Sie sind es.«

»Entschuldigung. Ich wollte Sie nicht erschrecken.«

»Kann ich vertragen. Schäfer war Ihr Name, stimmt's? Der Mann aus der Stadt, der keine Pilze mag und gerne eine Bank hinter dem Wacholder hätte.«

»Woher wissen Sie, dass ich aus der Stadt komme?«

»Wer etliche Kilometer wie Sie vom nächsten Dorf am Spätnachmittag ohne Pferd unterwegs ist, hat sich entweder verlaufen, verschätzt oder hat Angst vor Pferden. Jemandem, der auf dem Land lebt, wäre das nie passiert.«

»Chapeau, Madame.« Sebastian Schäfer verneigte sich. »Gut kombiniert.«

»Das war nicht schwer.«

»Und sind Sie nun ...?«

»Was?«, unterbrach Inka. Ihr Interesse galt noch immer der aufgebrachten Runde vor dem Eingang.

»Ein Neuzugang aus dem gläsernen Käfig.«

»Um Himmels willen! Nein! Ich bin nicht kirre! Sie?«

»Seit gestern Morgen bin ich im *Seerosenhof*. Kirre, nun ...« Er kratzte sich den Bart, aus dem Erdkrümel und Reste von Heidekraut auf seine Turnschuhe rieselten.

»Ach herrje«, rutschte es Inka raus. »Entschuldigung. Ich meinte ...«, haspelte sie.

»Dass ich ein bisschen vom Weg abgekommen bin. Sie haben vollkommen recht.« Sebastian nickte und sah an sich herunter. Er trug eine erdbeschmutzte Jeanshose und einen blauen, an Ärmeln und Taschen eingerissenen Janker und sah aus, als wäre er nach tagelangem Kohlenschippen heimgekehrt. »Und was ist da vorne los?«

Inka zuckte die Achseln. »Ich weiß es nicht, aber ich gehe der Sache jetzt auf den Grund.«

»Sie?«

»Ist mein Job.«

»Ach, Sie sind Therapeutin in diesem gläsernen Käfig. Ich verstehe.«

»Für viele ist es kein Käfig, sondern ein Versteck.«

»Wird das ein Einzelgespräch?«, fragte Sebastian, der eifrig neben ihr herlief.

»Brauchen Sie eins?«

»Was? Ein Versteck oder ein Einzelgespräch?«

»Wenn Ihnen neun Quadratmeter reichen, dürfen Sie sich gerne eine Nacht bei mir verstecken.«

»Neun Quadratmeter. Das ist ja Zellengröße.« Sebastian lachte.

»Ganz richtig.« Inka hielt Sebastian ihren Ausweis vor die Nase.

Eine Frau, die Inka auf Mitte fünfzig schätzte, stand auf dem Gang im dritten Stock des *Seerosenhofs*.

Als Inka sie ansprach, schluchzte sie unverständliches Zeug und zeigte mit dem Zeigefinger auf die Zimmertür mit der Nummer 12.

»Kümmern Sie sich um sie«, befahl Inka Sebastian, der ihr wie ein Schatten gefolgt und nicht von der Seite gewichen war.

Vorsichtig drückte sie die Tür auf. Mitten im Zimmer standen zwei Seerosenfrauen, aneinandergeschmiegt wie ein Liebespaar. Zwei blonde Frauen in Jogginganzügen saßen auf dem Bett, schnieften und knüllten Taschentücher in den Händen. Ein Mann rauchte am offenen Fenster. Kalte Luft wehte hinein. Der gelb-weiß gestreifte Vorhang blähte sich für einen Moment wie ein Theatervorhang.

Inka schloss die Tür hinter sich. Ludwig Wesel stand mit einem Jogginghosenmann im Badezimmer. Sie zogen an irgendetwas herum, das an der Duscharmatur hing, aussah wie eine rosafarbene Schlange und ihnen gewisse Mühe abverlangte.

»Was ist hier los?«, rief sie.

»Eine Patientin, ein Gast. Sie hat sich aufgehängt. Kommen Sie, helfen Sie uns«, keuchte Wesel über seine Schulter. »Wir müssen sie runterholen und retten.«

Mit drei schnellen Schritten betrat Inka das Badezimmer. Erst jetzt erkannte sie hinter Wesels fülliger Statur eine dunkelhaarige Frau, die an der Duscharmatur baumelte. Rike, die Pusteblumenfrau, die sie gestern mit Lukas Deerberg auf der Brücke gesehen hatte.

»Sind Sie verrückt! Gehen Sie da sofort weg!«, rief Inka. Sie sah auch ohne Teresas ärztlichen Blick, dass die

Frau tot war. »Sie vernichten Spuren. Raus, und zwar alle.« Inka fuchtelte mit den Armen in der Luft herum. Der Mann neben Wesel, ein hagerer Mittfünfziger, löste seinen Griff von der Duscharmatur und schlich wie ein geprügelter Hund an Inka vorbei auf den Flur. »Und draußen warten«, schrie sie ihm hinterher.

»Nein«, brüllte jetzt Wesel. »Wir müssen der Frau helfen. Kommen Sie zurück!« Wesel umklammerte den leblosen Körper der Frau und versuchte ihn anzuheben.

»Lassen Sie sie los, Herr Wesel. Sie ist tot.«

Wesel schien sie nicht zu hören. Er klammerte sich an den Leib der Frau, als wolle er sie vor dem Erfrieren schützen.

»Herr Wesel«, Inka zog den Leiter am Ärmel, »sie ist tot. Sie können ihr nicht mehr helfen. Bitte. Ich rufe meine Kollegen. Bitte verlassen Sie das Zimmer.«

Zögernd ließ Wesel von der toten Frau ab. Er hatte verstanden.

Die Pusteblumenfrau hing mit einem Bademantelgürtel um den Hals an der Duscharmatur des Badezimmers. Der zum Gürtel passende rosafarbene Bademantel hing offen an der Frau herunter, und bis auf einen schwarzen Slip war sie nackt. Ihre Augen waren starr geöffnet und der Kopf unnatürlich zur Seite geknickt. Ihre Gesichtshaut war wächsern und blass.

Inka zog Latexhandschuhe aus ihrem Umhängebeutel und beugte sich über die Tote. Vorsichtig berührte sie die Haut der Frau. Leicht kühl, aber noch keine Totenflecken.

Auf dem Fliesenboden waren Handtücher, Kamm, Shampooflasche, einige lose Schminkutensilien und ein grauer Jogginganzug verstreut.

Sie rief Mark an und bat ihn, die Spurensicherung und

Teresa zu informieren. Dann scheuchte sie alle Anwesenden auf den Flur.

»Sperren Sie den Flur ab«, forderte sie Wesel auf, der auf die Tür mit der goldenen Nummer 12 starrte, als würde sich diese öffnen und eine muntere Patientin zum Töpferkurs spazieren. »Und ich brauche einen Raum, für alle, die in dem Zimmer der Toten waren, und alle, die hier rumstehen. Am besten das Zimmer gegenüber.«

Wesel nickte ein paarmal, drückte einer Seerosenfrau einen Schlüssel in die Hand und schlurfte über den Flur davon.

»So, und jetzt zu Ihnen.« Inka sah zu der Seerosenfrau, die den Schlüssel in der Hand hielt. »Sie alle, und zwar ausnahmslos, warten in dem Zimmer von ...«

»Das ist meins«, ging die Frau, die auf dem Flur stand, dazwischen. Sie umklammerte ein Glas Wasser.

»Wie heißen Sie?«

»Mahnke. Sabine Mahnke.«

»Also bitte, alle warten im Zimmer von Frau Mahnke. Und bringen Sie uns zwei Stühle«, sagte Inka zur Seerosenfrau, die immer noch wie versteinert mit dem Schlüssel in der Hand dastand, als wäre sie mit dem Teppich verwachsen.

»Mein Name ist Inka Brandt. Ich bin Hauptkommissarin der Hanstedter Wache«, stellte sie sich vor und zeigte der Frau ihren Ausweis. »Sie haben die Tote gefunden.«

»Ja.« Die Frau wirkte rastlos, ihre Wimperntusche war verschmiert und die Fingernägel bis aufs Fleisch abgekaut.

»Und die Tote ... ich meine Ihre Mitpatientin, wie ist ihr Name?«

»Mareike Paulsen.«

»Kannten Sie sich näher?«

»Nein. Ja. Wie man sich eben kennt in so einer Klinik. Wissen Sie, jeder hat seinen Tagesablauf. Man trifft sich auf dem Flur, beim Mittagessen, besucht gemeinsame Kurse. Mit dem einen kommt man klar, bei dem anderen eckt man an.« Sabine Mahnke zog den Reißverschluss ihrer Joggingjacke bis zum Hals hoch und rutschte auf den weißen Kunststoffstuhl Inka gegenüber.

Inka nickte der Seerosenfrau zu. »Sie kamen mit Frau Paulsen klar«, sagte sie an Sabine Mahnke gewandt.

Nicken.

»Erzählen Sie, was ist passiert. Ich meine den Ablauf, bis Sie Frau Paulsen fanden.«

»Vor einer Viertelstunde ... Na ja, bevor ... bevor Sie kamen. Ich kam vom Frühstück.«

Inka erinnerte sich an die Menschen unten im Foyer, die in Jogginganzügen und mit Handtüchern unter dem Arm in unterschiedliche Richtungen ausströmten.

»Und weiter«, ermutigte Inka ihre Gesprächspartnerin, als diese stockte.

»Na ja, ich vermisste Rike schon beim Frühstück. Obwohl das nicht außergewöhnlich war. Sie hat oft verschlafen, wenn sie mit *Sammy* spät unterwegs war. Meist kam sie abgehetzt in der letzten Minute durch die Tür.«

»*Sammy?*«

»Ja, ein Halbblut, Kaltblut ...« Sabine Mahnke zuckte die Achseln. »Ich kenne mich nicht aus mit Pferden. Aber Rike war eine Pferdenärrin. Sie hat sich extra diese Undeloher Klinik ausgesucht, weil sie hier reiten kann, konnte«, verbesserte sie sich.

»*Sammy* ist ein Pferd. Wie schön. Ich reite auch«, erwiderte Inka.

Sabine Mahnke nickte emotionslos.

»Gut, Rike erschien nicht zum Frühstück. Und Sie sind zu ihrem Zimmer. Was ist dann geschehen?«

»Ich wollte sie zum Chi-Gong-Kurs abholen. Das Frühstück verpassen ist eine Sache, einen Kurs ... Da sind die blauen Tanten, also die Therapeutinnen, gleich auf Touren, und es hagelt Mahnungen. Die bestehen darauf, dass alles geregelt ist.« Sabine Mahnke trank das Wasser aus und stellte das Glas unter den Stuhl auf den pepitagemusterten Teppichboden. »Ich klopfte an Rikes Tür und bemerkte, dass die Tür einen Spaltbreit offen stand. Dann bin ich rein, um Rike zu wecken. Aber sie lag nicht im Bett. Sie war ... Es war ein grausamer Anblick. Wie sie so da hing.«

Inka wartete einen Moment, bis Sabine sich die Nase geschnupft hatte, dann fragte sie: »Die Tür war offen?«

»Ja.«

»Was taten Sie, Frau Mahnke, nachdem Sie Ihre Mitpatientin fanden?«

»Ich bin aus dem Zimmer gerannt.«

»Und wohin?«

Sabine sah Inka an, als stünde ihr die Antwort auf der Stirn. »Zum Fahrstuhl, ich wollte Hilfe holen, aber als sich die Fahrstuhltür öffnete, kam mir Frau Knopp, eine Angestellte, entgegen«, Sabine drehte den Kopf zur geschlossenen Zimmertür. »Ich erklärte kurz, was passiert ist, und sie rief sofort Herrn Wesel zu Hilfe.«

»Ist Ihnen auf dem Flur jemand begegnet?«

»Nur meine drei Zimmernachbarinnen, die zum Schwimmen wollten, und Jens.«

»Sonst noch jemand?«

»Nein.«

Inka nickte. »Wissen Sie, warum Frau Paulsen im *Seerosenhof* war?«

»So weit mir Rike erzählte, ging es um Mobbing auf der Arbeit. Sie war Lehrerin.«

»Wie würden Sie die Stimmung von Frau Paulsen in den letzten Tagen beschreiben? Wie hat sie sich gefühlt? Erschien sie Ihnen trauriger, in sich gekehrter als sonst?«

»Das kann ich nicht sagen, Frau Brandt. Wissen Sie, wir sind ja nicht aus Langeweile im *Seerosenhof*. Jeder Mensch schleppt sein Päckchen mit sich herum. Mal ist es größer, mal kleiner.« Mit blauen Augen sah sie Inka an. »Und manchmal freut man sich, wenn es ein bisschen kleiner wird, und dann ist der Himmel voll rosa Sterne. Na ja«, sie senkte den Blick, »so ging es auch Rike. Nur ist es bei uns nicht heute so und morgen so wie bei …«, Sabine Mahnke zögerte, und Inka schien es, als suche sie nach passenden Worten, »na, wie bei gesunden Menschen«, setzte sie nach, »sondern uns geht es oft in der einen Minute gut und in der anderen könnten wir …« Sie holte tief Luft, dann sagte sie: »Manchen geht es über Tage schlecht und dann wieder über Tage gut. Das ist ein Wechselbad der Gefühle und schwer in den Griff zu kriegen.«

»Und wenn es Rike gutging, ist sie ausgeritten«, setzte Inka nach. Sie stellte sich die rosafarbenen Sterne vor.

»O nein.« Über Sabines hageres langes Gesicht huschte ein flüchtiges Lächeln. »Ausgeritten ist sie immer. Und wenn es ihr saumiserabel ging, ist sie erst recht durch die Heide galoppiert. Drei, vier Stunden verschwand sie, und danach wirkte sie immer glücklich und zufrieden. Dann lag ein Strahlen auf ihrem Gesicht, das einen ansteckte. Die Pferde haben sie begeistert und gaben ihr Halt.«

»Wie die rosa Sterne am Himmel«, setzte Inka nach. Woher kannte sie das bloß?

Nicken.

»Auf welchem Gestüt steht *Sammy*?«

Sabine Mahnke zuckte die Schulter. »Ich weiß nicht genau. Kann aber nicht weit sein. Rike sagte mal, es sei nur um die Ecke. Mitnehmen wollte sie mich auch. Aber ich auf einem Gaul. Nee, das wird nichts.« Sabine lachte und zeigte Zähne. Die rechte Seite des Unterkiefers schien Inka in der Kürze des Beobachtens lückenhaft.

»Bekam Rike Besuch?«

»Ein einziges Mal, glaube ich. Von ihrem Mann. Erst dachte ich, es sei ihr Vater. Aber dann hat sie ihn mir als ihren Mann vorgestellt. Der ist bestimmt in meinem Alter.« Sabine unterdrückte ein süffisantes Grinsen. »Na, kann mir auch egal sein. Wo die Liebe hinfällt, nicht wahr?«

Inka blieb Sabine die Antwort schuldig. »Frau Mahnke, der Therapeut Robert Andresen, was wissen Sie über ihn?«

»Waren Sie deswegen im Haus? Dem ist die Kehle aufgeschlitzt worden, nicht wahr?«

Inka nickte.

»Na ja. Ich hatte mit ihm nichts zu tun. Ich kannte ihn nur vom Sehen. Er war einer von Rikes Therapeuten.«

»Sie sagten einer. Hatte Rike mehrere Therapeuten?«

»Zwei, glaub ich. Den Kleinen, den Marquardt, aber über den hat sie nie viel erzählt. Na ja und dann Robert. Von dem hat sie geschwärmt.« Sabine lächelte. »Er würde ihr guttun. Sie auf den rechten Weg bringen und so ein Gefasel. Wenn sie aus einer Sitzung kam, hörte sie sich an, als hätte sie einen Heiligenschein verpasst gekriegt.«

»Wie ich hörte, beschäftigte sich Robert Andresen mit den Problemen verlassener Ehepartner.«

»Keine Ahnung, Frau Brandt. Wie gesagt, er war einer von Rikes Therapeuten.«

»Noch eine letzte Frage, Frau Mahnke. Verraten Sie mir, warum Sie sich auf dem *Seerosenhof* aufhalten?« Ob sie verstecken hätte sagen sollen? Inka fragte sich, warum sich wohl Sebastian Schäfer in diesem Käfig versteckte.

»Ich, ich ... ich muss Kindheitserinnerungen aufarbeiten«, stotterte sie und schluckte.

»Ich danke Ihnen«, sagte Inka. Ihr Feingefühl und die Nervosität der Patientin verrieten ihr, dass sie nicht weiter drängen durfte. »Das war es fürs Erste. Sie können gehen. Bitte warten Sie in Ihrem Zimmer. Meine Kollegen brauchen Ihre Fingerabdrücke und ...«

»Wofür? Rike hat sich doch umgebracht.« Sabine Mahnke machte ein ängstliches Gesicht.

»Das ist Polizeiroutine, Frau Mahnke. Machen Sie sich keine Sorgen«, versuchte Inka die Patientin zu beruhigen.

Sabine Mahnke nickte und verschwand hinter ihrer Zimmertür. Inka machte sich Notizen und dachte über die Möglichkeit und Wahrscheinlichkeit eines Selbstmordes nach. Warum war Rike nackt? Wenn man sich umbringen will, zieht man sich nicht aus. Zwar wusste sie, dass Selbstmörder sich auf ihre Tat im Allgemeinen vorbereiteten, dass sich jemand bis auf Bademantel und Slip auszog, war ihr neu.

Und warum arbeitete sie zusätzlich mit einem Therapeuten, der ein anderes Therapiegebiet abdeckte? Und warum lagen auf den Fliesen im Badezimmer Kamm, Zahnbürste, Shampooflasche und Jogginganzug? Rikes Haare waren trocken. Wollte sie duschen und sich für den Kurs fertig machen und hatte es sich anders überlegt? War es ein spontaner Selbstmord?

Sie musste noch einmal mit Ludwig Wesel reden. Dringend.

13 Teresa traf eine halbe Stunde später als Mark Freese im *Seerosenhof* ein.

»Na, das ist ja mal ein netter Unterschlupf.« Sie blieb im Foyer stehen und betrachtete staunend das riesige gläserne Kuppeldach des *Seerosenhofs*. »Und so was bei uns in der Heide, man glaubt es kaum. Wo ist Inka?«

»Im dritten Stock.«

Als Teresa mit Mark den Flur betrat, kam Inka ihnen bereits entgegen. »Wie geht's Paula?«, fragte sie statt einer Begrüßung.

»Alles gut. Blümchen ist ganz verzückt. Sie spielt mehr Memory, als dass sie ihre Arbeit macht. Sie meint, endlich käme Leben in die Bude.« Teresa lachte. »Und was ist hier los?«

»Eine Patientin, Mareike Paulsen. Sie hat sich aufgeknüpft oder ist aufgeknüpft worden. Sieh dir das mal an.«

Teresa folgte Inka ins Bad des Patientenzimmers. »Wann habt ihr die Tote gefunden?«, fragte sie, während sie ihren Koffer öffnete und hellblaue Latexhandschuhe aus einem Seitenfach zog.

Inka blickte auf ihr Handy. »Um 9.07 Uhr hab ich mit Mark telefoniert, und vier Minuten vorher war ich hier im Zimmer und habe sie gesehen, warum?«

»Ich sehe nirgends Totenflecken, und wenn ich mich nicht täusche, kann sie noch nicht lange tot sein.«

»Wie lange, Terry?«

»Vielleicht eine Stunde, zwei höchstens.«

»Sie hat sich umgebracht, als ich beim Leiter im Büro saß.« Inka runzelte nachdenklich die Stirn.

»Ich weiß nicht, wo du dich vor zwei Stunden rumgetrieben hast, Süße, aber meine Berechnung stimmt.« Teresa nickte und zog die Handschuhe aus. »Falls sie sich aufgehängt hat.«

»Du meinst, sie ist …«

»Kann ich nicht sagen, aber wenn ich mich umbringen wollte, würde ich das nicht mit einem offenen Bademantel und nur im Slip bekleidet tun. Wer weiß, wer mich alles findet. Das ist doch peinlich.«

»Du siehst sogar aufgebammelt umwerfend aus«, setzte Inka nach.

»Gut zu wissen, vielen Dank.« Terry schmunzelte. Teresa war schlank, schmalbrüstig und groß. Ihr langes Haar fiel dunkel, glatt und voll auf ihre Schultern, und ihr dezentes Make-up schimmerte makellos.

»Gern geschehen«, erwiderte Inka und dachte an Flora, Teresas neununddreißigjährige Partnerin, mit der sie seit sieben Jahren liiert war. Ob die beiden ihre geheime Liebesbeziehung endlich Floras Eltern gebeichtet hatten?

»Sag mal, Süße, ich wollte dich das schon gestern fragen, wo hast du deine schönen Engelslocken gelassen?«

»In Lübeck, wie den Rest, der bei einem Neuanfang stört. Gefällt es dir?«

»Hat was. Du gehst fast als Doppelgängerin von deiner Namensvetterin aus dem Fernsehen durch.«

»Häh?«

»Na die von ›Bauer sucht Frau‹. Die Moderatorin.«

Teresa lachte. »Vorausgesetzt, du polsterst deine Knochen wieder auf, ziehst dir ein Dirndl an, setzt dich auf den Melkhocker und ...« Teresa legte den Kopf schief. »Ja, passt.«

»Hör auf«, konterte Inka und beendete das Thema, das ihr inzwischen ordentlich auf die Nerven ging. »Sag mir lieber, warum lässt man die Tür offen, nachdem man jemanden umgebracht hat? Falls es Mord war.«

Teresa zuckte die Schultern. »Er hatte es eilig oder wollte, dass sie schnell gefunden wird. Aber das ist dein Part. Ich nehme die Dame nur mit, um ...«, sie winkte zwei Kollegen der Spurensicherung, Mareike Paulsen aus ihrer Position zu befreien, »um dir die Arbeit zu erleichtern.« Hinter Inka und spielkartengroßen auf dem Fußboden aufgestellten Schildchen, auf denen Zahlen von eins bis siebzehn standen, verließ sie das Badezimmer.

»Und ich hab so das Gefühl, als wenn ich um Arbeit in diesem Fall nicht herumkomme. Zwei Tote in zwei Tagen.« Inka zog eine Grimasse, während sie Teresa auf den Flur folgte, vorbei an einem Kollegen der Spurensicherung, der in weißem Schutzanzug an der Zimmertür mit Pinsel und Klebefolie arbeitete. »Ich kenne die Tote, Terry«, sagte Inka.

Teresa sah sie erstaunt an.

»Nicht mit Namen, den weiß ich jetzt erst, aber gestern Nachmittag war sie mit Lukas Deerberg hinter dem Rinder- und Wildpferdgehege auf dem Holzsteg vom Bachlauf der Beeke. Erst haben sie gestritten, und dann ging die Post ab.«

»Du meinst ...« Teresa kniff die Lippen zusammen.

»Unser Egestorfer Schönling Lukas Deerberg, der beliebteste Junggeselle der Gegend hat es mit ...«

Inka nickte. »Genau. Und war das hier kein Selbstmord, klebt unserem Sohn der Aphrodite ordentlich Schnuckenkacke am Hintern.«

»Na, dann pack ich mal mein Besteck ein und beeil mich, denn so, wie es da drinnen aussieht ... Wir sehen uns am Nachmittag.«

»Gib Paula einen Kuss von mir«, erwiderte Inka, umarmte ihre Freundin und sah ihr nach, wie sie mit zwei Männern und dem Metallsarg im Fahrstuhl verschwand.

Mit der Idylle war es auf dem Dorf endgültig vorbei.

14 Mark Freese nahm im Nebenzimmer von allen Personen, die auf dem Flur und im Zimmer von Mareike Paulsen herumliefen, die Personalien auf. Sie würden einen nach dem anderen vernehmen. Aber erst musste Inka noch einmal mit Wesel reden.

Das war lange nicht alles.

Ludwig Wesel saß auf einem weißen ledernen Bürostuhl und starrte auf eine aufgeschlagene Akte auf seinem Schreibtisch. Er wirkte ebenso müde wie verärgert. Die Jalousien an den Fenstern waren zur Hälfte heruntergelassen, verdeckten die buttergelben Köpfe der Strauchsonnenblumen und sperrten die morgendlichen Sonnenstrahlen aus.

Inka setzte sich auf einen Stuhl dem Mann gegenüber.

»Ich verstehe das nicht«, begann Wesel kopfschüttelnd, ohne aufzusehen, »ich verstehe das einfach nicht. Das ist bei uns im Haus noch nie vorgekommen, dass sich ein Gast ...«

»Seit wann hielt sich Frau Paulsen im *Seerosenhof* auf, Herr Wesel?«

»Gestern waren es zwei Wochen.« Er schob Inka die Akte über den Schreibtisch und referierte: »Sie war Lehrerin in Hamburg-Neugraben. Mobbing unter Kollegen. Die Attacken begannen, als der jetzige Schulleiter sie für den Posten der Schulleitung vorschlug. Kollegen schnitten sie, schoben ihr Fehlverhalten unter, begannen mit übler Nachrede, das ganze Programm. Es war zu viel für sie. Erst kam das Unwohlsein, später die Schlafstörungen, das Zittern und die Angst.«

Da war er wieder, der Mann, dem man seine dunkelsten Geheimnisse anvertraute.

»Und warum war Robert Andresen ein Therapeut von Frau Paulsen, wenn er ...«

»Wie kommen Sie darauf, dass Herr Andresen der Therapeut von Frau Paulsen war?« Irritiert sah Wesel auf. »Herr Andresen deckte bei uns im Hause ein ganz anderes Therapiegebiet ab. Mit Frau Paulsen arbeitete unser Therapeut Herr Marquardt.«

»Das ist merkwürdig, ich hörte, dass Herr Andresen ebenfalls Therapeut von Frau Paulsen war.«

»Das ist in der Tat merkwürdig, Frau Brandt. Zwei Therapeuten für einen Gast ...« Wesel schüttelte den Kopf. »Ich lasse Herrn Marquardt sofort rufen.« Wesel nahm sein Telefon und gab Frau Plunder Anweisung, den Therapeuten in sein Büro zu führen und Frau Brandt Kaffee zu servieren.

Nach einer Viertelstunde betrat Sven Marquardt das Büro. Marquardt war ein kleiner hagerer Fünfziger mit hängenden Schultern und schleppendem Gang, als hinge ein Mühlstein an seinen Füßen. Als er Inka die Hand gab, spürte sie einen kleinen Stromschlag durch ihre Fingerspitzen jagen.

»Ja«, erklärte er, während er einen Regiestuhl vor Wesels Schreibtisch zog, er wäre Mareike Paulsens Therapeut gewesen. Doch dass Robert als zweiter Therapeut agiert hätte, wüsste er nicht. Auch habe er beim besten Willen keine Erklärung, warum sich seine Patientin das Leben genommen hatte.

»So etwas ist mir in meiner bisherigen Therapeutenlaufbahn noch nie passiert. Das ist, ja, wie soll ich sagen, reinster Horror. Unvorstellbar«, echauffierte sich der Therapeut. In seinem grauen Anzug, der viel zu großen und schief sitzenden Krawatte, die um seinen dünnen Hals geschnürt war, und der Brille mit den Hornrändern wirkte er wie ein archäologischer Bücherwurm, den man mit Mühe aus seiner Bibliothek gezerrt hatte.

Inka fragte sich, ob er die Wahrheit sagte oder eine Vorstellung gab. Denn warum sollte ein Therapeut, der mit Angstpatienten arbeitete, nicht schon einmal einen Patienten auf diese Weise verloren haben? Sicher gehörte das zur psychologischen Ausbildung, mit solch einer Situation umzugehen. Sie schenkte Marquardt ein Lächeln und fragte: »Der Tod von Frau Paulsen macht Sie nachdenklich, Herr Marquardt?«

»Sicher. Was ist das für ein Leumund, wenn sich eine Patientin von mir aufhängt? Jeder wird denken, ich sei unfähig, meinen Beruf auszuüben.«

»Ach hör auf, Sven«, schaltete sich Wesel ein, »du bist nicht seit gestern Therapeut.«

Inka blickte zwischen Wesel und Marquardt hin und

her, dann fragte sie: »Wo waren Sie, als sich Frau Paulsen erhängt hat?«

Marquardt wartete einen Moment, bevor er antwortete: »Natürlich. Sie brauchen ein Alibi.« Er rutschte ein paar Zentimeter auf dem Stuhl vor und sagte, mit dieser wohltönenden Stimme, die Inka eingangs bei Wesel aufgefallen war: »Ludwig, könntest du mir auch einen Kaffee ... Danke, das wäre nett.«

Wesel nahm den Hörer, drückte eine Taste auf seiner Telefonanlage und orderte einen weiteren Milchkaffee bei Frau Plunder. »Und eine extra Portion Zucker, bitte«, fügte er hinzu, während er Marquardt einen Blick zuwarf.

Inka waren Wesels Blicke nicht entgangen. Nachdem er seine Bestellung beendet hatte, sagte sie: »Ich warte noch auf eine Antwort, Herr Marquardt.«

»Ich saß im Gemeinschaftsraum der Therapeuten und habe gelesen.«

»Gelesen«, wiederholte Inka. »Sie meinen, Sie haben Pause gemacht.«

»Ja. Nein. Eigentlich nicht. Ich dachte, ich hätte eine Patientenstunde, aber ich habe die Zeiten in meinem Kalender falsch eingetragen. Eine Stunde zu früh.«

Inka nickte. »Sind Sie im Gemeinschaftsraum jemandem begegnet oder ...«

»Nein. Ich war allein.«

Es klopfte, und die Schiebetür ging auf. Frau Plunder betrat mit einem Tablett den Raum. Sie schenkte Inka einen feindlichen Blick, der nichts anderes aussagte als: Sie sind ja immer noch hier, und stellte eine Tasse Kaffee vor Marquardt auf Wesels Schreibtisch. »Ich habe dir Schinkenschnittchen mitgebracht.« Ihre rauchige Stimme klang mütterlich. Sie hob einen Teller vom Tablett, auf dem so viele in Dreiecke geschnittene und aufgestapelte Sandwichscheiben lagen, als verköstigte sie eine Horde hungriger Pausenschüler.

Inkas perplexer Blick huschte von der Seerosenfrau zu Marquardt, der verschüchtert nickte. Was ging hier ab?

»Sind wir jetzt fertig?«

Wesels Worte rissen Inka aus ihren Gedanken und den Fragen, die ihr wegen dieser Vertrautheit auf der Zunge brannten. Sie ließ es auf sich beruhen und sagte: »Nein. Jetzt wird es erst gemütlich.« Ihr Nicken galt den Mehrkornschnittchen. »Herr Wesel, ich würde gerne mit Ihrem Mitarbeiter allein sprechen. Darf ich Sie bitten ...«

»Kein Problem«, würgte der Inka ab. Er stand auf, warf Marquardt einen vielsagenden Blick zu, den, wie Inka schien, nur die Männer zu deuten wussten.

»Also«, verlangte Inka, als sich die Schiebetür schloss, »ich würde gerne wissen, ob Sie wirklich der einzige Therapeut von Frau Paulsen waren oder ...?« Sie warf der geschlossenen Schiebetür einen schnellen Blick hinterher.

»Es wird viel gequatscht in so einer Einrichtung, und nicht alles ist sinnvolle Therapie, Frau Brandt. Und Ludwig, nun ja ...«

»Kann ich Ihren zögerlichen Worten entnehmen, dass Frau Paulsen und Herr Andresen ein Verhältnis hatten, das sich außerhalb eines Therapierahmens befand?«

»Er ist tot. Ja, was soll's. Ich weiß, dass sie sich öfters trafen, aber wenn Sie wissen wollen, ob sie ...«, Marquardt trank einen Schluck Kaffee und putzte sich den Mund an einer hellblauen Papierserviette ab, »ich weiß es nicht. Ludwig, ich meine Herr Wesel, hat keine Ahnung von den Treffen, und es wäre schön, wenn Sie das berücksichtigen könnten.«

»Soweit ich das vertreten kann.« Inka nickte, und der Therapeut fuhr fort.

»Es waren meist Frischlinge, Frauen, die noch nicht gefestigt, im Haus noch nicht richtig angekommen waren, emotional, meine ich. Als ich Robert bat, sich nicht in die Therapie von uns anderen Therapeuten einzumischen, hat er gelacht. Er meinte, seine Einmischungen seien nur Forschungszwecke. Ich bräuchte mir keine Gedanken machen. Er war ein Schwein.«

»Sie mochten ihn nicht.«

»Das sagte ich gerade.«

Inka nickte. »Bei seinen Patienten soll er beliebt gewesen sein.«

Marquardt zuckte die Achseln.

»Was ist mit ... nun, weiteren Forschungsobjekten von Andresen?«

»Sie meinen aus dem *Seerosenhof*?«

Inka nickte, und Marquardt stimmte ein.

»Frau Runge. Eine junge Patientin mit Klaustrophobie.«

»Platzangst, richtig?«

»Nein, das ist Agoraphobie. Die Angst zum Beispiel, große Plätze zu überqueren. Wird gern mit Klaustrophobie, der Angst in engen Räumen, verwechselt«, kommentierte Marquardt fachmännisch. »Ja, wie gesagt. Frau Runge ist eine, war eine von Roberts Patientinnen, mehr weiß ich nicht.«

Inka beschlich das Gefühl, dass Marquardt ihr nicht alles sagte.

»Wo waren Sie am Montagabend, als Ihr Kollege im Gemeindesaal des Hotels *Heiderose* seinen Vortrag hielt?«

»Vorgestern. Ja, wo war ich da?« Marquardt schürzte die Lippen und antwortete zögernd, als müsse er sich eine Pause zum Überlegen verschaffen. »Tja, als Robert seinem Mörder über den Weg lief, war ich zu Hause. Wieder alleine, um Ihre nächste Frage zu beantworten. Ich bin ledig.«

»Sprechen wir über Mareike Paulsen. Verlief die Therapie erfolgreich?«

Bei Inkas Erwähnung von Mareike Paulsen kam Mark Freese ins Büro und gesellte sich zu ihnen. Er griff nach einem Schinken-Sandwich und ließ sich in Wesels Chefsessel fallen.

»Herr Marquardt«, Inka warf einen Blick auf ihren Kollegen, der sich bei seiner Verkostung nicht stören ließ, »wie gefestigt war Frau Paulsen nach zwei Wochen Aufenthalt im *Seerosenhof*?«

»Wenn Sie meinen, ob sie suizidgefährdet war … Nein. Ja. Nun, ich weiß es nicht. Man weiß nie ganz genau, was in den Köpfen der Patienten vor sich geht. Mit Ängsten ist das so eine Sache. Viele trauen sich nicht, davon zu erzählen, sie denken, man hält sie für bekloppt. Es dauert eine Zeit, bis Patienten, vor allem Neuankömmlinge, Vertrauen fassen und sich öffnen.«

»Hmmm«, brummte Inka. Marquardts Antwort brachte sie keinen Deut voran. Sie musste es genau wissen. »Wie äußerten sich Frau Paulsens Ängste bei Mobbingattacken?«

»Mobbing ist der Anfang, Frau Brandt. Ängste entwickeln sich nach und nach und treten unterschiedlich auf. Bei Rike, bei Frau Paulsen«, verbesserte er, »fingen diese mit vermindertem Selbstwertgefühl an, steigerten sich in Versagensängste und endeten in Depressionen. Die wiederum können weitere Kreise ziehen, psychisch wie physisch.«

Und dann begann er einen Vortrag über die Gefahren einer Dauer- und Überbelastung, Stressvermeidungsstrategien und was alles die Seele belastete. Inka war klar, Marquardt liebte seinen Beruf nicht nur, er lebte ihn.

»Können all diese von Ihnen aufgeführten ... Begebenheiten«, Inka schien es als passendes Wort, »zum Selbstmord führen?«

»Und da sind wir wieder am Anfang der Geschichte, Frau Brandt. Alle Ängste können zum Selbstmord führen.«

Inka musterte ihren Gesprächspartner. Sie war unzufrieden.

Sven Marquardt war nicht gut zu sprechen auf Robert Andresen, sicher, aber war das Grund genug, ihm die Kehle aufzuschlitzen? Und auch, wenn Marquardt vielleicht manches verschwieg, fragte sie sich, wenn er der Mörder von Robert Andresen war, wie ein Mann, der kaum größere Hände als ein Achtjähriger hatte und knapp sechzig Kilo wog, einem Neunzigkilomann den Hals aufschlitzen konnte? Zumal er gut einen Kopf kleiner war als Andresen. Und wenn Mareike Paulsens Tod kein Selbstmord war, wie hatte er es mit dünnen Ärmchen bewerkstelligt, Rike an die Duscharmatur zu knoten? Kam Marquardt überhaupt als Täter in Frage, oder gab es sogar zwei Täter? Inka schwirrte der Kopf vor lauter Fragen. Sie musste eine Verbindung zwischen dem Therapeuten Robert Andresen und der Patientin Mareike Paulsen suchen. Mit Vermutungen kam sie nicht weiter.

Sie verabschiedete sich, gab dem Therapeuten ihre Karte und verließ mit Mark das Büro.

Ludwig Wesel wartete hinter der Schiebetür und fragte ungeduldig: »War's das jetzt?«

»Fast«, erwiderte Inka. »Wir benötigen alle Unterlagen und Krankenakten der Patienten, mit denen Robert Andresen gearbeitet hat, weiterhin die Ihrer Mitarbeiter, angefangen von Putzfrau bis Therapeut, Sie eingeschlossen.«

»Aber ich brauche ...« Inka erwartete unangemessene lange Erörterungen über ein *Warum* und *Wie*, doch Wesel erwiderte: »Reicht eine Kopie?«

Er hatte keine Chance.

Inka nickte und wechselte einen Blick mit Mark. »Oberkommissar Freese wird Ihnen helfen, damit kein Blättchen verlorengeht.«

15 Es war 11 Uhr vorbei. Inka knurrte der Magen. Ihr zweites Frühstück war fällig. Ein Brötchen mit Heidschnuckenschinken lag auf der Hanstedter Wache im Kühlschrank. Mist. Ob sie in Wesels Büro zurückgehen und sich ein Schinkenbrot holen sollte?

»Na, alles aufgeklärt?«

»Hä?« Inka drehte sich um. »Ach, Herr ... Sie schon wieder. Hat mein Kollege Ihre Personalien?«

»Sebastian Schäfer. Wie gewünscht, Frau Kommissarin. Aber ich würde Ihnen gerne ein Angebot machen.« Er wies auf die steingraue Ledersitzgruppe. »Bitte setzen wir uns doch einen Augenblick.«

Inka gähnte und rutschte in das Polster. Sie war müde. Die halbe Nacht verbrachte sie an Paulas Bett. Irgendwann um drei Uhr am Morgen war sie neben ihr eingeschlafen. Dennoch verspürte sie den dringenden Wunsch, dem verwilderten Stadtmenschen zu entkommen. Zudem brauchte sie kein Angebot von einem Patienten aus dem *Seerosenhof*, der aussah wie Rübezahl, der gerade die Heide gepflügt hatte. Was sie brauchte, war dringend etwas zu essen und eine Mütze Schlaf.

»Ja, ich könnte Ihnen ...«

Inka hob die Hand. »Moment.« Sie zog das Handy aus der Hosentasche. *Terry ruft an*, zeigte das Display. Gerettet. »Entschuldigung, das ist dienstlich. Wir sprechen uns später.« Sie lächelte entschuldigend und schälte sich aus dem Leder.

»Terry, was gibt's? Geht es Paula gut?« Sie ging ein paar Schritte Richtung Ausgang.

»Mit Paula ist alles in Ordnung. Ich wollte dir nur sagen, dass ich in der Schnittwunde am Hals des Therapeuten Spuren von Erde gefunden habe.«

»Und?«, fragte sie und schlüpfte hinter einem Mann durch die Drehtür ins Freie.

»Nichts, meine Süße.« Teresa hörte ein Schnaufen am anderen Ende der Leitung. »Hoppla, mal langsam mit den jungen Pferden. Ich sagte nicht, dass ich gar nichts habe.«

Inka hörte Papier rascheln. Ungeduldig fragte sie: »Ja?«

»Die Schneide ...«, begann Teresa undeutlich, »sorry, musste vom Brötchen abbeißen. Also noch mal, die Schneide ist eine zehn bis fünfzehn Zentimeter gerade verlaufende Klinge. Und sie fiel vor der Tat in Dreck oder war vor Gebrauch bereits dreckig, das kannst du dir aussuchen.« Teresa schluckte.

»Und euer Täter stand höchstens einen halben Meter von seinem Opfer entfernt, als er ihn aufschlitzte. Ein solch tiefer Schnitt ist nur mit Kraft, Zielsicherheit und aus unmittelbarer Nähe auszuführen. Und die Schnittachse zeigt mir, dass dein Täter mindestens einen Kopf kleiner ist als Andresen.«

»Es kann also auch eine Frau gewesen sein.«

»Mmmm, kann ich nicht ausschließen«, murmelte Teresa.

»Na gut, wenn Andresen ihn oder sie so weit an sich herangelassen hat, hat er ihn oder sie gekannt.«

»Möglich, aber ebenso könnte es ein Täter sein, der Andresen nur nach der Uhrzeit oder dem Weg gefragt und mit seiner Tat überrascht hat.«

»Daran dachte ich auch, aber ehrlich, wer geht am Abend bei uns im Dorf um 22 Uhr raus, ohne vorher auf die Uhr zu sehen? Wer nicht vor der Glotze sitzt, ist im Stall bei den Kühen und Schafen oder liegt auf der Matratze, weil um vier Uhr aufstehen angesagt ist.«

»Mag sein, Inka, doch vergiss nicht die Zeitundeloher.«

Inka grinste in den Hörer. Teresas Ausdruck für Touristen gefiel ihr.

»Einige saßen im Gemeindesaal der *Heiderose* und hörten sich einen Vortrag an, und die anderen Stadtmenschen wollten in Heitmanns Hökerladen Souvenirs kaufen und wussten nicht, dass bei uns um 18 Uhr die Bürgersteige hochgeklappt werden«, hörte Inka ihre Freundin sagen.

»Hmmm«, erwiderte Inka, dann: »Hmmm.«

»Hilft dir nicht, was? Aber sag mal, war der Tote Vegetarier?«

»Warum willst du das wissen?« Inka dachte an den Täter aus der Stadt, der zu einem Einkaufsbummel aufbrach und nebenbei einem Therapeuten den Hals aufschlitzte.

Eine grauenhafte Vorstellung. Ebenso, dass zu 957 Undeloher Einwohnern die doppelte Menge Zeitundeloher dazukamen, die in den letzten Tagen durch das Dorf marschiert, angereist, abgereist waren oder als Tagestouristen Heidekraut platt trampelten, weil sie ausgewiesene Wanderwege missachteten.

Teresa half ihr aus den moosbewachsenen Gedanken. »Weil seine Blutwerte katastrophal waren. Besonders der Eisenwert war im Keller. Und in seinem Magen langweilten sich lediglich unverdaute Schalen Wildreis.«

»Keine Ahnung. Hast du was von dem Selbstmord?«

»Einer nach dem anderen, Inka. Du weißt ...«

»Du musst die Obduktion abwarten. Schon klar.«

»Wie schön, dass du schon im Vorwege meine Gedanken kennst. Aber richtig, ich muss erst schnippeln, untersuchen, wiegen und ab in den Topf.«

»Koch dein Gulasch und gib mir Bescheid. Bis nachher«, erwiderte Inka und legte auf. Was Teresa an ihrem Job so faszinierte, war ihr ein Rätsel. Stunden brachte sie in ihrem Institut zu und vergaß dabei nicht nur die Zeit, sondern auch alle Lebenden. Oft genug hatte Inka vor ihrer Zeit in Lübeck in der *Heidjer-Kate* auf Teresa gewartet, alleine vor ihrem Bier an ihrem Stammtisch am Fenster.

16 Vom Parkplatz des *Seerosenhofs* lenkte Inka ihren Golf weiter bis zum *Brunnencafé* an der Wilseder Straße. An der hüfthohen aus Steinen gefertigten Mauerwand stoppte sie.

Elsa, die Bedienung, kannte Inka aus Kindertagen, wenn ihre Mutter mit ihr im Café Brötchen und Kuchen kaufte.

»Grüß dich, Inka. Na, da haben wir ja unser gefallenes Mädchen. Bist endlich zurück aus der großen weiten Welt?«

»Hallo, Elsa. Ja. Hat nicht sollen sein.«

»Um den Letzten zu vergessen, denkt man am besten schon an den Nächsten.« Elsa lachte, und ihr runder Leib wippte hinter ihrer weißen Rüschenschürze. »Such dir einen netten Bauern aus dem Dorf, dann weißt du, was du kriegst. Die passende Frisur haste ja«, erwiderte sie.

»Die passende Frisur?« Inka fuhr mit der Hand durch ihre blonden Haare.

»Na ja, siehst fast aus wie die Moderatorin von dieser Fernsehsendung ›Bauer sucht Frau‹.«

»Hmmm«, brummte Inka verstimmt.

»Wie ich hörte, hast du Nachwuchs nach Undeloh mitgebracht«, bemerkte Elsa, während sie Streuselschnecken mit dicker Zuckerglasur von einem Blech auf ein kleineres Blech sortierte.

Inka nickte. »Eine Tochter. Paula. Sie ist drei.«

»Sie hat Windpocken und kann nicht zur Tilly, stimmt's?« Elsa blinzelte durch den Glastresen von den Schnecken hoch.

Inka nickte wieder. Hier auf dem Dorf blieb nichts verborgen. »Elsa, schmier mir bitte ein Käsebrötchen. Ich muss nach Hamburg, und mir knurrt der Magen.«

»So mager, wie du aussiehst, brauchst du die doppelte Portion. Gab es in Lübeck außer Marzipan und Fisch nichts zu essen?«

Inka winkte ab. »Sag mal, Elsa, was ist mit dem Toten aus der Katzenkuhle, kanntest du den?«, fragte Inka, während sie einen Blick links und rechts über den Kuchentresen warf. Die Blätterteig-Windräder mit Pudding und dem dicken Klecks Pflaumenmus lachten sie an. Genau das Richtige für Paula, Terry und Blümchen.

»Den Andresen, na klar. Der kam jeden Morgen und kaufte drei Dinkelbrötchen mit Butter und Tilsiter. War ein netter adretter Kerl. Wer den wohl umgebracht hat? Hast du eine Spur?«

»Nein, aber kannst *du* dir vorstellen, wer ihn aufgeschlitzt hat?«

»Ich? Inka, Kind, ich verkaufe Brot und Kuchen. Was hab ich mit Therapeuten und aufgeschlitzten Hälsen zu tun. Normal oder …«

»Roggen, bitte, und ohne Butter.«

Elsa nickte, setzte das Brotmesser an und teilte das Brötchen geübt in zwei Hälften.

»Kanntest du ihn?«, fragte Inka.

»Na ja, wie man einen so kennt. Er war ein Wilseder.« Die Verkäuferin legte zwei Käsescheiben auf die Brötchenhälften, klappte sie zusammen und steckte sie in eine Papiertüte. »Er kaufte seine Brötchen bei uns und jeden Mittwoch zusätzlich ein Stück Buchweizentorte.«

»Kam er allein?«

»Glaub schon.«

»Kam er oder kam er nicht allein, Elsa?«

»Ich kann mich nicht erinnern. Er war ja nicht der einzige Kunde.« Sie legte die Brötchentüte auf den Glastresen.

»Aber du kennst Patienten aus dem *Seerosenhof*.«

»Unser Kuchen ist beliebt.« Sie drückte den Rücken durch.

»Das kann ich bestätigen«, gab Inka zu und lächelte. »Gib mir noch drei von den Blätterteigrädern.« Ob das einen Pluspunkt gab? »Elsa, ich brauche deine Hilfe. Sag ehrlich, hast du Andresen mal in Begleitung einer jungen Dame gesehen? Klein, zierlich, dunkelhaarig, Pagenkopf.« Inka sah auf die Kassenanzeige und legte Geldstücke auf den weißen Keramikteller, der auf dem Glastresen stand.

»Du meinst, so eine mit einem Schopf wie der Spatz von Avignon?« Elsa strahlte, und ihre Wangen röteten sich in der Farbe der glasierten Erdbeertörtchen aus der Auslage. »Sie ist meine Lieblingssängerin.«

»Pagenkopf, dunkelhaarig«, erwiderte Inka zügig, bevor Elsa zu singen anfing.

»Ja, sag ich doch. Mireille Mathieu. Na ja, möglich, es stand eine neben ihm. Ob sie zu ihm gehörte? Hier gehen in der Hochsaison so viele Menschen ein und aus, ich kann mir nicht alle merken.« Ihre Schultern zuckten.

Hier kam sie nicht weiter. Auch wenn Elsa mehr wusste, als sie zugab, würde sie es ihr nicht verraten. Sie war eine Undeloherin, und wenn ein Undeloher nichts sagen wollte, sagte er auch nichts, da hätte sie mit eingraviertem Lächeln noch so viele Käsebrötchen oder Tortenstücke kaufen können.

»Danke. Mach's gut.« Inka nahm die Brötchentüte und das Kuchenpaket. Mireille Mathieu, der Name kam ihr bekannt vor. Lag bei ihrer Mutter nicht eine Schallplatte dieser französischen Sängerin im Schrank?

Im Wagen warf sie einen Blick in Rikes Unterlagen. Neugrabener Bahnhofstraße. Friseur Knut Paulsen. Immer agierte sie als Todesbotin, die schlechte Nachrichten an Angehörige überbrachte. Es graute ihr vor solchen

Besuchen. Sie biss ins Brötchen, drehte den Wagen auf der Wilseder Straße nach links Richtung Autobahn Hamburg und drückte das Gaspedal bis zum Anschlag durch.

Das Navi markierte 55 Minuten Fahrtzeit.

17 Die Septembersonne zeigte spätsommerliche Kräfte, als Inka den Golf in der Neugrabener Bahnhofstraße auf dem Hinterhof einer Apotheke abstellte. Sie klemmte das polizeiliche Ausweisschild zwischen Armaturenbrett und Scheibe und umrundete das mehrstöckige Gebäude bis zum Eingang des Friseurgeschäftes. Als sie die Tür öffnete, erklang ein Windspiel über ihrem Kopf. Ein Schwall warmer süßlicher Luft wehte ihr entgegen, kitzelte ihre Nase und hüllte sie von Kopf bis Fuß ein.

Knut Paulsen stand hinter einem Stuhl, auf dem eine brünette Frau saß. In der Hand hielt er Kamm, Lockenwickler und die Haarsträhne der Frau, die Inka um die sechzig schätzte.

Paulsen war ein schlanker Mittfünfziger mit grauen kurzen Haaren, die sich leicht wellten. Er lachte Inka an und drückte einer jungen Kollegin in einem quittegelben Polyesterkittel seine Utensilien in die Hand.

»Frau Dadelein, meine Kollegin Jenny wird Sie weiter verwöhnen. Ich bitte Sie, mich zu entschuldigen.«

»Jenny, bitte noch ein Glas Sekt für Frau Dadelein und ein paar belgische Pralinen.« Paulsen setzte ein charmantes Lächeln auf und verneigte sich vor der Kundin, die bei dem Wort Pralinen versöhnlich lächelte.

»Jetzt zu Ihnen.« Er richtete sich wieder auf. »Sie sind Frau Brandt, oder? Kommen Sie, gehen wir in mein Büro.«

Inka nickte und folgte Paulsen in einen geräumigen Nebenraum. »Ja. Hauptkommissarin Inka Brandt von der Hanstedter Wache. Sie kennen mich?«, fragte sie.

»Eine Hauptkommissarin. Nein. Aber was wollten Sie bei einem Friseur? Ihr Haarschnitt ... Diese kleinen Lichteffekte in naturblonden Haaren. Ich bin begeistert. Darf ich fragen, wo Sie den zurzeit angesagtesten Bause-Look haben machen lassen?«

»In Lübeck.« Inka wirkte genervt. Sie ließ sich die Haare abschneiden, weil sie kurze Haare praktischer fand, eine Typveränderung war nie geplant.

»Ah ja, wie schön.« Er nickte. »Frau Brandt, am Telefon sagten Sie, Sie wollten mich sprechen. Um was geht es? Habe ich etwas angestellt?«

Sie holte tief Luft und sprach zögerlich: »Es tut mir leid, ich muss Ihnen leider mitteilen, dass Ihre Frau tot ist.«

Paulsen starrte sie sekundenlang wortlos an, bevor er kopfschüttelnd sagte, so als hätte er die unglaublichste Nachricht seines Lebens erhalten: »Nein. Das kann nicht sein. Meine Frau ist in einer Klinik. Noch heute Morgen habe ich mit ihr telefoniert und wir vereinbarten, dass ich sie am Sonntag besuche.«

»Im *Seerosenhof*.«

»Richtig. Wir wollten ...« Erst jetzt schien er Inkas Worte zu begreifen.

»Ja?«

»Ihre Haare schneiden.« Paulsen sackte in sich zusammen wie eine Marionettenpuppe mit durchtrennten

Haltefäden. Kraftlos sank er auf einen Holzstuhl, der neben einem gefüllten Regal mit Shampoo- und Haarfestigerflaschen stand, die allesamt goldfarbene Kappen verschlossen. »Wie, ich meine ... was?«

»Bisher sieht es nach Selbstmord aus. Ihre Frau hat sich erhängt«, bemerkte Inka ruhig.

Knut Paulsen schlug die Hände vor das Gesicht und schluchzte. »Nein«, sagte er, und wieder: »Nein, das kann ich nicht glauben. Ich will sie sehen, sofort.«

»Nicht heute, Herr Paulsen. Sie ist in der Rechtsmedizin und ...« Inka erinnerte sich an Teresas Worte vom Wiegen und Zerschnippeln und schwieg.

Paulsen schluchzte erneut.

»Herr Paulsen, es tut mir leid, ich muss Ihnen einige Fragen stellen.«

Er griff nach dem Papiertuch, das ihm Inka reichte, und schnäuzte sich die Nase.

»Können Sie sich vorstellen, warum sich Ihre Frau das Leben genommen hat?« Inka zog einen Holzstuhl hinter einem Resopaltisch hervor, auf dem zwei Kaffeetassen und ein überfüllter Aschenbecher standen. Eine aufgeschlagene Klatschillustrierte zeigte die Schauspielerin Julia Roberts im atemberaubend engen, silbern glitzernden Kleid und ihrem betörenden Lachen auf einem roten Teppich.

»Nein.«

»Darf ich fragen, ob Ihre Ehe ...«, weiter kam Inka nicht, als Paulsen sie schroff abwürgte.

»Gut, unsere Ehe war gut. Wir haben uns geliebt. Und wenn Sie drauf anspielen, dass ich zwanzig Jahre älter bin, kann ich nur sagen, dass das nicht das Geringste damit zu tun hat.«

Seine Stimme drückte eine Entschlossenheit aus, die Inka ihm vorbehaltlos abgenommen hätte. Doch da Rikes Tod als Selbstmord noch nicht vom Tisch war, überfielen sie arge Zweifel.

»Womit hat das nicht das Geringste zu tun?«, fragte Inka, ohne Paulsen aus den Augen zu lassen.

»Wie?«

Ihr Gegenüber schien durcheinander. Oder tat er nur so, wollte er rausgerutschte Worte vertuschen?

»Wo waren Sie heute Morgen in der Zeit von sieben Uhr bis acht Uhr, Herr Paulsen?«

»Denken Sie jetzt bloß nichts Falsches, Frau Brandt. Ich habe meine Frau nicht umgebracht.«

»Wie kommen Sie auf Mord?«

»Es hörte sich so an, als ... Was weiß ich. Sie kommen her und fragen, wo ich heute Morgen gewesen bin, so als wenn ... Ich habe meine Frau geliebt.« Er schlug die Hände vor das Gesicht.

»Das sind allgemein übliche Fragen meiner Arbeit, Herr Paulsen. Aber hätten Sie denn einen Grund?«

»Weder einen Grund noch die Zeit. Heute Morgen war ich im Laden. Ich musste eine Hochzeitsfrisur fertigstellen. Fragen Sie meine Kollegin, sie hat mich gesehen.« Er klatschte die Hände auf die Oberschenkel.

»Wie lange waren Sie verheiratet?«

»Vier Jahre. Im November wären es vier Jahre.«

Inka nickte. Sie fragte sich, ob Rike ihren Mann nur mit Lukas oder auch mit anderen Männern betrogen hatte. Und wusste Paulsen davon? Wenn, war es ein starkes Motiv, falls Rikes Tod kein Selbstmord war. Sie musste sich gedulden und auf Teresas Ergebnisse warten.

»Und es gab nie irgendwelche ... wie soll ich sagen«,

Inka druckste, »nun, irgendwelche Ausbrüche aus der ehelichen Gemeinschaft?«

»Wenn Sie wissen wollen, ob ich meiner Frau treu war. Ja, das war ich.«

»Und Ihre …«

»Meine Frau hat mich geliebt. Warum fragen Sie?«

»Weil am Montagabend, und da kommen wir zu meiner nächsten Frage, Robert Andresen, ein Therapeut des *Seerosenhofs*, mit aufgeschlitztem Hals am Undeloher Dorfteich lag. Sagt Ihnen der Name etwas?«

»Nein«, erwiderte er. »Und wenn Sie mehr über meine Frau wissen als ich, Frau Brandt, sagen Sie es.«

Was sollte sie Knut Paulsen sagen? Viel wusste sie nicht. Und wie sollte sie das, was sie wusste, mit einer ordentlichen Portion Mitgefühl verpacken? Konnte sie ihm sagen, dass seine Frau mit Lukas Deerberg eine Affäre hatte? Dass sie vermutete, dass der Egestorfer Schönling nicht der Einzige war, mit dem seine Ehefrau ihm Hörner aufgesetzt hatte? Seine Frau war tot. Und das Leben, was er bisher mit ihr geführt hatte, war vorbei.

Warum also sollte sie ein erloschenes Feuer wieder entfachen?

»Ich darf leider über laufende Ermittlungen keine Auskunft geben«, erwiderte sie vorsichtig. »Und ich muss wissen, Herr Paulsen, wo Sie sich am Montagabend von 20 Uhr bis 23 Uhr aufgehalten haben.«

Paulsen starrte sie an und überlegte einen Moment. »Bei meiner Schwester. Wir feierten Geburtstag. Ich gebe Ihnen die Adresse.«

Inka nickte. »Danke.« Sie stand auf, schob den Stuhl wieder unter den Resopaltisch und warf noch einen Blick auf das betörende Kleid der Schauspielerin.

»Und wann kann ich jetzt ...«

»Ich melde mich bei Ihnen, Herr Paulsen.« Inka zögerte. »Und mein herzlichstes Beileid.«

18 Es war früher Nachmittag, als Inka wieder nach Undeloh kam. Auf Garbers Hof war das Scheunenfest in vollem Gange. Die Musik wummerte bis auf die Hauptstraße, und in der Luft lag der Geruch von Gebratenem.

In einer Stunde erwartete sie Robert Andresens Schwester auf der Wache. Zeit genug für einen kleinen Abstecher zu Arno von Hofstettens Gestüt, um Harlekins Vitamin-Pellets zu holen. Der Haflinger wies, als Inka ihn kaufte, eine leichte Mineralstoff-Unterversorgung auf. Und Arno von Hofstetten hatte versprochen, sie mit Pellets kostenfrei zu versorgen, bis Harlekins Defizit verschwunden sei.

Sie lenkte den Golf den Radenbachweg entlang, schaltete in den ersten Gang und rollte langsam über die Auffahrt bis hinter das weiße Marmor-Springbrunnenrondell.

Aus sechs weißen Füllhörnern plätscherte Wasser in das Rondell, während auf einer zweiten, darüberliegenden Rondelletage das Wasser aus einer langgezogenen Blütenspitze spritzte. Neben Lukas' Feuerstuhl, der rechts neben dem Brunnen stand, parkte sie den Wagen.

Das Hofstetten-Gestüt war ein außergewöhnlicher Prunkbau. Erbaut um 1870, galt es neben dem Deerberg-Gestüt als zweitspektakulärstes Gut der ganzen Gegend der Lüneburger Heide. An rechter Vorderfront überwucherten Weinranken eine Mauer und zogen sich bis hinter das Winkelgebäude. Zwei zusätzliche Häuser, ehemalige Dienstbotenunterkünfte, verbanden den neu errichteten Torübergang mit dem Haupthaus zu einem Ganzen.

Hinter den Häusern lag ein weiteres Hofrondell, wo kleinere Gebäude wie Reihenhäuschen nebeneinanderstanden. Vierzehn exklusive Ferienwohnungen, in denen eine Woche Aufenthalt einen Angestelltenmonatslohn verschlang.

Weiter hinten, getrennt von drei zusammenhängenden Häusern, befanden sich die Pferdeställe.

Vor fünfzig Jahren, gerade achtzehn, hatte Arno von Hofstetten das Gestüt seiner Eltern übernommen. Ein Jahr später heiratete er die fünfzehnjährige Konstanze Hilding, die Tochter eines Einzelhandelskaufmannes aus Lüneburg. Ein Skandal nach dem anderen und etliche Intrigen erschütterten von da an die Chronik des Gutshofes von Hofstetten. Geschichten, die bis ins einundzwanzigste Jahrhundert reichten und hartnäckig immer wieder aufflammten. Da war die Rede von aufgekauften Höfen, finanziellen Schiebereien, sogar Inzucht. Anschuldigungen, die jedoch weder belegt noch geklärt wurden.

Inka warf der feuerroten Ducati einen gefälligen Blick zu und ging Richtung Toreinfahrt und Ställe. Benjamin Langer, der Stallbursche, kam ihr mit einer Schubkarre dampfenden Pferdemists entgegen. »Morgen, Benny, wo finde ich den Chef?«, fragte sie. Im selben Moment griffen zwei Hände von hinten um ihre Taille.

»Jetzt sag nur, dass du nicht wegen mir hier bist.«

Ein junger Mann, der ein Sweatshirt mit dem Familienwappen der Deerbergs trug, so wie jeder begüterte

Hofbesitzer von den Dörfern sein Wappen gern auf Kleidungsstücken zur Schau stellte, grinste sie übermütig an.

»Lukas.« Inka tat überrascht und befreite sich aus dem Griff. »Wir haben uns ja lange nicht gesehen.« Sie verkniff sich ein Schmunzeln.

»Wohl wahr«, erwiderte er und ließ es sich nicht nehmen, Inka gründlich zu mustern.

»Sag mal, Lukas, was ist denn das für ein Wilder?« Inka drehte den Kopf zu einem Schimmel, der sich am Zügel des Pferdepflegers Heiko aufbäumte und wieherte, als erschrecke es sekündlich.

»Der ist seit zwei Tagen in Pension. Heißt Sir Galando. Ein verrücktes Vieh. Niemand kommt mit dem klar. Wer weiß, was sein Besitzer mit ihm anstellt. Manche Menschen dürften keine Tiere halten.«

Inka nickte zustimmend. »Wo ist deine Verlobte?«

»Sie sattelt *Prinz*, wir wollen ausreiten«, antwortete Lukas und warf einen Blick über Inkas Schulter Richtung Ställe, wo Heiko weiter versuchte, den Schimmel zu beruhigen. »Und du? Was treibt dich auf das Gestüt?«, fragte er und sah Inka prüfend an.

»Ich wollte deinen Schwiegervater in spe sprechen. Weißt du, wo er ist? Benny hat keine Ahnung.«

»Oh, da kommst du eine halbe Stunde zu spät. Er ist mit Konstanze nach Lüneburg. Wolltest du was Bestimmtes?«

Lukas' Gesicht nahm einen konzentrierten Ausdruck an, der Inka nicht entging.

»Die Vitamine für Harlekin. Warum fragst du, Lukas? Quält dich ein schlechtes Gewissen?«

»Ach unsere Inka. Wieder ganz Kommissarin.« Lukas lächelte mit angezogenen Mundwinkeln.

»Wieso, liege ich etwa falsch?«

»Allerdings, Inka.« Lukas' Miene verkrampfte vollständig.

»Und was wäre, wenn ich dich fragen würde, was du gestern Nachmittag um 15 Uhr getrieben hast?«

Lukas bekam keine Möglichkeit zu antworten, da Femke von Hofstetten mit einem Rappen am Zügel durch die Stalleinfahrt stolzierte.

»Ja, das würde mich allerdings auch interessieren, mein lieber Lukas, denn soweit ich mich erinnere, waren wir gestern Nachmittag verabredet, um das Hochzeitsmenü zu besprechen.« Sie spitzte den Mund zu einem Luftkuss. »Grüß dich, Inka. Schön, dich zu sehen.«

Um diese beiläufigen Worte als Lüge zu erkennen, musste man kein Undeloher sein.

»Ebenfalls«, erwiderte Inka. Den Luftkuss sparte sie sich.

Femke von Hofstetten war vierundzwanzig Jahre, das einzige Kind von Konstanze und Arno von Hofstetten und galt als verwöhnteste Göre und eifersüchtigste Junggesellin der Lüneburger Heide. Sie war schlank und drahtig, hatte ein fein gezeichnetes Gesicht, besaß dafür aber so viel Anstand und Feingefühl wie eine Pferdebremse.

Lukas Deerberg holte tief Luft. »Ja, entschuldige, ich wollte dich anrufen, aber … Na ja, es ist so, ich … verdammt, wenn ich dir verrate, wo ich war, ist es keine Überraschung.«

»Genau, und darum kommst du morgen auf die Wache, damit wir alles Weitere besprechen können. Nicht wahr, Lukas?« Inka sah Deerberg junior streng an, doch bevor der antworten konnte, wandte sich Inka an Femke.

»Ach, Femke, was ich dich fragen wollte, wie viele Pferde verleiht ihr zum Ausreiten?«

Femke zuckte die Achseln. »Zwanzig oder mehr, ich weiß es nicht genau. Benny, Heiko und Pitt kümmern sich um die Pensionspferde.«

»Und wer reitet die Pferde aus?«

»Na, du stellst Fragen.«

»Und wer nun?«

»Meine Güte, Inka. Ich glaube zwei, drei Mädchen aus dem Dorf und einige Frauen und Männer aus der Anstalt. Was weiß ich, die wechseln da drüben ja stetig. Wenn du Namen willst, frag unsere Angestellten. Wie gesagt, ich kümmere mich nicht um die Pensionspferde. Ich habe anderes zu tun.« Besitzergreifend schmiegte sie sich an Lukas.

Inka verkniff sich ein Grinsen. »Noch eine Frage, Femke, ich weiß, du kümmerst dich nicht um die Pensionspferde, aber kannst du mir sagen, ob ihr einen Rappen mit Namen *Sammy* habt?« Aus den Augenwinkeln sah Inka, wie Lukas kurz zusammenzuckte und seinen Schreck zu tarnen versuchte, indem er sich durch die Haare fuhr. Zu gern hätte sie ihn bis zum Morgen schwitzen lassen, doch der nächste Undeloher, der den beiden über den Weg lief, offerierte ihnen brühwarm Mareikes Selbstmord. Und was war mit Femke? Hatte sie Lukas' Anspannung nicht bemerkt? Wusste sie von seinen fremden Ausritten? Und wenn ja, warum ließ sie sich das gefallen? Das passte nicht zu Femke von Hofstetten. Jeder Frau, die Lukas näher als einen Meter kam, kratzte sie die Augen aus.

»Das weiß ich ganz genau«, antwortete sie spitz, »*Sammy* war vor einem Jahr mein Pferd. Allerdings wurde er mir mit dem Alter zu sanft. Ich brauch Temperament unter dem Hintern, wenn du verstehst.« Sie blinzelte zu Lukas. »Warum fragst du? Willst du noch ein Pferd kaufen?«

Inka zuckte die Schultern. Sie musste Femke nicht auf die Nase binden, dass sie schon lange überlegte, Harlekins Bruder, Bajazzo, zu kaufen. Allerdings nur, falls Arno ihr einen guten Preis machte, den ihr magerer Kontostand zuließ. »Aber *Sammy* hat eine Dame aus dem *Seerosenhof* geritten, oder?«

»*Sammy* ist beliebt. Aber nun rück raus mit der Sprache, Inka. Was ist los?«

»Mareike Paulsen, die mit *Sammy*, wie ich hörte, des Öfteren ausritt, ist tot. Sie verübte heute Morgen Selbstmord.«

»Oh, du lieber Himmel. Das ist ja furchtbar. Aber wer weiß, was da drüben in dem Glaskasten alles passiert.« Femkes anteilnehmende Betroffenheit über den Tod eines Menschen wich augenblicklich ihrer kühlen Art. »Gestern erst der aufgeschnittene Seelenklempner und heute eine Verrückte. Das kann ja nicht …«

»Femke, halt die Luft an«, fuhr Inka dazwischen, während sie Lukas genauestens betrachtete. Seine leicht wettergebräunte Gesichtsfarbe wechselte ins alarmierende Weiß, und seine Lippen färbten sich tiefblau, als wollten sie erfrieren, wie der Rest seiner steifen Glieder. »Mareike Paulsen war keine Verrückte. Sie war Lehrerin und wegen massiver Mobbingattacken im *Seerosenhof*.«

»So, na ja. Meinetwegen. Hast *du* sie gekannt, Lukas?«

Inka bemerkte das Blitzen in ihren Augen, als sie Lukas ansah.

»Gekannt? Ich? Nein. Woher?«, stammelte er.

»Vielleicht ist sie dir ja hier auf dem Gestüt mal über

den Weg gelaufen, als sie *Sammy* holte. Sie war zweiunddreißig und so eine Zierliche mit schwarzem Pagenkopf, meine Größe«, ergänzte Inka.

Sie drängte ihn mit dem Rücken an die Wand.

Doch Femke gab ihm Fluchthilfe, als sie sagte: »Ich glaub, ich hab sie im Stall gesehen. Sie ist eine gute Reiterin. War sie, meine ich. Das muss aber schon eine Woche her sein. Weißt du nicht mehr, Lukas, das war, als sie mit Vater bei *Sammy* an der Box stand. Wir haben ihn doch gesucht, weil wir mit ihm besprechen wollten, ob wir eine von unseren oder lieber eine von euren Kutschen nehmen, um zum Standesamt zu fahren. Aber da er so mit der Frau in ein Gespräch vertieft war, wollten wir ihn nicht stören und haben es auf später verschoben.«

Lukas schüttelte den Kopf. »Hab ich vergessen«, erwiderte er unbehaglich. Er rieb die Hände aneinander und stopfte sie in die Westentaschen. »Wird kalt, wenn wir so rumstehen. Wir sollten losreiten, Liebes.« Er schickte Femke ein missglücktes Lächeln.

»Einen Moment noch«, verlangte Inka. Sie sah Lukas in die Augen, sah das Flackern und Zucken, die Angst. Dann sagte sie an Femke gewandt: »Weißt du, wo dein Vater Harlekins Vitamin-Pellets hat? Wäre schön, wenn ich die gleich mitnehmen könnte, ich müsste dann nicht noch einmal kommen.«

»Die sind im Stall. In der Vorratskammer. Ich hole sie«, sagte Femke schnell. »Hältst du bitte *Prinz*.« Sie drückte Lukas die Zügel des Rappen in die Hand und rannte los. Ihre fuchsroten Haare, die zu einem dicken Zopf geflochten waren, wippten bei jedem Schritt auf ihrem Rücken.

Als Teenager hatte sich Inka ihr Studium mit Babysitten bei den Hofstettens verdient. Doch die Zeiten, als Inka

Femke die Windeln wechselte und mit Haferbrei fütterte, waren vorbei. Nächsten Monat, im Oktober, trat Femke von Hofstetten mit dem Gutssohn Lukas Deerberg aus Egestorf vor den Traualtar. Falls Lukas die Heirat nicht wieder verschob oder ein anderes Ereignis den Ehebund verhinderte.

19 Sebastian Schäfer lag auf dem Bett in seinem Zimmer im *Seerosenhof* und starrte an die Decke. Seine Gedanken sprangen vom Teichtoten Robert Andresen zur toten Mareike Paulsen. Ein Therapeut war ermordet worden, und eine Patientin hatte sich aufgehängt. Falls sie sich aufgehängt hatte.

Sebastian beschlich die Ahnung, dass es einen Zusammenhang zwischen den beiden Fällen gab, man musste ihn nur herstellen.

Sein Jagdinstinkt war geweckt.

Er stand auf und schaltete sein Laptop ein. Perfekt.

Für seine Fallprofile hatte er ein ausgeklügeltes Muster ersonnen. Als Erstes trug er alle Fakten zusammen und versuchte, so viel wie möglich über das Opfer zu erfahren. Was war genau geschehen, und warum hatte der Täter dieses Verbrechen begangen?

Bei Andresens Fall ging es um die Frage, wer dieses Verbrechen verübt haben könnte. Dem Therapeuten wurde die Kehle aufgeschlitzt, nachdem er einen Vortrag über die soziologische Entwicklung des Seitensprungs gehalten hatte.

War es Absicht? Möglich. Ein geplantes Verbrechen, ein

ausgeklügelter Racheplan eines Mörders, der Andresen kannte. Jemand, der Andresens Vorträge verwerflich fand oder als Ehepartner betroffen war. Gefunden wurde er am nächsten Morgen im Dorfweiher, fünfzig Meter vom Hotel entfernt. Kein ausgeklügeltes Versteck, in einem Dorf, das von Mai bis November als beliebtes Ausflugsziel galt.

Doch ebenso bestand die Möglichkeit, dass die Handlung im Affekt nach einem Streit geschah und die Zeit nicht ausreichte, Andresen anderweitig zu entsorgen, oder der Täter dazu körperlich nicht in der Lage war. Aber was hatte den Mörder veranlasst, so zu handeln? Warum nicht eins von hinten über die Rübe und ab in den Teich? Warum der Sichtkontakt zwischen Täter und Opfer? Sebastian kratzte sich den Bart.

Er musste herauskriegen, was Andresen für ein Mensch war. Wie stand es um Andresens Freunde, Feinde, sein Liebesleben? War er verheiratet, lebte er mit einer Freundin? Oder war er der, der Ehemännern die Frau ausspannte?

Sebastian klickte auf die nächste Seite. Mareike Paulsen. Erhängt. Selbstmord? Mord? Der Tod einer unbekannten Mitpatientin. Zum ersten Mal hatte er sie mit dem Heidestecher auf der Holzbrücke gesehen.

Doch wenn es Mord war, war der Heidestecher dann der Täter? Mordete er aus Eifersucht? Kein schlechter Ansatz. Nur, was war der Grund, die Paulsen zu ermorden? Und warum war seine Wahl nicht auf die Heide, sondern auf den *Seerosenhof* gefallen?

In Sebastians Analyse war kein Platz für Hypothesen, für die war später Zeit, erst brauchte er Fakten.

Er musste von vorn beginnen.

Was wusste er von Mareike Paulsen? Eine verheiratete Dreißigjährige, die durch Mobbingattacken auf der Arbeit in Depressionen verfiel. Vor zwei Wochen kam sie in den *Seerosenhof* und arbeitete seitdem mit dem Therapeuten Sven Marquardt. Mit dem Heideburschen trieb sie es auf der Brücke. Hier könnte der Zusammenhang mit Robert Andresen lauern, dem Therapeuten für außereheliche Verfehlungen.

Wer hatte, wenn es Mord war, ein Interesse daran, Mareike Paulsen zu ermorden? Der Ehemann war immer der erste Tatverdächtige. Wer war er? Und wie kam er an ihn heran?

Sebastian steckte fest, und er musste zurück. Zurück in den Kopf des Mörders.

Eine der schwierigsten Aufgaben.

20 Mark Freese saß am Schreibtisch in der Hanstedter Wache. Um ihn herum tummelten sich drei Streifenkollegen, in der Hand Klarsichtbeutel mit Keksen und schwatzend wie eine aufgebrachte Häkelrunde, die über das neueste Mützenmuster debattierte. Im Hintergrund gluckerte die Kaffeemaschine, und leise Musik dudelte aus dem Radio.

»Hallo, die Herren«, grüßte Inka und öffnete den Kühlschrank.

»Ähm, Inka«, meldete sich Mark, »falls du dein Brötchen suchst, das habe ich verdrückt. Ich dachte, du kommst heute nicht mehr auf die Wache, und ich wollte es nicht vertrocknen lassen.«

Inkas Kopf tauchte aus dem Kühlschrank auf. Ihre Miene verdunkelte sich schlagartig, und sie warf Mark einen wütenden Blick aus zusammengekniffenen Brauen zu. »Vielen Dank, Mark.« Ihr Ton klang ein wenig zu eisig, und: »Ich komme gleich wieder, wenn die Herren sich bis dahin verabschieden.« Sie knallte die Bürotür zu und hetzte über den Gang zur Kantine. Ihr Blutzuckerspiegel sank in die Region, wo ihre Laune sich zu einem unerträglichen Szenario für ihre Umwelt auswuchs. An der Glastür las sie: »Heute ab 15 Uhr geschlossen«. Inka schnaufte durch die Nase und rannte in den ersten Stock. Am Selbstbedienungsautomaten zog sie eine Packung Salzkekse und einen Schokoriegel, befand ihre Ausbeute bis zum Abend als ausreichend und eilte ins Büro.

Die Kollegen der Streife waren verschwunden.

»Wie sieht's aus, Mark, was macht die Patientenbefragung? Gibt es Ergebnisse aus Andresens Laptop?«, fragte Inka muffig.

Mark Freese nickte. »Eins nach dem anderen«, erwiderte er, »hier, die sind für Paula, habe ich vor den Kollegen gerettet.« Er lachte und reichte Inka sechs Kekstüten über den Schreibtisch.

»Danke, ich sage dir Bescheid ...« Inka hielt die Tüten in die Luft.

»Prima. So«, er sah auf die Unterlagen, »die Patientenbefragung läuft, nur noch zwei der ...«, er stockte und trank einen Schluck Kaffee, »der dortigen Bewohner haben wir nicht erreicht. Ein Sebastian Schäfer und eine Clarissa Berg. Aber«, sagte er, »jetzt halt dich fest. Henry fand auf Andresens Computer eine Liebesmail nach der anderen. Um genau zu sagen von fünf Frauen. Ich sage dir, der hat ein Liebesgeschwafel drauf. ›Du bist die Einzige‹, ›Du bist meine Heidekönigin‹. ›Nur auf dich habe ich gewartet‹. Und so weiter und so weiter. Dieser Andresen scheint ein richtiger Preishengst gewesen zu sein. Und alle Damen wollten von ihm wissen, wie sie den Fehltritt ihrem Ehemann beipulen sollen. Und rate mal, wo die fünf heißen Stuten wohnen.«

»Im *Seerosenhof*«, brummte Inka und biss in den Schokoriegel. Das zähe Karamell klebte an ihren Zähnen. »Kannst du hellsehen?«

»Nein, Marquardt, der Therapeut von der Paulsen, war außerordentlich gesprächig.« Sie schluckte. »Eine war Paulsen und die andere Runge.« Der angebissene Riegel landete im Mülleimer.

»Unsere Tote und Kirstin Runge, genau, und eine Dagmar Gutzke, die Zimmer auf dem Flur der Paulsen bewohnen.«

»Waren das die Blondis, die auf dem Bett saßen?«
Mark zuckte die Achseln.

»Ich meine, als ich ankam. Die, die im Zimmer der Mahnke warteten.«

»Ach die meinst du. Ja klar. Hab ich aufgeschrieben.«

»Und die anderen zwei?« Inka griff zu den Salzkeksen.

»Anja Schwerter und Martina Eckel. Hab alles.« Mark klopfte mit der Handfläche auf die Akte. »Ein fleißiges Kerlchen, dieser Andresen. Hat nichts anbrennen lassen.«

»Und warum waren sie im *Seerosenhof*, und wer war ihr Therapeut?«

Mark blätterte in den von Ludwig Wesel kopierten Unterlagen. »Die Paulsen wegen Mobbing, Therapeut Sven Marquardt. Kirstin Runge und Dagmar Gutzke, Angstzustände, Therapeutin Wilma Sämling, und bei den anderen beiden ging es um Panikattacken, und sie waren bei ... warte kurz ...«, Mark blätterte erneut, »wieder bei Marquardt.«

»Hmm. Keiner bei Andresen«, erfasste Inka halblaut. »Was steht sonst noch in seiner Akte? Was war er für ein Knabe?«

»Da muss ich ...«, Mark befeuchtete seinen Zeigefinger und blätterte in der Akte auf die erste Seite. »In seiner Vita steht, unser Toter war ein Architektenkind. Wohlbehütet in einer Stadtvilla in Lüneburg aufgewachsen, zählte er zur guten Oberschicht. Er besuchte die Walddörfer Privatschule bis zum Abitur und ging dann zwei Jahre in die USA nach Washington. Wieder in Deutschland, fing er das Studium der Psychologie an, machte als Zweitbester seinen Abschluss. Für ein Jahr nahm er eine Stelle in einer offenen evangelischen Beratungsstelle in Hamburg-Harburg an. Zwei Jahre später begann er in einer Behinderteneinrichtung in Harburg zu arbeiten.« Mark unterbrach kurz und trank einen Schluck Kaffee. »Dort machte er sich mit unerschütterlicher Geduld einen guten Namen.«

»Steht da was von Schwierigkeiten, Streitigkeiten, Kündigungen, Arbeitsrechtsprozessen oder so?«

Kopfschütteln.

»Hmm, weiter.«

»Der Knabe war arbeitsgeil, arbeitsgeil und noch mal arbeitsgeil. Absolvierte jährlich über dreißig Fortbildungen in Abendkursen und Wochenendseminaren. Was uns seine immensen Bücherberge erklärt. Mit den Jahren spezialisierte er sich auf die soziologischen Abgründe der Beziehungen zwischen Mann und Frau, das Fremdgehen und den Quark, wo er in der *Heiderose* seine Vorträge hielt.«

»Tja, da haben wir einen, wie beteiltest du ihn, einen Preishengst, der genau wusste, wie er mit seinen Damen durch die Heide galoppieren musste, ohne dass die Ehegatten ihm auf die Schliche kamen. Nur leider hat ihm einer das Gatter für ewige Zeiten geschlossen«, resümierte Inka.

Als sie in einen Salzkeks biss, klopfte es an der Tür, und Sebastian Schäfer mit einer jungen Frau betrat das Büro.

»Sie?«, fragte Inka erstaunt.

»Ja. Ich wollte Ihnen ein Angebot machen, erinnern Sie sich?«

»Und erinnern Sie sich, dass ich sagte, wir reden ein anderes Mal?«

»Ja.«

»Bitte«, Inka machte eine wedelnde Handbewegung Richtung Bürotür, »ich habe zu arbeiten.«

»Das ist der Grund, warum ich hier bin, und Frau Andresen, Robert Andresens Schwester, habe ich mitgebracht. Wir haben uns auf dem Flur getroffen und hielten ein angeregtes Pläuschchen.«

Wortlos stand Inka auf und warf die Packung Salzkekse auf den Schreibtisch.

»Sie haben was?«, donnerte sie los, und heftiger: »Raus. Sofort.« Sie riss die Tür auf und bedachte Sebastian mit harschem Blick.

»Ich könnte Ihnen bei Ihrer Arbeit helfen«, versuchte es Sebastian erneut.

»Raus«, befahl Inka, und Sebastian ging rückwärts wieder hinaus. Er tat gut daran, denn Inka knallte ihm die Tür vor der Nase zu.

»Das kann ja wohl nicht wahr sein, was denkt sich dieser Rübezahl!«

»Zu mir war er sehr nett. Ist er kein Polizist?«, fragte die junge Frau, die in Jeans und rubinroter Bluse vor Inka stand. Sie wirkte verunsichert.

»Nein, er ist *kein* Kollege von uns. Er ist ... Unwichtig, Inka Brandt, mein Kollege Mark Freese.« Sie reichte der Frau die Hand. »Bitte nehmen Sie Platz. Möchten Sie etwas trinken? Einen Kaffee?«, fragte Inka, während sie einige zerbröselte Kekse zum Schokoriegel in den Mülleimer wischte und alle geretteten zu einem fingerhohen Turm neben dem Telefon aufstapelte.

»Danke«, entgegnete die Frau, die so gar keine Ähnlichkeit mit ihrem stämmigen Bruder aufwies.

Inka versuchte, in ihrem Kopf den Ärger über Sebastian Schäfers Dreistigkeit und ihren Hunger zu verdrängen und sich auf den Fall zu konzentrieren. »Frau Andresen ...«

»Ach, bitte nennen Sie mich Katja.«

»Katja, gern. Ihr Bruder ist ...« Inka zögerte.

»Ja, Ihr Kollege ... Ich hörte es auf dem Flur. Robert ist ermordet worden.«

»Ja«, erwiderte Inka und holte tief Luft. Dieser Schäfer ging zu weit. Mit ihm würde sie ein Hühnchen rupfen.

»Frau Andresen, Katja. Wie war Ihre Beziehung zu Ihrem Bruder?«

»Wie meinen Sie das, Frau Brandt?«

»Nun, hielten Sie Kontakt, haben Sie gestritten oder ...«

»Nein. Wir sahen uns zwar selten, ich war beschäftigt, er war beschäftigt, aber wir haben uns nicht zerstritten, wenn Sie das meinen.«

Inka wiegte den Kopf.

»Wann haben Sie Ihren Bruder zum letzten Mal gesehen?«

»Im Juli an seinem Geburtstag. Wir aßen in einem Lokal an der Alster, quatschten ein bisschen über Südafrika und unseren Urlaub, und nach zwei Stunden brachte ich ihn zum Bahnhof.«

»Ihre Eltern wohnen in Südafrika.«

»Ja.«

»Sie sind Architekten.«

»Ja. Nein. Das waren sie. Vor sechs Jahren haben sie in Lüneburg das Büro aufgelöst, das Haus verkauft und sind ausgewandert. Jetzt bewirtschaften sie ein Weingut. Weihnachten wollten wir sie in Little Karoo, wo sie jetzt wohnen, besuchen.« Über Katjas Gesicht liefen Tränen, und sie senkte den Blick. »Ich verstehe das nicht. Wer hat das nur getan?«

»Wir werden alles tun, um das herauszufinden, das verspreche ich Ihnen.« Inka wartete, bis Katja sich etwas beruhigt hatte. »Können Sie mir sagen, ob Ihr Bruder Feinde hatte? Hat er irgendetwas erwähnt? Vielleicht von einem Streit mit einem Freund, seinem Arbeitgeber, Kollegen?«

Katja schüttelte den Kopf. »Nein, davon weiß ich nichts.«

»War Ihr Bruder verheiratet, oder gab es eine Freundin? Ich frage, weil wir keinen Anhaltspunkt in seiner Wohnung gefunden haben.«

»Nein. Robert war Single. Seine letzte Beziehung ist mindestens zwei Jahre her. An seinem Geburtstag sagte er noch, so schnell käme ihm keiner mehr ins Bett.« Bei den letzten Worten huschte ein kleines Lächeln über Katjas Mundwinkel.

»Keiner?«, hakte Inka nach.

»Ja.«

»Sie meinen, Ihr Bruder war …«

»Schwul. Ja«, setzte Katja schneller, als Inka antworten konnte, nach.

»Sind Sie sicher? Wir haben Mails und einige Aussagen auf dem Computer Ihres Bruders gefunden, die Gegenteiliges belegen.«

»Dann sind Ihre Aussagen falsch. Robert stand durch und durch auf Männer. Bestimmt«, setzte sie nach, als Inka und Mark sie irritiert ansahen.

»Hmm. Würden Sie sich bitte diese Unterlagen ansehen.«

Inka schob Katja die ausgedruckten Mails von Robert Andresen über den Schreibtisch. »Es sind die letzten Mail-Korrespondenzen, die Ihr Bruder mit fünf Frauen aus dem *Seerosenhof*, in dem er arbeitete, unterhielt.«

Katja runzelte die Stirn. »Nie und nimmer sind die von Robert.« Mit spitzen Fingern schob sie die Unterlagen auf dem Schreibtisch von sich.

»Aber das ist doch die Mail-Adresse Ihres Bruders.«

»Ja, nur sind es lediglich weitergeleitete Nachrichten an meinen Bruder. Sie stammen von einer anderen Adresse. Hier«, Katja stand auf und beugte sich über den Schreibtisch. Mit dem Zeigefinger tippte sie auf eine nicht gelöschte Zeile, in der eine zweite Adresse mit dem Absender *veritas@heide.de* auftauchte. »Die angeblichen Freundinnen meines Bruders haben eine Mail, die sie erhielten, an meinen Bruder weitergeleitet. Eine der Damen hat den Absender nur teilweise gelöscht und ihn versehentlich mitgesandt.«

»Ja«, bekräftigte Inka die Worte von Andresens Schwester, »Sie haben recht. Ich verstehe nicht, wie das passieren konnte.« Sie warf einen tadelnden Blick zu Mark.

»Ach, das geht schnell. Ist mir auch schon passiert. Nicht mit Liebesmails, sondern mit Laborergebnissen. Bin richtig ins Fettnäpfchen gerauscht.«

»Ich meinte eigentlich, wie wir ... Sie arbeiten in einem Labor?«

»Ja, als MTA-Assistentin in Harburg.«

»Katja, wo waren Sie diese Woche am Montagabend von 20 Uhr bis 23 Uhr?«

»Das ist nicht Ihr Ernst, Frau Brandt, oder?«

»Leider können wir bisher niemanden ausschließen.«

»Ich war mit Olaf, meinem Freund, im Kino. Und bevor Sie fragen, wir sahen *Guardians of the Galaxy*. Warten Sie, ich glaube ...« Katja öffnete ihre Umhängetasche und zog das Portemonnaie heraus. »Ja, ich habe sie noch«, murmelte sie, als spräche sie zu sich selber, und reichte Inka eine steingraue eingerissene Eintrittskarte aus dem Kino von Neu-Wulmstorf.

»Danke«, sagte Inka, und: »Verraten Sie mir noch, wo Sie gestern Morgen zwischen sieben Uhr und acht Uhr waren?«

Katja starrte Inka mit blauen Augen an. »Im Bett. Ich hatte mir den Magen verdorben, lag wohl am Essen von Montagabend nach dem Kino. Chinesisch vertrage ich nicht so gut. Olaf liebt es. Na ja, heute habe ich jedenfalls wieder gearbeitet, falls Sie ...«

»Nein. Das ist nicht nötig.« Inka winkte ab. »Morgen kommen Ihre Eltern aus Südafrika. Sie werden Ihren Bruder identifizieren. Möchten Sie ... Ich meine ...«

»Ja«, sagte Katja knapp und stand auf. »Bis morgen.«

21 Weit nach 18 Uhr erreichte Inka den Biohof Sundermöhren in der Heimbucher Straße. Auf dem Rücksitz plapperte Paula, wie oft sie Blümchen beim Memory und Mau-Mau geschlagen hatte. Fabian hatte ihr das Kartenspiel beigebracht.

Inka parkte den Golf vor der Einliegerwohnung und holte Paula und einen Stapel impressionistische Buntstiftzeichnungen, mit denen sie die ganze Küche neu tapezieren konnte, aus dem Kindersitz.

Tim, ihr Schwager, kam ihr über den Hof entgegengeeilt, als hätte er hinter der Gardine auf ihr Heimkommen gewartet. In der Hand trug er einen mit eingeschweißten Heidschnuckenbratwürstchen und Rindermettwürsten befüllten Weidenkorb.

»Na, auch wieder im Lande. Wie schön. Dann darf Hanna sich ja ein wenig Hoffnung machen, dass du ihr heute Abend noch bei den Zimmern hilfst.« Er stellte den Korb ab.

»Tim, ich bin echt erledigt.« Inka sah Paula nach, die auf einem Bein hüpfend hinter der Tür der Einliegerwohnung verschwand.

»Das war klar. Immer diese Ausreden. Hanna und ich schuften den ganzen Tag, damit ...«

Ab diesem Moment hätte Inka klug sein und den Mund halten sollen, aber Tim verstand es wie kein anderer, sie zu provozieren. »Tim, ich weiß nicht, warum du ständig mit der gleichen Chose anfängst. Du hast den Hof von unseren Eltern gekauft und einen Biohof eröffnet. Du hättest auch alles so lassen können, wie es war. Unsere Eltern sind mit dem Einkommen aus der Vermietung der Ferienzimmer und den Milchkühen nicht verhungert.«

»Den Hof so lassen! Spinnst du! Wie sah das denn aus! Alles war heruntergewirtschaftet. Veraltete Zimmer,

Toiletten auf dem Flur, wo leben wir denn? Mit so was lockst du heutzutage keinen Gast hinter dem Ofen vor. Und Milchkühe, dass ich nicht lache. Wo ist da die Zukunft? Liest du keine Zeitung? Weißt du, was Milchbauern verdienen? Ich trage Verantwortung. Ich muss eine Familie ernähren.«

»Zukunft hin oder her, mein lieber Schwager. Du hast es dir so ausgesucht. Außerdem stimmt es nicht, dass ich euch überhaupt nicht helfe. Seitdem ich hier bin, stehe ich jeden Samstag im Hofladen, überziehe Betten und putze Badezimmer in den Ferienzimmern.«

»In der Landwirtschaft gibt es nun mal kein Wochenende.«

»Das mag für dich, aber nicht für mich stimmen. Ich habe auch einen Job. Und nur dass du es weißt, die nächsten zwei, drei Wochen wirst du am Samstag auf meine kostenlose Arbeitskraft verzichten.«

»Wie? Wir haben Hochsaison, Inka. Wir brauchen jede Hand, damit die Einnahmen stimmen. Die Durststrecke von November bis Mai ist lang. Wir müssen über den Winter kommen.«

»Hör auf, Tim. Kein anderer Hof ist mit den Ferienzimmern so gut über die Herbst- und Winterzeit ausgelastet wie der Sundermöhren-Hof. Und Nuppi sagt, es sind zwei, drei Wochen, in denen Paula keinen Kontakt haben darf, keine Ewigkeit. Oder willst du deine Feriengäste und Hofkunden zusätzlich mit Windpocken versorgen?«

»Hättest du sie impfen lassen …« Er verstummte.

»Stell eine Aushilfe ein«, antwortete Inka bestimmt.

»Klar, wenn du sie bezahlst.«

Tim Sundermöhren war groß, blondlockig und blauäugig. Neununddreißig seiner zweiundvierzig Jahre hatte er in Undeloh verbracht. Er stemmte die Hände in die Hüften. Die weiße Plastikschürze spannte über seinem flachen Bauch und zeigte an einigen Stellen Reste von blutigen Schlierstreifen.

»Tim, ich bin müde, und Paula muss auch ins Bett.« Nach Endlosdiskussionen mit ihrem Schwager stand ihr nicht der Sinn. Die Landwirtschaft war nicht ihr Job, ob er das nun begriff oder nicht.

Aus einem der Fenster eines Ferienzimmers winkte Hanna.

»Na, ihr Streithähne, habt ihr euch wieder lieb?«, frotzelte sie. Sie hielt ein Staubtuch in der Hand und schüttelte es kräftig in den Wind.

Hanna war acht Jahre jünger als Inka, dafür aber elf Zentimeter größer und etwas fülliger. Im Gegensatz zu Inka trug sie ihr schulterlanges naturbraunes Haar zu einem Zopf geflochten. Mit ihren hohen Wangenknochen und dem zarten leicht blassen Teint ähnelte sie sehr ihrer Mutter. Inka ähnelte weder ihrer Mutter noch ihrem Vater. Und hätte sie nicht gewusst, dass ihre Uroma nur blonde Mädchen zur Welt gebracht hatte und die eine oder andere Ähnlichkeit zwischen ihr und Hanna herrschte, die ein Schwesternverhältnis bestätigte, würde sich der Verdacht festsetzen, adoptiert zu sein.

»Und wie«, rief Inka ihr zu.

Tim Sundermöhren murmelte hinter ihrem Rücken Worte über Hofarbeit, Verantwortung und Tag und Nacht, ließ Inka stehen und stapfte Richtung Hofladen.

»Sag mal, Hanna«, rief Inka zum Fenster hoch, »kanntest du den Toten aus der Katzenkuhle?«

»Nur vom Hörensagen. Ein paar Gäste erzählten, dass er jeden Monat einen Psycho-Vortrag in der *Heiderose* hielt und ein Netter gewesen sein soll. So die Art Frauenversteher.«

Hanna wandte sich kurz um und schimpfte mit Lennart und Linus. »Und was ist mit der Frau aus dem *Seerosenhof*? Hat sie sich selber aufgehängt? Habt ihr schon Neuigkeiten?«

»Nein, liegt alles noch im Dunkeln. Sag, Hanna, kannst du nachher nach Paula sehen, ich muss Harlekin von der Weide holen?«

»Habe ich vor einer Stunde erledigt, geh ins Bett. Und falls du noch Hunger hast ... Im Ofen liegen Ofenkartoffeln, und Quark steht im Kühlschrank.« Hanna drehte den Kopf über die Schulter. »Verdammt noch mal, hört ihr endlich mit der Streiterei auf. Du, ich muss«, sie klemmte das Staubtuch unter das Band der Schürze, »die Jungs nehmen mir die Bude auseinander. Schönen Abend, und lass dich von Tim nicht ärgern. Er meint es nicht so. Dicken Kuss an Paula.«

Und wie er es so meint, dachte Inka und drückte die angelehnte Tür zur Wohnung auf.

22 Für Sebastian Schäfer war der Abend noch lange nicht zu Ende. Er ging in den Gemeinschaftsraum des *Seerosenhofs* und stieg ins Kartenspiel der Dreiherrengruppe ein.

Ein guter Anfang, um Kontakte zu knüpfen, war, wie er wusste, sich auf eine Ebene mit den Menschen, aus denen man etwas herausbekommen wollte, zu begeben. Und er wollte so viel wie möglich erfahren, also musste er ihre Sprache beherrschen und über ihre Witze lachen. Ein Kartenspiel war der perfekte Rahmen.

Allerdings kam er nicht darum herum, auch einige Fußspuren seiner Lebensgeschichte preiszugeben. Doch hier half ihm seine Phantasie, die ihm schon während der Schul- und Studienzeit gute Dienste geleistet hatte. Und so erfand er eine Story, die nicht nur das Kartenknallen, sondern auch das Schnattern der vier Damen vom Nebentisch und der Patienten an den anderen Tischen verstummen ließ.

Es brauchte keine drei Minuten, bis die Runde auf siebzehn Personen angewachsen war, die ihm gebannt zuhörten.

Dass seine Geschichte nur dazu diente, die Menschen für sich zu gewinnen, um an ein Persönlichkeitsprofil von Andresen und Mareike zu kommen, war zwar nicht schicklich und erinnerte an Bauernfängerei, machte sich jedoch bezahlt.

Und das unterirdische Labyrinth in Venedig, in dessen Gewölbe er sich während des Karnevals verirrte, war zu abstrus, um angezweifelt zu werden, und erklärte zweifellos seine Angst in engen Räumen und den Aufenthalt im *Seerosenhof*. Doch erst die weiß gekleidete Frauengestalt, die ihm in Venedigs Untergrund begegnete, walzte die Geschichte mit erotisch knisternden Zugaben vollständig aus.

Die Fische waren im Netz, und mit seinem Seemannsgarn war er der interessanteste Fischer am Strand.

Das war die Aufwärmübung.

Jetzt kam das Eingemachte.

Schnell erfuhr er, wer Robert Andresen war. Dass er elf Patienten betreute, einmal im Monat in der *Heiderose* einen Vortrag hielt, in Wilsede zur Untermiete wohnte, als vierunddreißigjähriger Vegetarier lebte, seit einem Jahr im *Seerosenhof* arbeitete, gerne Fahrrad fuhr und seine Eltern in Südafrika ein Weingut bewirtschafteten.

Und da hieß es, dass nur Patienten ihre Lebensgeschichte auf dem Sofa ausplauderten.

Auch Mareikes Ausbeute ließ sich hören. Eine Pferdenärrin, die mit einem zwanzig Jahre älteren Friseur verheiratet war. Lehrerin einer Grundschule, die Marquardt im *Seerosenhof* von ihren Ängsten befreien wollte.

Jetzt war Sebastian am Ziel.

Als er jedoch die Täterfrage auf den Tisch warf, erhielt er nur magere Angaben. Andresen wäre ein netter Therapeut gewesen. Aufopfernd, feinfühlig und verständnisvoll. Und warum Mareike sich aufgehängt hatte, war unvorstellbar. Sebastian hätte gerne mehr erfahren, doch er bremste sich, er durfte sich nicht verraten.

Der Anfang war gemacht.

23 Seitdem die regionalen Zeitungen über den Mord an Robert Andresen berichteten und auch Mareike Paulsens Tod ausschlachteten, glühten die Telefondrähte auf der Wache rund um die Uhr. Dorfbewohner fragten nach Belohnung, Journalisten krochen aus allen Ecken hervor, standen mit ihren Kameraaufbauten vor der Wache, und Möchtegernwisser meldeten Hinweise, die sich bei näherer Recherche als wertlos herausstellten.

Während eine Streifenpolizistin und ein Kollege in der Zentrale den Telefondienst übernahmen, saßen Inka und

Mark an diesem Donnerstagmorgen um neun Uhr an ihren Schreibtischen und gingen alle bisher gesammelten Fakten durch.

Irgendwo musste es Hinweise geben.

Sie suchten einen Täter, der ein Motiv und ein Messer mit gerader Klinge besaß, einen Kopf kleiner, aber kräftig war und nah genug an Andresen herankam, um ihn zu töten.

Der Erste auf der Täterliste war Knut Paulsen. Als Ehemann von Rike lag der Verdacht eines Verbrechens aus Eifersucht nahe. Zudem war er kleiner als Andresen. Allerdings, und das erschwerte die Faktenlage, konnte er ein Alibi vorweisen.

Bei Sven Marquardt, Andresens Kollege, könnte es sein, dass unterschiedliche therapeutische Maßnahmen ein Motiv sein könnten. Marquardt war ebenfalls kleiner, aber durchaus nicht so schwächlich, wie er aussah, da er seit zehn Jahren Kampfsport betrieb und dreimal in der Woche seine Abende mit Jiu-Jitsu und Karate verbrachte.

»Was hältst du von Lukas als Täter, Inka? Er könnte Andresen abgemurkst und hinterher seine Geliebte ... Na ja, falls es Mord war, meine ich.«

»Ja, das könnte er, Mark. Aber er ist mindestens einen halben Kopf größer als Andresen, und Teresa hat gesagt ...«

»Lukas ist nicht nur als begehrtester Junggeselle, sondern auch als Schlaukopf der Lüneburger Heide bekannt«, wandte Mark ein. »Der schließt die besten Verträge ab, wenn es um den Hof seines Alten geht. Und warum soll er sich nicht einen Kopf kleiner machen, wenn es für ihn von Vorteil wäre.«

Inka schüttelte den Kopf. Irgendwie missfielen ihr alle

Hinweise auf die drei Verdächtigen. Warum sollte Marquardt seinen Kollegen töten? Antipathie und Kampfsport machten ihn nicht automatisch zum Killer. Paulsen hatte ein Alibi. Doch war Lukas ein Mörder? »Und wenn es eine Frau war?«, murmelte Inka wie zu sich selbst.

»Wer denn?« Mark war verwundert über diese Frage.

»Rike.«

»Du meinst, sie bringt erst einen Therapeuten um, von dem sie, laut Aussage der Mahnke, euphorisch aus jeder Sitzung kommt, hat Schuldgefühle und bammelt sich auf?«

»Sie war kleiner, Andresen kannte sie, somit erklärt sich die Nähe. Zudem besaß sie als Reiterin Ausdauer und Kraft. Warum also nicht?«

»Und warum hängt sie sich halb nackt auf? Und warum verwüstet sie vorher das Badezimmer? Und warum gibt es keinen Abschiedsbrief? Zumindest ein Geständnis wäre drin gewesen.« Mark Freese stand auf, ließ Wasser in den Wasserboiler und stellte die Temperatur auf volle Pulle. »Auch einen Tee?«

Inka nickte. »Wir kommen so nicht voran, Mark. Ich klingel mal bei Terry durch. Vielleicht gibt's was Neues.«

Inka griff zum Hörer und wählte Teresas Nummer.

»Na, zwei Seelen ein Gedanke«, sagte Teresa am anderen Ende der Leitung. »Ich wollte dich auch gerade anrufen.«

Ein Stich fuhr durch Inkas Magen. »Geht es Paula nicht gut?«

»Fahr runter, Süße. Du bist doch gerade eine Stunde weg. Und Paula ist putzmunter und hält uns alle ordentlich auf Trab. Werd jetzt bloß nicht so 'ne Helikopter-Mutter.«

»Eine was?«

»Eine Helikopter-Mutter oder Helikopter-Eltern. Kennst du das nicht?«

»Nein. Aber wie du es sagst, hört es sich irgendwie herzlos und feindlich an.«

»Im Gegenteil, Süße. Helikopter-Eltern sind Eltern, die ihre Kinder zu sehr umsorgen und ihnen kaum Freiraum lassen.«

»Hmm«, brummte Inka. Wer vertrödelte seine Zeit, um diese neumodischen Ausdrücke auf den Markt zu werfen? Und was sollte schlimm daran sein, sein Kind zu behüten? »Meinst du, Terry, dass ich …«

»Ich meine gar nichts. Nur weiß ich, dass du Paula am liebsten in Watte packen möchtest.«

»Das stimmt überhaupt nicht. Doch Fabian …«

»Ist nicht mehr so oft für Paula da, und sie kommt damit bestens zurecht, weil du eine wunderbare Mutter bist.«

»Ich habe manchmal so wenig Zeit für sie, Terry. Und ich habe ein schlechtes Gewissen, dass …«

»Sperr dein Gewissen in die Zelle. Paula hat dich und deine Liebe. Und da sie weiß, dass sie sich auf dich verlassen kann, wird sie auch ohne dass Fabian ständig um sie rumeuert ein starkes Mädchen.«

»Danke«, hauchte Inka durch den Hörer, »und womit kann ich dich erfreuen, beste Freundin der Welt?«

»Na, das war ja klar. Da denke ich für einen lächerlichen Augenblick, dass ich nur ein paar schlaue psychologische Sprüche loslassen muss, um mir deine Gunst zu ergaunern, und du machst mit deinem Honigmund und vier kleinen Wörtern alles wieder zunichte.«

Inka hörte ein Knurren am anderen Ende der Leitung,

als säße ihre Freundin in einem Hundezwinger. Am liebsten hätte sie laut losgelacht. »Also, warum rufst du an?«

»Wegen des Selbstmords und wegen meiner Nichte Jana rufe ich an.«

»Du meinst deine Nichte aus New York.«

»Ja, und glücklicherweise die einzige Nichte.« Teresa holte einmal tief Luft, dann sagte sie: »Ich wollte dich schon vorhin fragen, aber du warst so schnell verschwunden.«

»Was ist denn los, Terry?«

»Inka, ihr habt doch den Biohof«, begann Teresa zögernd.

»Meine Schwester und mein Schwager haben den Hof. Ich wohne in der Einliegerwohnung und zahle brav am Ersten meine Miete«, erwiderte Inka.

»Dann müsste ich vielleicht … Egal. Also Jana ist bei mir zu Besuch, und sie sucht einen Praktikumsplatz auf einem Bauernhof. Sie will Landwirtin werden. Man glaubt es kaum. Na ja, soll sie, auf jeden Fall dachte ich an euern Hof. Er wäre perfekt, und du könntest sie im Auge behalten. Was meinst du, ob deine Schwester … ob sie bei euch für drei, vier Wochen unterkommen kann?«

»Wann will sie denn anfangen?« Inka nickte zu Mark, er möge die Teetasse auf dem Aktenstapel zu ihrer Rechten abstellen.

»Gestern. Und sie müsste bei euch wohnen, so als Au-pair-Mädchen auf Zeit, weil sie aus New York kommt.«

Inka lachte. »Klar. Ich verstehe. Heidschnucken züchten auf dem World Trade Center wäre auch etwas unpraktisch. Wo ist sie jetzt?« Sie spielte mit dem Papierfähnchen des Teebeutels. Der lakritzige Duft des Fenchels stieg ihr in die Nase.

»Hier bei mir im Institut, wobei sie nur in der Kantine sitzt und sich langweilt oder durch Stade shoppt und meine Kreditkarte überstrapaziert.«

»Wenn sie will, kann sie, wenn ich Paula hole, mit mir mitfahren. Vorausgesetzt sie hatte Windpocken.«

»Das kläre ich. Mensch, Süße, sollte das klappen ... Aber musst du nicht deine Schwester ...«

»Nein. Und jetzt leg los, und ich hoffe, du hast Neuigkeiten in unserem Selbstmord. Mark und ich haben nicht den leisesten Schimmer.« Inka stellte die Mithörfunktion an.

»Na, dann hört zu. Mareike Paulsens Innenleben war voll von munteren kleinen Egestorfer Schönlingen. Unser Dorfbestäuber hat gute Arbeit abgeliefert, und du hast gut beobachtet.«

»Igittigitt, Terry, erinnere mich bloß nicht daran.«

»Na, na, na, seit wann bist du so prüde? Das kenn ich aber anders«, tönte Teresas lachende Stimme am anderen Ende aus der Leitung.

»Du hättest die beiden sehen sollen«, antwortete Inka und zog eine Grimasse.

»Ja, so ist das. In meinem Keller verpasse ich das Leben«, sinnierte Teresa, bevor sie fortfuhr: »Im Blut der Toten fand ich eine kleine Menge Alkohol.«

»Du meinst, sie hat sich Mut angesoffen, bevor sie sich aufgebammelt hat.«

»Nein. Bei 0,12 Promille hat die Menge nicht ausgereicht, um sich zu besaufen. Es kann höchstens ein Schnapsglas voll gewesen sein. Allerdings haben wir kein Glas gefunden, in dem Alkohol gewesen ist, und auch keine Flasche mit Alkohol. Aber, mit Sicherheit kann ich sagen, dass es Mord war. Dafür sprechen die Druckhämatome an ihrem Körper. Sie wurde angehoben. Und zwar nicht nur umklammert, wie von ihren Möchtegern-Rettern, sondern mit festen zielsicheren Griffen.«

»Schöne Pferdekacke. Also war es kein Selbstmord.«

»Nein.«

»Wenn unsere Kollegen aber weder ein Glas noch Alkohol in Rikes Zimmer fanden, gab es einen Täter, der beides mitgebracht oder mitgenommen hat. Nur warum? Warum stößt man mit seinem Opfer noch an, wenn man es umbringen will? Was ist das für eine Logik?« In ihren Ohren rauschte es.

»Das, meine Süße, ist eure Aufgabe.«

»Hat sie noch gelebt?«, fragte Inka.

»Hab ich das nicht eben gesagt?«

»Nein.«

»Hm. Wo bin ich nur mit meinen Gedanken«, grübelte Teresa. »Also, ja, hat sie, das verraten uns die dunkelroten Strangulationsmerkmale an ihrem Hals. Wäre sie tot gewesen, wären diese hellrot bis blass, da kein Blut mehr durch die Adern fließt.«

»Und gab es Abwehrspuren?«

»Nein.«

»Willst du sagen, sie hat sich freiwillig an die Dusche bammeln lassen?«

»Ich sag gar nichts, bevor ich nicht ein wenig geschnippelt und die toxikologischen Untersuchungen abgewartet habe.«

»Und wann ...«

»Ich melde mich. Und danke für Jana«, sagte Teresa.

Inka legte auf und dachte an ihre Au-pair-Zeit. Gleich nach dem Abitur ab nach Australien. Ein Jahr in die Stadt Quenbeyan, zehn Kilometer von der Hauptstadt Canberra entfernt. John, der zwanzigjährige Sohn der Familie Henson, war Rugby-Spieler, eins neunzig groß und brachte einhundertdreißig Kilogramm Muskelmasse auf die Waage. Starke Arme, die sie, die achtzehnjährige zierliche Inka, in die Luft hoben, verwöhnten und beschützten, näherte sich auch nur ansatzweise ein Fremder. Ein Jahr, das sie nicht missen wollte. Sie musste ihm endlich wieder schreiben.

24

Als Lukas Deerberg seinen Kopf zur Bürotür hereinsteckte, wusste Inka, dass sie tonnenweise Fragen beschäftigen würden.

Sie betrachtete den neunundzwanzigjährigen Gutssohn, der mit einer unglaublichen Selbstsicherheit vor ihr saß, wie selten ein Mensch auf einer Polizeiwache. Seine aufrechte Haltung, das seidige rotblonde Haar, mit widerspenstigen Wirbeln ungeordnet um seinen Kopf, verliehen ihm den verwegenen Ausdruck eines Abenteurers.

Wie am Vortag trug er ein Sweatshirt mit dem Familienwappen der Deerbergs. Ein steigendes Pferd, auf dessen rechtem Vorderlauf eine Eule saß, wappenähnlich eingerahmt von Zweigen und Blättern des Eichenbaumes. Lukas Deerberg war von Beruf Sohn. Ein Glückskind ohne Arbeit, der mit Vaters Kreditkarte sein Leben lebte. Irgendwann hatte er angeblich Betriebswirtschaft studiert, ob er das Studium jedoch abgeschlossen hatte, war unklar.

Konnte Lukas tatsächlich die Kehle des Therapeuten Robert Andresen aufschlitzen und Mareike aufknüpfen?

Sie kannte Deerberg junior seit Ewigkeiten. Als eifersüchtigen Schlächter konnte und wollte sie sich ihn nicht vorstellen.

Inka schlug ihren geduldigsten Tonfall an.

»Lukas, schön, dass du gekommen bist und uns etwas von deiner knappen Freizeit opferst. Was ich dich fragen will, kannst du dir sicher denken. Erzähl uns, seit wann du mit Mareike Paulsen ein Verhältnis hast oder eher hattest, da sie ja nun tot ist.«

»Es gibt nichts zu sagen, Inka. Und wenn ihr euch mal beeilen wollt, ich habe zu arbeiten.«

»Ach.« Inka schenkte ihm ein unbestimmtes Lächeln.

»Ja. Ich muss für Vater ein neues Pferd auf der Auktion kaufen.«

»Schöne Arbeit, Lukas. Aber nun wieder zu meiner Frage. Wie lange kanntest du Mareike Paulsen?«

»Dafür beorderst du mich auf die Wache? Es geht euch gar nichts an, mit wem ich meine Freizeit verbringe.«

»Es ist dein gutes Recht zu schweigen. Allerdings empfehle ich dir, die Spielchen zu lassen, wenn …«

Lukas unterbrach Inka schroff. »Was willst du? Willst du mir den Mord an dem Seelenklempner anhängen, oder glaubst du etwa, dass ich mit dem Selbstmord der Trulla aus der Klapse was zu tun habe?«

»Die Trulla heißt Mareike Paulsen. Und keiner behauptet, dass du sie umgebracht hast. Aber wir wissen, dass du Mareike kanntest. Ich habe dich mit ihr gesehen«, stellte Inka fest.

In diesem Moment schlug die Tür ohne anzuklopfen auf, und Senior Deerberg in Begleitung eines Anzugmannes stürmte ins Büro.

Deerberg senior hielt sich nicht mit einer Begrüßung

auf, sondern polterte sofort los: »Lukas, du sagst keinen Ton, hast du mich verstanden?« Der Windblouson mit dem aufgenähten Deerberg-Wappen blähte sich über seinem Brustkorb auf. Inka fragte sich gerade, warum sich die Wappenbilder der Hofstettens und Deerbergs ähnelten, als Lukas sie aus den Gedanken von Pferd, Eule und Eichenlaub scheuchte.

»Es gibt auch nichts zu sagen, Vater«, erwiderte der. Sein Blick wechselte von seinem Vater zum Anzugmann, der stumm mit schwarzem Aktenkoffer in der Hand einen Meter abseits des Seniors stand und sich keinen Zentimeter vom Fleck rührte.

»Herr Deerberg, wollen Sie uns nicht Ihre Begleitung vorstellen?«, fragte Inka, obwohl sie sich ihrer überflüssigen Frage bewusst war. Kein Gutshofbesitzer der umliegenden Dörfer betrat eine Polizeiwache ohne Rechtsbeistand. Und es gab kaum einen Bauern oder Gestütsbesitzer, der keine Leiche auf der Koppel vergraben hatte.

»Das ist Rechtsanwalt Grell«, schnaubte Deerberg empört und setzte ebenso aufgebracht nach: »Inka, hör zu, Mädchen. Ich kenne dich, seitdem du geboren bist. Und dich auch, Mark«, abwechselnd stieß er den Zeigefinger zu Inka und Mark, als wolle er sie aufspießen. Er führte sich auf, als gehörte ihm nicht nur halb Egestorf, sondern auch ganz Hanstedt. »Ihr wisst, wir sind eine angesehene Familie, und mit solchen krummen Sachen haben wir nichts am Hut. Bei uns auf dem Hof geht alles mit rechten Dingen zu«, sagte er mit seiner kräftigen einschüchternden Stimme.

»Ich verstehe Sie nicht«, erwiderte Inka. Bei ihr biss er mit seinem forschen Auftreten auf Granit. Sie kannte die ganze Dorfgemeinschaft wie jeden Strauch und Busch mit Namen. Sie wusste, wie sie tickten und wo ihre Schmerzpunkte lagen. Deerbergs lagen bei seinem Ehrgeiz und der Größe unter Männernormalmaß, das er versuchte, mit großer Klappe wettzumachen. »Was meinen Sie mit solchen Sachen?« Inkas Blick huschte über seine staubigen Reiterstiefel und Reiterhose. Deerberg war ein gedrungener Mann Mitte sechzig, auf dessen Hals ein viel zu großer Kopf saß.

»Na, diese Dopingsache mit meinen Rennpferden. Dieser Mistkerl Bäumler setzt Gerüchte ins Land, weil er uns fertigmachen will. Aber bei uns gibt es kein Doping auf dem Hof, höchstens unterstützende Maßnahmen, und die sind legal.«

»Wer ist Bäumler, und warum will er Sie fertigmachen, Herr Deerberg?«

»Bäumler, Bäumler. Ich kann und will den Namen nicht mehr hören. Er ist ein Spinner und Schluss. Und nun rück mit der Sprache raus, warum ist Lukas hier? Wollt ihr ihn verhaften?«

»Beruhigen Sie sich, Herr Deerberg. Lukas ist hier, weil er ein Verhältnis mit einer Patientin aus dem *Seerosenhof* unterhielt, die gestern Morgen Selbstmord verübte.« Sie wechselte einen Blick mit Mark, der sofort verstand, warum sie den Mord verschwieg. »Von Doping war keine Rede«, versuchte Inka den aufgeregten Egestorfer Gutsbesitzer zu besänftigen.

»Beruhigen! Wie soll ich mich beruhigen, wenn …?« Er ließ den Satz abreißen und sah mit gestrenger Miene auf seinen Sohn, der auf dem Stuhl immer kleiner wurde und dessen anfängliche Selbstsicherheit sich mit Auftritt seines Vaters sekündlich in Luft auflöste.

»Stimmt das, Lukas? Hast du wieder ...« Deerberg senior sah zu Inka und wieder zu Lukas. »Ich höre!«

»Ja, verdammt. Na und. Ich bin erwachsen, oder?«, wandte Lukas in einem Anflug pubertärem Trotzverhaltens ein.

»Das bist du, wenn du endlich anfängst, Verantwortung zu übernehmen. Oder hast du vergessen, dass du seit drei Jahren verlobt bist und wie wichtig ...?« Deerberg senior unterbrach sich, als hätte er fast ausgeplaudert, was geheim bleiben sollte.

»Nein, Vater, aber ...«

»Ach, hör mir auf! Ich will nichts mehr hören! Was willst du nur mit diesen verrückten Weibern aus dem Glaskasten?«

»Vater, ich verspreche ...«

»Schluss jetzt, Lukas! Das muss ein für alle Mal ein Ende haben. Viermal ist die Heirat mit Femke verschoben worden. Wie stehen wir denn da? Wir sind mit den Hofstettens der größte Gutshof der Lüneburger Heide. Ein Name steht auf dem Spiel. Und nur, weil du ... du durch die Gegend ...« Victor Deerberg schüttelte den Kopf und schritt zur Tür. Er blieb stehen, blickte über die Schulter und sagte in einem Ton, der keinen Widerspruch zuließ: »Wir reden heute Abend, mein Sohn.« Mit diesen Worten schob er seinen Begleiter aus dem Büro und knallte die Tür hinter sich zu.

Lukas Deerbergs Blick wanderte erst zu Inka und weiter zu Mark, der an einer Kekswaffel herumkaute. »Also kann ich jetzt gehen?«, fragte er. Seine Selbstsicherheit kehrte zurück.

»Nein. Erst beantwortest du meine Frage.«

»Die da wäre?«

»Immer noch die gleiche, Lukas. Und jetzt spuck aus, wie lange hast du mit der Paulsen gevögelt?«

»Och«, er lachte, »ich kann durchhalten. Hat es dir Spaß gemacht zuzusehen?«

Beißend legte Inka nach: »Ich bin Besseres und Längeres gewohnt.«

Das saß. Lukas lief rot an, und seine Mundwinkel fielen herab. Er schlug die Beine übereinander und trommelte mit den Fingern auf der Armlehne des Stuhls, als würde Inka ihm Zeit stehlen. Gelangweilt sah er sie an und wartete auf ein Zeichen.

Das konnte er haben.

Inkas Handflächen schlugen mit Wucht auf den Schreibtisch. Der Keksturm kippte, und Salzkrümel hüpften wie Hühnerflöhe über das Holz. »Hör auf, uns zu verarschen! Du weißt verdammt genau, wie ich das meine.«

»Scheiße, Inka, ich kenn, kannte Rike eine Woche. Sie war ein netter Zeitvertreib, nicht mehr.«

»Und wer ist Viola?«

»Meine Güte, standest du neben mir, als ich …?«

»Wer ist Viola?«

»Auch eine aus dem *Seerosenhof*.«

»Ich glaub, es ist besser, wenn du uns eine Liste von allen Damen des *Seerosenhofs* anfertigst, die du vernascht hast.«

»Viola ist keine Patientin. Sie ist Köchin. Und das war's auch, mehr Ausrutscher gab's nicht.«

»Ja klar, und du meinst, dass wir dir das glauben.« Inka sammelte die Kekse vom Tisch und ordnete einen neuen Stapel.

»Dann lass es. Mensch, Mark, sag du auch mal was!

Du als Mann musst mich doch verstehen. Frauen sind doch dafür da, dass ...«

»Du bist verlobt, Lukas. Und auch wenn Femke nicht die Frau meiner Wahl wäre«, er warf einen schnellen Blick zu Inka, »so hat sie es nicht verdient, von dir so behandelt zu werden. Aber das ist euer Problem. Wir müssen zwei Morde aufklären.«

»Wieso zwei, ich dachte, Rike hätte sich selber aufgeknüpft.«

»Nein«, erwiderte Mark, »du irrst, Mareike Paulsen ist ermordet worden. Und jetzt verstehst du hoffentlich mit deinem durchgenudelten Gehirn, warum du hier bei uns auf der Pritsche lagerst. Du bist ein Tatverdächtiger der Klasse eins plus.«

Inka verkniff sich das Grinsen. Tatverdächtiger der Klasse eins plus hörte sich schräger an als Teresas Zeitundeloher.

Lukas beklagte sich erneut lautstark über Marks ungenügenden Zuspruch, als es an der Tür klopfte und sie gleichzeitig aufschwang.

Diesmal war es Sebastian Schäfer.

25

»Guten Morgen, Frau Brandt, Herr Kollege.«

»Schäfer, was wollen Sie hier am Morgen, haben Sie keine Kuranwendung? Fango, Massage oder Einzelgespräch?«

»Später.« Er schmunzelte. »Ich komme, um Ihnen zu helfen.«

Inka schnaufte. »Das ist nett, aber klappen Sie Ihr

Hobbydetektivbuch«, Inka wies auf eine graue Papierakte, die Sebastian unter dem Arm klemmte, »wieder zu und verschwinden Sie. Das hier ist ein Verhör.«

»Frau Brandt.« Sebastian rutschte auf den freien Holzstuhl neben Lukas. »Lassen Sie mich kurz erklären.« Er schlug die Unterlagenmappe auf.

»Nein. Flitzen Sie zu Ihrem Mal- oder Gymnastikkurs, aber stören Sie nicht unsere Arbeit.«

»Bitte.« Er warf einen unschuldigen Hundeblick über Inkas Schreibtisch. »Eine Minute, nicht mehr.«

Inka holte sich Marks zustimmendes Nicken und machte eine auffordernde Geste.

»Der Heidestecher ...«

»Der wer?«

»Na der hier«, Sebastians Kopf schwenkte links zu Lukas, »der sich mit dem Selbstmord nach einem Streit hier auf der Stelle wieder versöhnt hat. Es kann aber kein Selbstmord sein.«

»Was? Sie auch noch!«, warf Lukas ein. »Wer hat uns denn noch alles zugesehen?«

»Du bist still«, zischte Inka.

Sebastian nickte beipflichtend und fuhr fort: »Selbstmörder ziehen sich nicht aus. Und warum hat sie das Bad verwüstet? Selbstmörder sind, bevor sie sich umbringen, selten wütend, sie sind depressiv und eher passiv gestrickt.«

»Stopp, Schäfer. Woher wissen Sie, dass Frau Paulsen ausgezogen war?«

Sebastian warf einen Blick zu den Tatortbildern, die rechts neben ihm an der Wand hingen und Mareike Paulsen aus jeglicher Pose fotografiert zeigten. »Es stimmt, oder? Es war Mord.« Fragend sah er Inka an.

»Ja«, gab sie kleinlaut zu.

»Wusste ich's doch.« Sebastian wirkte zufrieden.

»Dann können Sie den Stecher laufen lassen.«

»Na, wenigstens einer, der mir glaubt.« Lukas' Miene erhellte sich.

»Klappe, Lukas«, mahnte Inka, »und Sie«, sie wandte sich an Sebastian, »werden nicht entscheiden, wen ich laufen lasse.« Rübezahl strapazierte ihre Geduld. »Lukas kann sehr wohl Mareike Paulsens Mörder sein. Wie wir auf der Brücke hörten, war Rike mächtig eifersüchtig auf seine Affären. Lukas hat das gestunken, und er hat sie umgebracht.«

»Das hab ich nicht!«, protestierte Lukas lautstark und rutschte an der Lehne hoch. Sein Oberkörper spannte sich unter dem Hoody.

»Und er ist auch nicht der Mörder«, nahm Sebastian den Junior in Schutz. »Warum sollte er am helllichten Tag in den *Seerosenhof* spazieren und Rike umbringen? Es gab bessere Möglichkeiten. Er hätte sie in der Heide verbuddeln oder ins Moor werfen können.«

»Sehr gut kombiniert. Das Pietzmoor gibt niemanden mehr her«, schaltete sich Lukas erneut ein und erntete einen bissigen Blick aus Inkas Richtung.

»Die Seiten Mord im Affekt haben Sie in Ihrem Detektivbuch wie mir scheint überlesen, Herr Holmes«, mischte sich Mark ins Gespräch.

»Vielen Dank. Ich fühle mich geehrt«, antwortete Sebastian mit fester Stimme. »Und Sie haben recht, Dr. Watson, es stimmt, dass viele Polizeipsychologen oder Profiler, meinetwegen auch Fallanalytiker, wenn Ihnen das lieber ist, zugeben, sich den literarischen Holmes als Vorbild zu nehmen. Nur ist im Fall Mareike Paulsen nicht von Mord im Affekt zu sprechen. Bei dem Fall des Therapeuten aus dem *Seerosenhof* sieht es anders aus. Eine genaue Faktenlage wird exakte Blickwinkel erleuchten müssen, weil ...«

Inka fiel ihm ins Wort. »Wie auch immer.« Sie sah auf ihre Armbanduhr. Sie hatte nicht vor, sich länger als nötig von einem Hobbydetektiv Schubladenpsychologie anzuhören. »Ihre Minute ist vorbei. Und jetzt gebe ich Ihnen noch einen Rat: Lassen Sie sich eine schlaue Erklärung einfallen, warum Sie es *nicht* waren, der Mareike Paulsen ermordet hat. Sie leben auf der gleichen Etage, hatten Zeit und ... Wie auch immer. Wir sprechen uns noch. Einen schönen Tag, Herr Schäfer.«

Sebastian nickte, stand auf, tippte mit dem Zeigefinger auf eins der vierzehn Tatortfotos und sagte: »Und Andresen hat er auch nicht umgebracht, weil er dazu keinen Grund hatte.« Das war sein Schlusswort, dann knallte die Tür zum zweiten Mal in der letzten Viertelstunde.

»Siehste, Inka, der glaubt mir, dass ich ...«

»Schnauze, Lukas«, unterbrach ihn Inka. Ihre Gedanken verweilten für ein paar Augenblicke bei Sebastian Schäfer. Ungewohnt hitzig war sie ihm gegenübergetreten. Es tat ihr leid. Möglicherweise lag es daran, dass sie sich unwohl fühlte. Ihr Kopf hämmerte, und ihr Magen rumorte. Doch fragte sie sich auch, woher ein Steuerbeamter so viel über polizeiliche Ermittlungen wusste. Und warum trug ein Steuerbeamter keinen Anzug mit Krawatte und polierte Lederschuhe, sondern schlabberige Jeans, staubige Turnschuhe, ließ die Haare wie ein Neandertaler wachsen und pflegte einen Bart wie Pierce Brosnan in dem Film *Stirb an einem anderen Tag?*

»Ist sie zu diesem Zeitpunkt umgebracht worden?« Lukas holte sie aus einem der James-Bond-Filme, die sie mit ihrem Vater oft bis spät in die Nacht hinein angesehen hatte.

»Hier stelle ich die Fragen!« Von Inkas berühmter entspannter Verhörweise war nun nichts mehr zu merken; ihr Tonfall wurde schärfer. Ruhiger wurde das Orchester in ihrem Kopf dadurch nicht. »Der Strick liegt schon um deinen Hals, Lukas. Und da ist es scheißegal, was ein Hobbydetektiv für Hypothesen in den Raum schmeißt. Wir haben dich ausgesucht, und wenn du dich gut führst, kriegst du höchstens lebenslänglich.«

»Höchstens? Wofür? Willst du mich verschaukeln?«

»Na ja«, sagte Inka grinsend, »sagen wir bei guter Führung darfst du nach vierzig Jahren Tüten kleben wieder frische Heideluft schnuppern. Stimmt's, Mark?« Inka warf ihrem Kollegen einen verschmitzten Blick zu.

»Aber nur, wenn er die schwedischen Gardinen zuzieht und jedem Mitgefangenen knackiges Fleisch anbietet«, kam es ebenso grinsend zurück.

»So, jetzt langt es aber. Diese Drohungen nehme ich so nicht länger hin, ich werde mich bei unserem Anwalt über euch beschweren. Außerdem könnt ihr mich nicht ohne Beweise verdonnern.«

»Ach, haben wir das getan? Mark, weißt du etwas von einer Drohung? Ich habe nichts gehört. War es nicht Lukas, der uns seine Halunkenfreunde aus der Dorfkneipe auf den Hals hetzen wollte?«

Mark nickte solidarisch.

»Ich habe keine Verbrecher als Freunde«, brummte Lukas ungehalten. Über seine junge Stirn legten sich tiefe Falten, während sein Blick von Inka zu Mark hetzte. »Das sind ja Mafia-Methoden, mit denen ihr …« Er stoppte seinen Satz und sah Inka fassungslos an.

»Mafia-Methoden. Nein, Lukas«, sagte Inka kopfschüttelnd, »vielleicht etwas vorsintflutlich, aber durchaus wirksam. So, und jetzt gebe ich dir die Möglichkeit, dich weiter wie ein Idiot zu benehmen oder zu sagen, wo du am Mittwochmorgen zwischen sieben Uhr und acht Uhr gesteckt hast?«

»Im Bett, wo sonst.«

»Allein?« Die Frage ›Allein‹ und Lukas kollidierten in Inkas Gehirn wie Fabian und Lübeck.

»Ja, leider.« Lukas warf Inka einen Blick zu, der jegliche Erklärung überflüssig machte.

Was war das jetzt? Abgesehen von den acht Jahren, die sie älter als Lukas war, sträubte sie sich, sich nach Fabian überhaupt noch auf einen Typen einzulassen, und wenn, fiel ihre Wahl sicher nicht auf Lukas Deerberg. Zudem fand sie, dass sie mit ihren siebenunddreißig bereits zu einer anderen Generation gehörte.

»Pah, da hüpfst du in die Grube und vergisst die Leiter, ganz schön bescheuert. Oder hast du einen triftigen Grund, warum du Mareike Paulsen nicht aus Eifersucht getötet hast?«, setzte sie fort.

»Eifersucht! Jetzt klickst du wohl total aus.« Lukas tippte den Zeigefinger an die Stirn.

»Ganz und gar nicht. Du wolltest Rike für dich allein, und weil sie noch mit einem anderen rumscharwenzelte, hast du sie umgebracht.«

»Geht's noch? Als wenn ich es nötig hab, auf eine verheiratete Trulla länger als nötig abzufahren. Ich sagte schon, sie war ein netter Zeitvertreib wie alle … Nein«, beschwerte er sich. »Ich hab ihr nichts getan. Ich töte nicht, niemals. Höchstens einen Kartoffelkäfer«, setzte er nach und sah dabei irgendwie reumütig aus.

»Und was ist mit Robert Andresen?«, fragte Inka.

»Kenn ich nicht, wer soll das sein?«

»Der Therapeut des *Seerosenhofs*, der am Montagabend zwischen 22 Uhr und 23 Uhr ermordet wurde.«

»Ach der. Ja, hörte von dem Knaben.«

»Warst du da auch im Bett?«

»Wann?«

»Lukas, stell dich nicht dümmer, als du bist. Oder willst du eine Nacht auf Staatskosten verbringen?«

»Na, das erzähl mal meinem Vater und seinem Schatten, die haben mich ...«

»Nach acht Stunden wieder raus. Ja, mag sein. Aber auch acht Stunden können lang sein«, sagte Inka und dehnte jedes Wort genüsslich.

»Ja.«

»Was ja?«

»Ja, ich war im Bett, aber nicht alleine.« Lukas lehnte sich auf seinem Stuhl zurück und verschränkte die Arme vor der Brust. Seine Lässigkeit währte nicht lange.

»Die glückliche Femke. Da rufe ich sie gleich an und überprüfe dein Alibi.« Inka legte die Hand auf den Hörer.

»Hör auf, Inka.« Lukas beugte sich schnaufend vor. »Ich war, du meine Güte, ich war bei ... bei ...« Er beugte sich so weit über den Schreibtisch, dass Inka seinen Atem in ihrem Gesicht spürte.

»Name, Adresse.«

»Was wird das hier, Inka? Hau den Lukas!«

Inka griff zum Telefonhörer. »Name, Adresse«, sagte sie, ohne auf Lukas' Frage einzugehen. Das Spiel gefiel ihr.

»Gitta Süler, eine Patientin aus dem *Seerosenhof*.«

Sie ließ den Hörer sinken. »Die einzigen zwei, soso. Und die Erde ist eine Scheibe. Los jetzt, Mister Don Juan, schreib deine Mail-Adresse auf.« Sie schob Lukas Block und Stift über den Tisch.

»Wofür, willst du ...«

»Schreib«, verlangte Inka und nickte zum Block.

»Sagt mal, brennt es bei euch unter der Haube!«, motzte Lukas ungehalten. Er machte ein Gesicht, als hätte ihm jemand eine Überdosis Pfefferschoten ins Essen gemogelt.

»Pass auf, was du sagst, oder Papa darf die Gemeindekasse füllen«, setzte Inka nach und grinste, als sie Lukas' Mail-Adresse las. »Verschwinde – veritas@heide.de, aber glaub nicht, dass du vom Haken bist. Und wer ist eigentlich Bäumler?«

»Unser neuer Nachbar«, antwortete Lukas, ohne sich umzudrehen.

Marks braune Augen funkelten, als er, kurz nachdem die Tür ins Schloss geklackt war, sagte: »Vier Wochen Hausarrest von Papa sind Minimum.«

»Hat er verdient«, zischte Inka, warf den Teebeutel in den Mülleimer, trank den kalten Tee und verzog das Gesicht. Sie war ein wenig zu forsch gewesen, doch die Dringlichkeit ließ ihr keine Wahl.

26 Im Stader Institut für Rechtsmedizin warteten die Eltern und die Schwester von Robert Andresen an diesem frühen Mittag bereits auf Inkas Eintreffen.

Claudia Andresen, eine ebenso feingliedrige und attraktive Frau wie ihre Tochter, trug ein dunkelblaues Kostüm mit passenden Pumps. Ihr Ehegatte, Ulf Andresen, mit ein Meter neunzig Größe, erschien in schwarzen Jeans und schickem Jackett, unter dem er ein elfenbeinfarbiges Hemd und eine grau gestreifte Krawatte trug. Er war ein kräftiger, dennoch sportlich aussehender Mann. Seine natürliche Sonnenbräune, die sich mit seiner Arbeit als Weinbauer in Südafrika erklärte, hätte ihn auch als sonnenverwöhnten Segler ausweisen können.

Inka gab den drei Menschen, die sie mit gleichermaßen hoffenden wie bangen Blicken ansahen, die Hand. »Frau Andresen«, sagte sie ruhig, »Sie müssen nicht hineingehen, es reicht, wenn Ihr Mann ...«

»Nein. Ich will meinen Sohn sehen. Es ist wichtig.« Claudia Andresens Augen waren vom Weinen gerötet. Sie holte tief Luft, als sei es ihr letzter Atemzug.

Inka nickte und öffnete die Tür zu Teresas Sektionsraum.

Teresa stand am Kopfende eines Metalltisches, auf dem ein grünes Leinentuch die Konturen eines Menschen sichtbar machte. Sie verharrte still, bis Familie Andresen an den Tisch trat, ihr in die Augen sah mit diesem Blick, der letzte Hoffnungsschimmer barg, unter dem Tuch läge ein anderer, ein fremder Mensch.

Als Teresa das Laken vom Gesicht des Toten schob und am Kinn innehielt, legte Ulf Andresen den Arm um die Taille seiner Frau. Seine zuvor angestrengt gekrauste Stirn, als könne er den Umstand des Todes seines Sohnes mit Gewalt abwenden, glättete sich. Er nickte kurz und wortlos und verließ gemeinsam mit seiner Frau den Raum.

»Bitte kommen Sie.« Inka öffnete die Tür zu einem acht Quadratmeter großen Nebenraum. Vom Sideboard griff sie nach der Mineralwasserflasche und einem der umgedrehten Gläser, die auf dem Kunststofftablett standen, füllte das Glas und reichte es Claudia Andresen.

»Danke«, hauchte Claudia, und: »Es war gut, dass ich ihn gesehen habe.« Sie nippte am Wasser und reichte das Glas ihrem Mann.

»Ich verstehe«, erwiderte Inka. »Darf ich Ihnen ein paar Fragen stellen?«

Nicken.

»Ihr Sohn, nun ... haben Sie eine Ahnung, wer ihn umgebracht haben könnte?«

»Nein.« Ulf Andresen schüttelte energisch den Kopf.

»Der Lebenspartner Ihres Sohnes ...«

»Der hat sich von Robert getrennt, das habe ich Ihnen doch schon gestern erzählt«, stoppte Katja Inkas Worte.

»Das ist richtig, nur konnten Sie uns keinen Namen nennen«, setzte Inka dagegen.

»Den kennen wir leider auch nicht. Robert erzählte nur, dass er ihn auf der Arbeit kennenlernte«, antwortete Ulf Andresen.

»Werden Sie in Hanstedt bleiben oder ...«

»Wir fahren zu unserer Tochter, bis ...«, er hielt inne und fragte, was er eigentlich fragen wollte. »Wann können wir unseren Sohn beerdigen? Wir würden ihn gerne mit nach Südafrika nehmen.«

»Ich denke, in zwei, drei Tagen sind alle Untersuchungen abgeschlossen.«

Als Familie Andresen gegangen war, blieb Inka noch eine Weile sitzen. Sie schloss die Augen und atmete tief durch. Vor einem halben Jahr hatte sie angefangen zu meditieren, es gelang ihr mehr oder weniger erfolgreich. Nach einer Viertelstunde fühlte sie sich so weit gestärkt, um Paula in Teresas Bereitschaftsraum zu besuchen.

»Mama, Mama. Nimmst du mich jetzt wieder mit?«, plapperte die Kleine los und rannte in Inkas Arme.

Inka lachte. »Warum, gefällt es dir bei Terry und Blümchen nicht?«

»Doch, ganz doll, und ich hab auch keine Zeit, Blümchen will Kastanien sammeln«, plauderte Paula und war auch schon damit beschäftigt, Teresas Sekretärin ihre Schuhe in die Hand zu drücken.

»Aber für einen Kuss hast du noch Zeit, oder?« Inka ging in die Hocke.

»Ich hab dich lieb, Mama«, sprudelte die Kleine heraus und drückte Inka so fest, dass die beinahe hinten übergekippt wäre.

»Ich dich auch, Paula«, antwortete Inka und vergrub das Gesicht in den blonden Haaren ihrer Tochter.

Die Zeiger der Uhr auf dem Armaturenbrett sprangen auf 11.45 Uhr. Inkas Magen knurrte. Sie hielt am Schnellrestaurant am Drive-in-Schalter in der Harburger Straße und bestellte sich einen Burger und einen Erdbeer-Milchshake. Dann lenkte sie den Wagen auf die A 26 Richtung Horneburg und weiter Richtung Buxtehude, um auf die B 73 nach Neugraben zu kommen.

Es war Zeit für einen Besuch bei Knut Paulsen.

27 Im Friseursalon herrschte gähnende Leere. Lediglich der süße Duft vergangener Tätigkeit lag in der Luft. Jenny, die Friseurin, wie es Inka schien die einzige Mitarbeiterin, saß gelangweilt hinter der Kasse und feilte sich die Nägel. Als Inka den Laden betrat, sah sie auf.

»Hallo«, begrüßte sie Inka freundlich. Sie legte die Nagelfeile neben eine Flasche tomatenroten Nagellack und stand auf. »Was kann ich für Sie tun?« Ihr Blick lag auf Inkas Haaren.

»Jenny, richtig?«, fragte Inka.

Die Friseurin nickte verwundert.

»Ich würde gern Ihren Chef sprechen.« Inka zog ihren Ausweis aus der Hosentasche und hielt ihn der Friseurin in Augenhöhe über den Tresen.

»Ach, Sie sind es«, sagte Jenny. »Jetzt weiß ich es wieder.« Es war dieser Blick, der den meisten Menschen in Sekundenbruchteilen einen Schrecken einjagte, sobald sie ihren Ausweis zeigte. »Herr Paulsen macht Pause.« Jenny sah auf die runde Metalluhr an der Wand gegenüber. »Ich hole ihn.« Sie verließ ihren Schutzwall hinter dem Tresen, als wolle sie flüchten.

»Nein. Warten Sie. Ich habe vorher noch eine Frage«, hielt Inka sie auf.

»Ja?« Jenny grub die Hände in die Kitteltaschen, als suche sie zwischen Kamm und Schere klägliche Sicherheit.

»Am Mittwochmorgen hat Ihr Chef eine Hochzeitsfrisur, wie sagt man ...«

»Frisiert«, half Jenny. Sie wirkte angespannt.

»Genau. Sagen Sie mir bitte, wann er damit anfing und wann er fertig war.«

»Da muss ich nachsehen. Einen Moment.« Jenny trat wieder hinter den Tresen, holte ein Buch in der Größe eines Aktenordners aus dem untersten Regal und schlug es auf. Fünf, sechs Sekunden blätterte sie, bis ihr Zeigefinger über Namen und Telefonnummern und Eintragungen fuhr, die Inka aus ihrer Position nicht lesen konnte. »Frau Klaschke, Termin um acht Uhr. Nein. Warten Sie«, ihr Finger hüpfte zwei Spalten weiter, »verschoben auf 10 Uhr.

Und jetzt erinnere ich mich auch wieder. Ich kam gerade vom Zahnarzt, eine Wurzelbehandlung«, ihre Gesichtsmuskeln verkrampften, »da war der Chef fast fertig.«

»Wann war das genau? Ich meine, wie spät war es?«

»Kurz nach 12 Uhr. Ich hörte noch, wie die Klaschke mit dem Chef motzte, weil nur noch eine Stunde Zeit war bis zum Standesamttermin ihrer Tochter. Ich wette, die sehen wir nicht wieder.«

»Danke für die Auskunft. Was meinen Sie, ob ich ...«

Inka deutete mit dem Arm Richtung Aufenthaltsraum.

»Klar, gehen Sie nur. Sie kennen ja den Weg«, antwortete die Friseurin.

Knut Paulsen saß im Aufenthaltsraum am Resopaltisch und rauchte. Vor ihm standen eine leere Tasse mit Kaffeeschlieren und eine schwarze Plastikschale, auf der noch Reste einer Mikrowellenmahlzeit zu erkennen waren. Die Waschmaschine schleuderte, und der Trockner darüber brummte. Ein Gemisch von Rauch und Weichspüler zog durch den kleinen überhitzten Raum.

Inka erforschte Paulsens Gesichtsausdruck, konnte aber keinen Anhaltspunkt für Trauer oder Groll entdecken. Nur ein starrer Blick in die Waschmaschinentrommel und das mechanische Ziehen an der Zigarette sowie das gleichmäßige Auspusten des Rauchs waren Knut Paulsens einzige Bewegungen.

»Herr Paulsen«, begann Inka, dann noch einmal: »Herr Paulsen.«

Knut Paulsen reagierte nicht, er starrte und rauchte.

»Herr Paulsen, ich muss mit Ihnen reden.« Inka hasste es, wenn Gesprächspartner mit anderem beschäftigt waren und ihr nicht zuhörten. Sie rutschte auf einen Stuhl und versperrte dem Friseur die Sicht auf die Trommel.

»Herr Paulsen, wir wissen, dass der Tod Ihrer Frau kein Selbstmord war.«

»Das war klar. Rike hätte sich nie das Leben genommen.« Knut Paulsens Satz kam ebenso emotionslos, wie er zuvor in die Waschmaschinentrommel geblickt hatte.

»Herr Paulsen, Ihre Frau war in einer Klinik für …«

»Na und. Ist das ein Grund, sich umzubringen?«, stieß er hervor, und das erste Mal zeigte er eine Regung.

Inka reagierte nicht auf Paulsens Frage. »Ihre Frau war Ihnen nicht treu, Herr Paulsen. Sie wussten es, stimmt's?«

Der Testballon stieg in die Luft.

»Meine Frau hat mit vielen Männern geschlafen, aber mich hat sie geliebt.«

Wow, mit diesen klaren Worten hatte Inka nicht gerechnet. »Und haben Sie sie auch geliebt?«

»Ja. Und ich fühlte mich geehrt, dass sie mich geheiratet hat. Ihr Interesse an anderen Männern, jüngeren Männern, hielt nie lange an. Sie kam immer zu mir zurück. Sie wusste, ich war der Einzige, der sie verstand.«

»Was mussten Sie verstehen?«

»Pah«, machte Paulsen, und es klang, als wolle er ausspucken, »ihre Macken, die Einbildung, man würde sie nicht genug akzeptieren.«

»Meinen Sie die Arbeit in der Schule?«, wollte Inka wissen.

»Nein. Überall. Sie brauchte ständig Bestätigung.«

»Das muss anstrengend gewesen sein.« Inka rutschte mit dem Stuhl aus Paulsens Rauchrichtung.

Schulterzucken.

»Herr Paulsen, wo waren Sie am Mittwochmorgen in der Zeit von sieben Uhr bis acht Uhr?«

»Darüber sprachen wir schon gestern, vorgestern.«

Paulsen fuhr sich mit der Hand durch kurze graue Locken. Er klang müde und erschöpft. Und mit dem Dreitagebart wirkte er zehn Jahre älter. »Wie auch immer. Es gab einen Termin für eine Hochzeitsfrisur«, sagte er schleppend.

»Den Sie jedoch auf 10 Uhr verschoben.« Unwillkürlich fiel Inkas Blick auf die Wanduhr über der Waschmaschine. Es war 13.17 Uhr. Ob Paula mit Blümchen Kastanien gesammelt hatte? Sie vermisste sie. »Kann es sein, dass Sie das Fremdgehen Ihrer Frau nicht mehr ertragen haben und dass Sie am Mittwochmorgen beschlossen, sie umzubringen?«

»Nein, warum sollte ich das tun? Ich habe meine Frau geliebt.«

»Eben, weil Sie sie geliebt haben, wollten Sie sie nicht mehr mit anderen Männern, jüngeren Männern teilen. Und da sind Sie nach Undeloh in den *Seerosenhof* gefahren. Sie wollten Ihre Frau ja auch nur zur Rede stellen, aber ein Wort gab das andere, der Streit eskalierte, Sie verloren die Beherrschung und … Es wäre kein geplanter Mord, sondern ein Mord im Affekt. Ein Richter …«

»Blödsinn. Es war weder so noch so«, fuhr er Inka schroff an.

»Was haben Sie dann am Mittwochmorgen in der Zeit von sieben Uhr bis acht Uhr getan?« Hinter Inkas Rücken piepste es dreimal, der Trockner verstummte. Auch die Waschmaschine beendete ihre Touren.

»Gepennt. Ich hatte mich am Abend zuvor volllaufen lassen und war am anderen Morgen völlig fertig«, sagte er widerwillig beherrscht.

»Und der Termin mit Ihrer Kundin, den Sie verschoben haben, wie erklären Sie den?«

Paulsen hatte Mühe weiterzusprechen. »Ich schaffe es momentan nicht, aus dem Bett zu kommen. Ich habe Schlafstörungen, aber ich wollte die Kundin nicht verlieren. So gut läuft das Geschäft nicht. Also habe ich erst einmal zugesagt und später wieder abgesagt und den Termin auf zwei Stunden später verschoben.« Mit der Glut der alten Zigarette zündete er eine neue Zigarette an.

In seiner Stimme schwang ein Unterton mit, den Inka nicht recht einordnen konnte. Sagte Paulsen die Wahrheit, oder sponn er ihr die Hucke voll, um von sich abzulenken? Nahm er das Fremdgehen seiner Frau wirklich so sportlich? Für Andresens Mord am Montagabend besaß er ein Alibi, daran war nicht zu rütteln. Aber mit Leichtigkeit hätte er es geschafft, in den *Seerosenhof* zu fahren, seine Frau umzubringen und um zehn Uhr wieder im Laden hinter der Hochzeitsfrisur zu stehen.

Inka machte sich Notizen und sagte, ohne aufzusehen: »Herr Paulsen, kannten Sie die Männer, mit denen Ihre Frau ...«

»Nein, ich habe sie nie gefragt, und es hat mich auch nicht interessiert«, sagte er eingehüllt in eine Qualmwolke. »Kann ich jetzt ...«, er warf einen Blick auf seine Armbanduhr, »ich habe gleich eine Dauerwelle.«

»Sicher«, erwiderte Inka und steckte Stift und Block in die Tasche. »Ist das Ihre?« Sie nickte zur Kaffeetasse neben dem Aschenbecher. »Erlauben Sie, dass ich die Tasse mitnehme? Für einen Fingerabdruck«, setzte sie erklärend nach.

Paulsen nickte wortlos und reichte Inka die Tasse.

Inkas Verhör nach Schema F war beendet. Für heute. Sie verstaute die Tasse in einer transparenten Tüte, stand auf und schob den Stuhl wieder unter den Tisch.

Paulsen rührte sich nicht. Er starrte in die Trommel der Waschmaschine, wo ein Wust von beigefarbenem Frottee knüllte.

Auf sie wartete eine Heidenarbeit. So oder so.

28 Ihr Handy vibrierte genau in dem Moment in der Jackentasche, als sie das Friseurgeschäft verließ. Sie sah auf die Anruferkennung. Mark, las sie, und darunter erschien das lachende Gesicht des Kollegen. Sie nahm das Gespräch an.

In der Zeit, die Inka bei Knut Paulsen verbrachte, hatte Mark Freese mit weiteren Patienten und Touristen gesprochen, die am Montagabend im Gemeindesaal der *Heiderose* Andresens Vortrag verfolgten.

Niemand wollte etwas gehört oder Auffälliges nach Ende des Beitrags bemerkt haben. Zumal es im Gemeindesaal und auch vor dem Hotel nach dem Vortrag recht munter und laut zuging. Andresens Thema sorgte für allerlei Gesprächsstoff.

Einige Gäste aus dem *Seerosenhof* berichteten, sie hätten ein Fahrrad am Dorfteich im Gras liegen sehen, diesem jedoch keinerlei weitere Bedeutung zugemessen. Auch waren sich alle Besucher der Veranstaltung einig, Robert Andresen sei ein netter Mann und Therapeut gewesen, der für jeden allezeit ein offenes Ohr gehabt hätte. Warum er einem Mörder zum Opfer fiel, war unverständlich.

»Ich schlage vor«, sagte sie, »du machst mit der Befragung von Andresens Kollegen weiter. Ich fahre in die

Schule der Paulsen und knöpf mir dort die Kollegen vor. Paulsen erzählte, seine Frau brauchte Bestätigung, auch auf der Arbeit. Möglicherweise war das mit dem Mobbing und der Kummerphase Mumpitz, um dem häuslichen Einerlei zu entfliehen. Mal sehen, was die Paukerherde hochwürgt, wenn ich sie ordentlich durchschüttle. Alles andere nachher auf der Wache.« Inka legte auf und steckte das Handy in die Jackentasche. Im Wagen nahm sie Rikes Akte zur Hand, legte sie auf das Lenkrad und schlug die erste Seite auf.

Mareike Paulsen war Grundschullehrerin an der Klaus-Störtebeker-Grundschule Neugraben, kaum fünf Minuten Fahrtzeit von Paulsens Salon entfernt. Anfang des nächsten Jahres war sie für den Posten des Schulleiters vorgeschlagen. So hieß es nach Mareikes Aussagen, und so stand es in der Sitzungsakte, die Marquardt angefertigt hatte.

Als Inka das Schulgelände betrat, spürte sie die alte Beklommenheit in sich aufsteigen. Sie drängte sich durch eine laut schreiende und herumrennende Kinderschar und blieb vor zwei schwarzhaarigen Mädchen stehen, die mit bunter Kreide Kästchen auf den Asphalt malten. »Wo ist bitte das Sekretariat?«, fragte sie und folgte dem Zeigen über den Schulhof. »Danke«, sagte sie mit letztem Blick auf das Kinderspiel, das sie aus ihrer Schulzeit kannte, aber dessen Name ihr entfallen war.

Eine hagere gefärbte Brünette um die sechzig, die nach dem Betrachten von Inkas Ausweis noch unkonzentrierter wirkte als zuvor, trat wie ein Soldat beim Zimmerappell hinter ihrem Schreibtisch vor und bat um einen Moment Geduld. Sie wolle Herrn Sandmann selbstverständlich sofort holen.

Nach drei Minuten tauchte die Brünette mit einem Mann wieder auf. Inka stellte sich vor, und der Schulleiter, Winfried Sandmann, ein ungepflegt wirkender Sechzigjähriger, streckte Inka die Hand entgegen.

Er bat sie, ihn ins Lehrerzimmer zu begleiten, und latschte voraus, wobei es aussah, als würden seine Jeans jeden Moment über den breiten Hintern rutschen.

»Bitte«, sagte er und ließ Inka den Vortritt in einen ungelüfteten Raum, wo sich Spießigkeit und Käsestulle am Geruch erkennen ließen.

Als das Lehrerkollegium Inkas Eintreten bemerkte, verstummten die Gespräche, blieben Kugelschreiber im Satz stecken und Reste des Mittagsbrots unangerührt in der Tupperdose.

Eine Frau in der hinteren Ecke nieste und schniefte in ein Taschentuch. Ein Mann räusperte sich.

»Guten Tag«, sagte Inka und stellte sich vor. »Ich komme, weil eine Kollegin von Ihnen im *Seerosenhof* in Undeloh einem Kapitalverbrechen zum Opfer fiel.«

Bei Inkas letzten Worten fing eine junge Frau, die allein und abseits einer Herrengruppe saß, zu schluchzen an.

»Seit zwei Wochen war Frau Mareike Paulsen in der psychosomatischen Einrichtung *Seerosenhof* in Undeloh. Der Grund dafür ist sicher allseits bekannt«, fuhr sie unbeirrt fort, jedoch nicht ohne die schluchzende Frau genauer zu beobachten. Sie musste in Mareikes Alter sein, beleibter, aber mit ihrem runden Puppengesicht und den blonden Locken durchaus attraktiv. Zudem der einzige Mensch in diesem Raum, dem der Tod von Mareike Paulsen anscheinend naheging.

»Die hat gesponnen. Wir haben sie nicht gemobbt«, empörte sich ein Mann, der am Bügelende einer Goldrandbrille kaute, als wolle er Fleischreste aus den Zähnen entfernen.

»Sagt wer?«, fragte Inka.

»Wir alle, das gesamte Kollegium«, antwortete der Mann.

Inka nickte. »Es ist schön, wenn sich alle einig sind, leider ist das ja viel zu selten der Fall.«

»Wenn jetzt alles gesagt ist, können wir ja gehen. Ich muss meinen Bus bekommen«, meldete ein Mann von der anderen Seite des Raumes, im Begriff aufzustehen.

»Setzen!«, befahl Inka. Dass sie das zu einem Lehrer sagen würde. Sie unterdrückte ein Schmunzeln. »Sie werden sich gedulden, bis ich meine Fragen gestellt habe. Ansonsten dürfen Sie mich auf die Wache nach Hanstedt begleiten.« Inkas Worte zeigten Wirkung. Mit betretener Miene sank der Mann auf seinen Stuhl.

»Also weiter. Und da hoffe ich auf Ihre kollektive Mitarbeit, die ja in Ihrem Kollegium wunderbar klappt.« Inka ignorierte das Getuschel von zwei Männern, die drei Meter entfernt saßen, und fuhr fort: »Frau Paulsen war nach unserer Auskunft für den Posten der Schulleitung vorgesehen.« Ein fragender Blick ruhte auf Winfried Sandmann, der neben ihr an der Wand an einer mit bunten Pins bespickten Personaltafel lehnte, als müsse er sich abstützen. »Ist das so richtig?«

»Ja«, sagte er, »allerdings war das eine interne Vereinbarung, wenn Sie verstehen.« Mit der rechten Hand fuhr er sich über die hohe Stirn.

Ein Flüstern rauschte durch das Lehrerzimmer. Nur das Puppengesicht blieb still. Es öffnete den Mund, schloss ihn wieder und knabberte an der Unterlippe.

»Ich gebe mir Mühe«, erwiderte Inka. Sie fragte sich,

was in dieser Schule noch so alles schieflief und mit Indolenz und unpädagogischem Phlegma unter den Teppich gekehrt wurde.

»Frau Paulsen war fünf Jahre Grundschullehrerin an unserer Schule«, begann Sandmann. »Vor einem halben Jahr bewarb sie sich für meinen Posten. Bisher wurde noch keine Entscheidung getroffen.«

Das Flüstern schwoll an. Eine rotbäckige Frau mit blondem Pferdeschwanz und Pony, der ihre verblasste Jugendlichkeit verdeckte, klagte mit heiserer Stimme in die Runde: »Das wussten wir längst. Erzähl uns lieber, warum die kleine Schl… Schlange Rike deinen Posten kriegen sollte, wo es hier einige gibt, die viel länger täglich in diesem Getto versuchen, der Monsterbrut was beizubringen.« Fahrig strich sie ihre Ponysträhnen zurück, um sie sofort wieder über die zerfurchte Stirn zu zupfen.

»Frau Elber-Görtel, Ihre wie immer ausfallende …«, begann Sandmann und wurde im Satz unterbrochen.

»Nun lass mal, Winni.« Es war der Mann mit der Brille, der sich einmischte. »Da hat unsere Besserwisserin Biggi ausnahmsweise recht. Oder stimmt es nicht, dass Rike dir für deinen Posten den letzten Saft rausgepresst hat? Wär ja nichts Neues bei der. Die war ja spitz wie Nachbars Lumpi. Hab ich recht, Kollegen?«

»Stimmt, Diddi«, bekräftigte ein Mann, der schräg gegenübersaß, »nur dich hat sie nicht rangelassen. Warst wohl nicht nach ihrem Geschmack mit deiner Bierwampe.«

Ein Gelächter zog durch den Raum. Einzig das Puppengesicht rührte sich nicht. Ihr Blick ruhte auf abgeschrammtem Holz.

Schulleiter Sandmann räusperte sich und sagte an Inka

gewandt: »Ich würde gerne mit Ihnen persönlich sprechen.«

»Warum, Winni, sag uns, was du zu sagen hast. Wir wollen es alle hören«, ereiferte sich der alternde Pferdeschwanz. Sie gab keine Ruhe, ihr mickriges Lehrerdasein auf niedrigstes Niveau herunterzufahren.

»Ich würde gerne von Ihnen hören, wo Sie am Mittwochmorgen in der Zeit von sieben Uhr bis acht Uhr gewesen sind. Dafür dürfen Sie alle Ihre Namen und Adresse aufschreiben, während ich mich mit Herrn Sandmann unterhalte«, forderte Inka und verließ das Lehrerzimmer. Rikes infame Kollegen hatten genug geplaudert.

Wissenswertes lieferte ihr jemand anderes.

29 Sebastian Schäfer saß in der *Heidjer-Kate* vor einem Glas Bier und spülte das Mittagessen des *Seerosenhofs* hinunter. Ein grauenhafter Linseneintopf, in dem der Löffel stecken blieb.

Auf dem Tisch vor ihm lagen eine angebrochene Schachtel Zigaretten und die aufgeschlagene Akte mit seinen bisherigen Ausarbeitungen.

Er arbeitete nach dem Prinzip, nur die Fakten ergeben die Theorie, nicht die Theorie die Fakten. Alle Handlungen von Menschen, also auch von Tätern oder Serienkillern, erfolgten nach diesem Schema.

Sebastian verglich sein Täterprofil mit einem Kreuzworträtsel. Ein Lösungswort lieferte ihm einen Hinweis auf das nächste Wort. Ganz langsam, Buchstabe für Buchstabe, Silbe für Silbe entstand ein Wortgeflecht, ein

Ganzes, und am Ende brachte ihm das Lösungswort keine Kaffeemaschine als Gewinn, sondern lieferte Hinweise auf den Täter. Alles war eine Frage von Informationen, die er aus jedem nur möglichen Blickwinkel sammelte und auswertete.

Heute Morgen nach dem Frühstück hatte sich Sebastian aus dem Haus geschlichen. Sämling, seine Therapeutin, war verhindert, und so bot der freie Vormittag Gelegenheit, auf die Hanstedter Wache zu fahren, um seine Ausarbeitungen den Kommissaren weiterzugeben.

Ein vergeblicher Versuch.

Sebastian sah auf die Uhr. Es war 13.45 Uhr. Um 15 Uhr Gruppentherapie mit dem Therapeuten Marquardt, nach dem Nachmittagskaffee eine halbe Stunde Eurythmie. Dieser Bewegungskunst, die er aus Schulzeiten kannte, konnte er zwar nichts abgewinnen, doch war sie allemal besser als der Töpferkurs, für den er sich anfangs entschieden hatte. Als einziger Mann unter acht gackernden Patientinnen, die mit braunen matschigen Händen in seine unfertige Tonvase grapschten, weil sie glaubten, er benötige Hilfe, dem war er nicht gewachsen.

Der laute grimmige Tonfall eines Bauern, der am Tresen stand und von der Bedienung einen Halben forderte, ließ Sebastian von seinen Unterlagen aufsehen.

Der Bauer trug schlammige Gummistiefel und eine braune Cordhose, die von grauen Hosenträgern gehalten wurde. Das schwarz-blau gewürfelte Flanellhemd hing an einigen Stellen aus der Hose.

»Setz es auf den Deckel«, gab er der Bedienung ebenso lautstark zu verstehen. Seine fleischigen Finger grapschten den Glashenkel.

Mit dem Glas in der Hand sah er sich im Gastraum

um. Er schien abzuwägen, ob sein Bauchumfang unter den Tisch der einzig freien Sitzbank passte, als Sebastian ihn heranwinkte.

»Bitte setzen Sie sich zu mir. Es ist genügend Platz.« Sebastian machte eine einladende Handbewegung.

Der Bauer nickte, trat mit breitbeinigem schleppenden Gang näher und rückte sich einen Eichenstuhl zurecht. »Danke«, sagte er, setzte sich Sebastian gegenüber und nahm einen kräftigen Schluck. Mit dem Handrücken wischte er den Schaum von den Lippen, der an der Jankerseite landete und den tannengrünen Stoff einen Ton dunkler färbte. Einige Flecken mehr auf der in die Jahre gekommenen Jacke schienen ihn nicht zu stören.

»Sebastian Schäfer.« Sebastian reichte die Hand über den Tisch.

»Brinkhorst, Hermann«, erwiderte der Bauer, griff die gereichte Hand und drückte kräftig zu. »Bist kein Undeloher, was?«

Sebastian lachte. »Nein.« Er schüttelte seine Hand aus. Brinkhorsts goldener Siegelring hatte einen schmerzhaften Abdruck hinterlassen.

»Hab mir gedacht, dass du aus der Stadt kommst. Hast Hände weich wie'n Babyarsch.« Brinkhorst zeigte eine unregelmäßige Reihe gelber Zähne. »Das ist selten bei uns. Hier wird geschuftet.« Er trank einen zweiten kräftigen Schluck, der das Glas bis auf die Hälfte leerte.

»Und nicht zu wenig, wie ich sehe. Draußen ist ja ordentlich was los«, lenkte Sebastian ein.

»Hier ist ständig was los. Besonders zur Hochsaison, das kannst mir glauben.«

»Ja?« Sebastian tat erstaunt. »Was ist denn so los?« Er legte die rechte Hand in den Nacken und massierte sein Fleisch. Nach dem Tod seiner Frau und Tochter hatte es begonnen. Erst sanft, dann immer stärker. Tausende kleine Nadeln pikten ihm ins Genick, bissen zu wie hungrige Raubtiere, sobald sein Jagdinstinkt erwachte.

»Bist ein Neugieriger, was?«

Sebastian grinste verhalten und hob den Arm Richtung Tresen, hinter dem die Bedienung Gläser polierte und diese ab und an prüfend ins Licht hielt. »Noch eine Runde für uns zwei«, orderte er.

Das Passwort für Auskünfte.

Melly, die junge Bedienung, kam mit wiegendem Hüftschwung an den Tisch und stellte frisch gezapftes Pils mit einer voluminösen Schaumkrone auf den Tisch.

»Danke dir, mien Deern, das kannste gut.« Mit flacher Hand klatschte Brinkhorst der Bedienung wie einem sturen Ackergaul auf den Hintern.

»Hermann, halt dich im Zaum«, regte sich Melly auf und warf dem Bauern einen eisernen Blick zu, dem gerne Taten gefolgt wären.

»Bei dir immer«, er lachte laut, und seine Wangen im Gesicht schlackerten wie bei einer dänischen Dogge, »ich weiß doch, was sich gehört.«

Melly kniff die Lippen aufeinander, verschwand hinter der Theke und widmete sich wieder ihren Gläsern. Ab und an warf sie Brinkhorst einen giftigen Blick zu. Die anderen Gäste, die bei der Vorstellung kurz aufgesehen hatten, konzentrierten sich wieder auf die Erbsensuppe.

»Tja, hier in der Heide tanzt der Bär«, begann Sebastian. »Und wie ich hörte, lag vor ein paar Tagen gegenüber im Teich sogar ein Toter.«

»Das hast du gehört, ja.« Brinkhorst antwortete nicht

sofort, sondern betrachtete gierig sein Bierglas. »War einer aus dem Irrenhaus. Dem haben sie die Kehle aufgeschlitzt und in die Katzenkuhle geworfen.« Sein Arm schlenkerte Richtung Dorfteich. »Musste ja irgendwann so kommen«, setzte er nickend nach, als bestätige er eigene Worte. »Wundert mich sowieso, dass der Klapskasten noch aufhat.« Er schnalzte mit der Zunge. »Ich will ja nichts Falsches behaupten, aber die alte Kruse erzählte letzte Woche beim Schlachter, das Haus sollte schon vor einem Monat geschlossen werden.«

»Ach ja?« Sebastian hatte während seiner Arbeit gelernt, am Gesichtsausdruck eines Menschen Lüge oder Wahrheit zu erkennen. Brinkhorst schien ihm zwar nicht sehr helle, doch seine Worte waren frei von Aufschneiderei.

»Ja. Die Kruse meinte, sie hätte die Information von ihrer Nachbarin und die wieder von einer dieser komisch blau angezogenen Pflegerinnen. Angeblich will der Leiter aufhören, und es findet sich kein Nachfolger.«

»Aha.« Sebastian nickte und bestellte zum dritten Bier noch eine Runde Apfelbrand. »Und den Toten aus dem Dorfteich, kannten Sie den näher?« Das Beißen in seinem Nacken wurde stärker.

»Den aus der Katzenkuhle? Nee.« Brinkhorst schüttelte den Kopf.

»Und die Tote, die es noch gegeben hat?«, wollte Sebastian wissen, während er beobachtete, wie sich nacheinander die zehn Tische um sie herum langsam leerten.

»Bist aber gut informiert. Bist so ein Schmierfink von der Zeitung, der mich ausquetschen will, was?«

Brinkhorst schien den Braten zu riechen. Es galt, zügig und geschickt umzuschwenken.

»Von der Zeitung? Um Himmels willen. Das fehlte gerade noch.« Lachend wehrte Sebastian ab. »Nein, ich bin ein kleiner Finanzbeamter aus Hamburg, der aus seinem Büro raus muss, um in der Heide frische Luft zu schnappen«, sagte er, weil er wusste, dass Brinkhorst eine Erklärung erwartete.

»Luft schnappen, ja, das kannst hier gut. Und wenn dann noch reiten kannst, gehst am besten zu den Hofstettens aufs Gestüt, da kannst dir einen Gaul ausleihen.« Genüsslich leckte er sich den Schaum von den Lippen. »Früher hab ich das auch gemacht, Pferde ausleihen und so, aber das ist mir heutzutage zu teuer. Musst ja alles versichern, das Pferd, die Reiter und den ganzen Mist.« Er winkte ab. »Das Gestüt ist gleich um die Ecke im Radenbachweg. Nur pass auf, lass dir nicht die Kröten aus der Tasche ziehen. Der alte Hofstetten ist pleite und braucht jeden Penny.«

»Das bist du auch, Hermann«, mischte sich Melly heftig ein. Sie nickte den letzten Gästen lächelnd zu, die gerade die Kate verließen.

»Ich, pleite? Und wenn's so ist, wen interessiert's, und wen geht's was an. Jedenfalls verschacher ich nicht wie der Arno meine Tochter, damit Geld in die Kasse kommt.«

»Weil du keine Tochter zum Verschachern hast. Bei dir Waldschrat in deiner verlotterten Bude hält es ja keine Frau lange aus. Und nur, dass du es weißt, der Arno kann zwar ein falscher Fünfziger sein, aber sonst ist er ein prima Kerl.«

»Nu verbrenn dir mal nicht die Zunge, Deern. Bleib lieber bei dein studiertes Zeug.« Brinkhorst kratzte sich das Kinn. »Der Arno und ihr Vater«, Brinkhorst deutete mit dem Kinn zu Melly, »sind dicke, wenn mich verstehst«, zur Bekräftigung hakte er die Zeigefinger ineinander.

»Du solltest nicht so viel quatschen, Hermann. Und mein studiertes Zeug ist ein Studium der Betriebswirtschaft«, schleuderte Melly hitzig und lautstark durch die Kate, »das hab ich dir x-mal erzählt, und das hier mach ich nur nebenbei.« Das Geschirrtuch, ein weißes Tuch mit aufgestickten Hirschköpfen, wirbelte wie eine Fahne durch die Luft. »Kümmere dich lieber um den Dreck deiner Gespanne. Ständig erledigen wir anderen Kutscher deine Arbeit«, fuhr sie Brinkhorst an und knallte die Gläser auf das Regal.

»Das hat dir wohl dein Alter eingetrichtert, was? Ich fahr nur zwei und keine zehn Gespanne wie ihr. Und dass ihr meinen Dreck wegmachen müsst, hab ich auch nicht gesagt«, blubberte Brinkhorst.

»Sollen wir den Pferdemist vielleicht auf der Straße liegen lassen, nur weil du deinen Hintern nicht hebst, um die Kehrmaschine zu bedienen, geschweige denn den für alle Kutscher fälligen Jahresbeitrag für deine Gespanne bezahlst?« Melly beugte sich vor und stützte die Handflächen auf den Tresen.

»Da bin ich ja wohl nicht der Einzige, den die Scheiße nicht interessiert, oder?« Er lachte und rülpste hintereinander.

»Leider. Somit ist es nur eine Frage der Zeit, wie lange wir noch das beschauliche Dörfchen Undeloh bleiben.«

»Undeloh und ein beschauliches Dörfchen, dass ich nicht lache. Wir sind ein Wikingerdorf. Hier kommt nichts raus und nichts rein. Wir kochen unsere eigene Suppe. Und die ist komplett versalzen, das sage ich dir, Deern.« Brinkhorst winkte missfällig ab. »Diese Weiber«, zischelte er über sein Glas, »alles wollen sie besser wissen und uns Mannsleuten erzählen, was wir zu tun haben. Hast auch eine von denen zu Hause?«

»Nein«, sagte Sebastian kopfschüttelnd.

»Besser isses.« Brinkhorst nickte.

»Und was sagt die Tochter des Hofstetten, dass sie verschachert werden soll?«, fragte Sebastian.

»Femke. Die sacht nichts, die hält zu ihrem Alten. Außerdem will sie den Knaben heiraten.«

»Na ja, wenn der Zukünftige ein Netter ist«, bemerkte Sebastian mit leicht belustigtem Unterton. Sein Gesprächspartner schien in Dorfklatschlaune.

»Der Lukas, der ist 'ne Wetterfahne, wenn verstehst, was ich meine.«

Sebastian nickte und sah zu Melly, die mit giftgrün bemaltem Nagel des Zeigefingers erst auf Brinkhorst wies und sich dann an die Stirn tippte. Ob sie meinte, Lukas sei keine Wetterfahne, oder ob sie Brinkhorst mit der Geste bedachte, war Sebastian unklar. Durchaus möglich wäre jedoch, dass Melly ebenfalls Lukas' Heidesammlung füllte.

»Der macht aus Pferdescheiße Goldkugeln.« Hermann Brinkhorst unterbrach Sebastians Gedanken.

»Ah ja. Und um was geht's?«

»Na den Pferdekauf. Da ist er ein Genie, der Lukas. Der schaufelt seinem Alten ordentlich Schotter in die Scheune.«

»Dem Lukas?«

»Nein, ich sach doch, der Lukas seinem Alten, der ist der Gutsbesitzer aus Egestorf, der Deerberg. Ist ein harter Bursche, der Victor, fürchtet weder Tod noch Teufel, das sach ich dir.«

»So?«, fragte Sebastian neugierig und holte eine Zigarette aus der Schachtel. Bevor er sie anzünden konnte, warf ihm Melly einen hektischen Blick zu und verwies auf das Schild über dem Tresen. Ein roter Kreis auf weißem Untergrund mit einer durchgestrichenen Zigarette.

»Ja«, schwafelte Brinkhorst weiter, »das ist der, der sich immer für was Besseres hält und uns Bauernärsche das auch wissen lässt. Dabei hatte den sein Alter nur einen mickrigen Eisenwarenhandel in Hanstedt. Das Geld hat Victors Mutter in die Ehe gebracht. Der gehörte nämlich das Gestüt, wo der Victor dann holterdiepolter eingeheiratet hat. Heute hat er in der Gegend die besten Pferde im Stall. Gewinnt mit seinen Kleppern ein Rennen nach dem anderen.«

»Aber nur, weil er seine Viecher vollstopft«, kam von Melly hinter dem Tresen, die jetzt das Polieren der Spüle in Angriff nahm.

»Ach, was du junges Ding wieder für Getratsche aufschnappst.« Brinkhorst lehnte sich zurück und verschränkte die Arme vor der Brust. Sein Flanellhemd sprang zwei Knöpfe über dem Bauch auf und zeigte weißes Wabbelfleisch.

»Hermann, das ganze Dorf spricht darüber, dass Deerberg was mit …« Sie hielt inne, als neue Gäste die Kate betraten.

»Und genau das glaub ich nicht. Das mit dem Doping. Den Victor kenn ich genau. So was hat der nicht nötig«, flüsterte Brinkhorst, während sein Blick durch die Kate strich. »Das ist eine angesehene Familie, so wie das Hofstetten-Gestüt, nur dass Deerberg nicht … sach mal, wie heißt das, wenn man bankrott ist und an den Bettelstab gekommen ist?«

»Insolvent«, half Sebastian ebenso flüsternd.

»Richtig.« Brinkhorst beugte sich vor und schlug die Handfläche bekräftigend auf den Tisch. »Richtig«, sagte er erneut, »Insolvenz war das. Genau. Der Arno, der von Hofstetten, der hat sich verspekuliert.«

»Ja, ja«, stimmte Sebastian kopfnickend zu, »Aktien können tückisch sein.«

»Ach was, nicht so ein neumodisches Zeug. Der hat seine Ferienwohnungen für einen Haufen Schotter umgebaut, und keiner will sie mieten. Und die Bank hat ihm auch den Geldhahn zugedreht. Jetzt knabbert er Fensterkitt. Ich sach dir, da ersäuft das Wildschwein im Rotwein.«

»Da liegt der Hase im Pfeffer«, berichtigte Sebastian.

»Wie auch immer das drehst. Auf jeden Fall hat es ihm das Genick verrenkt, und nun muss Femke herhalten.«

»Und heiraten.«

Brinkhorst nickte in sein Glas. »Wenn's denn zu einer Heirat kommt. Seit drei Jahren sind sie verlobt, und der Lukas hat die Heirat schon viermal verschoben. Und das passt dem Arno und dem Victor gar nicht, das kannste glauben. Die toben, dass der Putz von der Decke rieselt. Arno, weil er das Kleingeld braucht, um sich zu sanieren, und Victor, weil er seinen Windhund Lukas unter der Haube wissen will. Zudem hat das Hofstetten-Gestüt einige Hektar mehr Weide, und auf die spekuliert der Victor wie der Fuchs auf die Gans. Ich sach dir, ein Hinundhergeschinsche ist das bei der Bande. Früher, in den 50ern, da soll sogar mal was mit Inzucht bei den beiden Familien gewesen sein. Mann, da liegt ordentlich was in der Luft. So mit dunkle Geheimnisse und so.« Er winkte ab. Seine Wangen glühten.

»Und was ist mit den beiden Toten? Hat die Polizei schon eine Spur?« Sebastians Gehirn arbeitete unermüdlich.

»Unsere Inka, nee, glaub ich nicht. Die muss sich erst wieder im Dorf warmlaufen. Die war fünf Jahre in Lübeck, ist auch auf so einen Prahlhans reingefallen. Jetzt hat sie einen Ableger am Hals. Wär sie man im Dorf geblieben und hätte sich einen Köter als einen Mann angeschafft. Der ist treuer und lebt nicht so lang.«

»Inka?«, fragte Sebastian interessiert.

»Ja. Inka Brandt. Sie ist Kommissarin in Hanstedt. Die Truppe da ist ja zuständig für uns hier. Aber die Inka ist eine Undeloherin. Sie kommt vom Sundermöhren-Hof. Die alten Brandts haben den Hof, wart mal«, Brinkhorst kratzte sich die freie Bauchstelle, »ich glaub, das war vor zwei oder ist das schon drei Jahre her, na ist ja egal, jedenfalls haben sie den Hof an den Schwiegersohn und die eine Tochter verscheppert. Mensch, wie heißt die Deern noch? Melly, weißt du, wie die Tochter der Brandts heißt?«

»Inka.«

»Nein, ich mein die andere. Die jüngere, dunkelhaarige.«

»Hanna.«

»Richtig, Hanna, der haben sie den Hof verkauft und gurken seitdem mit dem Wohnmobil durch die Welt. Hätte ich auch machen sollen, vor zwanzig Jahren. Jetzt häng ich fest mit meinem Schuppen und bin zu alt.«

»Und Frau Brandt leitet die Ermittlungen«, setzte Sebastian nach.

»Na, sach ich doch. Inka und Mark, weil Fritz, der Dienstälteste, mit seinem Weib auf 'ner Kreuzfahrt durch die Karibik schippert. Das wär nichts für mich, das Geschaukel aufm Wasser.«

»Und nur zwei Polizisten bearbeiten den Mord?«, wollte Sebastian wie beiläufig wissen.

Brinkhorst nickte. »Hast Sorge, dass nicht gut aufgehoben bist?«

»Muss ich die haben?«

Brinkhorst lachte. »Nee, bei denen läuft der Kahn zwar voll Wasser, aber die stopfen das Loch. Die Inka ist 'ne Plietsche. Auf die ist Verlass. Die kriegt jeden am Schlafittchen. Ich kenn sie noch«, Brinkhorst fasste sich an den Händen und wiegte ein imaginäres Baby, »na so als ganz Lütte.«

Sebastian schmunzelte in sich hinein.

»Das ist ja traurig«, sagte er, versuchend seinem Gesicht einen mitfühlenden Ausdruck zu verleihen. Das war die Gelegenheit.

»Häh?« Brinkhorst schaute Sebastian mit rotgeränderten Augen an.

»Ich meine, wenn Sie die Tote als kleines Kind kannten, ist das ja traurig«, wiederholte Sebastian.

»Nicht die Tote aus der Anstalt. Woher soll ich die denn kennen?« Grimmig verzog er das Gesicht. »Sach mal, willst mich verscheißern? Die Inka mein ich doch.«

»Wie werd ich denn.« Sebastian hob abwehrend die Hände. »Sorry, hab wohl was in den falschen Hals gekriegt.«

»Na, das will ich man meinen. Prost.« Hermann Brinkhorst griff zum Glas, schwenkte es in Sebastians Richtung und trank den Rest Bier in einem Zug.

30 Es fing an zu nieseln, als Inka den Schulhof verließ und in ihren Wagen stieg. Die Uhr am Armaturenbrett zeigte 13.55 Uhr. Schulschluss. Sie würde warten, bis die Lehrerin mit dem Puppengesicht die Schule verließ.

Im Radio schmetterte die Sängerin Beth Ditto ihren Hit *Heavy Cross*. Inka stellte auf volle Lautstärke und trommelte mit den Händen aufs Lenkrad. Als die Gruppe Sportsfreunde Stiller ihren Song *Applaus, Applaus* anstimmten, kreisten in Inkas Kopf die Bilder von Fabian und ihrer gemeinsamen Zeit in Lübeck. Wie sie sich auf dem Lübecker Weihnachtsmarkt am Glühweinstand kennenlernten und sechs Wochen später heirateten. Doch mit jedem Jahr wurde Inka bewusster, dass Fabian das Ausmaß seiner Selbsttäuschung bewusst verdrängte. Er wollte sein früheres Leben als fruchtbarer Bachelor weiterleben wie vor ihrer Ehe. Ein Gedanke, mit dem sich Inka nicht anfreunden konnte. Das, was Inka jedoch verzweifeln ließ, war, dass Fabian auch noch davon überzeugt war, nicht im Unrecht zu sein. Nach fünf Jahren war für Inka das gemeinsame Projekt Ehe gescheitert, die Illusionen über Familienleben verpufft und die Scherben zusammengekehrt. Allerdings nur, wenn Fabian endlich die Scheidungspapiere unterschrieb.

Eine Weile starrte Inka vor sich hin und lauschte verträumt den letzen Klängen der Gruppe: *Ich wünsch' mir so sehr, du hörst niemals damit auf*, als das Puppengesicht hinter einer Gruppe Kids auftauchte, die lachten und kreischten, als gehöre ihnen die Welt.

Inka versuchte die Gedanken, die ihr gemeinsames Lied wachgerufen hatte, zu verdrängen, sprang aus dem Wagen und winkte mit beiden Armen, als ließe sich der

Nieselregen, der in kräftigen Regen wechselte, ebenso schnell vertreiben. »Hallo«, rief sie, »können wir uns unterhalten?« Mit den Handflächen wischte sie sich den Regen aus dem Gesicht.

Das Puppengesicht blieb kurz stehen, schüttelte ablehnend den Kopf und eilte zu einem gelben Wagen, mit aufgeklebten, unterschiedlich kleinen und großen schwarzen Katzentatzen, die sich vom linken Kotflügel quer über das Dach bis zum rechten hinteren Kotflügel schlängelten.

»Bitte«, rief Inka ihr entgegen, lief los und stellte sich der Lehrerin in den Weg. »Ich will den Mörder von Mareike fassen. Bitte reden Sie mit mir. Ihrer Kollegin zuliebe«, setzte sie flehend nach.

»Also gut. Nur einen Moment …« Das Puppengesicht blinzelte gegen den Regen an und rannte zurück auf den Schulhof.

Inka sah ihr irritiert nach, bis sie verstand.

Eine lärmende fünfjungenstarke Teeniegruppe hielt einen Mitschüler in einem Kreis gefangen, den sie hin und her schubsten, als wäre er ein Springball. Der Rucksack des einen Kopf kleineren Jungen lag auf dem Boden, sein Inhalt verstreute sich über den Schulhof.

Mit einer Lautstärke und Energie, die Inka ihr nicht zugetraut hätte, griff die Lehrerin ein und befreite den Jungen aus dem Kreis. Als sie zu Inka kam, sagte sie: »Es gibt ein Café, nicht weit von hier, oben am Waldfriedhof. Da können wir ungestört reden.«

Mit letztem Blick auf den Jungen, der schluchzend seine vom Regen durchgeweichten Schulutensilien einsammelte, stieg Inka in ihren Wagen.

Das Café lag, wie die Lehrerin versprochen hatte, kaum fünf Autominuten von der Schule entfernt in einem Wohngebiet und eine Fußminute vom Neugrabener Waldfriedhof entfernt. Ein etwas in die Jahre gekommener Gastraum, der an dörfliche Gaststätten erinnerte, was der Gemütlichkeit und Sauberkeit keinen Abbruch tat. Durch den Raum zog der Duft von gebratenem Fisch und frisch gebrühtem Kaffee.

Die beiden Frauen setzten sich an einen Tisch an einer Fensterfront, die den Blick auf einen Blumenladen und eine Ecke vom Gelände des Steinmetzen und seiner Arbeit freigab. Zur Straße hinaus, auf der anderen Seite der Fensterfront, saß eine Trauerrunde von vierzig Personen an einem langen weiß gedeckten Tisch. Auf einigen Tellern lagen Gräten, auf anderen Reste von Fleisch und Bratkartoffeln.

Eine Frau mahnte ihre Kinder, still zu sitzen, eine andere flüsterte mit ihrem Nebenmann, der sich die Hände an einer Serviette abwischte und ein zufriedenes Gesicht machte.

Inka bestellte das Tagesgericht: Finkenwerder Scholle mit Speckstippe und Salzkartoffeln, dazu eine Tasse Kaffee. Die Lehrerin begnügte sich mit Salat mit Putenstreifen und einem Kännchen Pfefferminztee. Stumm, wie ein Ehepaar, das nach ihrer Scheidung ein letztes Mal zusammensitzt, sahen sich die Frauen an.

Inka war es, die mit dem Gespräch begann. »Ich kenne Ihren Namen nicht. Aber er steht …« Sie griff in der Jackentasche nach den Zetteln der Lehrerkollegen.

Die Lehrerin nickte und antwortete, bevor Inka die Zettel durchsah: »Jule Aschmann. Ich war, als Rike …«

Inka brach in Jules Satz. »Darüber reden wir später. Erst einmal möchte ich wissen, warum Sie, wie mir scheint, die Einzige aus Ihrem Kollegium sind, die mit ehrlicher Erschütterung auf den Tod von Frau Paulsen reagierte.«

»Wir waren Freundinnen.«

»Und was ist dran an der Mobbing-Geschichte?«

»Wissen Sie, Frau Brandt«, sagte Jule Aschmann, »das Arbeiten könnte so einfach sein, wenn man sich seine Kollegen aussuchen könnte.«

Sie holte noch einmal tief Luft, dann erzählte sie Inka die ganze Geschichte von Mareike Paulsen.

31 Ludwig Wesel saß im Sessel, den er zum Fenster gedreht hatte. Nachdenklich schaute er hinaus in den für Patienten uneinsehbaren Gartenteil des *Seerosenhofs*, der zu seinem Büro gehörte. Die Mittagssonne hatte den Garten verlassen. Die weißen und lila Dahlien, Malven und gelben Strauchsonnenblumen wirkten freudlos, wie seine Seele.

In der Hand hielt er ein Schreiben mit der Überschrift: *Das ist die letzte Aufforderung! Wird der* Seerosenhof *nicht sofort geschlossen, gibt es weitere Tote!*

Der erste Drohbrief dieser Art lag vor vier Wochen in der Post. Als harmloses Geschmiere hatte er ihn abgetan. Ein einzelner Dorfbewohner, der sich auch nach drei Jahren nicht mit der Klinikerrichtung abfinden und ihn einschüchtern wollte, so war seine Vermutung.

Als er die Klinikleitung übernahm, hagelte es täglich Proteste. Üble Beschimpfungen und seitenlange Unterschriftensammlungen häuften sich auf seinem Schreibtisch. Alles Schreiberlinge, die forderten, den *Seerosenhof* sofort zu schließen. Doch niemals war unter den Briefen eine Morddrohung gewesen.

Ein gutes halbes Jahr später verebbten alle bitterbösen Postzustellungen. Wie er hörte, waren die Undeloher sogar froh über die Klinik, deren zahlungskräftige Patienten und Besucher ihnen durch karge Wintermonate halfen.

Vor vier Wochen kam der zweite Brief. Und jetzt waren ein Mitarbeiter und eine Patientin tot. Wie sollte er es verantworten, wenn noch mehr Menschen starben? Was war, wenn der Schreiber seine Drohung erneut wahrmachte? Und wie den *Seerosenhof* schließen? Das Haus gehörte ihm nicht, noch war es mit staatlichen Mitteln gebaut und gefördert, sondern war im Besitz einer Berliner Gemeinschaft von Privatpersonen, die das alleinige Recht besaßen, die Einrichtung zu schließen.

Ein aussichtsloser Gedanke bei den monatlichen Einnahmen, die Selbstzahler und Privatpatienten in das Haus schleppten. Der *Seerosenhof* war eine Goldgrube.

Ludwig Wesel wischte sich den Schweiß von der Stirn.

Er könnte die Polizei einschalten. Nur wie von den Briefen erzählen, ohne dass es einen Aufstand gab und die Klinik oder sein Ruf in Verruf kamen? Nein. Er musste alleine mit der Situation fertig werden.

Seine Hand zitterte. Er las den handgeschriebenen Brief ein zweites und drittes Mal, dann legte er ihn zuunterst in die Schublade und genehmigte sich einen Schluck Rum aus seiner silberfarbenen Taschenflasche.

Er musste überlegen, genau überlegen, was das Beste war, für ihn, die Klinik, die Patienten. Aufgeben kam nicht in Frage, zu lange hatte er auf diesen Posten gewartet.

32 Um 16 Uhr saß Inka an ihrem Schreibtisch in der Hanstedter Wache und schrieb den Bericht über das Gespräch mit Paulsen, den Lehrern und Jule Aschmann.

Knut Paulsen hatte das stärkste Motiv, seine Frau zu ermorden. Zudem wusste er um ihre außerehelichen Entgleisungen. Und auch wenn er Rikes Eskapaden sportlich wegsteckte, ist es ihm irgendwann zu viel geworden. Und zu dem Zeitpunkt, als Rike im *Seerosenhof* war, sah er seine Gelegenheit gekommen, um der Schmach des Gehörnten endlich ein Ende zu setzen. Auch blieb die Angst, dass sich seine Frau irgendwann für einen anderen, jüngeren Mann entschied. Und dann hätte der Pleitegeier bei ihm an die Tür geklopft, da die schmucke Summe von einhunderttausend Euro, die Mareike geerbt und in den Friseurladen gesteckt hatte, laut notarieller Vereinbarung bei einer Scheidung wieder auf ihrem Konto gelandet wären. So sah er keine andere Möglichkeit, als den morgendlichen Termin der Hochzeitsfrisur zu verschieben und nach Undeloh zu fahren. Es war eine Leichtigkeit, Mareike zwischen sieben Uhr und acht Uhr zu ermorden und bis zehn Uhr wieder im Laden zu stehen.

Rikes zwölf Lehrerkollegen aus der Klaus-Störtebeker-Grundschule Neugraben konnte Inka abhaken. Außer Jule Aschmann waren es fiese Intriganten, die ihrer Kollegin den Job der Schulleitung missgönnten.

Wie Jule berichtete, hatte Rike ihr im Vertrauen erzählt, dass sie sich für den Posten des Schulleiters beworben hatte und gute Aussicht bestand, ihn zu bekommen. Ein intimes Verhältnis zu Sandmann war ihr nicht bekannt. Die Aussage deckte sich mit der von Sandmann, der eine Zusammenkunft mit Rike ebenfalls dementierte.

Und auch wenn Rike, wie ihr Jule mitteilte, kein Kind von Traurigkeit war, so lehnte sie jeglichen intimen Kontakt mit männlichen Kollegen strikt ab. Wenn Rike fremdgegangen war, sagte sie, waren es One-Night-Stands, die sie in Discos oder auf Datingplattformen aufgabelte. Sie wollte keine Komplikationen am Arbeitsplatz. Aber sie hatte gehört, dass einige Kollegen Rike des Öfteren anbaggerten. Und als ebendiese Kollegen erfuhren, dass Rike für den Posten der Schulleitung in Frage kam, schlossen sie sich zusammen und machten sie nieder, wo es nur möglich war. Sie bombardierten Rike mit nächtlichen Anrufen, zerkratzten und bemalten ihren Wagen, änderten im Lehrerzimmer den Vertretungsplan, nahmen berufliche Mitteilungen aus ihrem Fach, legten Madenwürmer zwischen ihr Frühstücksbrot oder schickten die Kinder ihrer Klasse nach Hause.

Für diese Gemeinheiten, erklärte ihr Jule, war sie verantwortlich, da sie in einem unbedachten Moment ausgerechnet Brigitte erzählte, dass sich alle Missstände an der Schule sofort auflösten, sobald Rike die Schulleitung übernahm. Leider kam ihrer oberflächlichen Kollegin nichts anderes in den Sinn, als diese Neuigkeit unter Kollegen breitzutreten.

Inka erinnerte sich an die rotbäckige blonde Brigitte Elber-Görtel, die laufend an ihrem Pony zupfte, wenn sie sprach.

Inka blätterte in ihrem Notizblock und tippte ihre handschriftlichen Notizen über die unhaltbaren Zustände der Schule in den Computer. Ihre Augen rasten über Jules Aussage, und ihre Finger hatten Mühe, auf der Tastatur hinterherzukommen.

Stinkende und ständig verstopfte Toiletten ohne Toilettenpapier, defekte oder herausgerissene Fliesen, fehlende Seife, heruntergekommene, für Kinder gefährliche Spielgerüste, Holzsplitter an Türen, unebenes Schulhofgelände, Stolpergefahr in der Turnhalle durch aufgeschlissenes Linoleum, wackelige Bänke, defekte Sportgeräte und unbeaufsichtigte Hortkinder, die tun und lassen konnten, was sie wollten. Von all dem hatte Jule Aschmann Inka berichtet. Der andere, bedeutsamere Aspekt war das Mobbing. Längst auch in den Klassenzimmern verbreitet, von Lehrern, Schulleitern und eingeschalteten Sozialpädagogen lethargisch abgetan, stellte es das größte Problem dar.

Kinder schlossen sich aus Angst vor Mitschülern in stinkenden Toilettenräumen ein, aßen dort ihr Pausenbrot, verließen bis Pausenende das Schulgelände oder hockten ängstlich in Ecken. Zurück blieben alleingelassene verstörte und meist depressive Kinder und ratlose Eltern, die einer Lehranstalt vertrauten.

Was für ein Dreckshaufen!

Jule würde die Schule verlassen. Sie tat gut daran. Und sie hatte versprochen, die Verhältnisse, die an dieser Schule herrschten, publik zu machen. Irgendwo in diesem Schulsystem musste es engagierte Lehrer geben. Die die Augen aufmachten, hinsahen, zuhörten und handelten.

33 Der Zeiger sprang auf 17 Uhr, als Mark ins Büro stürmte. Inzwischen wussten sie einiges über Lukas. Als Mörder von Andresen und Rike schied er endgültig aus. Nur Rikes gehörnter Ehemann mit seinem schwammigen

Alibi stand auf ihrer Liste. Keine besonders hervorragende Ausbeute von vier Tagen Arbeit.

Auch Marks Befragung von Andresens Therapeutenkollegen brachte kaum Neues.

Wilma Sämling arbeitete als Verhaltenstherapeutin im *Seerosenhof*. Zum Todeszeitpunkt von Andresen war sie zu Hause bei ihrem Mann und plante die bevorstehende Abifeier ihrer Tochter. Am Mittwochmorgen, zu Rikes Todeszeit, nahm sie mit einer Patientin einen Außentermin wahr. Sven Marquardts Angaben deckten sich mit denen von Inka. Zwei weitere Therapeutinnen waren am Abend von Andresens Tod beim Sport, und als Sabine Mahnke ihre Mitpatientin Rike fand, befanden sie sich in Therapiesitzungen. Bei drei von Mark befragten männlichen Therapeuten verhielt es sich ähnlich.

Ludwig Wesel hielt sich am Montagabend in Hamburg auf. Er sang mit seinen Enkeltöchtern Laternenlieder bei einem Alsterspaziergang. Das Alibi für Mittwoch früh erledigte Inka. Auch alle Angestellten von Putzfrau bis Koch, Köchin und Spülkraft hatte Mark mit Kollegin Frauke Bartels durchgecheckt. Es gab nichts, was sie derzeit voranbrachte. Wenn das so weiterlief, käme Fritz aus dem Urlaub und sie säßen immer noch am Teichrand. Warum hatte niemand, außer Marquardt, an Andresen etwas auszusetzen? Und in welchem Zusammenhang standen die beiden Morde? Wem nützte der Tod von Andresen und der Paulsen?

Entmutigt griff Inka nach dem Hörer, als das Telefon auf ihrer Seite klingelte.

»Inka Brandt, Hanstedter Wache«, meldete sie sich.

»Hey, Süße, seit wann bist du so förmlich, wenn ich anrufe.«

»Entschuldige, Terry, ich hab nicht auf die Nummer geachtet. Geht es Paula gut? Ich fahr auch gleich los und hole sie ab. Tut mir leid, ich habe ...«

»Langsam, langsam«, unterbrach Terry Inkas Wortschwall. »Alles im grünen Bereich. Jana spielt mit Paula *Mensch ärgere Dich nicht*, und ich vermute, Paula gewinnt zum dritten Mal.« Sie lachte. »Aber sag mal, dein Versprechen, dass Jana zu euch auf den Hof kann, gilt, oder?«

»Natürlich.«

»Gut, bleib, wo du bist, ich bringe dir die beiden Damen und zusätzlich ein paar aufregende Neuigkeiten.«

»Soll das heißen, du weißt mehr über unseren Fall als wir?«

»Davon darfst du ausgehen. Bis gleich.« Terry beendete das Gespräch.

In Inka keimte Hoffnung auf.

34 Sebastian Schäfer saß auf einer Holzbank auf dem Flur der Hanstedter Wache und grübelte, als Terry, Jana und Paula hereinkamen.

»Mama, Mama, Mama«, rief Paula durch den Gang, riss sich aus Janas Hand und rannte los. Einen Meter vor Sebastians Füßen fiel sie bäuchlings auf den gebohnerten Fußboden und blieb weinend liegen.

Sebastian sprang sofort auf und nahm die Kleine auf den Arm. »Oh, ist gleich alles wieder gut«, sagte er tröstend und wischte Paula die Tränen ab.

Als Inka aus der Bürotür stürmte, starrte sie Sebastian an, als wolle sie ihn unter die Asphaltwalze legen.

»Sie ist hingefallen«, sagte er und klang irgendwie schuldbewusst, »ich denke, sie hat sich nichts getan, war wohl nur der Schreck.«

»Das ist meine Tochter«, erwiderte Inka muffig und zog Paula aus Sebastians Armen.

»Geht es dir gut, Mäuschen? Tut dir was weh?«

»Nein, war wohl nur der Schreck«, plapperte die Kleine.

Inka musste grinsen. »Ja«, sagte sie, »so wird es gewesen sein.« Sie stellte die Kleine auf den Boden.

»Und jetzt zu Ihnen. Was wollen Sie schon wieder hier?«

»Ich dachte … Ich habe überlegt, da wir das gleiche Ziel haben, könnten wir, könnte ich Ihnen …«

Inka ließ Sebastian nicht ausreden und polterte los: »Das gleiche Ziel? Was haben Sie denn für ein Problem?«

»Ich, na ja, ich dachte, dass wir … besser ein andermal. Ja, ein andermal.« Verunsichert warf er einen Blick auf die drei Frauen, die ihn fragend anstarrten, dann drehte er sich um und eilte den Gang hinunter, als jage ihn der Teufel.

»Sag mal, was hast du denn für eine Laune?« Verwundert sah Teresa auf Inka.

»Bis eben eine wunderbare«, setzte Inka gereizt hinterher, während sie Sebastians schnelle Schritte verfolgte.

»Kann es sein, dass er dir gefällt?« Teresa nickte Sebastian hinterher.

»Dieser Rübezahl? Jetzt hör auf. Der ist gar nicht mein Typ. Hast du nicht gesehen, wie der aussieht?« Inka machte eine abfällige Handbewegung.

»Na ja, ich finde, dass er gar nicht so schlecht aussieht. Gut, er müsste zum Friseur und das Sauerkraut in seinem Gesicht, reine Geschmackssache, aber sein Hintern … oh, là, là.«

»Na, lass das bloß nicht Flora hören.«

»Oje, Asche über mein Haupt. Ich habe einen Männerhintern gesehen, und ich fand ihn auch noch ästhetisch.« Teresa verzog keine Miene. »Verrate meiner Süßen bloß nicht, dass ich meine Scheuklappen zu Hause vergessen habe. Sie schickt mich barfuß ins Bett.«

»Dann zieh dir doch Socken an, wenn du kalte Füße hast«, schnatterte Paula beherzt drauflos und brachte die Damenrunde zum Lachen. Inka ging in die Hocke und drückte Paula fest an sich. »Mama, lass mich los«, maulte die Kleine auch sofort los, »du drückst so doll.«

»Oje, entschuldige, Paula. Ich hab dich nur so vermisst.«

Die Kleine zog einen Flunsch und wand sich aus Inkas Armen.

»Hey, was wird das denn?« Inka stemmte die Hände in die Hüften. »Wer macht mir meine Tochter abspenstig?«

»Die«, Teresa wies mit dem Daumen auf ihre Nichte, »sie ist ganz wild auf Kinder.«

»Womit sie sich hoffentlich ein wenig Zeit lässt.« Inka umarmte Jana und küsste sie auf beide Wangen. »Verdammt, bist du erwachsen geworden. Wie alt bist du jetzt, Jana?«

»Nächste Woche siebzehn, und kneif mir jetzt bloß nicht in die Wange.«

»Wow, und schlagfertig ist sie auch.«

»Sag, Inka.« Die Augen der Sechzehnjährigen strahlten. »Tante Terry sagt, dass ich auf euren Hof kann, stimmt das?«

»Noch heute Abend.« Inka nickte. »Hanna, die Kinder und Tim, na ja, der auch, werden sich freuen.«

»Und ich erst, Inka. Du glaubst nicht, wie mir das Stadtleben stinkt.«

»Na, warte ab, bis du bis zum Knie in Schweinekacke stehst, mal sehen, was dir dann mehr stinkt.«

Sie lachten.

»So, Terry, und jetzt will ich wissen, was du für uns hast. Jana, geh doch mit Paula in die Kantine, und holt euch einen Nugatkringel.«

»O ja, Nugatkringel, Nugatkringel, Nugatkringel«, flötete die Kleine, griff nach Janas Hand und zog sie über den Flur.

»Was sagt euch Ketamin? Inka, Mark«, fragte Teresa, als die Mädchen außer Hörweite waren.

Kopfschütteln.

»Es ist ein Narkotikum und wird hauptsächlich in der Tiermedizin verwendet. Aufgrund seiner halluzinatorischen Wirkung findet es, leider, muss ich sagen, auch in der Drogenszene inzwischen regen Anklang.«

»Willst du sagen, Mareike Paulsen war drogenabhängig?«

»Nein, aber mit Ketamin betäubt, bevor sie euer Täter aufgehängt hat.«

»Als du sie untersucht hast …«, sagte Mark.

Teresa unterbrach ihren Freund und Kollegen. »Mark, falls du darauf hinauswillst, dass ich geschlampt habe, vergiss es. Es gab keinerlei Einstiche. Das Ketamin wurde ihr auf anderem Wege zugefügt.«

»Ich hab doch gar nichts gesagt«, wandte Mark eingeschnappt ein.

»Gut«, sagte sie und: »Jedenfalls bringt uns das zurück auf ihren Blutalkohol am frühen Mittwochmorgen. Es ist nämlich möglich, Ketamin mit Alkohol vermischt einzunehmen. Es ist fast geschmacksneutral, etwas seifig, aber wie in Rikes Fall, mit einem Kräuterschnaps ...« Teresa wiegte den Kopf.

»Es war für Rike also nicht tödlich, verstehe ich dich da richtig, Terry?«, mischte sich Inka stirnrunzelnd ein.

»So ist es. Nur in hoher Dosierung des Narkotikums treten lebensbedrohliche Herz- und Kreislaufprobleme auf, aber bei Rike war die Menge viel zu klein.«

»Ich verstehe das nicht, Terry«, sagte Inka. »Wenn ihr jemand das Zeug mit Alkohol untergejubelt hat, wie auch immer er das gemacht hat, warum hat er sie zusätzlich aufgehängt, wenn er wusste, dass sie bei einer größeren Menge sowieso über die Klinge springt?«

»Weil der Täter sie nur betäuben wollte«, sagte Mark. »Er kannte die Wirkung. Sein Opfer durfte keine handlungsfähige Person mehr sein, damit er sein Programm durchführen konnte.«

»Welches Programm, Mark? Wo ist das Motiv für diese Prozedur? Was wollte er bezwecken? Und wer trinkt am Morgen Kräuterschnaps? Das ist ja widerlich.«

»Daran werdet ihr knabbern müssen«, sagte Teresa.

Inka nickte. »Wir fangen mit der Suche bei den Tierärzten der Umgebung an.«

»Umgebung ist gut, Inka. Tierärzte nicht unbedingt. Auf vielen Bauernhöfen oder Gestüten der Gegend findest du Ketamin im Vorratsschrank ... ebenso Kräuterschnaps«, ergänzte Teresa.

»Ist nicht dein Ernst!«

Teresa nickte.

»Scheiße, und jetzt?«

»Jetzt kriegt ihr das Sahnehäubchen.« Teresa blickte vergnügt von Inka zu Mark und ließ sich Zeit.

»Terry! Nun rück raus mit der Sprache«, forderte Inka. Die zögerliche Art ihrer Freundin machte sie nervös. Ungeduldig trommelte sie mit dem rechten Zeigefinger auf einer weinroten Aktenmappe.

»Unsere Spusi-Kollegen fanden keine Fingerabdrücke, die nicht in Mareikes Zimmer gehörten, aber ... Und bevor du fragst, warum ich und nicht ihr die Ergebnisse zuerst auf dem Tisch habt, lass dir erklären, dass Enrico auf dem Weg zu euch war und bei mir im Institut vorbeigeschaut hat. Du weißt, er und Blümchen. Na ja, und da habe ich gesagt, dass ich sowieso zu euch fahre, damit die beiden ... Nun, wollt ihr das wissen?«

»Nein«, antwortete Inka und warf Mark einen raschen Seitenblick zu. »Wollen wir nicht.«

Mark schloss den Mund und verzog grinsend das Gesicht.

»Und warum hat Enrico nicht angerufen oder die Ergebnisse gefaxt? Wir zermartern uns das Hirn, und der tanzt auf Freiersfüßen.«

»Ich glaub, er steht mehr auf Tango. Oder war es Rumba? Keine Ahnung.« Teresa machte ein nachdenkliches Gesicht.

»Mir piepegal, meinetwegen tanzt er Bollywood«, motzte Inka genervt.

»Willst du jetzt, dass ich dir über die Ergebnisse berichte oder erfahren, warum zwei Verliebte sich allmögliche Ausreden einfallen lassen, um zueinander zu kommen?«, fragte Teresa.

»Hmm«, brummte Inka, »erzähl schon.«

»Also«, begann Teresa, »auf dem Badewannenrand war ein Teilabdruck von einem Schuh, kleine Kieselkörnchen, minimale Spuren von Erde und zwei schwarze Haare, die scheinbar durch den Druck aus dem Profil in die Wanne gerieselt sind, als er, und ihr dürft von einem ›Er‹ ausgehen, Mareike an die Duscharmatur gehängt hat. Diese Kieselspuren fanden sich ebenfalls vor dem Zimmer der Toten, wie vereinzelt auf dem Teppich im Klinikflur und im Treppenhaus.«

»Er hat das Treppenhaus und nicht den Fahrstuhl genommen, weil der nämlich mittig im Foyer liegt. Schlaues Kerlchen. Und die Bauweise des *Seerosenhofs* half ihm sogar noch, seinen Plan zu realisieren«, resümierte Mark.

»Welche Bauweise?«, fragte Inka irritiert.

»Am unteren Ende des Treppenhauses führen ein Weg ins Foyer und einer nach draußen Richtung Auffahrt.«

»Und woher weißt du das?«

»Ganz einfach. Nachdem ich Andresens Kollegen und Mitarbeiter aus dem *Seerosenhof* befragt habe, wollte ich mit der Putzfrau reden. Ich fand sie im Treppenhaus.«

»Aber auch im Treppenhaus hätte ihm jemand begegnen können«, wandte Teresa ein.

»Nicht zwingend«, stellte Inka fest, »als ich Mittwochmorgen im *Seerosenhof* um kurz nach acht Uhr ankam, strömten alle Patienten aus dem Frühstücksraum. Was bedeutet, dass der Mord an Rike während der Frühstückszeit begangen wurde. Möglicherweise eine halbe Stunde früher. So konnte sich unser Täter sicher sein, dass ihm niemand begegnet. Auch keine Reinigungskraft.«

»Was bedeutet, Inka, der Täter kannte die Frühstückszeiten.«

»Richtig, Mark. Und wir wissen jetzt, wie der Täter ungesehen in den *Seerosenhof* rein- und rausgekommen ist, nur ...«

»Stopp«, sagte Mark. »Raus wohl, aber rein kam er

so nicht. Die Tür zur Auffahrt lässt sich nur von innen öffnen, nicht umgekehrt, damit nicht jeder in den *Seerosenhof* reinmarschiert.«

»Das heißt, die Angestellte an der Anmeldung hat ihn gesehen.«

Mark schüttelte den Kopf. »Muss nicht sein. Unser Täter wird gewartet haben, bis das Foyer leer ist, und schwuppdiwupp spazierte er los.«

»Und woher kannte er die Zimmernummer?«

Mark setzte sich aufrecht hin. »An den Briefkästen der Patienten im *Seerosenhof* stehen neben den Namen auch die Zimmernummern. Und die Briefkästen hängen am Eingang. Ein leichtes Spiel. Er hat geklopft und …«

»Nein«, wandte Inka ein. »Die Mahnke sagte, die Tür stand offen, als sie Rike gefunden hat. Wer lässt schon seine Tür offen und geht ins Bett?«

»Dann gibt es nur einen Grund, und der führt uns wieder zu ihrem Ehemann. Rike öffnete ihrem Mann die Tür, der die Zimmernummer kannte. Er verübte die Tat und rannte, ohne sie wieder zu schließen, in Panik aus dem Zimmer. Immerhin hat er ein starkes Motiv und kein Alibi für die Todeszeit seiner Frau. Ich frage mich nur, ob bei einem Friseur neben Shampooflaschen auch Narkotikum im Vorratsschrank steht und er seine Kunden betäubt, bevor er ihnen Lockenwickler eindreht?«

»Und wo er das herhat«, setzte Inka nach.

»Na, Internetkauf natürlich. Über das Netz kriegst du doch heutzutage von Schnürsenkel bis zur Geburtstagstorte in zwei Tagen alles bis an die Haustür geliefert.«

»Ich weiß nicht, Mark. Paulsen und … Er brauchte Zeit, um Frühstückszeiten, Vortragszeiten und Fluchtwege auszukundschaften.«

»Und?«

»Er hat Termine im Laden und ist gebunden. Er kann nicht zu jeder Tageszeit weg, so gut läuft sein Geschäft nicht.«

»Gut, Inka. Dann streichen wir Paulsen und gehen davon aus, dass Rike ihren Mörder nicht gekannt hat. Vielleicht war es ja der Hausmeister, den Rike in nymphomanischer Anlage verführt und der dann ... Ach, verdammt, ich habe keine Ahnung.«

Eine Viertelstunde hatte Teresa Inka und Mark schweigend zugehört, jetzt mischte sie sich ein: »Ihr seid ja ordentlich in Fahrt, aber sagt mal, wollt ihr nicht wissen, was es für Haare waren, die unsere Kollegen gefunden haben?«

»Schwarze Haare von Rike, von wem sonst?«, sagte Inka.

»Nein.«

»Nein?«

»Nein«, Teresa grinste, und Inka sah sie erwartungsvoll an.

»Terry, spiel mit uns nicht Blinde Kuh«, mischte sich nun auch Mark ein.

»Vier Beine sind nah dran, Mark. Es waren zwei schwarze Pferdehaare«, sagte Teresa langsam, als erkläre sie den verdutzt dreinschauenden Freunden die Lehre des indischen Mantra.

Inka schnaufte. »Hättest du das nicht eher sagen können?«

»Nö«, triumphierte Teresa und kniff die Lippen zusammen, um nicht laut loszuprusten, »war nett, euch zuzuhören.«

Inka erwiderte Teresas Lächeln nicht. »Also gut, dann

suchen wir einen Bauern oder Tierarzt aus Undeloh oder Umgebung, der Ketamin im Vorratsschrank, Kiesel auf seinem Weg und, wie sollte es anders sein, Pferde im Stall hat.«

»Und da könnt ihr ordentlich suchen«, Teresa griff in die offene Kekstüte auf Marks Schreibtisch. »Hm, lecker«, sagte sie kauend, »sind die von euch aus der Fabrik? Schmecken nach Marzipan und Kirsche.«

Teresas Lob löste bei Mark ein Strahlen aus, das sich über das ganze Gesicht zog. »Ja«, entgegnete er erfreut, während er nickte wie ein aufgezogenes Batteriemännchen.

Inkas Miene verdunkelte sich zusehends. »Terry«, sagte sie, »was weißt du noch?«

Teresa griff ein weiteres Mal in die Kekstüte, dann wandte sie sich wieder ihrer Freundin zu. »Dies und das.«

»Wie hält Flora das nur mit dir aus?« Ihre Freundin besaß das Talent, sie mit ihrer grenzenlosen Ruhe auf die Palme zu bringen, und wie immer schien es ihr auch noch Spaß zu machen.

»Inka, meine Süße. Buddhistische Mönche sagen: Wenn du es eilig hast, dann geh langsam.«

»Terry, deine Mönche haben Zeit, dem Reis beim Wachsen zuzusehen, ich muss …«

»Auch das, meine ungeduldige Freundin. Und jetzt pass auf, es gibt eine Datenbank für den Abgleich für die DNS bei Pferden.«

Ihre Worte hörten sich für Inka an wie eine verschlüsselte Botschaft.

»Und?«

»In dieser Datenbank können Besitzer und Züchter ihre Pferde eintragen lassen. Das macht man, um Missbrauch,

Inzucht und dem ganzen Pferdekokolores entgegenzuwirken. Allerdings ist das eine freiwillige Eintragung. Können, wie gesagt, denn so eine Blutuntersuchung kostet ein paar Scheinchen. Was wiederum bei einem Verkauf, ist alles *rein*, auch den Preis der Klepper in die Höhe treibt.«

»Wusste ich noch gar nicht«, sagte Inka ebenso nachdenklich wie interessiert. »Heißt das, dort sind alle Pferde mit ihrer DNS gespeichert, und du präsentierst uns Rikes Mörder auf dem Silbertablett?« Inkas Herz machte einen erfreuten Hüpfer.

»Das täte ich gerne, Süße, leider musst du damit noch warten. Der Klepper ...«

»Könntest du bitte Pferd sagen«, bat Inka mit gespitzten Lippen.

Teresa schmunzelte. »Das Pferd und sein Besitzer sind nicht eingetragen.«

»Wär ja auch zu schön gewesen«, maulte Inka. »Und wie kommen wir jetzt weiter?«

Teresa antwortete nicht sofort. Sie zog von einem runden Keks das Oberteil ab und leckte an der buttergelben Füllung. Zufrieden verzog sie das Gesicht. »Tja, mein Tipp lautet«, sie biss in den knusprigen Keks, kaute eine Weile genüsslich und sagte dann, als wolle sie jede Silbe einzeln betonen: »Pferdeborsten sammeln.«

»Haare, Terry. Pferde haben Haare oder Fell. Wie kann ein Kind der Lüneburger Heide die Unterschiede nicht erkennen?« Inka brauste auf.

»Erstens bin ich kein Kind mehr, zweitens bin ich keine Pferdenärrin, und drittens gehe ich jetzt, du bist mir zu aufgedreht. Trink mal 'ne Tasse Baldriantee. Ist besser als das ewige Koffein.« Teresa stand auf, griff noch mal in die Kekstüte und sagte: »Wirklich lecker, Mark.«

»Hierbleiben. Erst sagst du uns, warum wir Borsten, ich meine Haare suchen sollen.« Inka warf der Freundin ein finsteres Gesicht entgegen.

»Ganz einfach, weil ein DNS-Abgleich bei Pferden auch mit Haaren möglich ist.« Mit einer Handvoll Keksen verschwand Teresa aus dem Büro.

35 Es war nach 19 Uhr, als Inka mit Jana und Paula auf den Sundermöhren-Hof einfuhr. Inka war hundemüde, und ihr Kopf dröhnte. Am liebsten wäre sie gleich ins Bett gegangen und hätte sich die Decke über den Kopf gezogen. Doch sie musste Paula ins Bett bringen, für Jana ein Ferienzimmer organisieren und Harlekin versorgen. Wenn alle schliefen, fände sie Zeit, Bauernhöfe und Gestüte der Umgebung durch das Adressenregister zu jagen und aufzulisten. Es galt Höfe zu finden, auf denen Pferde standen und der Besitzer Ketamin im Vorratsschrank lagerte. Vielleicht fand sie Rikes Mörder, und vielleicht ...

Ihre Mutmaßungen würden den Abend füllen.

Nachdem sie Paula und Jana in die Wohnung gebracht und Abendbrot gemacht hatte, ging sie ins Haupthaus. Hanna, Tim und die Jungs saßen in der Hofküche am langen Holztisch beim Abendbrot. Im alten Kohleofen bollerten Holzscheite, und durch den großen Raum zog der Duft nach gebratenem Speck und Zwiebeln.

»'n Abend«, grüßte sie zögerlich. »Habt ihr einen Moment, ich möchte mit euch reden.«

Inka wusste, das gemeinsame Abendessen mit seiner Familie war Tim heilig. Es war für ihren Schwager die

Zeit des Tages, die frei von Hektik, Telefonanrufen oder störenden Besuchen, falls es nicht lebensbedrohlich war, sein musste.

»Setz dich zu uns.« Hanna winkte ihre Schwester an den Holztisch. »Hast du Hunger?«

»Hab schon mit Paula und Jana gegessen, danke«, sagte sie und wandte sich an ihren Schwager: »Tim, ich will nicht lange stören«, sagte sie, und es klang wie eine Entschuldigung. Eine grundlose Entschuldigung, wie Inka fand, denn schließlich wollte Tim Hilfe auf dem Hof. »Wir beide sprachen gestern über eine Aushilfe, solange ich die Samstage ausfalle.«

Tim zog die Brauen zusammen. »Komm zur Sache, Inka, mein Essen wird kalt!«, knurrte er.

»Ich habe eine Aushilfe gefunden. Kostenlos.«

»Ach was«, sagte Tim, während er begann, ein Spiegelei in vier Teile zu schneiden.

»Ja. Und sie wird euch nicht nur samstags, sondern jeden Tag von morgens bis, na ja, sagen wir bis nachmittags helfen. Und das vier Wochen lang. Na, was sagst du?«

»Und wo ist der Haken?« Er kratzte auf dem Teller das weiche Eigelb zusammen und schob es zusammen mit einer krossen Kartoffelscheibe in den Mund. Skeptisch blickte er von seinem Teller auf.

»Kost und Logis frei und ... Sie müsste hier auf dem Hof wohnen.«

»Ha! Wie stellst du dir das vor? Wir haben kein einziges Zimmer frei. Wir sind voll bis unters Dach, und es ist Hochsaison, nur, falls du es vergessen haben solltest.« Er wischte sich den Mund an einer gelben Papierserviette ab. »Und wer ist sie überhaupt? Kennen wir sie?« Die Serviette landete neben dem Teller.

»Es ist Jana.«

»Ich kenne keine Jana«, brummte Tim und lehnte sich auf der Holzbank zurück.

»Klar kennst du sie. Inka meint bestimmt Terrys Nichte Jana aus New York, oder?«, mischte sich Hanna ein.

Inka nickte.

»Toll! Her mit ihr. Wann kommt sie?«, antwortete Hanna euphorisch.

»Schalt mal runter, Hanna«, stoppte Tim seine Frau, »wo soll sie denn pennen?«

»Bei mir«, warf Lennart mit vollem Mund ein. Kartoffelkrümel bröselten auf sein dunkelblaues Sweatshirt, blieben auf dem Anhänger des Treckermotivs liegen.

»Nein, bei mir«, quengelte Linus hinterher.

»Ihr seid still«, verlangte Hanna und zupfte Krümel vom Anhänger. »Tim hat recht, Inka. Wir sind ausgebucht.« Hanna machte ein betroffenes Gesicht.

»Ich hätte da eine Lösung.« Inka lächelte verschwörerisch. »Was ist mit meinem alten Zimmer, habt ihr das schon umgebaut?«

Hanna schüttelte den Kopf. »Wir haben vor zwei Tagen angefangen. Boden und Wände sind fertig, auch das Bad, nur die Möbel sind noch nicht aufgebaut, und Gardinen sind auch keine am Fenster.«

»Gut, ich lass Jana den Rest der Woche bei mir, und nächste Woche sehen wir weiter. Geht das in Ordnung? Tim?«

»Meinetwegen, wenn sie anpacken kann und es kostenlos ist, soll es mir recht sein«, kam es düster von der Holzbank.

»Prima. Sagt mal, wen habt ihr eigentlich als Tierarzt? Den alten Jonas Hinrich?«

»Na, du fragst ja früh. Seit acht Wochen steht dein Gaul im Stall, und um einen Tierarzt scherst du dich einen Dreck. Bleibt auch wieder an mir hängen. Der dumme Bauer Tim wird's schon richten, was?«

»Tim, hör auf«, fuhr Hanna dazwischen. Sie nickte zu den Kindern.

»Ist doch wahr. Immer dasselbe«, maulte der.

Zu gern hätte Inka ihrem Schwager die Meinung gesagt, sie biss sich auf die Zunge. Für heute.

»Wir haben einen Tierarzt aus Lüneburg. Die meisten Höfe haben gewechselt«, erwiderte Hanna und gab Inka mit einer Geste zu verstehen, Tims Missmut nicht ernst zu nehmen.

Inka nahm es aber ernst, und immer kam er damit nicht durch.

»Praktiziert Jonas nicht mehr?«

»Der ist den meisten Bauern zu verstaubt«, antwortete Tim grimmig und stand auf, um sich Nachschlag an Bratkartoffeln und Eiern zu holen. Seine Gesprächsbereitschaft mit seiner Schwägerin war beendet.

36 Der Abend für Sebastian begann auf seinem Zimmer. Er riss das Fenster auf, steckte sich eine Zigarette an, schaltete den Laptop ein und vervollständigte seine neuesten Informationen, die er Bauer Hermann Brinkhorst entlocken konnte.

Zum Fall des toten Therapeuten Robert Andresen und der toten Mitpatientin Mareike Paulsen kamen leider keine Neuigkeiten. Dafür gab es eine Tochter, die von ihrem Vater an den Heidestecher verschachert werden sollte.

Eine Tochter, die darüber hinwegsah, dass ihr Verlobter fremdging, weil sie ihrem Vater das Gestüt retten wollte. Sebastian fragte sich, ob es tatsächlich Frauen gab, die einen Betrug des Partners ohne Gegenwehr tolerierten. Und was war mit Gutsbesitzer Victor Deerberg? Ein Vater, der im Gegenzug seinen Sohn verschachern wollte, um an die Weideflächen des verarmten Freundes zu kommen. Was ihm allerdings bisher verwehrt blieb, da sein Sohn, anstatt bei seiner Verlobten zu sitzen, Daunen in Heidebetten fremder Frauen wärmte.

Sebastian war klar, dass nicht jede Aussage eines Informanten der Wahrheit entsprach, oft handelte es sich nur um prahlerische Faseleien. Doch wenn das Dorfgetratsche ein Fünkchen Wahrheit enthielt, war es ein guter Anfang.

Kopfzerbrechen bereitete ihm der *Seerosenhof*. Sollte die Klinik geschlossen werden, weil Ludwig Wesel keinen Nachfolger fand? Und warum wollte er überhaupt aufhören? Beim Eingangsgespräch mit dem Leiter hatte er Sebastian einen gegenteiligen Eindruck vermittelt. Wesel schien ein Mann, der mit Engagement seine Arbeit schätzte, sich für Patienten einsetzte und zu seinen Mitarbeitern ein freundschaftliches Verhältnis pflegte. Zudem war er, wie Sebastian wusste, auch sah man es ihm nicht an, noch lange nicht im Rentenalter. Warum wollte er, wenn Bauer Brinkhorsts Angaben stimmten, die Leitung abgeben?

Irgendetwas stimmte hier nicht. Und dann diese sture Kommissarin. Warum hatte sie ihn nicht ausreden lassen?

Sebastian fror. Er stand auf, schloss das Fenster und drehte die Heizung auf. Die digitale Uhrzeitanzeige auf dem Laptop zeigte 22.14 Uhr. Er klappte den Deckel herunter und ging ins Bett. Das zischende Gebläsegeräusch des Laptops begleitete ihn in einen unruhigen Schlaf.

Zwei Stunden später wachte Sebastian schreiend und schweißnass gebadet auf. Sein Shirt klebte an seinem Körper. Das aufgeheizte Zimmer kochte. Das alles nahm Sebastian nicht wahr. Wieder standen seine Tochter und seine Frau am Fenster seines Hauses, sah er ihre ängstlich flehenden Blicke, aufgefressen von rot glühenden Feuerschlangen. Die Explosion, zerberstende Fensterscheiben, die Trümmer des Hauses, verkohlte Leiber inmitten der Schuttberge und Münder, die ihn anklagten: »Deine Schuld. Deine Schuld.«

Nacht für Nacht.

Sebastian wischte sich mit dem Shirt den Schweiß aus dem Gesicht und stand auf. Die Muskeln in seinem Gesicht waren verkrampft, in seinen Ohren rauschte es, und seine Beine knickten ein. Mit einem Ruck öffnete er das Fenster, krallte die Finger um die Eisenstäbe und sog die kalte Abendluft in seine Lungen. Dann klopfte es an der Zimmertür.

»Herr Schäfer, hier ist Frau Küchel, die Nachtschicht. Ist bei Ihnen alles in Ordnung?«

Sebastian warf das Fenster zu. »Alles okay«, rief er.

»Würden Sie bitte öffnen?«

»Mir geht es gut.«

»Herr Schäfer.«

»Ja, verdammt«, brummte Sebastian und riss die Tür auf.

Frau Küchel war eine kleine rundliche Mittvierzigerin, die mit schnellen Schritten das Zimmer durchquerte. Ihre wachen Augen huschten in jeden Winkel.

»Zufrieden?«, fragte Sebastian gereizt, während er sich ungeniert ein frisches Shirt überzog.

»Ich wünsche Ihnen noch eine gute Nacht, Herr Schäfer. Sollte etwas sein, ich bin ...«

»Fünf Meter weiter, ja, ich weiß. Ich danke Ihnen für Ihre Fürsorge.«

Sebastian blickte ihr nach, wie sie in Arztschuhen über den pepitafarbenen Teppichboden Richtung Stationszimmer davonschlurfte. Um sieben Uhr würde der Wecker klingeln. Gruppensitzung nach dem Frühstück stand auf dem Programm.

Er musste Ruhe finden.

37 Die Nacht dauerte für Inka drei Stunden, bis ihr Handyklingeln sie um 5.10 Uhr aus dem Tiefschlaf riss.

Bis kurz nach zwei Uhr hatte sie dem Computer sämtliche Adressen von Bauern und Gehöften im Umkreis von zwanzig Kilometern entlockt.

»Mark, wenn das nicht wichtig ist, ich ...«

Mark Freese ließ sie nicht ausreden. »Wir haben eine Tote.«

Sie war augenblicklich wach. Mit Schwung rollte sie sich auf die Bettkante und tastete nach dem Schalter der Salzkristalllampe. Ein orangegoldenes Licht erhellte das Schlafzimmer. »Wer, Mark?«

»Die Köchin vom *Seerosenhof*. Die Zentrale hat vor fünf Minuten die Meldung gekriegt. Der Koch hat angerufen. Seine Kollegin liegt blau gefroren im Kühlhaus.«

»Wo bist du?«

»Im Bad ...«

»Wir treffen uns im *Seerosenhof*«, würgte sie Mark ab. Mehr musste sie nicht wissen. Wie schaffte er es bloß immer, schon am frühen Morgen so munter zu sein?

Als Inka nach einer Viertelstunde im *Seerosenhof* ankam, standen ein Streifenwagen und der RTW vor dem Eingang. Die blauen und orangefarbenen Blinklichter zuckten in der Dunkelheit wie ein Neujahrsfeuerwerk und hatten hier auf dem Dorf, wo Sterne heller strahlten als in der Stadt, etwas Unwirkliches.

Sie parkte neben dem Streifenwagen direkt vor dem Eingang und eilte auf die Rettungsfahrzeuge zu. »Machen Sie bitte das Geblinke aus«, befahl Inka dem Fahrer des RTW und einem jüngeren Uniformierten mit hellbraunen Haaren, der im Streifenwagen saß und in einer Zeitschrift blätterte. Ihr Blick fiel auf die nach vorne liegenden Patientenzimmer, in denen nacheinander Lichter angingen und sich Köpfe vor geöffneten Fenstern an Eisenstangen drückten.

»Hat was von einem Gefängnis, oder?« Mark folgte Inkas Blick zu den weißen Stangen, die ab dem ersten Stock jede Flucht in die Freiheit vereitelten.

»Ich weiß nicht«, überlegte Inka, »gehört wohl zur Sicherheit in so einem Haus. Wo ist sie?«

»Im Kühlraum«, antwortete Mark.

»Wie?« Einen Augenblick starrte sie Mark sprachlos an. »Häh?«

»Wo sie ist, will ich wissen.«

»Sag ich doch. Im Kühlraum. In der Küche«, setzte Mark nach.

»Verstanden«, sagte Inka. Ihr fehlte eindeutig eine Portion Schlaf. »Und wer ist sie?«

»Viola Lassnik.«

»Ist das nicht eine von Lukas' Gespielinnen?«

Mark nickte. »Ja, wieder mal. Was hat der Knabe nur, was ich nicht habe?«

»Für die Aufzählung fehlt uns die Zeit«, erwiderte Inka grinsend.

»Was soll das denn heißen?« Mark sah seiner vorbeieilenden Kollegin irritiert nach.

»Übrigens hat er ihr eins über die Rübe gebrettert, sagt Terry«, warf Mark hinterher, in der Hoffnung, Inka würde ihre Schritte verlangsamen.

»Terry ist schon da?« Inka eilte weiter. »Und Lukas hat ihr eins übergebraten und …«

»Lukas? Weiß ich nicht.« Mark pustete, während er hinter Inka herhetzte. »Der Täter hat …«, setzte er an, als Inka unterbrach und schlagartig neben der Ledergarnitur im Foyer stehen blieb.

»Das hab ich kapiert. Aber sagtest du nicht, er hat …«

Mark nutzte Inkas Pause und lehnte sich schnaufend an einen Sessel. »Er. Ja. Aber ich weiß nicht, wer ›Er‹ ist. Mensch, Inka, würdest du nicht mit so einem Affenzahn rennen, könnte man vermuten, du schläfst noch.«

»Würde ich gerne«, konterte sie scharf und versuchte einen erneuten Gähnkrampf zu unterdrücken. »Was schleppst du eigentlich deine Gummistiefel durch die Gegend?« Ohne auf Marks Antwort zu warten, lief sie dem winkenden Hinweis einer Streifenpolizistin nach, die sie in einen Raum steuerte, wo mindestens fünfzig mit weißer Tischdecke, Kerzen und Rosensträußchen eingedeckte Tische einladende Restaurantatmosphäre boten.

In der Mitte des Raumes fiel Inka ein Springbrunnen aus Onyxglas auf. Seine unregelmäßigen bunten Glasstückchen riefen eine mosaikähnliche Wirkung hervor, die aussahen wie Abertausende aneinandergeklebte Edelsteine. Drei Waldnymphen aus ebensolchen Glasteilchen, hier einheitlich lindgrün gehalten, gruppierten sich um den Brunnen. Sie hielten Krüge, aus denen ein dünner Wasserstrahl plätscherte. Um den Springbrunnen und die Nymphen gruppierten sich Tische mit silberfarbenen Schüsseln und Terrinen. Poliert und mit Folien abgedeckt standen sie für das morgendliche Büfett bereit. Eine wagenradgroße Keramikschüssel mit einer Pyramide aus Äpfeln rundete das Arrangement ab.

Für einen Moment blieb Inka neben dem Springbrunnen stehen und vergaß, warum sie hier war.

»Fünf-Sterne-Luxus«, bemerkte Mark, als könnte er ihre Gedanken lesen. »Wusstest du, dass die hier Wartelisten haben, die lang sind wie unser Fließband in der Fabrik?«

»Tatsächlich?«

»Jupp.« Mark klemmte sich die Gummistiefel unter den Arm und griff nach einem Apfel.

»Hmm«, brummte Inka. Sie war nicht in der Stimmung, sich mit Wartelisten zu befassen. Sie war todmüde.

Neben einem Schild, das den Küchenbereich auswies, drückte sie die Pendeltür auf. Ein uniformierter Kollege, der wie ein Palastwächter am Eingang stand, bremste ihre Schritte und wies auf den Küchenboden. Stirnrunzelnd deutete er auf Inkas Sneaker und hielt ihr eine Box mit blauen Überschuhen entgegen.

Inka warf Mark einen wütenden Blick zu. »Vielen Dank«, motzte sie. »Irgendwann setz ich dich unter Wasser.«

»Aber«, Mark verzog das Gesicht. »Die waren für

dich.« Er hielt Inka das Paar Gummistiefel entgegen, doch Inka sah und hörte nicht mehr zu. In den Überschuhen schlitterte sie der Kühlkammer des *Seerosenhofs* entgegen.

»Morgen, Terry. Wer hat sie gefunden?«, fragte Inka. Sie riss sich die blauen Überschuhe von den Sneakern, die wie aufgepumpte Wasserballons an ihren Füßen hingen.

»Morgen, Süße. Der Koch, Edgar Kant, ist im Nebenraum. Ein Sani ist bei ihm«, sagte Teresa. »Warum hast du keine Gummistiefel an?« Sie sah auf Inkas durchnässte ockerfarbene Lederschnürer.

»Weil mir derjenige, der mich um fünf Uhr aus dem Bett geschmissen hat, nicht sagte, dass in der Heide die Flut eingesetzt hat«, knurrte Inka und ging neben Terry in die Hocke.

Die Frau, die halb aufrecht an einem Turm aus Gemüsekisten mit aufgestapelten Fenchelknollen lehnte, schätzte Inka auf höchstens vierundzwanzig Jahre. Sie trug ein weißes Shirt, eine weiße Baumwollhose und eine Latzschürze aus festem weißen Kunststoff. Ihre Haut im Gesicht schimmerte aschgrau, und an nicht bedeckten Händen und Armen erkannte Inka unverwechselbare Totenflecke. Der rechte Fuß der Frau steckte in einer rosa Plüschsocke, den linken beschuhte ein gelber Gummistiefel.

»Na, sag, Terry, was offenbart uns dein fachmännischer Blick zu früher Morgenstunde?«

Teresa sah Inka süß lächelnd an. In ihrem Schutzanzug und den lila Gummistiefeln mit den gelben Punkten wirkte sie wie ein junges Mädchen. »Nach was sieht's aus?« Sie klappte den Alukoffer zu.

Inka rollte die Augen. »Fang du nicht auch noch an.«

»Schlecht geschlafen?« Bevor Inka loslegen konnte, sagte Teresa: »Mit dem Nudelholz wurde sie bewusstlos geschlagen, und hier in der Kammer ist sie erfroren. Sie hat eine Beule auf dem Hinterkopf, groß wie ein Pfirsich. Sieh her. Mich wundert's, dass das Ding nicht aufgeplatzt ist.« Teresa drehte den Kopf der Toten seitwärts zu einem Berg eingeschweißter Hirschrückenfilets. »Nobel, was«, sagte sie, als sie Inkas Blick folgte, »da möchte man sich auf die Essensliste setzen lassen.«

»Ich esse kein Wild, das weißt du doch«, antwortete Inka mürrisch. »Ist der Kühlraum der Tatort?«

»Nein. Der war dahinten.« Mit behandschuhter Hand wies Teresa auf eine zehn Meter lange und beidseitig erreichbare Metallarbeitsplatte, zu der Mark stiefelte.

Über der Arbeitsplatte baumelten Töpfe und Pfannen in allen Formen und Größen. Auf zwei darüberliegenden Ablagen reihten sich Gewürzdosen, Öl- und Essigflaschen, Nudelvorräte, Saucieren, Teller und Tassen wie Unmengen an Geschirr aneinander, das nicht in Schränke passte oder schnell zur Hand sein musste.

»Und warum ist es hier nass wie in einem Schwimmbad? Kann man das Wasser nicht verschwinden lassen?« Inka schüttelte ihre Füße aus.

»Nein. Das Abflussrohr ist verstopft, das Wasser fließt nur langsam ab.« Teresa grinste. »Der Koch sagt, sie spritzen zum Arbeitsende den Fußboden mit dem Schlauch ab. Die Tote muss gerade dabei gewesen sein, die Küche zu fluten, als sie überrascht wurde. Erklärt die Gummistiefel, wovon sie allerdings nur noch einen anhat.«

»Und der zweite?«

»Ist hinten bei Enrico.«

»Was schätzt du, Terry, wie lange liegt sie schon hier?«

»Der Koch meint, er wäre ungefähr um 18 Uhr gegangen, seine Kollegin wollte noch den Boden schrubben und dann auch verschwinden. Bis er sie gefunden hat, vergingen zehn Stunden. Das deckt sich auch mit meiner Zeitrechnung und der vier Grad Kühltemperatur.«

»Wie sieht's mit Spuren aus, die das Wasser nicht verschluckt hat?«

»Nur Nudelholz, Gummistiefel und die Fingerabdrücke der Toten auf der Arbeitsplatte, besser du fragst ...«

»Enrico, klar.« Inka nickte und schlitterte aus dem Kühlraum. An der Tür drehte sie sich um. »Welche Größe?«

»Was?«

»Welche Größe haben die Gummistiefel«, sie nickte zu Viola Lassniks rechtem Stiefel.

»Siebenunddreißig.«

»Passt nicht«, brummte Inka und glitschte aus dem Kühlraum.

Enrico stand im Schutzanzug und schwarzen Gummistiefeln am hinteren Ende des Tisches und war mit Mark in ein Gespräch vertieft.

»Morgen, Enrico«, sagte Inka und gähnte. »Lass hören, was hast du für uns?«

»Morgen, Inka. Ich erklärte Mark gerade, dass nicht viel herauskommt.« Er wies auf den Fliesenboden, der fingerbreit unter Wasser stand. »Allerdings wissen wir, dass die Köchin dort beim Mittelteil des Arbeitstisches mit dem Nudelholz bewusstlos geschlagen und in den Kühlraum geschleift wurde. Auf dem Weg dorthin verlor sie den rechten Gummistiefel.«

»Mit dem Nudelholz, unglaublich«, sagte Inka kopfschüttelnd. Sie prüfte die zwei transparenten Tüten, die vor der Fußbodenflut in Sicherheit gebracht auf dem Arbeitstisch lagen.

»Tja, offenbar kriegen nicht nur wir Männer damit eins übergebraten«, spottete Enrico.

»Jeder, wie er es verdient«, erwiderte Inka in etwas gespreiztem Ton. »Gibt's Kaffee?«

Enrico schüttelte den Kopf.

Wenn Inka etwas missbilligte, dann, wenn man sie morgens um fünf Uhr weckte, verlangte strammzustehen ohne einen angemessenen Pegel Koffein im Blut. Mit grimmiger Miene zog sie los. »Ach, und es wäre schön, Enrico, wenn wir das nächste Mal die Ersten sind, die den Bericht kriegen, bevor du an Blümchen schnupperst.«

»Hat sie schlecht geschlafen, oder fehlt ihr ein Mann im Bett?«

»Das hab ich gehört, Enrico«, rief Inka, ohne innezuhalten. Das Wasser spritzte ihr bis an die Knie.

»Das weiß ich«, tönte es hinter Inka her.

Sie wedelte mit der Hand durch die Luft, ohne sich umzudrehen. War sie wirklich so schlecht gelaunt? Sie schlief zu wenig, was allerdings nichts Neues war. In ihrem Beruf kamen schlaflose Nächte vor, damit konnte sie umgehen. Meistens jedenfalls. Was war es, das ihr die Laune verhagelte und sie empfindlich auf Kleinigkeiten reagieren ließ? Ihr Nochehemann Fabian, der die Scheidungspapiere nicht unterschrieb? Tim mit seiner Nörgelei? Dieser neunmalkluge Schäfer? Oder alle zusammen?

Terry holte sie aus ihren Überlegungen, als sie sagte: »Kann ich die Tote mitnehmen?«

Inka nickte und rutschte vorsichtig zur Nebentür.

38 Im Büro saß ein Mittsechziger mit weißer Kittelschürze. Auf seinem Kopf trug er einen Haarschutz aus hellblauem Papier. Sein Oberkörper und sein Kopf waren leicht gesenkt, und seine Hände lagen abgestützt auf seinen Oberschenkeln. Seine Haltung erinnerte Inka an den dicken weißen Alabaster-Buddha, der bei Teresa im Eingangsflur auf einer schwarzbraunen Holzsäule saß.

Flora, Teresas Lebensgefährtin, sammelte diese segenbringenden Figuren, die sich in jedem Raum vom Keller bis zum Speicher des Egestorfer Resthofs fanden.

Als Inka die Bürotür öffnete, stieg ihr Kaffeeduft in die Nase. Wie ein Habicht auf Beutejagd blieben ihre Augen rechts an einem wandlangen weißen Sideboard kleben.

Die Rettung war nah.

Das Büro lag eine Treppenstufe höher als die Küche und war vom Wasser verschont geblieben.

»Herr Kant«, sagte Inka und trat die Stufe hoch. Aus ihren Schuhen quoll das Wasser.

Der Mittsechziger rührte sich nicht.

»Herr Kant«, sagte Inka noch einmal und trat auf den Mann zu. Vorsichtig legte sie ihm ihre Hand auf die rechte Schulter. »Herr Kant, ich möchte gerne mit Ihnen sprechen. Mein Name ist Inka Brandt von der Hanstedter Polizei.«

Der Koch erschrak. »Ja«, sagte er, als wäre er aus einem Traum geschreckt. Er löste die Hände von den Schenkeln, hob den Oberkörper und wandte Inka sein Gesicht zu. Seine grünbraunen Augen hinter der Hornbrille blickten irritiert.

»Sagen Sie, wären Sie einverstanden, wenn ich ...« Sie wies auf die Kaffeekanne.

Nicken.

»Sie haben Ihre Kollegin heute Morgen gefunden.«

Inka füllte einen Keramikbecher mit Kaffee, Zucker und einem Schuss Milch und setzte sich dem Koch gegenüber.

Nicken.

»Können Sie sich an die Uhrzeit erinnern?« Sie schlang die Finger um den heißen Becher.

»Fünf Uhr. Ja. Fünf Uhr. Wie immer«, antwortete er wie in Trance.

»Was wollten Sie um …«

»Backen. Wir backen unser eigenes Brot und Brötchen. Jeden Tag«, setzte er nach.

»Nur Sie alleine oder mit Frau Lassnik?« Sie schlürfte am Kaffee.

»Viola kommt normalerweise um sechs Uhr. Sie bringt erst ihr Kind in die Krippe.«

»Wie?«, fragte Inka. Hatte sie richtig gehört? Ein Kind? Ein Säugling? »Wo ist das Kind jetzt?«

Kant zuckte ratlos die Schultern.

Inka riss die Bürotür auf. »Mark«, schrie sie, »Mark, komm sofort her!« Aufgeregt winkte Inka mit der freien Hand. »Wo wohnt Frau Lassnik, Herr Kant?«

»In Sahrendorf. Ich gebe Ihnen die Adresse.« Edgar Kant schritt hinter seinen Schreibtisch zu einem Metallschrank und zog aus einem Hängeordner eine Papiermappe. »Hier«, sagte er und reichte Inka die Mappe, bevor er zurück in seinen Sessel sank.

»Sahrendorf, Straße Im Sahrendorf 110a, das ist hinter dem Hotel Restaurant *Zur grünen Aue*«, las Inka laut. »Mark, ich vermute, dass sich dort ein Kind, ein Säugling, alleine in der Wohnung aufhält. Fahr sofort hin, und gib mir Nachricht.«

»Wird gemacht«, sagte Mark und flitzte zum Küchenausgang.

»Herr Kant, können Sie sich vorstellen, wer das getan hat?«

Der Koch sah ebenso betrübt wie erschüttert aus. Verständnislos schüttelte er den Kopf.

»Seit wann war Frau Lassnik Köchin im *Seerosenhof*?« Inka trank hastig den viel zu heißen Kaffee.

»Von Anfang an.«

»Drei Jahre.«

Nicken.

»Und wie verstand sie sich mit den Kollegen? Gab es Streit oder ...«

Edgar Kant atmete langsam und tief, als habe er eine schwere Last zu tragen. »Wir haben ein ausgezeichnetes Betriebsklima. Viola war bei allen Mitarbeitern beliebt.« Kants Blick ging zur Wand, wo fünf Porträts hingen, die an Mitarbeiter-des-Monats-Fotos erinnerten. Unter dem Foto einer jungen Frau mit dunkelblonden Zöpfen, die in die Kamera lachte, las sie den Namen Viola Lassnik. Über dem Foto stand: Unser Geburtstagskind im September.

»Vorgestern war ihr Geburtstag«, sagte Kant, als erriet er Inkas Gedanken. »Sie ist fünfundzwanzig geworden.«

Bestürzt schüttelte Inka den Kopf. »Wo waren Sie gestern Abend, Herr Kant?«

Kant sah Inka an, als hätte ihn ein Blitz getroffen. Seine Augen hinter der Brille weiteten sich, wie blaue riesige Murmeln, und er schluckte ununterbrochen.

»Ich bin nach Hause gefahren.«

»Und?«, drängelte Inka.

»Ich bin in die Badewanne.«

»Sind Sie verheiratet, Herr Kant?«

»Ich lebe mit einer Lebensgefährtin zusammen. Sie war auf einer Betriebsfeier.«

»Warum haben Sie Frau Lassnik nicht beim Putzen geholfen?«

»Wir wechseln uns ab. Eine Woche ist dieser Mitarbeiter mit den Reinigungsarbeiten dran und die nächste Woche ein anderer Mitarbeiter. Mein Dienst war letzte Woche.«

»Gibt es keine Reinmachefrau für die Küche?«

»Nein. Wir wollen das selber machen. Es war mit Ludwig so abgesprochen. In einer Küche sind viele Hygieneeinheiten zu beachten«, setzte er nach, »das weiß eine normale Reinigungskraft nicht, und bevor etwas übersehen wird … Nein, lieber nicht.«

»Ich verstehe«, sagte Inka, »danke für den Kaffee.« Sie stand auf und verabschiedete sich, nachdem sie sich vergewisserte, dass Edgar Kant keine psychologische Betreuung benötigte.

Warum auch, er saß ja mitten im Gehege.

39

Es war der Morgen, an dem Sebastian sich entschloss, mit Ludwig Wesel zu reden. Er musste erfahren, ob die Angaben von Bauer Brinkhorst der Wahrheit entsprachen.

Müde schlug er die Beine über die Bettkante. Die Nacht war kurz gewesen. Diese verdammten Alpträume. Er war nass geschwitzt, und sein Kopf dröhnte. Sebastian blinzelte auf die digitale Anzeige des Weckers.

Noch eine Stunde bis zur Gruppensitzung. Die Dürre aus dem ersten Stock, die wie ein Weihnachtsbaum behängt und sich mit einer Überdosis Chanel N°5 neben ihn platzieren würde, würde ihm schon am frühen Morgen den Atem rauben. Wie sollte er sich nur konzentrieren?

Sebastian stöhnte und wankte ins Bad. Die Hände auf das Waschbecken gestützt, blinzelte er in sein Spiegelbild. Dunkle Schatten lagen unter seinen geröteten Augen. Sollte er wieder ins Bett gehen, den Tag verschlafen und sich in Ängsten und Verzweiflungen suhlen? Nein, unmöglich. Er durfte nicht so weiterleben. Er war im *Seerosenhof*, um gesund zu werden. Für Maja, für Katharina.

Sebastian drehte das heiße Wasser der Dusche auf. Das weckte seine Lebensgeister. Fünf Minuten später schlang er ein Handtuch um die Hüften und putzte sich die Zähne. Mit der Hand fuhr er erst über den beschlagenen Spiegel, dann über seinen Bart. Er griff zum Rasierapparat, schaltete ihn ein und starrte auf das vibrierende Gerät in seiner Hand, als sei es ein Objekt ferner Welten. Er drückte den Ausknopf, zog Jeans, Hemd und Pulli über und setzte seine Kontaktlinsen ein. Bevor er das Fenster öffnete, steckte er sich eine Zigarette an. Was er sah, ließ ihn für einen Moment innehalten.

Unten vor dem Eingang des *Seerosenhofs* standen zwei weiße Lieferwagen mit Satellitenschüsseln auf dem Dach. Eine Gruppe Reporter drängte sich daneben und schien auf etwas zu warten. Dahinter stand ein Streifenwagen und dahinter der Golf der Kommissarin. Was war da unten los?

Er drückte das Ohr an das Gitter und lauschte.

Nichts. Nur unverständliches Gebrabbel kam bei ihm im dritten Stock an. Er warf das Fenster zu, die Kippe ins

Klo und ging rasch aus dem Zimmer nach unten in den Frühstücksraum.

Eine ihm unbekannte Mitarbeiterin in blauer Arbeitskleidung stand am Eingang und trug seine Anwesenheit in ein dunkelblaues Buch ein. Eine Neuerung in diesem Hause.

»Was ist da draußen los?«, fragte er seinen Tischnachbarn, einen dickbäuchigen Sechziger, der grimmig auf eine halbe Tomate, ein Vollkornbrot mit Diätmargarine und die Scheibe Käse auf seinem Teller stierte, als würde sich die magere Kost unter seinen Blicken verdoppeln.

»Sie ham die Köchin gefunden. Gibt kein Brötchen heute, na, für mich sowieso nich. Bleske, mein Name, von der Schlachterei Bleske aus Brandenburg«, sagte er. »Sie sind neu in dem Laden, wa? Ich saß sonst alene, dahinten.« Sein rechter Arm schlenkerte zum Brottresen.

»Schäfer. Ja, ich bin am Dienstag angekommen. Und was ist der Köchin passiert?« Unbeachtet vom Personal tauschte Sebastian seine Butterration und die drei dicken Scheiben Bierschinken gegen Bleskes Diätmargarine und den Halbfettkäse.

Der Sechziger sah sich kurz um, grinste zufrieden und biss in sein Brot. Brotkrümel fielen ihm aus dem Mund, rieselten in Brusthöhe auf sein grünes Lacoste-Poloshirt, als er sagte: »Soll in der Truhe jelegen haben. Ist zu Eis jefroren.«

»Ein neuer Mord, wie interessant.«

»Na icke find das nich so doll, wenn hier ständig welche abjemurkst werden. Erst ham se den Andresen aufjeschnippelt, dann die Lütte von oben und jetzt noch unsere Köchin. Besser er macht den Laden wirklich dicht, bevor noch mehr passiert.«

»Will Leiter Wesel den *Seerosenhof* denn schließen?«

»Glaub ja, hört man läuten.« Bleskes Kopf schlenkerte zu einer Angestellten, die abseits des Brottresens stand und genauestens beobachtete, wer wie viel Rationen auf seinen Teller schaufelte. »Hör mal«, begann er freundschaftlich, »von mir hast du das nich, verstanden?«

Sebastian machte ein ernstes Gesicht und beugte sich verschwörerisch über den Tisch. »Ich bin verschwiegen. Schmeckt's denn?«

Bleske nickte zufrieden und verschlang die letzten Bissen.

40 Wie erwartet rutschte der parfümierte Weihnachtsbaum neben Sebastian auf den Stuhl. Das hielt er nicht aus. Nicht heute Morgen. Sebastian stand auf.

»Wenn es zu kalt wird, können wir es wieder schließen«, sagte er. Ohne Einwände abzuwarten, kippte er das Fenster und setzte sich auf einen fünf Meter entfernten Stuhl der im Kreis sitzenden Gruppe. Er konnte die grimmige Miene der Parfümierten förmlich spüren.

Es waren zwei, drei Mitpatienten, die wie in jeder Sitzung das Gespräch an sich rissen und unnötig in die Länge zogen. Ungeduldig sah Sebastian auf die Uhr über der Tür. Kurz vor halb zehn, noch fünf Minuten. Der Malkurs begann um 11 Uhr.

Zeit genug, um mit Ludwig Wesel zu reden.

Als der heutige Therapeut Marquardt die Runde beendete, stand Sebastian als Erster auf und verschwand. Er hetzte über den Flur zum Fahrstuhl und drückte auf den Knopf. Als die Metalltür sich öffnete, war es für einen Rückzug zu spät. Der parfümierte Weihnachtsbaum schlüpfte zu Sebastian in die Kabine.

»Na«, schnatterte die Frau. »Sie waren ja so schnell verschwunden.«

»Ich habe es eilig«, erwiderte Sebastian und drückte das E der grün leuchtenden digitalen Tableauleiste. Er drehte sich seitwärts und zog den Pullikragen über die Nase.

»Aber hier haben wir alle Zeit der Welt«, stellte die Parfümierte fest. Die, wie Sebastian fand, heute einer geplünderten Fichte glich. Ihre haselnussgroßen goldenen Kugelohrringe schienen so schwer, dass sie die welken Ohrlappen Richtung Schulter zogen. In Stirn-, Augen- und Wangenfalten klebte das getönte und viel zu dunkle Make-up. Das lindgrüne Kostüm zeigte am Revers einen unschönen braunen Kaffeefleck, und der signalrote Lack der Fingernägel blätterte ab. Einzig die auftoupierten Haare, straßenköterblond gefärbt, saßen perfekt, von einer silbernen Spange gehalten, wie eine Krone auf ihrem Haupt.

»Ich nicht«, schnaufte Sebastian und eilte, als der Fahrstuhl mit sanftem Ruckeln anhielt, aus der Kabine. Er holte tief Luft und rannte durch den engen dunklen Flur zu Wesels Büro.

Auf sein Klopfen hörte er ein zaghaftes »Herein«.

Ludwig Wesel saß hinter seinem Schreibtisch über einem Berg von Unterlagen.

»Haben wir einen Termin, Herr Schäfer?«, fragte er freundlich.

»Nein. Aber ich muss dringend mit Ihnen sprechen. Es geht um den *Seerosenhof*.«

»Was gibt es für ein Problem? Gefällt es Ihnen bei uns

nicht mehr?«, erkundigte sich Wesel, während er auf einen Besucherstuhl vor seinem Schreibtisch wies.

»Ja. Nein. Das ist es nicht. Ich hörte, dass Sie den *Seerosenhof* schließen.« Sebastian rutschte ins angebotene Leder.

»So, das haben Sie gehört.« Wesels Tonfall fiel eine Oktave tiefer. »Und wer hat Ihnen diese angebliche Neuigkeit erzählt?«

Sebastian überlegte. Sollte er Wesel die Wahrheit sagen? Ludwig Wesel war nicht dumm. Mit seinen psychologischen Fähigkeiten bekäme er in null Komma nichts alle Antworten. Andererseits wusste er nicht, dass Sebastian über dieselben Fähigkeiten verfügte, sondern war im Glauben, dass vor ihm ein trockener Steuerberater saß, der seine Frau und seine Tochter bei einem Unfall verloren hatte. So war es mit seiner Dienststelle in Hamburg vereinbart. Sebastian wollte unvoreingenommen eine Therapie beginnen, ohne ständig zu hören: »Und was denken Sie, Herr Kollege?« Ohne lange zu überlegen, antwortete er wie nebenbei: »Ach, das hörte ich gestern im Dorf.«

»Im Dorf, soso. Und wer hat es Ihnen im Dorf erzählt?« Wesels Neugier schien noch nicht befriedigt.

»Kann ich leider nicht sagen. Ich saß bei einer Tasse Kaffee in der Kate und fing nur Gesprächsfetzen vom Nebentisch auf.«

»Gesprächsfetzen, soso«, wiederholte Wesel erneut bemühend ruhig. Seine zuvor blassen Wangen färbten sich rostrot.

»Ja, angeblich fänden Sie keinen Nachfolger, und aus diesem Grund stünde der *Seerosenhof* vor einer Schließung.«

Diese Ansage versetzte Ludwig Wesel einen Schock.

Die Farbe wich schlagartig aus seinen Wangen. Er war leichenblass. Seine Pupillen verengten sich, seine Mundwinkel zuckten, die Hände stapelten rastlos Unterlagen, verschwanden in Hosentaschen oder nestelten am Hemdkragen.

»Wollen Sie sich um meinen Posten bewerben?«, fragte er und versuchte ein Lachen. Ein Fehlschuss.

»Ich bin Beamter, kein Psychologe, das wissen Sie, Herr Wesel«, sagte Sebastian, während er die Veränderung seines Gegenübers genau beobachtete.

»Sehen Sie, und aus diesem Grund, Herr Schäfer, sind das auch nicht Ihre Sorgen. Bis es so weit ist, falls es so weit kommt, sind Sie genesen und bearbeiten in einem warmen Büro die Einkommenssteuer treuer Bürger.«

»Ich mache mir keine Sorgen, Herr Wesel. Ich glaube sowieso nicht alles, was die Leute sagen.«

»Prima, dann ist ja alles geregelt, und Sie können ...«

»Ich glaube«, unterbrach Sebastian, »dass Sie den *Seerosenhof* schließen wollen, weil hier ein Mord nach dem anderen geschieht. Denn jede ermordete Person stand auf ihre Weise mit dem *Seerosenhof* im Zusammenhang. Und ich glaube weiter, dass jeder Mord etwas mit Ihnen persönlich zu tun hat.«

Sebastians Worte zeigten Wirkung. Ludwig Wesel kroch aus der Reserve.

»Wie bitte? Verstehe ich Sie richtig? Behaupten Sie, ich hätte meinen Mitarbeiter Robert Andresen, die Patientin Mareike Paulsen und Viola Lassnik, unsere Köchin, umgebracht?«

»Haben Sie?«

»Herr Schäfer. Ich bin Arzt, kein Mörder.« Wesel atmete tief durch. Selbstbeherrschung war das Zauberwort.

»Zudem ist es nicht Ihre Aufgabe, in diesem Haus für die Sicherheit meiner Mitarbeiter oder Gäste zu sorgen. Und wie mir scheint, wäre es angebracht, einen Kollegen aus der Psychiatrie zu konsultieren. Ihre Krankheit fällt in ein Stadium, wo Sie für sich eine Gefahr darstellen. Und wir wollen doch nicht, dass Ihnen etwas passiert, oder?« Wesel legte die Hand auf den Telefonhörer.

»Kein schlechter Zug, Herr Wesel«, antwortete Sebastian. »Aber wenn Sie unbedingt allein kämpfen wollen, bitte. Nur, das ist hirnrissig.«

»Sie verlassen auf der Stelle mein Büro, oder ...«

»Schon gut.« Sebastian stand auf. »Sie wissen, wo Sie mich finden, falls Sie Hilfe brauchen.« War das nicht der Spruch, den Therapeuten zu ihren Patienten sagten?

Nachdenklich verließ Sebastian das Büro. Das Getratsche aus dem Dorf hatte sich teilweise bestätigt. Wesel hatte nicht vor, den *Seerosenhof* aufzugeben, um in Rente zu gehen. Da war mehr. Er hatte von Sicherheit gesprochen. Konnte es sein, dass das Haus oder seine Person bedroht wurde? Wie er hörte, waren einige Dorfbewohner mit dem Bau des *Seerosenhofs* vor drei Jahren uneinig. Lag da das Wildschwein im Rotwein, wie Bauer Brinkhorst zitierte?

41 Durch den dritten Stock des *Seerosenhofs* zog der Duft nach Parfüm und Desinfektionsmittel, als Inka an der Zimmertür Nummer vier klopfte. Nichts rührte sich. Inka zog die Nase kraus. Sie klopfte ein zweites Mal. Stille.

»Hallo«, rief Inka. Sie winkte dem Zimmermädchen

am Ende des Ganges, die mit einem Rollwagen voll Hygieneartikeln und Handtüchern gerade in einem der hinteren Zimmer am Gangende verschwand. »Entschuldigung. Aber im Stationszimmer ist niemand«, rief sie dem Mädchen zu.

Das Zimmermädchen schüttelte den Kopf und eilte Inka über den Flur entgegen. »Non. Ist nur an die Abend besetzt«, sagte sie mit einem wunderbar erotischem französischen Akzent.

»Ach, daher ist da niemand«, sagte Inka. »Würden Sie mir bitte das Zimmer Nummer vier öffnen.«

»Sie sind Gast und wohnen hier?«, fragte die Frau, von der Inka vermutete, sie war direkt der neuesten *Vogue* entsprungen. Platinblond, Beine bis zum Hals und ein sorgfältig geschminkter Teint, von dem Schneewittchen geträumt hätte.

»Nein.« Inka zeigte ihren Ausweis.

»Oh«, sagte das Zimmermädchen, und die Farbe ihres roséfarbenen Rouges legte eine Nuance zu, was ihren Teint noch verlockender machte. »Moment«, sagte sie mit halblauter Stimme. Sie griff in die himmelblau-weiß gestreifte Kittelschürze, die ihr gerade bis zu den Knien ging, nach dem Schlüssel und schloss die Tür auf. »Bitte.« Ihr Lächeln wirkte geheimnisvoll.

»Danke«, erwiderte Inka. So ein Lächeln bekam sie im Leben nicht hin.

»Sie brauchen noch etwas?«, fragte das Zimmermädchen und drückte die Tür in den Raum.

»Nein, danke, im Augenblick nicht«, erwiderte Inka.

»Wenn, dann Sie mich finden in die Nummer vierundzwanzig.« Sie schenkte Inka ein zweites geheimnisvolles Lächeln und wandte sich zum Gehen.

Dieses Haus hatte wirklich nur das Beste zu bieten.

Im Zimmer roch es nach Rauch und Schweiß. Ein Arbeiter-Männer-Gemisch. Das Bett war zerwühlt. Verschiedenfarbige Socken lagen nachlässig auf dem Fußboden neben dem Nachttisch, andere Kleidungsstücke hingen über dem Schreibtischstuhl. Nur wo steckte Rübezahl?

Inka öffnete das Fenster und blickte durch die Gitterstäbe. Vor dem Eingang des *Seerosenhofs* stand eine Patientengruppe und rauchte. Nikotingeruch drang in ihre Nase. An einem Übertragungswagen lehnte ein Kamerateam von drei Leuten mit umgehängten Fotoapparaten. Bereit für den ersten und besten Schuss am Morgen. Inka gähnte.

Sie ging zum Schreibtisch und klappte den Laptop auf. Noch bevor sie die Bereitschaftstaste drückte, läutete das Telefon auf dem Nachttisch. Geht bitte jemand ans Telefon, hätte sie sich brennend gewünscht, ich muss was nachsehen, ohne genau zu wissen, was ich suche. Das Bimmeln blieb. Und Inka verspürte dieses unwiderrufliche Verlangen, den Hörer abzunehmen. Was war, wenn ein Familienmitglied anrief, dem es nicht gutging? Oder die Lottozentrale zum Jackpot gratulierte? Unwahrscheinlich, aber wer weiß das schon? Oder der Anrufer war ... »Verdammt«, fluchte Inka und hob den Hörer ab.

»Jaaaa«, sagte sie ebenso zögerlich wie nachdenklich. Was sollte sie sagen, wenn da jetzt eine Frau am anderen Ende war? Womöglich die Rübezahlfrau.

»Wer ist da?«, fragte eine Männerstimme.

»Wie?«, fragte Inka und setzte sich auf die Bettkante. Sie musste sich Zeit für eine Ausrede verschaffen.

»Ist da das Zimmer von Sebastian Schäfer?«

»Ich nicht verstehen, hier sein Zimmermädchen«, log

Inka. Ihr bemüht französischer Akzent klang furchtbar und hatte so gar nichts mit dem weichen mitreißenden Klang des hübschen Zimmermädchens gemein.

»Ist da der *Seerosenhof* in Undeloh?«, wollte die Stimme jetzt wissen.

»Nein, wir nicht verkaufen Rosen.« Inka schmunzelte.

»Nein, ich will keine Rosen ...« Ein Stöhnen drang zu Inka. »Ich rufe später noch einmal an«, sagte die Stimme gereizt. Es klickte in der Leitung. Zufrieden legte Inka auf und gähnte. Sie war hundemüde. Schon der vierte Tag, an dem sie kaum mehr als drei Stunden Schlaf bekam. Auch die Kaffeeration aus Kants Büro ließ sie nicht munterer werden. Sie lehnte sich an die Rückwand des Bettes und schloss die Augen. Nur fünf Minuten dösen, wenn jemand käme, würde sie es hören und sofort aufspringen.

42 Ludwig Wesel saß noch immer an seinem Schreibtisch. Vor ihm lag seine leere Taschenflasche Rum. Er hatte seine Ration für zwei Tage in einem Zug aufgebraucht.

Nervös beugte er sich hinunter und öffnete die unterste Schublade des Schreibtisches. Mit zitternden Fingern zog er unter einem Stapel Unterlagen drei Briefe heraus und legte sie vor sich auf den Tisch. Er drückte den Rücken gegen die Lehne, als müsste er sich stützen. Alle Haltung fiel von ihm ab. Sein Kopf fiel auf seine Brust, die Arme hingen seitwärts herab, als trügen sie zentnerschwere Kohlensäcke. Was sollte er nur tun? Wer auch immer der Schreiber dieser Briefe war, er würde nicht aufhören zu töten, bis der *Seerosenhof* die Türen schloss.

Dieses Haus war sein Leben. Seit seiner Studienzeit hatte er darauf hingearbeitet, einmal so eine Klinik zu führen. Irgendwann, während seiner Arbeit als Psychologe mit eigener Praxis in Buchholz in der Nordheide, war sein Traum entrückt, so wie der Wunsch mit seiner Frau nach Neuengland auszuwandern.

Als ihn vor drei Jahren, er war vierundfünfzig, das Angebot erreichte, in Undeloh eine psychosomatische Einrichtung zu übernehmen, sagte er sofort zu und stürzte sich mit Engagement in die Aufgabe. Kaum ein Jahr später zeichneten Fachzeitschriften den *Seerosenhof* in Undeloh als beste private Klinik für Psychosomatik aus. Die Warteliste der Patientenneuaufnahme füllte sich täglich.

Jetzt schien alles dahin.

Die Hoffnung, der erste Drohbrief sei nur unwichtiges Getue, ein erneutes Aufflammen von Unmut eines Dorfbewohners, war verpufft. Drei Menschen waren tot. Ermordet.

Es würde weitergehen.

Ludwig Wesel rief auf dem Computer das Schreibprogramm auf. ›Kündigung‹ lautete sein erstes Wort. Minutenlang starrte er auf den Bildschirm, bis er die Rückschrift-Taste drückte. Nein!

Der *Seerosenhof* gehörte ihm, kam, was kommen wollte.

43 Als Sebastian vom Malkurs in sein Zimmer zurückkehrte, lag Inka bis zum Kinn eingekuschelt unter der Decke und schnarchte leise.

Er setzte sich an den Schreibtisch und sah auf seine Armbanduhr. Es war kurz vor zwölf, in einer Stunde stand das Mittagessen auf dem Tisch. Zeit genug.

Er schaltete den Laptop ein und begann seine Profile zu überarbeiten. Das Gespräch mit Ludwig Wesel hatte eine unvorhergesehene Wendung gebracht.

Ab und an drehte er den Kopf und schielte zum Bett.

Immer, wenn Sebastian jemanden im Visier hatte, stellte er sich die Frage, warum der Täter sich dieses bestimmte Opfer ausgesucht hatte. Welche Entscheidung fällte der Täter im Vorfeld für seine Planung und Tat? Was ging in ihm vor? Warum beging er diese Morde?

Der Frauenmörder, dem er mit der Hamburger Mordkommission vor vier Jahren auf den Fersen war, ermordete elf persische junge Frauen. Allen rasierte er die Haare am ganzen Körper ab, wusch sie, cremte sie ein, wickelte sie in weiße Tücher und malte auf das Leinen ein dickes schwarzes Hakenkreuz.

Stopp.

Sebastian wischte sich den Schweiß von der Stirn und warf den zerbrochenen Bleistift, den er in seiner Hand zerbröselte und der Späne in seine Haut trieb, in den Papierkorb.

Er musste sich konzentrieren.

Hier in Undeloh war kein Serienmörder am Werk, auch wenn es auf den ersten Blick so aussah oder aussehen sollte.

Ein Serienmörder plante sein Werk wie ein Musiker, Maler, Schriftsteller oder Bildhauer seine Skulptur, das wusste Sebastian. Sie alle wollten gesehen, gehört und für ihre Gräueltaten gerühmt werden. Doch keines der Opfer war geköpft, verkehrt herum aufgehängt, drapiert, mit zugenähten Mündern oder auch als Märchengestalten verkleidet aufgefunden worden. Es gab keine Rätsel, keine religiösen Hinweise oder schlaue Aphorismen, die gelöst werden mussten. Auch fehlten den Opfern weder Schmuck noch sonstige persönliche Gegenstände, was Sebastian in den meisten Fällen als typisches Zeichen deutete.

In fünfundzwanzig Jahren Fallanalytik hatte er viele abnorme Vorgehensweisen von Serientätern gesehen, dieser Täter hinterließ kein bestimmtes Muster, er verfolgte ein anderes Ziel.

Sein Ziel.

Doch was hatte Ludwig Wesel mit den Morden zu tun? Wesel war durch und durch Philanthrop und ausgezeichneter Psychologe, somit schied er für Sebastian als Täter aus.

Dennoch hatte er ihm entscheidend weitergeholfen.

Sebastian war überzeugt, dass der Täter ein Mann war. Ein Mann, der in Undeloh zu Hause war und den *Seerosenhof* kannte.

Die Morde waren keine Zufallstaten. Sie offenbarten Persönliches.

Da die Medien nichts von einer Vergewaltigung oder sexuellem Missbrauch berichteten, konnte er ausschließen, dass der Täter ein junger Mann war. Sein Alter pendelte zwischen Ende fünfzig und Mitte sechzig. Ein Alter, in dem sich kein Mann auf strotzende Potenz verließ. Zudem negierte der Täter alle Wertgegenstände.

Allerdings fiel Sebastian die Ungeduld des Täters auf. Er beging alle Morde in einer Woche. Wollte er die Taten schnell hinter sich bringen, wurde er gedrängt, oder wollte er drängen?

Sebastian steckte sich eine Zigarette an und pustete den Rauch in einer dicken Wolke an den Bildschirm.

Dann raschelte es hinter seinem Rücken.

Er stand auf, drehte den Stuhl, setzte sich rittlings und legte die Unterarme auf den Wust von Hosen und Pullovern. »Na, gut geschlafen?«, sagte er grinsend.

»Wie? O Gott. Hilfe«, stammelte Inka und wischte sich über die Augen.

»Wenn es mal so weit ist, nehme ich Titel und Amt gerne an. Solange reicht Sebastian Schäfer, der kleine Beamte aus Hamburg-Othmarschen.« Er grinste. Inka nicht.

»Gehen Sie eigentlich immer mit Schuhen ins Bett?« Sebastian nickte auf Inkas braune Lederstiefel, die mit der Spitze unter der Bettdecke hervorlugten.

»Äh, nein, tut mir leid«, sagte sie schlaftrunken und wühlte sich aus der Decke. »Ich hole sofort neue Bettwäsche.«

»Ah, eine Kommissarin, die auch als Zimmermädchen agiert, ich bin beeindruckt.«

»Sparen Sie sich Ihren Sarkasmus, Herr Schäfer«, sagte Inka und stand auf. Urplötzlich überfiel sie ein kalter Schauer, und zu gern wäre sie wieder unter die warme Decke gekrochen. Ihr Schlafdefizit der letzten Tage machte sie mürbe. »Mein Kollege konnte Sie nicht erreichen, und wir brauchen eine Aussage von Ihnen.« Inka fuhr sich mit den Händen durchs Haar, zupfte am Blusensaum und richtete die hüfthohe karminrote Lederjacke.

»Und da legen Sie sich in mein Bett und pofen erst mal 'ne Runde. Ist das die Masche Undeloher Dorfpolizisten?«

»Nein, natürlich nicht!«, fuhr ihn Inka barsch an. »Und mehr als entschuldigen kann ich mich nicht. Ich bin zurzeit ...« Sie brach den Satz ab. Was ging es den Urzeitmenschen an, dass sie kaum noch Schlaf fand. Noch dazu strahlte er eine angenehme gute Laune aus, die Inka ihre eigene Erschöpfung nur zu deutlich vor Augen führte. »Herr Schäfer, in Undeloh sind drei Morde geschehen, und das nehme ich, da ich ebenfalls im Dorf wohne, sehr persönlich. Also, wo waren Sie zur Tatzeit, als Robert Andresen, Mareike Paulsen und Viola Lassnik ermordet wurden?«

»Alle Achtung, Sie haben ganz schön was an den Hacken. In Ihrer Haut möchte ich nicht stecken. Kein Wunder, dass Sie erledigt sind und sich in fremde Betten werfen.«

Inka holt tief Luft. »Herr Schäfer, ich denke nicht, dass ich es nötig habe, mich in fremde Betten zu werfen, und wenn, lande ich garantiert nicht bei einem Mann im Bett, der aussieht und lebt wie, wie …« Inka warf einen tadelnden Blick auf die verstreuten Kleidungsstücke.

»Wie der böse Wolf, der mit sabbernden Lefzen gierig das kleine unschuldige Rotkäppchen verschlingt«, fiel Sebastian ihr schnippisch ins Wort. »Ich meine, nur um im Märchenwald zu bleiben.« Sein Blick ruhte auf Inkas Bluse, deren vier obere Knöpfe offen standen, was ihre Oberweite mehr als sonst betonte.

»Ich dachte eher an Rübezahl«, bemerkte Inka patzig, während sie den Reißverschluss ihrer Lederjacke bis zum Hals zog. »Und jetzt warte ich immer noch auf Antwort.«

»Und ich auf Ihren Durchsuchungsbeschluss. Ohne den es Ihnen nur gestattet ist, fremde Wohnungen oder Häuser zu betreten, wenn Gefahr in Verzug ist.«

»Sie kennen sich aus.«

»War das eine Frage oder eine Feststellung, Frau Kommissarin?«

»Wo?«, fragte Inka gereizt. Unruhig verlagerte sie ihr Gewicht von einem Stiefelabsatz auf den anderen. Ob dieses Zimmer ein Bad besaß?

»Das sage ich Ihnen, wenn Sie mir Ihr Schreiben vom Staatsanwalt und Ermittlungsrichter zeigen. So ist der Weg, oder irre ich?«

»Es langt, Herr Schäfer! Meinetwegen reichen Sie eine Beschwerde ein, aber wenn Sie mir nicht auf der Stelle sagen, wo Sie zu den besagten Todeszeitpunkten waren, nehme ich Sie mit und sperre Sie wegen Störung einer Amtshandlung ein.«

»Puh.« Sebastian stöhnte. »Immer mit der Ruhe, Frau Kommissarin. Zur Tatzeit des Robert Andresen, es handelt sich doch um die Zeit von 20 Uhr bis 23 Uhr, oder? Ich frage nur, weil Sie es nicht erwähnten.«

»Ich habe es erwähnt, Herr Schäfer, und wenn Sie jetzt meine Frage beantworten, wäre ich Ihnen überaus dankbar.«

»Wann? Ich meine, wann haben Sie es erwähnt?« Das klang nach Schadenfreude.

»Herr Schäfer.« Inka rollte die Augen und schnaufte.

»Ist ja auch egal, wir wissen ja jetzt die Uhrzeit«, setzte er nach. »Am Montag, den 1. September 2014, zum Todeszeitpunkt des Opfers, packte ich zu Hause in Hamburg-Othmarschen meinen Koffer für den Aufenthalt in diesem Versteck, in das ich am Dienstag, dem 2. September 2014, anreiste. Eigentlich sollte ich ja bereits am Nachmittag Ihres besagten Tages anreisen, aber ich schlafe nicht gern in fremden Betten. Somit war der Mittwochmorgen, der 3. September 2014, meine erste überstandene und sehr unruhige Nacht im Haus. Wie gesagt, ich schlafe ...«

»Nicht gern in fremden Betten. Ich habe es verstanden«, vervollständigte Inka mürrisch Sebastians Satz.

»Genau. Auf meinem Plan stand ein Einzelgespräch mit meiner Therapeutin, leider sagte sie ab. Mein zweiter Kurs am Vormittag, der Töpferkurs, fiel ebenso aus, somit waren mir zwei Freistunden vergönnt, die ich in der Heide verbrachte. Das Alibi zum Todeszeitpunkt von Mareike Paulsen, der zwischen sieben Uhr und acht Uhr liegen dürfte, ist somit futsch.« Sebastian stand vom Schreibtischstuhl auf, öffnete das Fenster und steckte sich eine Zigarette an. »Heute Morgen, als ...«

»Nicht heute Morgen«, wandte Inka ein, »es geht um gestern Abend zwischen 18 Uhr und 20 Uhr.«

»Was ist passiert?«, fragte er, den Blick fest auf Inka gerichtet.

»Sagen Sie es mir, Herr Schäfer.«

»Sie denken, dass ich ... Pah, das ist ja lächerlich. Wenn Sie wüssten, dass ich ...« Sebastian schüttelte den Kopf und schnippte Asche aus dem Fenster.

»Warum nicht? Wie mir scheint, verfügen Sie über einige Kenntnisse polizeilicher Ermittlungsarbeit, die immerhin ausreichen, um das Gehirns eines Hobbydetektivs ordentlich in Schwingungen zu versetzen«, setzte Inka nach.

»Stimmt, Sie haben recht. Manche Täter verhalten sich wie Polizisten. Sie wissen viel über Polizeiarbeit, und in ihren Wahnvorstellungen glauben sie, dass das, was sie tun, der Allgemeinheit dient. Zumindest meistens.«

Inka nickte: »Das ist eine interessante Erklärung. Kommt sie von einem Serientäter aus dem *Seerosenhof*?«

Sebastian lachte leise. »Netter Versuch. Aber einem Serientäter haftet ein anderer Rhythmus für seine Taten an. Sie suchen einen Massenmörder.«

»Und wo liegt der Unterschied?«

»Was zum Teufel wollen Sie, Frau Kommissarin? Zweimal haben Sie meine Hilfe abgelehnt, als Sie übrigens genügend Zeit gehabt hätten, mich zu befragen. Wenn Sie jetzt wissen wollen, wie das Verhaltensprofil eines Serienmörders oder Massenmörders abläuft, dann fragen Sie mich und reden nicht um den heißen Brei. Wenn Sie wissen wollen, woher ich das alles weiß, dürfen Sie auch fragen. Nun, was brennt Ihnen zuerst auf der Zunge?«

Inka schmunzelte über den verstimmten Ausbruch ihres Gesprächspartners. »Ich würde gerne wissen, warum ein Mann wie Sie im *Seerosenhof* ist?«, fragte sie in einem beinahe koketten Tonfall.

»Haben Sie meine Akte nicht gelesen?«

Inka nickte. »Sehr gründlich.«

»Na dann.« Sebastian warf die Kippe durch die Gitterstäbe und sah auf seine Armbanduhr. »Es gibt Mittagessen. Hirschsteak mit Rotkohl und Klößen. Ich würde Sie ja sehr gerne einladen, aber leider ...« Er zuckte die Schultern.

»Ich esse kein Wild«, entgegnete Inka kratzig.

»Umso besser, dann kann ich mein schlechtes Gewissen ja in der Hosentasche lassen. War schön, mit Ihnen zu reden.« Er öffnete die Tür, und Inka trat nachdenklich auf den Flur.

44 Müde und gestresst von dem grauenhaft begonnenen Tag verließ Inka den *Seerosenhof* und ging zum Parkplatz. Als sie in ihren Golf einstieg, klingelte ihr

Handy. Bis sie es in ihrer Handtasche fand, verstummte es. Unbekannter Anrufer stand im Display. »Dann eben nicht«, sagte sie und warf Handtasche und Handy auf den Beifahrersitz.

Ein eigenartiger Kauz, dieser Rübezahl, dachte Inka und fragte sich, womit sie ihn verstimmt hatte. Ob es an seiner Erkrankung lag? Posttraumatische Belastungsstörung stand in der Sitzungsakte und: *Patientenwunsch, keine vertraulichen Eintragungen hinzufügen.* Doch was war in Sebastian Schäfers Vergangenheit geschehen, das nicht in die Unterlagen durfte?

Inka startete den Wagen und rollte im ersten Gang über den Parkplatz und über die Straße Neunstücken hinunter zur Wilseder Straße. Sie ließ eine Gruppe Touristen mit Wanderstock, aufgeplusterten Windblousons und Pudelmützen vorbeimarschieren, die aussahen, als kämen sie von der Besteigung des Mount Everest.

Als sie den Blinker setzte, klingelte ihr Handy ein zweites Mal.

Sie sah auf den Beifahrersitz. Marks Gesicht leuchtete auf, darunter seine Nummer.

»Hallo«, sagte sie und: »Warte, ich stell auf Lautsprecher.«

»Kauf dir endlich eine Freisprechanlage. Das gibt einen Punkt in Flensburg, sechzig Euro Strafe und zwanzig Euro Bearbeitungsgebühr.«

»Mark, quatsch nicht. Was hast du auf Lager?«

»Wir haben den früheren Lebensgefährten von Andresen ausfindig gemacht. Mit der Befragung wird's schwierig.«

»Was hast du gesagt?«

»Er weilt nicht mehr unter den Lebenden.«

»Wer? Die Verbindung bricht gleich ab.«

»Der Lebensgefährte von Andresen.«

»Verstanden. Was ist mit den Durchsuchungsbeschlüssen? Hat Jankowitz sie rübergeschickt?«

»Nein. Ich habe ihn nicht erreicht. Er hat heute frei.«

»So gut möchte ich es auch haben«, sagte Inka. »Was gibt's in der Kantine?«

»Leber.«

Inka verzog angewidert das Gesicht. »Ich komme bald«, sagte sie und lenkte links in die Heimbucher Straße. Drei Minuten später fuhr sie über das Kopfsteinpflaster Richtung Sundermöhren-Hof.

Bereits hinter der kleinen Kapelle reihten sich die Autos der Ferienbesucher dicht an dicht. Einige der Kennzeichen waren ihr unbekannt, drei aus Bremen, Düsseldorf, München, Hamburg, sogar zwei Lübecker Wagen standen aufgereiht hintereinander. Neben der hohen Birke fand sie für ihren Golf eine freie Lücke.

Als sie über den Innenhof ging, lief ihr *Rocky*, der bernsteinfarbene Kater, entgegen. Schnurrend schmiegte er sich an ihre Beine und rieb sein Köpfchen an ihren Stiefeln. »Na du«, sagte sie, »ich habe gar keine Zeit zum Schmusen.« Sie kraulte den Kater hinter den Ohren, den nicht interessierte, was Menschen zu tun hatten, wenn er Streicheleinheiten wollte. »Heute Abend mehr, versprochen.« Slalomlaufend befreite sie sich aus den Fängen des Schmusetigers. Sie drückte die Tür des Bauernhauses auf und schritt in die große Diele.

»Hanna«, rief sie, »wo steckst du?«

»Hanna ist einkaufen«, tönte es hinter ihrem Rücken.

Ruckartig fuhr Inka herum. »Tim, hast du mich erschreckt.«

»Ich bin nicht ins Haus eingebrochen.«

»Hör auf mit dem Quatsch. Die Tür steht mittags ständig offen.« Inka schüttelte den Kopf. »Hat Hanna Suppe auf dem Herd?«

»Hanna kocht täglich Suppe für die Feriengäste. Ist ihr Service, das weißt du genau«, knurrte Tim, während er Inka Richtung Küche hinterherschlurfte.

»Und was gibt's heute?« Inka hob den Deckel von dem Zehnlitertopf. Heißer Dampf und der würzige Duft der in Scheiben geschnittenen Rauchwürstchen, die in der gelben Heidekartoffelsuppe schwammen wie kleine Inseln, und der Hauch Majoran stiegen Inka verlockend in die Nase.

»Sag mal, geht's noch. Das Essen ist für die Gäste.« Tim blieb im Türrahmen stehen und stemmte die Hände in die Hüften.

»Ich habe vom hohen Rat die Erlaubnis.«

»Und wer ist der hohe Rat, wenn ich fragen darf?«

»Na du, wer denn sonst.« Inka griff nach einem Suppenteller vom armhohen Stapel Teller, die auf der Arbeitsplatte standen, füllte den Teller mit Suppe und setzte sich an den Tisch.

»Nie und nimmer.« Tim Sundermöhren stellte sich breitbeinig vor Inka in Angriffsposition.

Darauf hatte Inka schon lange gewartet. Sie war am Zug.

»Na, dann lass uns mal aufrechnen«, sagte sie und zog Block und Stift aus der Tasche. »Ich bin seit acht Wochen hier, das macht acht Samstage, an denen ich jeweils mindestens fünf Stunden in deinen Ferienwohnungen und im Hofladen ausgeholfen habe. Nehmen wir den Mindestlohn von 8,50 Euro mal fünf und mal acht, dann kommen wir auf rund 300 Euro, die du mir noch schuldest. Willst du eine Quittung, oder verrechnen wir das mit der Suppe?« Das hatte gesessen.

»Willst du dich nicht zu mir setzen? Du siehst irgendwie blass aus«, fragte sie, während sie nach einer dicken Scheibe Kürbisbrot mit gerösteten Kernen und knackiger Kruste griff. Hannas Spezialität im Herbst.

»Nein«, maulte Tim, »im Gegensatz zu dir muss ich arbeiten.«

Mit diesen Worten stiefelte er aus der Küche.

Fürs Erste hatte sie Ruhe.

45 Hannas Kartoffelsuppe mit den saftigen Mettwürstchen hatte ihr gutgetan. Ihr Magen fühlte sich warm und wohlig an. Ein zufriedenes Gefühl. Jetzt noch zwei Stunden Mittagsschlaf und sie wäre wieder fit. Leider musste das ausfallen.

Als sie in der Wache ankam, telefonierte Mark. Inka hörte, wie er sagte, Granatapfel mache das Rennen. Granatapfel sei in Cremes, Fruchtsaft oder Keksfüllung zurzeit en vogue, und jeder schwöre, es sei das Anti-Aging-Mittel des Jahrhunderts. Es wirke bei Haarausfall, Inkontinenz, stelle bei regelmäßiger Einnahme die biologische Uhr um zwanzig Jahre zurück, helfe kräftigend bei und in jeder Lebenslage und würde sogar, sollten Kerne des Granatapfels getrocknet unter das Kopfkissen gelegt werden, auf die Zeugung eines Jungen positiv Einfluss nehmen.

Kopfschüttelnd über den esoterischen Unsinn, der dieser süßherben Frucht anhaftete, befüllte Inka die Kaffeemaschine mit Wasser und Kaffeepulver. Die Maschine begann zu gluckern, und Inka suchte im Telefonregister die Nummer von Tierarzt Jonas Hinrich. Sie wählte die angegebene Nummer, und der Anrufbeantworter sprang an.

Eine schwache Stimme verkündete: »Tierarztpraxis Jonas Hinrich. Ich bin ab Montag, den 8. September, wieder zu erreichen.« Es klickte und das Besetztzeichen ertönte.

Inka schmunzelte, als sie an den großen wuchtigen Mann mit der Kartoffelnase dachte, der Hanna und ihr bei jedem seiner Besuche die neuesten Micky-Maus-Hefte mitgebracht hatte.

Mit seinem betagten grünen Geländewagen knatterte er von Hof zu Hof und war eine Koryphäe darin, totgeweihten Viechern Leben einzuhauchen.

Es war, als sei es gestern gewesen.

Ihr Pony *Sternschnuppe* hatte in der Heide etwas Falsches geknabbert, und ihr Vater hatte ihr erklärt, *Sternschnuppe* würde jetzt in den Pferdehimmel zu den anderen Sternen fliegen. Jonas Hinrich hatte den Kopf geschüttelt, Inka mit seinen stahlblauen Augen angezwinkert und gesagt: »Nee, Inka, was dein Väterchen da sagt, glaub man nicht. Seit wann können denn Pferde fliegen?«

Jonas Hinrich kam jeden Tag, eine Woche lang, dann war *Sternschnuppe* gesund und lebte weitere zehn Jahre, bevor sie wirklich zu den Sternen flog.

Für Inka war Jonas Hinrich der Undeloher Pferdeflüsterer, und umso mehr freute es sie, dass er noch praktizierte. Gleich am Montag würde sie zu ihm fahren.

Mark telefonierte immer noch. Inzwischen verhandelte er mit seinem Vater über Schokoladenkekse, die mit Orangengeschmack in Osterhasenform in den Handel kommen sollten. Inka schüttelte den Kopf. Es war Anfang September, und vor Ostern stand erst mal Weihnachten vor der Tür.

Ob bei den Freeses in der Lüneburger Keksfabrik auch Weihnachtsmänner zu Osterhasen umgeformt wurden? Sie musste Mark mal danach fragen. Inkas Gedanken hingen noch in einem Bottich süß duftender und glänzender Milchschokolade, als es an der Tür klopfte.

»Herein«, sagte sie. Der Anklopfer schien sie nicht gehört zu haben. »Ja«, wiederholte sie, doch auch jetzt blieb die Tür geschlossen. Inka stand auf. Sie riss die Tür auf und entdeckte Sebastian, der zwei Meter entfernt auf dem Flur stand und aussah, als wollte er sofort wieder davonrennen.

»Was soll das?«, fragte Inka mit scharfem Unterton. »Warum klopfen Sie erst und kommen dann nicht herein?«

»Weil Sie mich sowieso wieder rausschmeißen.«

»Was für eine Logik. Was wollen Sie?« Sie musterte Sebastian. Er wirkte ein paar Jahre älter als sie. Sein Zehntagebart, die wilden schulterlangen schwarzen Haare mit grauen Strähnen verliehen ihm den Ausdruck eines einsamen Wolfs. Dennoch hatte er etwas an sich, das sich auf den zweiten Blick durchaus sehen lassen konnte. Vielleicht waren es seine Lachfältchen um die Augen, die ihn freundlich und sympathisch wirken ließen. Oder diese Selbstsicherheit, mit der er, zumindest ab und an, auftrat und redete und dabei trotzdem wie ein großer Junge wirkte, der heimlich von Mutters Kuchen die Kirschen genascht hatte.

»Mich bei Ihnen entschuldigen. Ich war heute Morgen etwas ruppig. Es ist nicht meine …«

»Ja, ja, schon gut. Sonst noch was?« Inka war irritiert.

»Es gibt da tatsächlich noch eine Sache, die ich Ihnen ans Herz legen möchte.« Er senkte die Stimme.

»So?« Inka zog die Stirn kraus.

»Es geht um den Leiter Ludwig Wesel aus dem *Seerosenhof*. Ich kam gestern mit einem Bauern in der *Heidjer-Kate* ins Gespräch. Aber bevor Sie ausrasten«, sagte er vorsorglich, »hören Sie sich erst mal an, was ich erfahren habe.«

Sebastian zögerte einen Moment, um sich zu vergewissern, dass Inka ihm das Wort einräumte, dann fuhr er fort: »Der Bauer erzählte, Ludwig Wesel will den *Seerosenhof* schließen, weil er keinen Nachfolger findet. Das ist doch merkwürdig, oder?«

Inka zuckte gleichgültig die Schultern. »Er hat keine Lust mehr auf die ganzen Patientengeschichten oder will in Rente gehen.«

»Nein.«

»Und was sind dann die Gründe nach Ihrer Meinung?«, fragte sie genervt.

»Eben, daran knabbere ich. Ich war bei Wesel und sprach ihn auf die Schließung des *Seerosenhofs* an, und ich sagte ihm, dass ich denke, er wolle das Haus nur schließen, weil ein Mord nach dem anderen geschähe und ich außerdem vermute, dass er involviert ist. Auf meine Frage ging er nicht ein, sondern behauptete, und das macht mich stutzig, die Sicherheit der Patienten und der Mitarbeiter lägen nicht in meinem Zuständigkeitsbereich. Na, was sagen Sie?«

»Dass ich Herrn Wesel zustimme. Es geht Sie nichts an, ob er die Klinik schließt oder nicht. Sollten Sie sich um Ihre Sicherheit sorgen, steht es Ihnen frei abzureisen.«

»Nein, Sie verstehen nicht. Wesel sprach von Sicherheit.«

»Ich verstehe Sie gut, Herr Schäfer. Nur was hat das mit den Morden zu tun?«

»Es gibt einen Zusammenhang, Frau Brandt. Immer. Und für Mord gibt es drei gute Gründe: Hass, Liebe und Geld. Und vielleicht will Wesel den *Seerosenhof* schließen, weil er bedroht wird. Das wäre ein starkes Motiv für Hass. Wesel ist nicht im Rentenalter oder will aufhören, weil ihm die Krankheitsgeschichten auf den Geist gehen. Er war sein ganzes Arbeitsleben ein ausgezeichneter Therapeut.«

»Und das wissen Sie so aus dem Stegreif, ohne seine Vita gelesen zu haben«, entgegnete Inka ein wenig zu schnippisch.

»Ja. Und Sie sollten dem nachgehen. Und dann möchte ich Ihnen noch sagen …«

»Es ist genug, Herr Schäfer«, würgte Inka ihren Besucher ab. »Ich gebe Ihnen einen guten Rat, suchen Sie sich eine Laienspielgruppe, mit der Sie Ihr Krimitheater ausleben können. Aber unterlassen Sie es ein für alle Mal, sich in meinen Fall einzumischen, oder ich werde dafür sorgen, dass ein Steuerberater eine Anzeige wegen Behinderung polizeilicher Ermittlungen erhält.« Dieser Schäfer trieb sie an den Rand des Wahnsinns. Was dachte der sich bloß? Sie nickte kurz, drehte sich um und ging wortlos zurück ins Büro.

Mark klebte weiter am Telefon.

46 Inka goss sich Kaffee ein, kippte einen ordentlichen Schuss Sahne hinzu und setzte sich an den Schreibtisch. Sie drehte den Stuhl und legte die Füße auf die Heizung.

Mark schwatzte über weiße und dunkle Schokolade, über 35, 40, 45 und 70 Prozent Kakaogehalt, mit Crispies und ohne, Nüsse oder Frucht, lieber Butterkeks oder Mürbekeks, überzogen, ungefüllt oder gefüllt. Inka fragte sich, wie es möglich war, sich den ganzen Tag mit dem süßen Zeug zu beschäftigen. Allein vom Zuhören erlitt sie einen Zuckerschock.

Sie lenkte ihre Gedanken darauf, was Sebastian vorhin erzählt hatte. Wesel wollte oder musste den *Seerosenhof* schließen, weil er bedroht wurde. Glaubte sie der Meinung eines Hobbydetektivs, konnte das ein Grund für drei Morde sein. Doch wo war das Motiv des Täters? War es der Hass auf den *Seerosenhof*? Inka erinnerte sich, wie Hanna ihr von der Planung des Baus berichtet hatte und wie aufgebracht einige Dorfbewohner monatelang reagierten. Irgendetwas lief hier ab, was sie nicht einordnen konnte, das spürte Inka.

Mark holte sie in die Gegenwart, als er sagte: »Entschuldige, Inka. Irgendwie gewöhnt sich mein Vater nicht daran, dass ich bei der Polizei und nicht mehr in der Firma arbeite.«

Inka nickte und nahm die Füße von der Heizung. »Kenn ich«, antwortete sie und griff zum Becher. Der Kaffee war lauwarm, so mochte sie ihn. »Tim denkt ...« Sie leckte mit der Zunge über die Oberlippe, ließ den Satz abreißen und fragte stattdessen: »Was ist mit dem Kind von der Lassnik?«

»Alles paletti. Die Oma war vor Ort. Der Kleine hat Windpocken, geht wohl um, jedenfalls kann er nicht in den Kindergarten. Seit ein paar Tagen betreut die Oma den Knirps. Als sie heute Morgen wie gewohnt um 5.30 Uhr bei ihrer Tochter an der Haustür klingelte, wunderte sie sich, dass niemand aufmachte. Mit ihrem Schlüssel sperrte sie auf und fand den Kleinen schlafend im Bett. Nur ihre Tochter war nicht da. Sie versuchte, sie auf Handy zu erreichen, aber ohne Erfolg. Und weil sie sich Sorgen machte, rief sie Kant, den Koch, an. Der allerdings brabbelte, Viola sei auf der Arbeit. Dass sie im Kühlhaus lag, verschwieg er. Komisch, oder?« Mark wartete nicht auf eine Antwort, sondern fuhr fort: »Na jedenfalls war sie nach dem Telefonat beruhigt und dachte, ihre Tochter hätte nur vergessen zu erzählen, dass sie früher arbeiten müsste. Als wir auftauchten ...« Mark hielt kurz inne. »Das brauche ich dir wohl nicht zu sagen. Meistens bist du es ja, die den Angehörigen schlechte Nachrichten überbringt. Wie schaffst du das nur? Verdammt, da merkt man erst, dass wir Polizisten auch nur Menschen sind. Ich hätte fast mitgeheult.«

Inka nickte zustimmend. »Hat sie Hilfe? Was ist mit dem Kind? Wo wird es ...« Für einen Moment dachte Inka an ihre eigene Tochter. Wie sie Paula heute Morgen in den Armen hielt, sie küsste und sagte: »Mama kommt dich am Nachmittag abholen.« Nur, was wäre, wenn nicht, wenn ihr zwischenzeitlich etwas passierte? Ein tiefes Gefühl von verzweifelter Trauer überkam sie. Sie musste mit Hanna und Tim reden. Sie mussten ...

»Elke Lassnik, die Oma«, hörte sie Mark aus der Ferne sagen, »sie kümmert sich um das Kind, bis der Vater kommt. Wir haben ihn informiert. Allerdings ist er auf

Montage in Schweden und kommt erst übermorgen. Frauke ist bei der Oma geblieben, bis jemand von den Psycho-Kollegen aus Lüneburg anrollt.«

»Das ist gut«, sagte sie. Das bedrohliche Gefühl in ihrem Inneren ließ sich nicht vertreiben.

Sie sollte sich wundern, wie sehr sie recht behalten würde.

47 Sebastian saß beim Nachmittagskaffee im *Seerosenhof*. Vor ihm auf dem Teller lag ein Stück dick mit Vanillecreme gefüllter Bienenstich, auf dessen glänzende goldgelbe Mandelkruste sein Tischnachbar stierte wie ein ausgehungerter Löwe.

Sebastian hatte keinen Appetit. »Möchten Sie?«, fragte er den dickbäuchigen Sechziger, der heute einen schwarzen Lacoste-Pullover trug, der wie eine zweite Haut saß. Wie war noch sein Name?

»Geht nich, die beobachten jeden Bissen von uns Möpsen. Und morgen ist großes Wiegen anjesacht.« Er schluckte.

»Ja«, sagte Sebastian. »Der eine so, der andere so. Ist doch gut, dass wir alle unterschiedlich sind. Wie sähe es aus, wenn wir alle eins achtzig groß, fünfundsiebzig Kilo schwer, blond, blauäugig und von Beruf Maler wären. Wie langweilig, oder?«

Der Sechziger lachte. »Schäfer, Sie haben vollkommen recht. Schieben Sie den Schnodder her. Ich sterbe für Bienenstich. Was setzen die uns beide auch an einen Tisch.«

Noch bevor Sebastian den Teller in Richtung seines

Mitpatienten schieben konnte, stand Frau Plunder neben dem Tisch, die Lippen zu einem violetten Strich gezogen.

»Herr Bleske, wir wollen doch nicht zunehmen«, sagte sie forsch. Mit schnellem Griff entfernte sie den Teller vom Tisch.

»Hey«, protestierte der, »icke wollte nur probieren. Das wird ja wohl erlaubt sein.«

»Es ist Ihnen alles erlaubt, Herr Bleske, was Ihrer Gesundheit dient.« Ihr Blick deutete auf Bleskes Teller, auf dem ein Dinkelzwieback und ein Portionsschälchen Diätmargarine neben einer Dörrpflaume lagen.

»Das trockne Zeug futtert mal alene«, maulte er und drückte Frau Plunder seinen Teller in die Hand. Seine Laune sank auf den Nullpunkt.

»Wie schön, Herr Bleske, das spart Ihnen 102 Kalorien auf Ihrem Tagesplan. Über Ihre Entscheidung wird sich Ihre Verhaltenstherapeutin freuen«, sagte Frau Plunder. Auf jeder Handfläche balancierte sie einen Teller und stand da wie eine Statue, die bewundert werden wollte.

Bleske schnaufte. »Aber nicht mein Magen«, brummte er, als Frau Plunder und ihre aufgesetzte Höflichkeit abmarschierten.

»Die übertreiben es aber ganz schön«, begann Sebastian das Gespräch.

»Übertreiben? Die spinnen, die Tanten. Icke zahl ein Schweinegeld, ist ja alles privat, aber von Kunde ist König ist nüscht zu sehen. Wenn icke meine Kunden im Laden so behandle, iss aber Ramba Zamba.«

Bleske war Schlachter aus Brandenburg. Sebastian fiel es wieder ein.

»Na ich glaube, bei Ihnen kriegt jeder ein extra Scheibchen Salami zum Probieren.«

»So soll es sein.« Bleske rieb sich den Bauch.

»Sagen Sie, haben Sie Neues von der Schließung des Hauses gehört?«

»Nee«, sagte er, während er zu einer blauen Tante blinzelte, die seine Tochter hätte sein können. »Sie?«

Sebastian schüttelte den Kopf. »Ich hab nicht solche Chancen wie so ein gestandener Mann.« Er folgte Bleskes Blick.

»Nun quatsch mir keene Bulette an Hals. Ich dicker Alter gegen einen … wie alt biste?«, fragte Bleske in seinem üblichen freundschaftlichen Ton.

Sebastian schmunzelte. »Ich bin dreiundvierzig«, sagte er und: »Ich finde es schön, nicht mehr alleine zu essen.«

»Icke och.« Bleske trank seinen Kaffee aus. »Willst das jenau wissen, mit dem Kasten, wa?«

Sebastian nickte.

»Icke werd mich umhören, nur für dich.«

48 Nach dem Abendessen mit Paula und Jana ging Inka auf die Terrasse. Jana saß bei Paula am Bett und las eine Gutenachtgeschichte. Wenn sich Inka nicht täuschte, hörte sie Bruchstücke des Sterntaler-Märchens. Paula war ganz vernarrt in Märchen, wobei sie Prinzessinnen eher langweilig fand. Die wollen immer küssen, ich mag Hotzenplotz, Hexen und Trolle. Inka hoffte, dass die Meinung über Bösewichte einer Dreijährigen keine endgültige Entscheidung blieb.

Der Abend war für den September mit zweiundzwanzig Grad sehr warm. Der Garten lag im goldenen

Licht der Abendsonne und duftete nach den Rosen, deren Zweige sich an den hölzernen Windschutz klammerten, als wollten sie ihn umarmen. Es war wie ein Sommerabend, der den nahenden Herbstbeginn für immer aussperren wollte.

Inka sah hinaus auf die Weite der Landschaft. Grillen zirpten ihr Lied, und in der Ferne hörte sie das Wiehern der Pferde in den Ställen der Nachbarhöfe. Eine wunderbare Ruhe erfüllte sie.

Dennoch war es einer dieser Tage, an denen sich Inka fragte, warum sie überhaupt ins Dorf zurückgekehrt war. Drei Morde in einer Woche, und die einzigen Anhaltspunkte waren das Ketamin und zwei schwarze Pferdehaare, von denen sie nicht wussten, auf welchem Hof das Tier stand und ob es überhaupt ein Pferd aus der näheren Umgebung war. Zudem ließen sich bei jedem Pferd, egal welcher Rasse und ob Fuchs, Schimmel oder Rappe, schwarze Haare im Fell finden.

Morgen früh bekämen sie von Staatsanwalt Jankowitz für alle Bauernhöfe und Gestüte, die im Undeloher Umkreis von zwanzig Kilometern lagen, einen Durchsuchungsbeschluss. Zumindest von den Bauern, die in der Landwirtschaftskammer eingetragen waren. Doch was war mit den Landwirten, die als Privatpersonen ihre Höfe ohne EU-Fördermittel bewirtschafteten?

Und dann war da noch das Narkotikum. Hanna nannte ihr Namen und Adresse des Tierarztes aus Lüneburg, doch dieser war seit zwei Wochen verreist und verwies in einer Telefonansage auf den Undeloher Kollegen Jonas Hinrich.

Und was war mit Ludwig Wesel? Sebastian Schäfer sprach von einer Bedrohung. Wie weit durfte oder konnte sie einem Patienten aus dem *Seerosenhof* Glauben schenken? Was war, wenn er sie anflunkerte, um sich wichtigzumachen?

Sie hatte seinen Namen gegoogelt, aber nichts gefunden. Was machte einen Steuerberater auch für das Netz interessant? Über posttraumatische Belastungsstörungen warf ihr Mister Google seitenweise Material auf den Bildschirm. All diesen Störungen gingen belastende Ereignisse voraus. Da war die Rede von Kriegserlebnissen, Vertreibungen, Kampfeinsätzen, emotionalen oder körperlichen Vernachlässigungen in der Kindheit, Mobbing, lebensbedrohlichen Krankheiten oder von Verlusten geliebter Menschen. Eine Liste, die endlos weiterführte. Zudem rief jedes dieser Ereignisse unterschiedliche psychische und psychosomatische Symptome hervor. Wiederkehrende Alpträume, Panikattacken, Wut, Flashbacks, die durch Schlüsselreize ausgelöst werden, sogar die Fähigkeit, sich zu freuen oder zur Trauer, ist eingeschränkt. Inka fragte sich, was dieser Mann Schreckliches erlebt haben musste. War das der Grund, warum er sein Innerstes hinter einem Bart, schulterlangen Haaren und schlabbriger Kleidung versteckte? Brauchte er diesen Schutzwall? Was es auch war, die tiefen Spuren in seiner Seele waren noch nicht verheilt.

Inka kuschelte sich tiefer in den mit Schaffell ausgelegten Gartenstuhl. Aus dem Haupthaus hörte sie Hanna, die versuchte, die Jungs zu bändigen. Wie pflegeleicht war da Paula.

Als sie aufstehen wollte, um sich ein Glas Wein zu holen, klingelte es an der Haustür. Neben einem bärtigen Mann streckte sich ihr ein geflochtenes Heidekörbchen entgegen.

»Herr Schäfer. Sie?«

»Ich möchte mich entschuldigen.« Sebastian stand mit gesenktem Kopf vor der Tür und sah aus wie ein Schuljunge, der seinem Vater die Fünf in Mathe unter die Nase rieb und hoffte, ohne Strafe davonzukommen.

»Das haben Sie doch bereits auf der Wache.« Sollte sie jetzt lachen oder es sich anstandshalber, bei dem Anblick des Mannes, der ihr reumütig gegenüberstand, verkneifen?

»Ja, aber da hatte ich keine Blumen. Na ja, Blumen sind das ja eigentlich auch nicht.« Er sah auf die gebundenen und ineinandergeschlungenen Kränze der lilafarbenen Zweige. »In Undeloh gibt es leider keinen Blumenladen, zumindest habe ich keinen gefunden. Und …«

Inka lachte los. »Nun hören Sie schon auf. Ich mag zu Körbchen geflochtene Besenheide. Kommen Sie rein. Aber leise, meine Kleine schläft.« Inka legte den Finger auf den Mund. »Gehen wir auf die Terrasse. Trinken Sie ein Glas Wein mit mir?« Inka wies auf den zweiten, mit Schaffell ausgelegten Gartenstuhl.

»Sehr gern.«

»Einen Augenblick.« Inka eilte in die Küche, holte den Gouda aus dem Kühlschrank und schnitt ihn in Würfel. Das übriggebliebene Baguette, das Jana verschmähte, weil sie Hannas gebackenes, sensationelles bestes Kürbisbrot der Welt futterte, wie sie sagte, und Paula ihr das nachmachte, legte sie in ein Brotkörbchen und stellte es zu Käse, Gläsern und Wein auf das Tablett. Vorsichtig balancierte sie alles auf die Terrasse. »Woher haben Sie meine Adresse?« Sie drückte Sebastian Weinflasche und Öffner in die Hand.

»Von Ihrem Schwager.« Mit einem »Plopp« drehte Sebastian den Korken aus der Flasche.

»Sie kennen Tim?« Der dunkelrote Bordeaux gluckerte in die Gläser.

»Hab ihn gerade kennengelernt, als ich am Haupthaus klingelte.«

»Aha. Und wer ...«

»... mir sagte, wo ich Kommissarin Brandt vom Sundermöhren-Hof finde«, vervollständigte Sebastian Inkas Satz. »Nun, das flüsterte mir ein Hammel aus dem Dorf ins Ohr.«

»Soso. Und hat der Hammel auch einen Namen?«, fragte Inka.

»Es war eher der Bauer aus der *Heidjer-Kate*.«

»Und der hat auch keinen Namen, ich verstehe.«

Inka schmunzelte.

»Sie haben es schön hier und ruhig.« Sebastian blickte über die Terrasse auf die Gartenfläche und den Apfel- und Pflaumenbaum.

»Es ist am Ende der Welt und das langweiligste Dorf der Welt, wenn nicht Hochsaison herrscht«, setzte Inka dagegen.

Sebastian lachte. »Das hört sich gefährlich reizvoll an.« Er legte den Kopf in den Nacken und sah zum Himmel.

»Das ist es.« Inka stimmte zu und folgte Sebastians Blick in den sternenklaren Nachthimmel. Hier auf dem Land leuchteten die Sterne und der Mond heller als überall sonst auf der Welt. »Aber die Aussicht ist nicht alles, Herr Schäfer. Und die Ruhe kann schnell zur Einsamkeit werden, wenn man sich vom Dorfleben abkapselt, und vor allem, wenn man keine Pferde mag.«

»Ach ja, die Pferde. *Das Glück dieser Erde liegt auf dem Rücken der Pferde.* Stand als Spruch in meinem

Poesiealbum. Ich erinnere mich«, sagte er, ohne den Blick vom Himmel zu wenden.

»Sie hatten ein Poesiealbum?« Inka konnte sich ihr Grinsen kaum verkneifen.

»Das war Pflicht, wie schwarze Feinrippturnhosen.« Sebastian setzte eine ernste Miene auf und wandte Inka wieder den Kopf zu.

Der seichte Lichteinfall der Terrassenleuchte ließ die eisengrauen Strähnen in seinen dunklen Haaren wie kleine Blitze aufleuchten. Heute Abend trug er eine Jeans, die ausnahmsweise nicht um seinen Hintern schlackerte, und ein aquamarinblaues Hemd, das bis zu den Ellenbogen aufgekrempelt war. Über seinen Schultern lag ein schwarzer Wollpulli, und um sein linkes Handgelenk schlang sich ein schlichtes schwarzes Lederarmband. Übersah man verwilderte Bart- und Kopfhaare, wirkte er heute Abend wie eine gepflegte Erscheinung.

»Und warum mögen Sie keine Pferde?«

»Dem widerspreche ich. Ich mag alle Tiere, nur muss ich allen ab Kniehöhe nicht unbedingt auf dem Rücken sitzen.«

»Würden Sie es gerne ausprobieren?«

Sebastian wiegte den Kopf. Er schien verlegen, aber er lachte. »Schauen wir mal, was sich ergibt.«

»Mit der Antwort kann ich leben. Und jetzt höre ich auf, Ihnen die Freuden des Landlebens schmackhaft zu machen, bevor ich noch alle Heidschnucken mit Namen aufzähle. Also, wieder zu Ihnen, was führt Sie heute Abend zu mir, Herr Schäfer?« Inka gestand sich ein, dass dieser raubeinig aussehende Mann mit den dunklen schokoladenfarbigen Augen ihre Aufmerksamkeit in Bahnen lenkte, von denen sie zurzeit nichts wissen wollte.

»Es geht um Ihren Fall. Der Bauer gestern, ich wollte es Ihnen schon am Morgen sagen, aber ...« Sebastian trank einen kräftigen Schluck. »Der ist gut.« Er stellte das Glas auf den Gartentisch neben das Windlicht und das Heidekörbchen. »Na wie gesagt, der Bauer gestern erzählte mir, außer den Absichten des Leiters vom *Seerosenhof*, auch einige Dinge über den Heidestecher und seine Mischpoke. Wussten Sie, dass dieser Lukas viermal die Hochzeit mit seiner Verlobten, einer gewissen Femke, verschoben hat?«

»Ja, das wissen wir. Wir leben auf einem Dorf, Herr Schäfer. Der Klatsch funktioniert prima, alles andere kann manchmal etwas dauern«, erwiderte Inka.

»Und wie mir scheint, ist dieser Lukas auch ein gerngesehener Spielgefährte im *Seerosenhof*. Wer weiß, wen er da alles vernascht hat. Vielleicht sogar die Köchin.«

»Hat er, Herr Schäfer, hat er.« Inka wirkte nachdenklich.

»Na bitte. Da haben wir den Grund, warum er seine Hochzeit ständig verschiebt. Er will sein Lotterleben behalten. Und die Patientinnen aus dem *Seerosenhof* sind für einen Don Juan leichte Beute. Zudem geht er keine Verpflichtung ein, wenn seine Affären verheiratet sind. Was will er mehr und ...«

»Moment«, sagte Inka und würgte Sebastians Satz ab. »Was haben Sie gerade gesagt?«

»Wann?«

»Na eben. Ihr letzter Satz.«

»Dass er keine Verpflichtungen eingeht.«

»Nein, danach.«

»Wenn die Frauen verheiratet sind.«

»Genau, das ist es, Herr Schäfer. Wenn die Frauen verheiratet oder gebunden sind.« Inka griff zum Handy und wählte Marks Nummer. »Mach hinne«, sagte sie ungeduldig, als es zum siebten Mal mit quälender Langsamkeit klingelte, »nimm endlich ab.«

»Mark«, rief Inka ins Telefon, als sie leises »Hallo« hörte, »hast du geschlafen, warum nimmst du nicht ab?«

»Hab ich doch jetzt. Und warum schreist du so, als wenn die Welt untergeht?«

»'tschuldigung. Sag mal, wissen wir, ob die Patientin Gitta Süler aus dem *Seerosenhof* verheiratet ist?«

»Gitta Süler. Gitta Süler.« Mark wiederholte den Namen, als müsse er ihn singen. »Nein, wissen wir nicht. Warum?«

»Weil Lukas sich möglicherweise nur verheiratete Frauen für seine Abenteuer aussucht. Und alle waren oder sind Patientinnen oder Mitarbeiterinnen aus dem *Seerosenhof*.«

»Na ja, Inka. Ich meine, schau dich in unserer Gegend um. Viel junges Gemüse gibt es nicht zum Scharwenzeln. Da ist der *Seerosenhof* für Lukas ein Paradies, um sich auszutoben.«

»Und das macht er seit drei Jahren, seitdem er verlobt ist. Na ja, oder auch früher. Auf jeden Fall waren die Damen sicher nicht die Einzigen.«

»Davon kannst du ausgehen, Inka.«

»Da stellt sich uns die Frage, wem stinkt das gewaltig?«

»Fremdkuscheln ist Fremdkuscheln, Inka, und ob verheiratet oder nicht. Und Femke ist das sicher nicht erst seit gestern ein Dorn im Auge. Doch wenn du glaubst, sie ist unser Täter, dann ...«

»Nein, Mark, Femke war es nicht. Sie ist eine verwöhnte Göre, aber keine Mörderin. Eher verbündet sie sich mit seinen Gespielinnen, um ihm die ausgehungerten Eier abzuhacken. Ich kenne Fräulein Hofstetten. Nein. Ich will nur wissen, ob sich Lukas verheiratete Gespielinnen sucht. Denn wenn wir Paulsen als Täter streichen, hat möglicherweise ein anderer Ehemann seinen Rochus auf Andresen ausgelebt. Oder was meinst du?«

»Keine Ahnung, Inka. Ich dachte gerade daran, dass man Frauen nicht unterschätzen sollte.«

»Aber unser Täter ist keine Frau, Mark.«

»Das weiß ich, ich meine ja im Allgemeinen.«

Für ein paar Sekunden war Stille in der Leitung.

»Mark, bist du noch da?«

»Ja.«

»Also, es ist besser, wir streichen die Frauen von der Liste, bevor Fritz uns die Leviten liest, weil wir unsere Hausaufgaben nicht ordentlich erledigen.« Inka lauschte in den Hörer. Als Mark keine Antwort gab, sagte sie: »Sag mal, ich habe Besuch, hättest du Zeit, in den *Seerosenhof* zu fahren und mit Gitta Süler zu sprechen?«

»Ja. Kein Problem. Wer ist …«

Inka ließ ihren Kollegen nicht aussprechen. »Das ist super, und frag gleich nach, ob Lukas im Haus bekannt ist, ich meine, ob er sich öfters im *Seerosenhof* rumtrieb. Na, du weißt, wie ich das meine. Und wenn du dann noch im Hotel *Heiderose* anhältst und den Seidels sagst, dass sie abreisen können, wäre das wunderbar.«

»Klar. Ich mache alles für dich«, erwiderte er, dann änderte er seine Tonlage, und in seiner Stimme schwang ein melancholischer Unterton mit, der Leidendes barg. »Ich sitze ja doch nur alleine vor dem Fernseher. Bis morgen. Schönen Abend.«

»Danke«, sagte Inka. Marks kleine Anspielung war ihr nicht entgangen. Doch Mark war ein Freund, ein guter Freund, mehr würde es nie werden, auch wenn er sich das erhoffte.

»Was ist los, Sie wirken so nachdenklich?«, fragte Sebastian, nicht ahnend, dass er den Nagel auf den Kopf traf.

»Ich frage mich …«, begann Inka und beugte sich über den Tisch. Sie griff nach Windlicht, Heidekörbchen, Weingläsern, Flasche und Brotkorb und ordnete sie zu einem Kreis. In die Mitte des Kreises legte sie drei Käsewürfel.

»Warten Sie«, sagte Sebastian, als könne er Gedanken lesen, »bevor Sie weiter … Es gibt da noch etwas, was ich Ihnen sagen muss. Eigentlich schon gestern sagen wollte, aber Sie …«

Inka horchte auf. »Ja?«

»Nun«, begann Sebastian zögerlich, »der Bauer gestern erzählte mir, dass die Väter untereinander ihre Kinder verschachern.« Sebastian legte die Hand in den Nacken und kniff sich ins Fleisch.

Es ging wieder los.

»Sie meinen, Arno von Hofstetten will Femke und Victor Deerberg seinen Sohn Lukas an den Mann und die Frau bringen.«

Sebastian nickte. »Ja. Haben Sie das nicht gewusst?«

»Nein.« Inka wirkte nachdenklich.

»Dann scheint Ihr Dorffunk wohl nicht so zu klappen, wie es ab und zu wünschenswert wäre.«

»Hmm«, knirschte Inka, »scheint so. Und wie sind Sie an diese Informationen gekommen?«

Sebastian wiegte den Kopf. »Nennen wir es psychologisches Gespür gepaart mit drei Halben und fünf doppelten Apfelbränden.«

»Ja«, erwiderte Inka grimmig. Das Dorfgesöff einiger Bauern, das Zungen löste. Wie sollte es auch anders sein. Natürlich. Warum hatte sie nicht daran gedacht?

»Wie auch immer, auf jeden Fall ist das noch nicht alles.«

»Wie?«

Sebastian griff zum Heidekörbchen und schob es dichter an ein Weinglas. »Dieser Hofstetten will nämlich seine Tochter verheiraten, weil er vor der Insolvenz steht. Und der Vater des Heidestechers«, er rückte die Weinflasche zurecht, »will seinen Sohn unter dem Pantoffel wissen, damit er an das Weideland des Hofstetten kommt. Und nehmen wir mal an, Frau Brandt, dass der Deerberg die Nase gestrichen voll hat von den Sperenzchen seines Sohnes und ...«

»Moment, Moment. Das haben Sie alles ... Ich glaub es ja nicht«, sagte Inka kopfschüttelnd.

Sebastian hob die Schultern. Seine Informationen, so hilfreich sie auch waren, waren ihm plötzlich sichtlich unangenehm. »Na ja«, sagte er und bemühte sich, entschuldigend zu klingen, »war wohl Glückssache.«

Inka brauchte einen Augenblick, um ihre Gedanken zu ordnen und nicht an ihrer Arbeitsweise zu zweifeln. Das war mehr als peinlich. Ein Steuerberater, der ihre Arbeit erledigte. Sie trank einen kräftigen Schluck Wein und steckte sich ein Käsewürfelchen in den Mund. »Sie waren recht fleißig, Herr Schäfer. Ich kann mich jedoch daran erinnern ...« Sie stoppte den Satz. Sollte sie ihm eine Rüge an den Kopf werfen? Seine Auskünfte brachten sie weiter, das war alles, was zählte. »Also«, erwiderte sie, »Sie denken, dass Victor Deerberg einen Therapeuten, eine Patientin und eine Köchin umgebracht hat.«

Sebastian nickte. »Das Motiv wäre da, ebenso wie bei dem anderen, dem Hofstetten. Wenn seine Tochter sich nicht endlich den Schleier überwirft, verliert er Haus und Hof. Und wer verhindert ständig seine finanzielle Sanierung?«

»Lukas.« Inka legte die Hand an das Windlicht. »Aber Lukas lebt, und er war auch nicht das Ziel von irgendwelchen Angriffen, geschweige denn Mordattacken. Und Deerberg würde seinem Sohn nie etwas antun. Und Hofstetten rührt Lukas ebenfalls nicht an. Dafür lege ich meine Hand ins Feuer.«

Sebastian wirkte nachdenklich und schwieg für einen Augenblick. »Aber was ist mit dem Ehemann von Mareike oder mit Femke?« Er tippte mit den Fingerspitzen auf die beiden gegenüberstehenden Gläser.

Wissen Sie, Herr Schäfer, einer fehlt noch in der Runde.« Inka legte ihr Handy zum Kreis.

»Ja?«

»Sie. Sie sind ein Patient im *Seerosenhof*, und wir wissen nicht, ob Sie mit den Morden etwas zu tun haben. Sie kommen auf die Wache, bitten, oder eher drängen, helfen zu wollen, erscheinen vor meiner Haustür mit ... Besenheide und geben den vertrauensvollen Mann. Weiß ich, ob Sie nicht ...«

Sebastian griff grinsend zum Glas, trank einen Schluck und sagte: »Vergessen Sie's, Frau Brandt. Was hätte ich für ein Motiv, diese drei Menschen umzubringen?«

Inka zuckte die Schultern. Ihr Blick ruhte auf den Gegenständen auf dem Tisch.

»Eben«, sagte Sebastian. »Keines. Und ein Mörder braucht ein Motiv.«

Inka sah ihn prüfend an. Sie gab ihm recht, er schied

als Mörder aus, als Patient vom *Seerosenhof* kämpfte er gegen eigene Dämonen. Und auch wenn er nur schwammige Alibis vorweisen konnte, so gab es für ihn kein triftiges Motiv, die drei Menschen zu ermorden. Sie nahm eine Baguettescheibe aus dem Brotkorb, dann sagte sie: »Warum sind Sie im *Seerosenhof*, Herr Schäfer?«

»Ich dachte, Sie haben meine Akte gelesen.«

»Sie wissen genauso gut wie ich, dass da nichts drin steht, mit dem ich etwas anfangen kann. Was bedeuten posttraumatische Belastungsstörungen? Und warum haben Sie medizinische Eintragungen in der Sitzungsakte verweigert?« Sie biss ins Brot und schnappte sich zwei Käsewürfel.

»Posttraumatische Belastungsstörungen bedeuten, was sie bedeuten«, gab Sebastian schroff zur Antwort. »Ich halte Sie für klug genug, dass Sie im Internet oder sonst wo ausreichende Antworten erhalten haben. Zu Ihrer zweiten Frage: Der *Seerosenhof* ist eine Privatklinik. Patienten haben Mitbestimmungsrecht. Fallen die Antworten zu Ihrer Zufriedenheit aus, Frau Brandt?«

Inka schluckte. »Nein. Aber das ist Ihre Entscheidung. Vorerst«, murmelte Inka und verzog das Gesicht. Sie war sauer. Sie rutschte im Gartenstuhl seitwärts und zupfte an den Rosenblättern, als beginne sie abendliche Gartenarbeit.

»Danke für Ihr Verständnis«, sagte Sebastian. »Wollen wir auf den Fall …«

»Nein«, würgte Inka ihren Gast ab. »Ich habe Feierabend. Zudem ist es mir verwehrt, über laufende Ermittlungsarbeit mit dienstfremden Personen zu reden.« Sie warf eine Handvoll tiefrote Rosenblätter auf den Tisch.

Sebastian nickte kurz, und Inka erkannte aus den Augenwinkeln die Niedergeschlagenheit in seinem Gesicht. Sie bereute augenblicklich ihre Worte und fragte sich, ob sie zu weit gegangen war. Das Gespräch mit dem Therapeuten Marquardt, der von Patientenängsten sprach, die sich in alle möglichen Richtungen verlagern und ausweiten konnten, fiel ihr ein. Wenn Sebastian Schäfer nicht über seinen Aufenthalt im *Seerosenhof* reden wollte, hatte sie das zu akzeptieren. Es bestand kein Grund, ihn zu bedrängen, da er für sie als Verdächtiger ausschied. Irgendwann würde sich eine Gelegenheit finden.

»Sind Sie eigentlich immer so neugierig?« Sebastian holte sie mit einem Lächeln aus ihrer Missstimmung.

»Es gehört zu meiner Arbeit«, antwortete sie kurz und biss sich auf die Unterlippe, um nicht in Sebastians Grinsen einzustimmen.

»Noch ein Glas?« Inka nickte zur Flasche. Sebastian reagierte mit zustimmender Geste.

»Ich danke Ihnen übrigens für die Informationen«, sagte sie, während sie aufstand und die Gläser füllte.

»Das ist Bürgerpflicht.«

»Als Steuerberater?« Inka reichte Sebastian das Glas und hielt ihres in seine Richtung. Sie stießen an. Es klirrte, der Wein schwappte in den Gläsern, und für einen Augenblick trafen sich ihre Blicke länger als nötig.

»Jeder hat sein Hobby.«

»Und Ihres ist Polizeiarbeit?« Inka rutschte in den Gartenstuhl.

»Der Bauer sagte, dass Sie eine Plietsche sind und den Täter gewiss erwischen. Man könne sich auf Sie verlassen.«

»Sie sind auch nicht auf den Kopf gefallen.« Der erneute Versuch, etwas Persönliches über ihren Gast herauszubekommen, war gescheitert. »Ich denke, dass ...«, begann Inka, als es an der Haustür ein zweites Mal an diesem Abend klingelte. Sie stellte das Glas auf den Tisch und eilte in den Flur. »Mark, ich dachte, du bist im *Seerosenhof*.«

»Da komme ich her. Willst du mich nicht reinlassen, oder komme ich ungelegen?« Neugierig blinzelte er über Inkas Schulter.

»Ähm. Ja. Nein. Bitte.« Inka räusperte sich. Sie trat einen Schritt zur Seite und überließ ihrem Kollegen den Vortritt. »Du kennst ja den Weg zur Terrasse.« Im Gehen warf sie ihrem Kollegen einen raschen Seitenblick zu und fragte sich, ob Mark ihre Worte am Telefon ignoriert oder ob er sie falsch verstanden hatte.

Bei Marks Eintreten stand Sebastian aus dem Gartenstuhl auf und streckte dem Besucher die Hand entgegen. »Der Herr Kommissar Freese, guten Abend«, sagte Sebastian.

»Herr Schäfer, wenn ich mich erinnere«, entgegnete Mark und griff die gereichte Hand.

»Möchtest du ein Glas Wein mit uns trinken, Mark«, fragte Inka mit Blick in die Herrenrunde.

»Nein. Ich bin mit dem Wagen hier. Danke. Ich wollte mit dir nur besprechen ... was wir am Telefon ...«

»Gitta Süler«, posaunte Inka heraus, »Herr Schäfer hat mitgehört.«

Mark fixierte seine Kollegin mit hochgezogenen Brauen.

»Ja. Gitta Süler.« Mark warf einen Blick auf Sebastian, der im Stuhl saß, in den Garten blickte und so tat, als wäre er allein auf der Welt. »Sie ist verheiratet.« Er ließ Sebastian nicht aus den Augen.

»Und?«, drängelte Inka und zupfte ihren Kollegen am

Ärmel seines dunkelblauen Troyers, um seine Aufmerksamkeit zu erlangen.

»Sie ist am Dienstagmorgen entlassen worden.« Mit seiner Größe von eins neunzig war Mark Freese ein hochgewachsener kräftiger Achtunddreißigjähriger. Blinzelnd sah er auf Inka herab. »Ich habe ihre Adresse. Aber ich denke, wir können uns weitere Nachforschungen sparen. Andresen hat sie nicht umgebracht, sie war zwischenzeitlich mit Lukas beschäftigt. Und ihr Mann hat gearbeitet. Die zwei Patientinnen, die Lukas aufs Stroh geworfen hat, sind seit einer Woche abgereist. Die Ehemänner sind befragt. An ihren Alibis gibt's nichts zu rütteln.«

Inka nickte. »Danke, Mark«, sagte sie und: »Willst du dich zu uns setzen?«

»Nein.« Er zog Inka ins Wohnzimmer, lehnte die Terrassentür an und flüsterte: »Sag mal, Inka, ich trau diesem Schäfer nicht. Er ist ein komischer Typ. Vielleicht solltest du, solange wir den Täter …«

»Hör auf, Mark. Du und dein Misstrauen.«

»Gesundes Misstrauen, Inka.«

»Ja. Meinetwegen. Aber was soll Schäfer mit den Morden zu tun haben? Er hat zwar keine festen Alibis, aber dennoch. Nein. Er ist ein leicht überdrehter, möglicherweise auch gelangweilter Steuerberater, der sich für Polizeiarbeit interessiert, das ist alles.«

»Trotzdem, Inka. Er ist ja nicht umsonst im *Seerosenhof*.«

»Nun hör aber auf, Mark. Seit wann fährst du auf der Schiene der Vorurteile? Das ist ja was ganz Neues.«

»Ich habe keine Vorurteile, nur Bedenken, dass du dich …«, Mark zögerte und blickte Inka ernst an, »nennen wir es mal überschätzt.«

»Kann es sein, Mark, dass du ...«

»Nein«, würgte er Inkas Worte hart ab. »Ganz und gar nicht. Ich respektiere deine Entscheidung, wie sie auch ausfällt. Und ich mag dich, das weißt du, und ich stehe hinter dir. Nur der da«, er warf Sebastian einen Blick zu, der diesen schweigend durch die Glasscheibe erwiderte, »scheint mir nicht koscher zu sein. Und ich will einfach nicht, dass man dir weh tut. In welcher Hinsicht auch immer.«

»Danke«, sagte Inka. Marks Worte hatten sie tief berührt. Sie war sich seiner Zuneigung bewusst. Umso mehr tat es ihr leid, dass sie seine Gefühle nicht erwiderte.

»Gerne. Aber auf den Fall zurück«, sagte er in einem Ton, der keinem abgelehnten Verehrer glich, sondern dem eines zuverlässigen Kommissars, so wie Inka ihren Freund kannte und schätzte. »Ich bin dann weiter zu Hofstetten und habe mir Femke geschnappt. Sie sagt, sie wüsste von Lukas' wilden Ausritten, aber es mache ihr nichts aus. Sie würden in jeder Hinsicht eine offene Beziehung führen. Wenn du mich fragst, ist das erstunken und erlogen.«

»Das denke ich auch. Femke lässt sich das nicht freiwillig gefallen. Da steckt mehr dahinter, warum sie stillhält. Schäfer sagte, ein Bauer in der Kate hat ihm erzählt, dass Victor und Arno die beiden untereinander verschachern wollen. Victor will die Weidefläche von Arno, und Arno braucht Geld, weil er pleite ist. Hast du davon noch nichts gehört?«

Mark nickte. »Und ob. Das Gerücht grassiert bestimmt seit zwei Jahren in der Heide. Aber ob da was dran ist?« Er zuckte die Achseln. »Bisher war es ja auch nur Dorfgetratsche, aber bringen wir das mit den Morden in Zusammenhang, gehören die beiden Alten auf die Liste der Verdächtigen. Oder was meinst du?«

»Wir fühlen den beiden auf den Zahn, und jetzt komm, setz dich zu uns, und trink ein Glas Wein.«

»Nein danke, Inka.« Mark schob den Troyerärmel hoch und sah auf die Armbanduhr. »Um zehn gibt es einen Krimi im Fernsehen. Den kann ich schaffen.«

»Du solltest wieder ausgehen, Mark, und nicht jeden Abend vor der Glotze hocken.«

»Inka, ich ...«

»Ich weiß, was du sagen willst, Mark. Aber du bist ein toller Kerl, und nur, weil das mit Nicole danebenging, heißt das nicht, dass alle schönen Töchter ... Na, du weißt, wie ich das meine. Und es muss dir auch nicht peinlich sein, mit mir über Themen wie Beziehungen oder Frauen zu reden. Wir sind miteinander aufgewachsen, und irgendwie sind wir wie Bruder und Schwester. Na ja, oder doch nicht. Ach, ich quatsche zu viel. Liegt wohl am Wein. Willst du nicht doch ...«

»Nein. Vielleicht ein anderes Mal. Dir noch einen schönen Abend.« Er nickte Sebastian auf der Terrasse zu, der sich bei dem Gruß kurz erhob.

Inka schloss die Haustür hinter Mark und lugte ins Kinderzimmer. Jana lag bei Paula im Bett und schlief. Landarbeit machte eben doch müde. Sie nahm ihr das Märchenbuch aus der Hand, blickte kurz auf die Seite, wo ein blondes Mädchen mitten im Wald auf einer Lichtung stand, ihre Schürze an zwei Zipfeln hielt und Goldtaler aus dem Sternenhimmel in das Leinen regneten. Heute kein Hotzenplotz oder Zauberer Petrosillius Zwackelmann.

Lächelnd klappte Inka das Buch zu und stellte es in das

Regal zu den anderen Kinderbüchern. Sie flüsterte Janas Namen und rüttelte sie sanft an der Schulter.

Es dauerte eine Weile, bis Jana aus dem Tiefschlaf erwachte und die Augen öffnete. Schlaftrunken schlich sie an Inka vorbei.

»Bis morgen«, nuschelte sie, gähnte und hob grüßend die Hand zu Sebastian, der wie ein Komparse in einem Film an der Zimmertür gelehnt auf seinen Einsatz wartete.

»Das war Jana, sie ist die Nichte meiner Freundin. Sie kommt aus New York und macht ein Praktikum bei uns auf dem Hof«, erklärte Inka, als die Haustür ins Schloss klickte.

»Aha«, sagte Sebastian wie beiläufig. Ein anderer Gedanke forderte sein Interesse. »Sagen Sie, Frau Brandt, könnte ich ...« Er hielt eine Zigarettenpackung in die Luft.

»Solange Sie auf der Terrasse rauchen, soll es mir gleich sein. Ist ja Ihre Gesundheit.«

»Gitta Süler ist verheiratet«, begann er das Gespräch, während er eine Zigarette aus der Schachtel zog und sie anzündete.

»Ja, wie Sie sagten. Lukas sucht sich nur verheiratete Frauen für seine Abenteuer.«

»Das ist praktisch, wenn alle Damen sein Spiel mitspielen. Sollte es danebengehen, gibt es Krawall.«

»Wie meinen Sie das?«

»Was ist, wenn eine Frau mehr will und bereit wäre, den gehörnten Ehemann zu verlassen? Diese Rike schien mir gewaltig eifersüchtig. Könnte doch sein, dass sie ...«

»Mareike Paulsen? Nein. Sie war eine notorische Fremdgeherin. Für ihre ...« Inka zögerte. »Sie stillte ihr

Verlangen in Discos und auf Speed-Partys und was weiß ich, was es da alles gibt, um sich als Frau die Hörner abzustoßen.«

»Tja«, gab er zu, »was die Frau braucht, das braucht sie. Sind Faserspuren oder ...«

»Herr Schäfer, ich gebe über laufende Ermittlungsarbeit keine Auskunft.«

»Gut aufgepasst, Frau Brandt. Aber können Sie mir nicht wenigstens ein klein wenig verraten, jetzt, wo Sie wissen, oder zumindest ahnen, dass ich nicht der Mörder sein kann.«

Inka verzog schelmisch grinsend den Mund. »Ich ließe mich überreden, aber nur, weil Sie uns bisher mit Ihren Angaben weitergeholfen haben, wenn Sie ...«

»Ja?«, unterbrach Sebastian neugierig.

»Nur, wenn Sie mit mir morgen ausreiten. Ich überlasse Ihnen auch Harlekin.«

»Haah. Ich! Auf einem Pferd! Niemals!«

»Na dann.« Inka war zufrieden über ihren Schachzug.

Doch dann kam Sebastian mit etwas heraus, womit Inka nicht gerechnet hatte.

49 Das Thermometer an der Hauswand zeigte elf Grad, als Sebastian im *Seerosenhof* ankam. Es war kühler geworden. Er nickte einer Angestellten zu, die hinter dem gläsernen Anmeldetresen kurz aufsah, ebenfalls grüßte und weiter auf der Tastatur tippte.

Mit einem zaghaften Lächeln ging er zum Fahrstuhl. Das Beißen in seinem Nacken war erträglich gewesen, und auch sein Kopfkino hatte für ein paar Stunden den Vorhang geschlossen. Es war ein schöner Abend. Seit langem, ein schöner und entspannter Abend.

Ein Abend, wie er ihn oft mit Maja in ihrem Haus in Othmarschen verbracht hatte.

Damals vor drei Jahren.

Er hatte auf der Terrasse die Flasche Wein geöffnet, und Maja, seine indische Schönheit, kochte in der Küche kleine landestypische Leckereien. Meist würzige Kofta-Gemüsebällchen, die sie mit Kreuzkümmel, Ingwer, Koriander und Chili würzte, oder kleine gebackene, mit Kartoffeln gefüllte Teigtaschen.

Vor zehn Jahren, auf der Arbeit im Polizeipräsidium, hatten sie sich kennengelernt. Mit einem uniformierten Kollegen stand Maja auf dem Flur vor seiner Bürotür und meldete einen Autodiebstahl, als er, in seiner tollpatschigen Art, sie mit vollem Kaffeebecher anrempelte und ihre magentafarbene Seidenbluse ruinierte. Das ist ja wie im Film, hatte sie gesagt und ihn mit dunklen Kohleaugen und einer samtenen Weichheit angesehen, in die er sich augenblicklich verlor. Ein Jahr später kam Katharina, ihre Tochter, auf die Welt. Sie kauften ein Häuschen in Hamburg-Othmarschen, und ihr Leben schien perfekt.

Bis ...

Das »Pling« der Fahrstuhltür riss Sebastian aus der Vergangenheit. Er wischte sich über die Augen und stieg in den Fahrstuhl. In der Kabine war es warm, und Sebastian glaubte, noch immer den aufdringlichen Parfümduft des behängten dürren Weihnachtsbaums wahrzunehmen. Er drückte auf der Schaltleiste die Drei und zog den Schlüssel aus der Hosentasche.

Als er die Zimmertür öffnete, fuhr ihm ein kühler

Windzug durch das Gesicht. Das Fenster stand weit offen, und auf seinem Schreibtisch lag ein Zettel: »Bitte im Zimmer nicht rauchen«, darunter der Verweis auf die Hausordnung an der Innenseite der Zimmertür. Sebastian fegte den Zettel mit der Hand in den Papierkorb und schloss das Fenster. Dann öffnete er seinen Laptop und starrte minutenlang auf den schwarzen Schirm. Warum fiel ihm nichts ein? Heftig schlug er den Deckel zu und schob das Gerät vor sich an die Wand. Er legte seinen Kopf in die Hände. Er musste nachdenken, sich konzentrieren.

Lukas schied als Täter ebenso aus wie Femke, seine Verlobte. Rike war eine notorische Fremdgeherin und verheiratet mit einem zwanzig Jahre älteren Friseur. Da die Hanstedter Kollegen ihn nicht verhafteten, schien er ein Alibi zu haben. Deerberg senior und Hofstetten senior verfügten über ein nicht zu verachtendes Motiv. Beide Männer würden von einer Heirat profitieren. Eine Heirat, die Lukas viermal verschob, um auf Freiersfüßen zu wandeln. Waren die Morde an den Frauen, mit denen Lukas ein Verhältnis unterhielt, eine Warnung? Eine Warnung an den *Seerosenhof*? War das die Bedrohung, die Ludwig Wesel versehentlich herausgerutscht war? Schlachter Bleske, sein Tischnachbar, der ihm über den Weg lief, bevor er am Abend zum Sundermöhren-Hof aufbrach, verriet ihm, Wesel sei seit Wochen wie ausgewechselt. Unruhig und nicht mehr beisammen. Sein jugendliches Blinzelopfer hätte ihm das gesteckt, und wie versprochen wollte er ihm dies nicht vorenthalten. Für Sebastian perfekte Neuigkeiten. Nur wo war der Zusammenhang mit dem Therapeuten Andresen?

Sebastian lehnte sich zurück, legte die Hände hinter den Kopf und fixierte den Kalender an der Wand. Eine

Wildpferdherde, Rappen und Füchse, galoppierte über eine Waldlichtung. Wie passend.

Die Zeichnung erinnerte ihn an sein Versprechen. Ein gemeinsamer Ausritt durch die Lüneburger Heidelandschaft für ein paar Informationen. Ob sie ihm die gab? Inka Brandt war keine Anfängerin, sondern eine gewissenhafte erfahrene Kommissarin, die wusste, dass sie keine polizeilichen Erklärungen an Privatpersonen abgeben durfte.

Sebastians Neugier stieg.

Der Zeiger der Uhr hüpfte auf 22 Uhr. Zu früh. Für seinen Plan musste er warten, bis die blaue Tante am Anmeldetresen die Eingangstür des *Seerosenhofs* abschloss und bei den Patienten im Gemeinschaftsraum verschwand.

Sebastian öffnete das Fenster und steckte sich eine Zigarette an. Die Zeit verstrich langsam.

Seine Finger zitterten, und er fröstelte. Er wusste nicht, ob es die Kälte war, die durch die Gitterstäbe kroch, oder die Aufregung. Seit seiner Krankheit haute ihn der kleinste Windhauch um.

Aus der Ferne hörte er Heidschnucken blöken. Ein Windstoß fegte Sebastian den Gestank von Kuhdung entgegen. Unten auf dem Parkplatz leuchteten Scheinwerfer auf, ein Motor sprang an, und ein Mann wünschte »Schönen Abend«, dann bellte ein Hund dreimal kurz hintereinander.

Sebastian dachte an Othmarschen, seine Wohnung im Hochhaus und die seit Jahren unausgepackten Kartons, die wenigen Freunde, die ihm geblieben waren. Seine Eltern, die ihn baten, nach Hause zu ziehen. Altona, die Hamburger Innenstadt. Was für Gegensätze zum Landleben.

Er schnippte die Kippe aus dem Fenster und sah ihr hinterher, wie sie in der Thujahecke, die sich rechts bis zum Parkplatz schlängelte, verschwand. *Getroffen*, dachte er und sah auf die Uhr. 22.30 Uhr. Er schloss das Fenster.
Es war so weit.
Vorsichtig drückte er die Klinke und spähte hinaus auf den Flur. Frau Küchel, die kleine beleibte Mittvierzigerin, saß in ihrem Glaskasten. Auf ihrem Bauch lag ein aufgeschlagenes Buch. Ihre Augen waren geschlossen, und sie schnarchte. Durch das Treppenhaus schlich er bis ans untere Ende der Tür, die ins Foyer führte. Der Anmeldetresen war verlassen. Zweimal Glück. Das lief gut.
Aus dem Gemeinschaftsraum gegenüber schnappte er Gesprächsfetzen auf, es wurde gelacht, und Musik dudelte im Hintergrund. Noch ein letzter Blick nach links und rechts, dann rannte Sebastian los. Vorbei am Anmeldetresen, der steingrauen Ledergarnitur, dem verchromten Glastisch mit den sorgsam gestapelten Zeitschriften und Prospekten. Einmal die Friseurzeitschriften, mittig Ausflugsprospekte der nahen Umgebung und auf dem dritten Stapel, am Tischende gegenüber, als würden sie sich beißen, die Medizinbroschüren.
Noch fünf Meter bis zum Büro. Er griff in die Hosentasche. Alles da. Sein Herz klopfte stärker, und seine Gedanken ratterten in einem Tempo, dass ihm schwindelig wurde.
Jetzt nicht aufgeben.
Er blieb kurz stehen und schaltete die Taschenlampe ein. Der dunkle Flur zu Wesels Büro schien im schwachen Schein der Lampe noch enger, noch dunkler. Kamen die Wände auf ihn zu? Nicht jetzt. Bitte nicht jetzt.
Sebastian klatschte die Handflächen an die Mauer-

wand, als könne er sie von ihrer Reise abhalten. Stoßweise atmete er ein und aus. Sein Puls beschleunigte auf einhundertvierzig Schläge, und seine Beine zitterten. Die Angst saß ihm im Genick wie ein Raubtier, und um seine Brust zog sich ein eiserner Ring. Sebastian schloss die Augen. Kalter Schweiß stand auf seiner Stirn, bildete ein Rinnsal. Verdammte Panik.

Er rief sich zur Ruhe und versuchte die Unordnung in seinem Inneren zu kontrollieren. Atmen, ruhig und bewusst mit dem Bauch. Nicht hyperventilieren. Er schluckte. Wie eine Lage Schmirgelpapier klebte seine Zunge im Mund, rieb an seinem Gaumen. Sekunden vergingen wie Stunden, bis das Zittern abflachte, seine Muskeln entkrampften. Jede Panikattacke kostete verteufelt viel Kraft und warf ihn auf Anfang. Er war noch lange nicht befreit, lange nicht am Ziel.

Und was tat er hier überhaupt?

Er sollte umdrehen. Diese Morde waren nicht sein Fall. Er kam in den *Seerosenhof*, um gesund zu werden, und nicht, um Mordfälle zu lösen, die ihn nichts angingen.

Doch jeder Täter, der geschnappt wird, ist ein Erfolg. Ein Erfolg für die Gemeinschaft. Nach diesem Prinzip arbeitete er. Nur war es nicht genau das, was ihn in den *Seerosenhof* geführt hatte? Sein unermüdlicher Einsatz über die Vernachlässigung eigener Grenzen hinaus?

Er war selbst Psychologe, warf massenweise schlaue Ratschläge in die Menge wie Narren Karnevalskamellen. Er wusste, er konnte nicht die ganze Welt von Bösewichten befreien. Und seinen Teil der Arbeit hatte er in den letzten Jahren erledigt, selbstlos und ohne an sich und seine Gesundheit zu denken. War nicht auch er mal an der Reihe?

Sein Nacken brannte, und sein Kopf hämmerte. Sebastian griff sich in die Haare, als wollte er sie büschelweise ausreißen.

Nur noch dieses eine Mal.

Er lauschte in die Dunkelheit und warf einen prüfenden Blick durch den Flur. Nichts. Nur sein Herzschlag, der gegen seine Brust wummerte und sich langsam beruhigte. Schleppend schlich Sebastian weiter. Schritt für Schritt. Atemzug um Atemzug.

Die Angst vor der Angst führt durch die Angst.

Verdammte schlaue Worte.

Als er an Wesels Büro ankam, zog er den silberfarbenen Reif mit den vierzehn kleinen Schlüsseln und Haken aus der Hosentasche. Es brachte Vorteile, liefen einem bei der Polizei doch Räuber aller Art über den Weg. Das Sammelsurium an Spezialwerkzeug hatte er immer griffbereit im Handschuhfach seines Wagens liegen. In Sachen Haustürschlüssel vergessen, war er ein Meister. Und diese Dinger hatten ihn nicht nur einmal vor überteuerten Schlüsselnotdiensten gerettet.

Sebastian leuchtete in das Schloss. Sechs kleine Zacken. Das könnte passen. Er entschied sich für einen Schlüssel, der dem Schloss dem Aussehen her nahekam. Sachte steckte er den Schlüssel in den Zylinder und versuchte diesen zu drehen. Nichts.

Auch der zweite und dritte Versuch lief ins Leere. Mit dem Unterarm wischte sich Sebastian den Schweiß von der Stirn. Verdammt. An seiner Haustür klappte es bisher einwandfrei.

Noch ein Versuch.

Er löste einen fingerlangen Haken und ein weiteres Utensil vom Reif. Dann steckte er alle Schlüssel in die Hosentasche und sah nach rechts. Alles war ruhig.

Vorsichtig schob er den Spachtel am metallenen Rahmen der Schiebetür entlang, bis er am Schloss angekommen war, dann setzte er den Haken in das Schloss, ruckelte einmal kräftig und drehte weiter, bis es klackte. Geschafft.

Sebastian atmete auf.

Langsam, um kein unnötiges Geräusch zu verursachen, schob er die Tür einen halben Meter durch die Führungsschiene und schlängelte sich durch den Spalt. Den Blick geradeaus in das dunkle Büro gerichtet, zog er die Schiebetür hinter sich wieder zu. Durch die wandlange Fensterfront auf rechter Seite der Terrasse fiel bleiches Mondlicht. Es beleuchtete Wesels Bürosessel, seinen wuchtigen Schreibtisch, Unterlagenberge und die Chromlampe mit dem verstellbaren schwenkbaren Arm, der einen bizarren langen Schatten in den Raum warf.

Kein Grund zur Sorge. Alles war gut.

50 Für Inka begann eine unruhige Nacht. Um zwei Uhr riss Paula sie aus dem Schlaf.

»Mama«, quakte sie, während sie ununterbrochen an Inkas Longshirt zupfte. »Mama, bist du jetzt wach?«

»Paula, was ist los?« Inka tastete nach der Salzkristallleuchte und blinzelte ihre Tochter an, die mit verstrubbelten Haaren vor ihrem Bett stand. Müde rollte sie sich auf die Bettkante und zog die Kleine zu sich auf den Schoß.

»Hey, du bist ja klitschnass. Hast du Fieber?« Sie legte ihr die Hand auf die Stirn. »Fühlt sich kalt an.« Dann fielen ihr Teresas Worte ein. Fieber und Gehstörungen.

»Steh auf, Paula-Mäuschen. Geh zum Schrank, und komm wieder her.«

»Warum denn, Mama, mir ist kalt, kann ich nicht bei dir schlafen?«

»Gleich, Mäuschen, aber erst tust du, was ich dir sage. Und jetzt los.«

Mürrisch wühlte sich die Kleine unter der Decke hervor und tapste zum Schrank und wieder zurück. »Kann ich was zu trinken haben?«, fragte sie, während sie wieder unter Inkas Decke krabbelte.

»Sag, Paula, tun dir deine Beine weh?«, fragte Inka und spürte, wie ihr das Blut in den Kopf schoss.

»Nöö.« Paula schüttelte trotzig den Kopf. »Ich habe Durst.«

»Gleich. Wir wollen erst noch Fieber messen.« Inka sprang aus dem Bett und rannte ins Bad.

»Mama! Durst!«, rief ihr die Kleine hinterher, als Inka im Arzneischrank nach dem Thermometer suchte.

»Gleich«, rief Inka der Kleinen zu, rannte barfuß mit dem Thermometer in die Küche, füllte ein Glas Mineralwasser und hechtete ins Schlafzimmer. »Bitte.« Sie wartete, bis Paula getrunken hatte, und brachte das Ohrthermometer in Position. Unruhig wartete sie auf das Piepen, das das Ende der Messung anzeigte. 36.5 Grad. Normaltemperatur.

»Ich will jetzt wieder schlafen«, forderte Paula energisch und: »Das macht Falten, sagt Tilly.«

»Was?«, fragte Inka nachdenklich. Ihre Gedanken waren bei Fieber und Gehstörungen.

»Das.« Die Kleine tippte mit dem Zeigefinger auf Inkas krause Stirn.

»Ja, da hast du recht«, antwortete Inka und gab Paula einen Schmatz auf beide Wangen, »aber ich mach mir halt Sorgen, dass es dir nicht gutgeht.«

»Aber der Zwackelmann hat mich ja nicht gekriegt, ich hab mich unter dem Tisch versteckt.«

»Hää?«

»Na ich hab doch geträumt, dass der Hotzenplotz mich in seinen Sack sperrt und zu Zwackelmann ins Schloss bringt. Der wollte mich in den Keller schließen und aufessen, und da bin ich aus dem Sack raus und hab mich versteckt und bin ganz leise gewesen, so wie wenn du verschlafen willst.«

Inka lachte. »Ausschlafen, Mäuschen, wenn ich am Sonntag ausschlafen will. Und das hast du gut gemacht, dass du dich versteckt hast. Aber du weißt, dass du nur geträumt hast und dass der Zwackelmann nur eine Märchenfigur ist, oder?«

»Klar, Mama. Ich bin sooo groß.« Demonstrativ streckte Paula die Arme in die Luft.

»Ja, das bist du«, sagte Inka beruhigt, »und jetzt ab mit dir unter die Decke und weiterschlafen.«

Paula nickte und verschwand bis zum Kinn unter der Decke. Es dauerte keine Minute, bis Inka ihren gleichmäßigen Atem hörte.

Inka war hellwach.

Die Morde aus dem *Seerosenhof* und Sebastian schwirrten ihr durch den Kopf. Sie wälzte sich von einer Seite zur anderen, spürte Paulas Arm, dann wieder ihr Bein in den Rippen. Wofür brauchten Dreijährige ein Doppelbett?

So hatte das keinen Sinn. Inka stand auf und kochte sich einen Roibuschtee mit Vanille. Es war 3.20 Uhr. Sie schaltete erst das WLAN, danach den Laptop ein. Sie wusste nicht, wonach sie suchen sollte. Sie tippte Kinderkleidung für Dreijährige in die Suchmaschine ein und bestellte bei einem Online-Anbieter für Paula zwei Winterhosen und zwei Pullover. Einen weißen Pullover mit flauschiger Rehapplikation und den anderen Pullover in Regenbogenstreifen. Dann noch einen pflaumenfarbigen Toaster, der mit ihrer roten Küche kollidierte, bis sie auf der vertrauten Seite für tierversuchsfreie Kosmetika landete. Gedanklich überflog sie ihren Bestand an Kajalstiften und Lidschatten. Inka gähnte. Genug für heute. 4.10 Uhr. Sie schaltete den Laptop aus, trank den lauwarmen Tee und ging ins Bett.

Wieder eine kurze Nacht.

51 Am Samstagmorgen um acht Uhr stand Inka neben Teresa in den Stader Räumen der Pathologie in der Ferdinand-Porsche-Straße. Teresa trug ihren weißen Kittel mit der Applikation einer kleinen Sonnenblume auf dem Revers und saß an ihrem Schreibtisch. Blümchen steckte den Kopf zur Tür herein und sagte: »Wir marschieren jetzt los.«

»Viel Spaß«, erwiderte Inka. »Aber geht mit Paula nicht ins Ziegengehege, die rennen sie immer über den Haufen. Und grüß mir Enrico.«

Blümchen strahlte. »Das mach ich, und danke, dass wir Paula in den Wildpark mitnehmen dürfen.«

»Ich danke euch.«

Blümchen hieß im normalen Leben Lena Blume und war eine sechsundzwanzigjährige quirlige Frau, die mit

Enrico von der Spurensicherung verbandelt war. Seit sie Paula tagsüber betreute, war sie ganz vernarrt in Kinder.

»Wenn das so weiterläuft, Terry, darfst du dir bald eine neue Sekretärin suchen.« Inka fuhr sich gestikulierend über den Bauch.

»Beschwör bloß nichts«, setzte Teresa nach.

Inka lachte. »Hast du was über Viola Lassnik herausgefunden?«

»Nein, ich hab sie noch nicht aufgemacht«, antwortete Teresa. »Falls es dir entgangen sein sollte, wir sind nicht in Lübeck, sondern auf dem Land. Die Uhren ticken hier langsamer. Zudem liegt dahinten einer aus Cuxhaven, der bei uns im Seehafen paddelte. Die Kollegen aus Bremerhaven meinten, wir hätten ihn rausgefischt, wir dürften ihn auch behalten. Außerdem seien sie zurzeit unterbesetzt.«

»Hast du ihnen nicht gesagt, dass bei dir drei Undeloher auf dem Tisch liegen?«

Teresa erhob sich mit einem Ruck, senkte den Kopf und schaute Inka mit grünbraunen Augen von oben herab an. »Süße, noch einmal, du bist nicht mehr in Lübeck. Du kannst froh sein, dass ich überhaupt am Samstag am Schlachttisch stehe.«

»'tschuldigung. Hast ja recht«, bestätigte Inka. »Ich düs' jetzt auf die Wache und schau, ob Jankowitz die Durchsuchungsbeschlüsse gefaxt hat. Bis nachher.«

Teresa breitete die Arme aus, beugte sich zu Inka und küsste sie auf die Wangen, dann setzte sie sich wieder und wandte sich dem Bildschirm zu, auf dem Parameter und Diagramme in Rot, Grün und Weiß Zackenlinien bildeten. »Mach's gut, kleine Hektikerin. Und stell deinen Sender auf Dorfzeit.«

Nachdenklich verließ Inka das Institut. Teresa hatte recht, sie musste sich endlich wieder dem gemächlichen Dorftempo anpassen.

Über das Kopfsteinpflaster ging sie zu ihrem Golf, den sie neben Teresas weißem Geländewagen geparkt hatte. Am Kofferraum blieb ihr Blick an den sieben rosa Sternen hängen. Es war ihr wieder eingefallen. Jeder Stern symbolisierte ein Jahr von Floras und Teresas Gemeinschaft.

Welch schönes Bekenntnis!

Sabine Mahnkes Sterne waren traurigerer Natur.

Nachdenklich rutschte Inka hinter das Lenkrad des Wagens, startete den Motor und rollte vom Parkplatz.

Während der Fahrt nach Hanstedt ließ sie den Fall Revue passieren. Schlossen sie Lukas, Rikes Ehemann, Femke und Marquardt als Täter aus, blieben Victor Deerberg und Arno von Hofstetten. Zwei Väter mit starkem Motiv. Und wenn Rübezahls Erzählungen der Wahrheit entsprachen, gaben sie dem Fall ordentlichen Schwung. Nur wie passte Robert Andresen ins Bild? Wo war der Zusammenhang? Wurde Andresen seiner männlichen Spezies abtrünnig und ließ sich mit Rike ein? Rikes Ehemann kam ihnen auf die Schliche und ... Wollte er erst seine Frau umbringen und dann den Therapeuten? Dass ihm jemand zuvorkam, konnte er nicht ahnen. Doch wer kam ihm zuvor? Wer bringt einen Therapeuten um, der so gar nicht ins Bild passt? Oder zog sie jetzt alles an den Haaren herbei? Paulsens Alibi für den Mord an Andresen war wasserdicht. Er war auf dem Geburtstag seiner Schwester. Sie machte einen Denkfehler.

Mark recherchierte gründlich.

Als Inka die Abzweigung nach Hanstedt nahm, klingelte ihr Handy. *Hanna* stand im Display.

»Hanna, Schwesterlein, was kann ich für dich tun?«

»Inka, entschuldige, aber du musst noch einmal nach Hause kommen. Jana hat den Haustürschlüssel, unseren Ersatzschlüssel von dir, irgendwo auf der Weide verloren, und sie braucht dringend ihre ... Na, du weißt doch ...«

»Was denn, Hanna?«

»Ihre Dinger da, sie hat ihre ... Und sie will keine ...«

»Ach, du meinst, sie braucht ihre amerikanischen Dicken-Super-Saugfähigen-Spezial-Tampons. Mensch, Hanna, sag das doch. Ich frag mich wirklich, wie du deine Kinder gekriegt hast.« Inka lachte laut auf. Manchmal nahm sie ihre kleine Schwester zu gern auf den Arm.

»Sehr witzig«, hörte sie Hanna im Hintergrund brummeln. »Ich bin eben anders als du. Nicht so, so ...«

»Ja, ja, ist ja gut. Gib mir zwanzig Minuten.« Sie drückte die Austaste und warf das Handy auf den Beifahrersitz. Dann sah sie in den Rückspiegel und wendete. An der Ecke der Landstraße rauschte eine Gruppe Motorradfahrer mit ihren schweren Harley-Maschinen links an ihr vorbei, Inka blinkte nach rechts und gab wieder Gas.

Die Uhr über dem Kühltresen des Hofladens zeigte 9.40 Uhr, als Inka bei Tim ein Schinkenbrötchen kaufte und sich vom Sundermöhren-Hof wieder zur Wache aufmachte. Sie schaltete das Radio ein. Katja Ebstein trällerte ihren Song *Theater*. Inka drehte den Regler nach links, bis das Lied verstummte.

Theater hatte sie genug.

Als sie an der St. Magdalenenkirche ankam und rechts auf die Straße Zur Dorfeiche einbog, dudelte ihr Handy auf dem Beifahrersitz. *Keine Rufnummer* stand auf dem Display. Sie drückte die Annahmetaste. »Hallo«, sagte sie, klemmte das Handy zwischen Ohr und Schulter, betätigte den Blinker und fuhr Richtung Sahrendorf.

An der rechten Straßenseite standen die Maisfelder noch immer in sattem Grün und reckten ihre Kolben in den Himmel, links gähnten grauschwarz die abgeernteten Felder.

»Hallo«, kam es vom anderen Ende. »Ich bin's.«

»Und wer ist: ich bin's?« Sie schaltete den Lautsprecher ein und ließ das Handy vor sich auf das Armaturenbrett rutschen.

»Schäfer. Sebastian.«

»Herr Schäfer, was gibt's?«

»Was sagten Sie? Sie sind so schlecht zu verstehen. Haben Sie keine Freisprechanlage?«

Inka musste sich zusammenreißen, um nicht mit einer passenden Antwort aufzuwarten. »Was wollen Sie, Schäfer?«

»Frau Brandt, waren Sie bei Leiter Wesel, und haben Sie ihn auf die Bedrohung angesprochen?«

»Das erledige ich noch. Was wollen Sie?«, wiederholte sie genervt.

»Ich muss Sie dringend sprechen. Ich habe gestern Abend etwas gefunden, das …« Die Verbindung brach ab.

»Was?«, rief Inka. Nur das Tuten drang vom Armaturenbrett. Sie hangelte nach dem Telefon, es rutschte noch weiter nach rechts. Sie hangelte weiter, verriss das Steuer, sah aus den Augenwinkeln das flackernde Aufblenden von Fernlichtern, die wie leuchtende Halloween-Kürbisse im Zeitraffer größer und größer wurden. Um knapp dreißig Zentimeter entkam sie einem Frontalzusammenstoß mit einem Lastwagen. Ein Hupkonzert aus allen

Richtungen tönte gleichzeitig warnend wie anklagend in ihren Ohren, während ihr kalter Schweiß aus jeder Pore strömte, und sie zitterte, wie sie noch nie in ihrem Leben gezittert hatte. Die Hände um das Lenkrad geklammert, als wären sie festgeklebt, lenkte sie ihr Auto hinter dem Ortsschild Sahrendorf auf den Hinterhof-Parkplatz des Ladens *Geschenkartikel Erhard Bade*. Hier gab es eine Autowerkstatt und ein Geschäft, wo Vater und Tochter aus GFK-Kunststoff lebensgroße Tierfiguren herstellten. Inka entdeckte eine Kuh. Oder war es ein Storch, ein Frosch?

Sie schaltete den Motor aus und krallte die Hände ums Lenkrad, als wollte sie es von der Haltestange reißen. Was war passiert? Wenn sie nicht ... Inkas Herz hämmerte wie eine Dampframme, und ihr Atem war dabei, auszusetzen oder einen Wettlauf zu gewinnen. Irgendwas in dieser Reihenfolge.

Sie löste die Hände vom Lenkrad und griff in den Flaschenhalter hinter der Handbremse. Leer.

Ein Mann in Lederhose, passender Weste, der aussah wie der größere Zwilling von Sebastian Schäfer, klopfte an die Scheibe.

»Tock, tock, tock«, hämmerten seine Fingerknöchel in gleichmäßig kräftigem Takt. »Kann ich Ihnen helfen?«, fragte er. »Geht es Ihnen nicht gut?«

Inka starrte den Zwilling an, als sei er vom Himmel gefallen.

»Äh, ja. Nein.« Ihre Zähne klapperten so stark, dass sie kaum sprechen konnte. Mit der Kraft, die ihre Arme noch hergaben, kurbelte sie die Scheibe runter. »Ich ... ich hatte einen Unfall«, stotterte sie.

»Wo? Was ist passiert?«

»Nein. Ich meine, ich hätte fast einen Unfall gehabt.«

»Aha«, sagte der Mann. »Hey, Klostermann, komm mal her, wir brauchen dich«, rief er und winkte einem anderen Mann in schwarzer Lederkleidung, der an einem Motorrad stand und ein lebensgroßes Kunststoffschwein auf dem Sozius festzurrte.

»Und bring deinen Beutel mit.«

»Was ist denn los«, fragte Klostermann, der auf Inkas Wagen zueilte. »Gibt's Probleme?«

»Ich glaub, der Dame geht's nicht gut. Sie sagt, sie hatte einen Unfall oder doch nicht, auf jeden Fall ist sie durcheinander.«

Andreas Klostermann, Internist aus Bremen, Harley-Fahrer und leidenschaftlicher Sammler von Bauernhoftieren, nickte und kramte aus einem schwarzen Lederbeutel eine Armmanschette und ein Stethoskop. Er rutschte auf Inkas Beifahrersitz und sagte: »Bitte, geben Sie mir Ihren Arm.«

»Was?«

»Ihren Arm, Gnädigste.«

»Nein. Was wollen Sie von mir?«

»Ihnen helfen. Ich denke, Sie stehen unter Schock. Wie ist Ihr Name?«

»Name? Was? Ich habe kkkk...einen Schsch...ock«, stammelte Inka.

Andreas Klostermann nickte und legte Inka, ohne nochmaliges Bitten, die Manschette um den rechten Arm. »Das werden wir sehen«, sagte er. »Stillhalten und ruhig atmen.«

Inka legte den Kopf an die Kopfstütze und befolgte den Rat des Internisten.

»Nun ja«, bestätigte er die Worte des Zwillings, »alles

ein wenig durcheinander, aber das renken wir wieder ein. Bring was zu trinken, Kalle.« Dann wandte er sich wieder Inka zu. »Was ist passiert?«

»Das ... das Telefon klingelte. Ich habe telefoniert, die Verbindung war weg und ...« Inka überlegte einen Augenblick. »Und ich wollte zurückrufen.« Sie zog die Stirn kraus. »Es lag auf dem Armaturenbrett, aber es ist gerutscht, schwupps, auf die andere Seite«, Inka demonstrierte mit dem Arm die Rutschfahrt des Handys, »und ich ... ich wollte es greifen, und als ich aufsah, waren da diese riesigen leuchtenden Augen, groß wie Kanonenkugeln, die immer schneller näher kamen. Dann tutete es überall. Und jetzt steh ich auf dem Parkplatz. Mehr weiß ich nicht.«

Klostermann nickte, während er in ein Viertel gefülltes Wasserglas ein paar Tropfen aus einer kleinen braunen Flasche tröpfelte. »Trinken. Alles auf einmal.« Er drückte Inka das Glas in die Hand.

Inka sah zu der milchigen Flüssigkeit im Glas und zu Klostermann mit diesem Ich-will-das-nicht-trinken-Blick.

»Runter damit«, befahl der augenblicklich, und Inka gehorchte.

»Das ist bitter.« Sie schüttelte sich.

»Medizin muss bitter schmecken, sonst wirkt sie nicht«, antwortete Klostermann. »Haben Sie gefrühstückt?«

Inka nickte und antwortete brav wie ein Schulmädchen: »Ein Brötchen mit Käse und Wurst.«

»Fein.« Der Internist war zufrieden.

In den nächsten zehn Minuten blieb er neben Inka sitzen und fühlte in regelmäßigen Zeitabständen ihren Puls.

»Wie heißen Sie?«, fragte er und entließ Inkas Handgelenk.

»Brandt. Inka Brandt. Ich wohne in Undeloh. Und Sie?«

»Ich bin Andreas Klostermann aus Bremen. Und schön, dass Sie wieder da sind.«

»Sind Sie Arzt?«

Klostermann nickte bedeutungsvoll. »Internist mit Zaubertropfen.« Er reichte Inka die Hand.

»Danke«, sagte Inka. »Ich weiß nicht … Ich habe eine kleine Tochter …« Sie fing an zu weinen. Was wäre nur aus Paula geworden, wenn ihr etwas passiert wäre? Auf Fabian brauchte sie nicht zählen. Sie musste mit Hanna und Tim zu einem Notar gehen. Dringend.

»Es ist ja alles gutgegangen, aber wenn ich Ihnen einen Rat mit auf die Straße geben darf: Kaufen Sie sich eine Freisprechanlage. Wir Menschen denken, ach, mit den paar Promille kann ich fahren. Ich bin geübt. Ich kann laut Musik hören, simsen oder telefonieren und mich auf den Verkehr konzentrieren. Leider vergessen wir, dass es nicht nur unser Leben ist, was wir in Gefahr bringen, sondern auch das Leben unschuldiger Beteiligter. Womöglich Familien mit unserer Unachtsamkeit zerstören. Dazu kommt, aber das nur am Rande, dass die Polizei ganz scharf auf solche Verkehrssünder wie Sie ist.«

Inka nickte zaghaft. »Ich werde es mir merken, Herr Doktor.«

Dann klingelte ein zweites Mal ihr Handy. Sie ignorierte es.

Andreas Klostermann verabschiedete sich. Inka sah dem großen kräftigen Mann nach, der trotz schwerer Motorradstiefel mit elastischem Gang davonstapfte, seinen Beutel unter dem Sitz in einer Box verstaute und nach dem rosafarbenen Kunststoffschwein auf dem Sozius sah.

Was für ein Anblick!

»Na«, fragte eine Stimme neben ihrem Kopf, »alles wieder im Lot?«

»Ja, danke«, antwortete Inka, drehte den Kopf nach links und blickte in ein Gesicht, das graubraune Barthaare umwucherten und kaum noch Platz für Augen und Nase boten.

»Da haben Sie ja Glück gehabt, dass der Fiete«, Rübezahls Zwilling wies mit dem Arm auf einen der zwölf Harley-Fahrer, die sich an ihren Motorrädern auf dem Parkplatz zur Weiterfahrt bereitmachten, »'ne Kerze wechseln musste.«

»Und Sie haben Glück, dass der Inhaber des Ladens auch eine Werkstatt betreibt. Sind Sie alle Ärzte?«

»Nein.« Rübezahls Zwilling lachte. »Nur Klostermann. Ich bin Mathelehrer. Klara da drüben ist zum Beispiel der Boss einer Werbeagentur.« Er zeigte auf eine Frau, die Inkas zierliche Statur besaß, in einer hautengen schwarzen Lederkombination steckte und sich einen schwarzen Helm über kurzes brünettes Haar stülpte. »Dann haben wir noch zwei Lehrer für Deutsch und Englisch, einen Hausmeister, einen Polizisten und einen katholischen Pfarrer, der fährt, als ob der Teufel ihn mit der Peitsche durch die Hölle jagt. Das will er bloß nicht hören«, flüsterte er. »Na ja, und so zieht sich das durch unsere Runde. Handwerker, Akademiker, alles gemischt, wir sind eine lustige Truppe.«

»Ich wünsche Ihnen eine gute Fahrt«, sagte Inka, »und nochmal danke.«

Der Zwilling nickte und marschierte zu seinen Kollegen. Inka sah, wie einer nach dem anderen mit seiner schweren Maschine vom Parkplatz knatterte. Als Letzter fuhr Andreas Klostermann mit dem Kunststoff-Schwein an ihr vorbei. Er hob kurz die Hand zum Gruß, doch ob er lächelte, konnte Inka unter seinem heruntergeklappten Schutzschild nicht erkennen.

Bestimmt.

Für einen Moment schloss Inka die Augen und atmete tief durch. Sie hatte Glück gehabt. Verdammtes Glück. Sie nahm das Handy vom Armaturenbrett, schaltete es aus und stopfte es in ihre Handtasche. Dem Arzt würde sie eine Karte schreiben und sich noch einmal für seine Hilfe bedanken. Wie hieß er noch? Klosterwald? Andy, Andreas? Sie hätte sich die Telefonnummer geben lassen sollen. Sie startete den Motor.

Eine Frau in Inkas Alter, die Tierfiguren vor dem Laden ordnete, winkte ihr lächelnd zu. Irgendwoher kam sie ihr bekannt vor. War sie nicht mit ihr in eine Klasse gegangen? Mit letztem Blick auf die kunstvolle Auslage von Storch und Kuh, der Enten- und Schafgruppe, den Hunden und den Windmühlen lenkte sie auf die Landstraße.

Bevor sie auf die Wache fuhr, hielt sie in Hanstedt bei Elektro-Albers. Eine Freisprechanlage musste her.

Um 10.35 Uhr trudelte sie auf der Wache ein. Kein Mark weit und breit. Und wo waren die Durchsuchungsbeschlüsse? Im Fax steckte nichts, und auf ihrem Schreibtisch lag kein Zettel. Sie wählte die Durchwahl zur Zentrale. Frauke Bartels hob ab.

»Frauke, kannst du mir sagen, wo Mark ...«, weiter kam sie nicht.

»Mark kommt später, soll ich dir ausrichten.«

»Was heißt später?«

»Um 12 Uhr, hat er gesagt.«

»Und was ist mit den Durchsuchungsbeschlüssen? Bei mir liegt nichts auf dem Schreibtisch.«

»Stimmt, das hätte ich jetzt fast vergessen. Wie gut, dass du mich erinnerst. Mark sagte, Staatsanwalt Jankowitz konnte den Richter nicht erreichen und dass es vor Montag nichts wird mit den Beschlüssen.«

»Auch das noch«, Inka stöhnte in den Hörer. »Danke«, bekam sie noch raus und legte auf. Ihre Hand lag noch auf dem Hörer, als das Telefon klingelte. Sie sah auf das Display. Keine Rufnummer. »Brandt, Hanstedter Wache«, meldete sie sich.

»Ich bin's wieder. Ich kann Sie auf Ihrem Handy nicht erreichen.«

»Ja«, sagte Inka, griff mit der linken Hand hinter sich und wühlte in ihrer Handtasche, »es war ausgestellt.« Sie gab die PIN ein, und ein Signal bestätigte die Bereitschaft.

»Ich muss Ihnen unbedingt etwas zeigen, aber ich komme aus meinem Versteck heute Vormittag nicht raus. Ein Termin jagt den anderen. Die kennen keine Gnade in dem Laden. Nicht mal am Samstag. Können wir uns am späten Nachmittag treffen?«

Inka überlegte einen Augenblick. Es gab keine Durchsuchungsbeschlüsse, Tierarzt Jonas Hinrich war ebenfalls erst Montag zu erreichen, und der Lüneburger Kollege tummelte sich im Urlaub an der Algarve. Sie hingen fest.

»Können Sie mir nicht jetzt sagen, was Sie wollen, Herr Schäfer?«

»Nein. Ich habe etwas gefunden, was ich Ihnen nur zeigen kann.«

»Na dann«, sagte sie. »Ich wollte sowieso ...« Sie zögerte. Er musste nicht wissen, dass sie seine Angaben bei Ludwig Wesel überprüfen wollte. »Ich komme um 18 Uhr in den *Seerosenhof*. Dann können wir reden.«

52 Nachdenklich legte Sebastian den Hörer auf. Sein Fund war eine Sache. Vorher galt es weitere Fakten zusammenzutragen und zu vervollständigen.

Auch wenn es noch für keinen Tätername reichte, so rückte er Stückchen für Stückchen in den Kopf des Mörders. Sebastian sah auf die Uhr. Noch eine Stunde bis zur Gruppensitzung. Die Zeit reichte. Er musste an den Teich.

Er schlüpfte in Turnschuhe und Blouson und eilte aus dem *Seerosenhof*. Fünf Minuten später stand er am Dorfteich und blickte auf das klare Wasser.

Eine Gruppe rot- und orangefarbener Goldfische schwamm am Ufer durch Wassergras. Drei Rentnerinnen mit übervollen Spankörbchen Maronen, Birkenpilzen und Rotkappen schritten an ihm vorbei und grüßten mit einem Lächeln. Abwesend nickte Sebastian ihnen zu. Er wollte sich die Szenerie des Mordes, und wie der Tatort zurückgelassen wurde, so genau wie möglich vorstellen.

Andresen wurde mit einem Messer die Kehle aufgeschnitten. Da kaum jemand ständig ein Messer bei sich führt, kam für Sebastian nur ein geplanter Mord in Frage. Der Täter kannte Andresen und hatte auf ihn gewartet. Er war wütend auf Andresen, weil ... Sebastian stockte, begann erneut. Er war wütend auf Andresen, weil er ein Therapeut vom *Seerosenhof* war, der seine Frau schlecht behandelte. Nein. Noch einmal. Er war wütend auf Andresen, weil ...

Ein stechender Schmerz fuhr Sebastian in den Nacken, schlängelte sich über seinen Kopf und blieb in den Augenhöhlen mit einem Messerangriff stecken. Sebastian rutschte auf die nächste Holzbank und massierte sich die Schläfen.

Es dauerte zehn Minuten, bis sich der Schmerz langsam wieder auf den Nacken begrenzte. Hier konnte er mit ihm umgehen, vorerst. Weiter.

Der Täter war wütend auf ... Wesel, weil er den *Seerosenhof* nicht schloss. Er hatte den Beweis. Gestern Abend bei seiner Aktion war er fündig geworden. Drei handgeschriebene Drohbriefe an den Leiter Ludwig Wesel.

Sebastian griff in die Innentasche seines Blousons, zog die Kopien, die er in Wesels Büro gemacht hatte, aus der Tasche, faltete sie auf und las den ersten Brief: *Der Seerosenhof muss geschlossen werden, sonst gibt es Tote.* Der zweite Brief enthielt denselben Wortlaut. Erst der dritte Brief: *Das ist die letzte Aufforderung! Wird der Seerosenhof nicht sofort geschlossen, gibt es weitere Tote!*, ließ darauf schließen, dass er Wesel erst erreichte, nachdem der erste, wenn nicht sogar der zweite Mord geschehen war. Warum informierte er nicht die Polizei? War das die Verbindung? Doch warum war der Täter so voller Hass auf den *Seerosenhof*, dass er drei Menschen umbrachte? Und warum diese drei Personen? Die stärksten Motive für Mord waren Hass, Liebe und Geld.

Welches traf in diesem Fall zu?

Sebastian ging zum Eingang des Hotels *Heiderose* und lehnte sich an die mit Butzenscheiben verglaste Eingangstür. Der Täter war Andresen gefolgt. Wo hielt er sich versteckt?

In der Hotelhalle? Zu auffällig. Die Rezeption, die Menschen. Hörte er sich den Vortrag an? Möglich. Nein. Höchstwahrscheinlich. Auf dem Dorf fiel jeder auf, der länger als eine Stunde auf einem Fleck stand. Im vollen Gemeindesaal war er einer von vielen.

Schlaues Kerlchen.

Wie alt waren die Menschen, die einem Vortrag über den Seitensprung bei Mann und Frau und seiner soziologischen Entwicklung lauschten? Zwanzig? Ein eher uninteressantes Thema für diese Altersklasse. Dreißig, vierzig? Zu beschäftigt, eigene Fehltritte zu verbergen. Fünfzig, sechzig oder darüber? Midlife-Crisis. Neuanfänge. Vorstellbar.

Der Täter war kein junger Spund mehr, das stand für Sebastian fest. Er war gesetzt. Ende fünfzig. Mitte sechzig. Besaß gute Ortskenntnisse, da er aus der Gegend stammte oder in unmittelbarer Nähe wohnte. Er brauchte Zeit, um seine Opfer zu beobachten, sie auszukundschaften. Was taten sie, wo wohnten sie, wo gingen sie hin, und vor allem, wie kam er an sie heran?

Ein Leichtes bei Andresen. Kurz vor Ende des Vortrags verließ er den Gemeindesaal und wartete, bis Andresen mit seinem Fahrrad das Hotel verließ. Nur wo? Sebastian sah sich um.

Auf der anderen Straßenseite an der Mauerwand des *Brunnencafés*? Ein Haus weiter an der *Heidjer-Kate*? Nein. Trotz fehlender Straßenlaternen zu auffällig. Am Dorfteich? Oder bei den Bänken? Folgte er ihm zu Fuß, oder besaß er auch ein Fahrrad? Nein, er wäre zu gehandicapt. Er brauchte Raum zum schnellen Agieren. Er plante einen Straßenüberfall, eine Tat unter freiem Himmel. Alles musste innerhalb von Sekunden passieren, also musste er in dem, was er vorhatte, gut sein, sehr gut. Und er musste es irgendwie anstellen, dass Andresen langsamer vorankam, er ihm problemlos folgen konnte.

Sebastian sah auf die Uhr. Noch eine halbe Stunde. Zeit für einen Besuch in Rikes Patientenzimmer und der Küche im *Seerosenhof*.

53 Mark trudelte um 12.30 Uhr auf der Wache ein. Sein Vater und der Granatapfelkeks hielten ihn in der Fabrik. Doch mehr als Frauke Bartels Inka bereits erzählt hatte, hatte auch Mark nicht zu berichten. Staatsanwalt Jankowitz erreichte erst am Montag den Richter. Es nützte nichts. Der Dorfrhythmus setzte ein, zumindest bei ihnen auf der Wache. Vor der Wache war der Pulk von Journalisten und Kameramännern allgegenwärtig. Selbst das Wochenende konnte sie nicht abschrecken, ihre Gerätschaften aufzubauen und jeden, der in das Gebäude wollte und nur ansatzweise nach Polizist aussah, ein Mikrophon entgegenzustrecken.

Da Paula mit Blümchen und Enrico den Wildpark besuchte, Jana ihr die Arbeit in den Ferienwohnungen auf dem Sundermöhren-Hof abnahm, fand Inka Zeit, sich um den leidigen Papierkram zu kümmern, der ihr sonst den Montagmorgen verhageln würde.

Nach eineinhalb Stunden drückte sie Mark die letzte Seite Schreibkram über den Mord an Viola Lassnik auf und verschwand aus dem Büro. Sie würde nach Stade fahren, im Media Markt ruck, zuck eine Freisprechanlage kaufen, die sie bei Elektro-Albers in Hanstedt vergeblich gesucht hatte, und Paula von Teresa abholen. Um 15 Uhr wollten Blümchen und Enrico aus dem Park zurück sein. Eine gute Stunde Fahrtzeit und fünfundsiebzig Kilometer lagen vor ihr. Das war zu schaffen.

Um 14.32 Uhr passierte Inka das Ortsschild Stade. Am Media Markt parkte sie den Wagen. Sie stieg aus, und ein Windhauch wehte ihr den verführerischen Duft von Pommes und Bratwurst unter die Nase. Hatte sie eigentlich seit heute Morgen etwas gegessen?

»Packen Sie bitte eine Portion Pommes und eine Thüringer zum Mitnehmen ein«, rief sie dem dicken Mann zu, der im Imbisswagen hinter seinem Tresen stand. »Mit Mayo, Ketchup und Senf. Ich komme gleich wieder.«

Ein Auszubildender in rotem Hemd, der freundlich lächelnd auf sie zukam, erklärte ihr geduldig, dass sie erst ein Radio mit Bluetooth, ebenfalls ein neues Handy mit dieser Funktion kaufen müsse, da ihr altes nicht kompatibel sei, diese miteinander zu koppeln seien und sie erst dann die Freisprechanlage betätigen könne.

Mit ruck, zuck eine Freisprechanlage kaufen war es vorbei.

Aber, sagte der Auszubildende, sie hätte Glück, ein Radio und ein Handy seien gerade eine Werbeaktion. Inka fluchte, als sie den Preis sah. Werbung hin oder her. Vor ihren Augen ratterten ihre Kontozahlen wie Börsenkurse auf der Anzeigentafel kurz vor dem Welt-Crash.

Nein, erklärte sie dem siebzehn- oder achtzehnjährigen Mann im roten Einheitsmarkthemd und aufgesticktem schwarzen Werbeschriftaufdruck vor dem Werbeangebot. Sie wolle keinen Schnickschnack. Keine Apps und Links und Internetseiten, auch kein zusätzlich eingebautes Radio, Navigationsgerät, Taschenlampe und was sonst noch alles in den technischen Dingern steckte. Sie wollte telefonieren, eine SMS verschicken und eine Freisprechanlage anschließen. Mehr nicht.

Der Auszubildende, der mit einer seelenvollen Ruhe vor ihr stand, lächelte sie an wie ein Pfarrer, der ihr die Absolution erteilte.

Inka fragte sich, ob er sie im technischen 21. Jahrhundert, wo es ständig überall piepste, vibrierte und alle möglichen Klingeltöne ertönten und jeder unter dreißig nur noch sein Handy für Konversation benutzte, für veraltet hielt. Ganz sicher. Dass sie sich so fühlte, hatte er jedenfalls hingekriegt.

Mit jeweils einem Paket unter dem Arm stellte sie sich an die Kassenschlange hinter einen Mann, der mit seiner weiblichen Begleitung einen riesigen Fernseher auf dem Einkaufswagen transportierte und über dessen Größe lautstark diskutierte. Er wollte den großen mit dem schwarzen Klavierlack, sie wollte lieber den kleineren Fernseher mit weißem Rand.

»Sie können auch zum Bezahlen rüberkommen.« Eine Verkäuferin von der Nebenkasse winkte Inka freundlich zu und befreite sie aus dem Fernsehstreit.

Es war halb vier, als Inka mit Magenschmerzen bei Teresa im Institut eintraf. Die Pommes und die Bratwurst fochten einen Ringkampf aus. Warum sollte das auch einmal gutgehen?

Auf dem Flur lief ihr Paula stürmisch in die Arme und plapperte ununterbrochen über ihre Erlebnisse mit Blümchen und Enrico und die vielen Tiere, die sie im Park gesehen, gefüttert und gestreichelt hatte.

»Und hat sie sich noch gekratzt?«, wollte Inka in einem von Paula unbeobachteten Moment von Blümchen wissen.

»Nee, sie hat, glaub ich, gar nicht dran gedacht. Sie ist ein echt tolles Mädchen.«

»Danke euch«, sagte Inka, »ich mache es wieder gut.«

»Gibt's nichts gutzumachen«, mischte sich Enrico ein. »Haben wir gern getan. Nicht wahr, meine Zuckerblume?« Er drückte Lena Blume an sich und zwinkerte ihr verschwörerisch zu.

Inka grinste noch einmal verzerrt, dann hielt sie sich die Hand vor den Mund und rannte los Richtung Toilette.

Fünf Minuten später tauchte sie kreidebleich wieder auf.

»Was ist mit dir los?«, fragte Teresa besorgt. »Nein, sag nichts. Da ich nicht glaube, dass du schwanger bist, hast du etwa wieder …«

»Ja. Beim Media Markt. Bratwurst und Pommes. Heute ist nicht mein Tag.« Mit ausgestreckten Beinen und hängenden Armen ließ sie sich auf den Besucherstuhl vor Teresas Schreibtisch fallen.

»Du lernst es nie. Auch noch Mayo, Ketchup und Senf?« Teresa warf ihr einen vorwurfsvollen Blick zu.

Inka nickte.

»Selber schuld. Wo die Liebe hinfällt. Hier, trinken, das päppelt dich wieder auf.« Teresa hielt ihr ein Glas mit milchiger Flüssigkeit vor die Nase.

»Das sieht aus wie …« Schuldbewusst sah Inka ihre Freundin an, nahm einen kräftigen Schluck und verzog das Gesicht. »Das ist bitter«, quakte sie.

»Medizin muss bitter schmecken, sonst wirkt sie nicht.«

»Das hab ich heute schon mal gehört.« Sie wischte sich mit dem Handrücken über den Mund.

»Von wem?«

»Andermal, Terry.« Kraftlos winkte sie ab.

54 Der Spätsommer legte sich ordentlich ins Zeug und wartete mit dreiundzwanzig Grad auf, als Inka eine halbe Stunde später mit Paula auf dem Weg nach Undeloh war. Dank Teresas Zaubertropfen beruhigte sich ihr

Magen, und Blümchens Zwieback tat sein Übriges. Was stopfte sie sich auch dieses Zeug rein? Sie wusste doch, dass sie spätestens zwei Stunden nach ihrer Gier alles auskotzte.

Inka klappte die Sonnenblende herunter, setzte die Sonnenbrille auf und drehte die Musik leiser, um Paula nicht zu wecken. Normalerweise haute Paula nichts so leicht um, aber der Tag mit Blümchen und Enrico im Park hatte sie geschafft.

Inkas Tag reichte für eine Woche. Sie war hundemüde und sehnte sich nach einem heißen Bad und ihrem Bett. Allerdings musste sie erst Harlekin von der Weide holen und versorgen. Harlekin. Schlagartig fielen ihr Rübezahl und Wesel ein.

Sie fuhr in Rade auf den Edeka-Parkplatz, wühlte ihr Handy aus der Handtasche und suchte im Register der letzten angekommenen Anrufe nach Sebastians Telefonnummer. Nichts. Sie wählte die Nummer des *Seerosenhofs*.

»Geben Sie mir bitte das Zimmer von Herrn Sebastian Schäfer«, bat sie die Frau, die sich am anderen Ende mit näselnder Stimme meldete. Inka sah die Frau direkt vor sich. Hellblaues Kostüm, gleichfarbige Pumps und am Revers die silberfarbene Seerose. Das Erkennungszeichen der psychosomatischen Einrichtung *Seerosenhof*.

»Einen Moment, bitte. Ich verbinde Sie.«

Inka fragte sich gerade, ob es Mitschnitte der Gespräche gab, als Sebastian nach dem ersten Klingelzeichen den Hörer abnahm.

»Ja.«

»Inka Brandt am Apparat. Herr Schäfer, wir waren heute um 18 Uhr verabredet, ich muss leider absagen.«

»Das ist schade, denn ich glaube, das, was ich Ihnen zeigen wollte, brächte für den Fall durchaus interessante Einblicke.«

»Dann sagen Sie es mir am Telefon. Ich bin ...«

»Nein«, fuhr ihr Sebastian ins Wort. »Das geht nicht. Wie sieht's morgen aus?«

Inka stöhnte innerlich auf. Den Sonntag, den einzigen Tag der Woche, wollte sie mit Paula verbringen. Ihr schlechtes Gewissen verfolgte sie seit Tagen.

»Meinetwegen«, sagte sie schleppend. »Treffen wir uns um 11 Uhr am Dorfteich. Ich bringe Harlekin mit, und wir reiten in die Heide.«

»Muss das unbedingt sein? Ich komme lieber zu Ihnen, wir könnten uns wieder auf Ihre Terrasse setzen und ...«

»Nein«, unterband Inka forsch. Sie fragte sich, ob Sebastian einen Grund suchte, um da weiterzumachen, wo sie gestern Abend aufgehört hatten. Wenn, dann war er bei ihr an der falschen Adresse. Sie hatten gestern Abend ein Glas Wein getrunken, sich nett unterhalten, und das war's. Für mehr war sie nicht bereit. Sie wollte keinen Mann im Haus. Keine Konflikte, Fragen oder Ungereimtheiten. Paula und sie mussten zur Ruhe kommen. Fürs Erste.

»Bitte«, sagte er auch schon, »verstehen Sie mich nicht falsch, Frau Brandt. Es war nicht so gemeint, wie es sich vielleicht angehört hat. Ich suche keine ... Nun, ich dachte nur, dass ein privater Rahmen ...«

»Lassen wir es so, wie es ist«, erwiderte Inka eisig. »Wir sehen uns morgen früh am Dorfteich.«

Als sie am Sundermöhren-Hof eintraf, herrschte dort noch immer Hochbetrieb. Vom Haupthaus wehte der Duft von Gebratenem herüber, und aus den oberen geöffneten Zimmerfenstern drang Stimmengewirr. Hinter dem Haus lachten, kreischten und spielten die Kinder der Feriengäste auf dem Spielplatz, den Tim letztes Jahr mit Rutschen, Schaukeln und einer riesigen Tunnelanlage zum Verstecken angelegt hatte.

Eine gute Investition.

Seit der Neueröffnung vor zwei Jahren war der Sundermöhren-Hof ständig ausgebucht. Es schien, als hätte Undeloh nur auf dieses Ferienhaus gewartet. Sogar in den Herbst- und Wintermonaten, wo Hotels und Pensionen der Gegend nur mageren Zulauf verbuchten, waren die Zimmer des Biohofs regelmäßig belegt. Tim und Hanna, die für ihre Gäste täglich ein Rundumsorglospaket schnürten, bewiesen gutes Gespür.

Jeder Gast, ob groß oder klein, fand in Undeloh oder der nahen Umgebung der Lüneburger Heide sein Vergnügen. Naturfreunde sammelten Pilze, wanderten, fuhren Rad, galoppierten mit Pferden durch die Heide oder unternahmen Kutschfahrten. Kulturinteressierte besuchten Kirchen, Schlösser, Burgen, das Heimatmuseum *Dat ole Huus*, ein beliebtes Ausflugsziel oder fuhren nach Hamburg ins Musical. Wer auf Action setzte, war im Heide-Park-Resort in Soltau gut aufgehoben, und für Wellness und Erholung sorgten zahlreiche Bäder und die einzigartige Salztherme in Lüneburg.

Durch die Frontscheibe nickte Inka einem jungen Pärchen zu und ließ den Wagen auf den Parkplatz an der Birke mit dem Schild »Privat« rollen. Vorsichtig klickte sie Paula aus dem Kindersitz. Die Kleine schlummerte tief und fest.

Rocky und seine graubraun getigerte Katzenfreundin *Bonny* lagen aneinandergekuschelt wie ein Liebespaar, ihre Vorderpfoten jeweils über den Körper des anderen gelegt, vor der Tennentür und genossen die aufgeheizte Restwärme der Pflastersteine.

Ein seelenvolles Bild. Inka lächelte.

55 Nachdem sie Paula ins Bett gebracht und Jana gebeten hatte, auf die Kleine aufzupassen, holte sie Harlekin von der Weide.

Als sie dem Haflinger seine täglichen Vitamin-Pellets in den Hängetrog füllte, bemerkte sie, dass es die falsche Sorte war. »Verdammt«, fluchte sie. »Da hab ich nicht aufgepasst. Was meinst du, mein Schöner, wollen wir noch mal los und deine richtigen Leckerlis besorgen?«

Der Haflinger wieherte und nickte mit dem Kopf.

»Ich wusste, wir verstehen uns«, sagte Inka und klopfte Harlekins Hals.

Bis zu Hofstettens Gestüt ritt sie im gemütlichen Tempo knapp sieben Minuten. Arno von Hofstetten saß im Sattel eines Haflingers und trabte Richtung Ställe, als Inka ihm ein lautes »Hallo« zurief.

Inka stieg ab, und Arno tat es ihr gleich. Beide zogen ihre Pferde an den Zügeln hinter sich her, als sie aufeinander zugingen.

»Na, Inka. Wie geht's?« Hofstetten nahm Inka in den Arm und drückte ihr einen Kuss auf die Wange. Sein Menjoubärtchen pikste.

»Alles okay. Danke. Ich war vorgestern bei euch. Femke hat mir die Pellets für Harlekin gegeben, aber es sind die falschen.« Sie holte den Beutel aus der Satteltasche. »Können wir tauschen?«

»Klar«, bestätigte er und sah auf die beiden Haflinger, die ihre Köpfe gegeneinanderrieben. »Sieh mal, er erkennt seinen Bruder. Hast es dir überlegt? Willst ihn haben?«

Inka hob die Schultern. Harlekin und sein Bruder Bajazzo waren ein Herz und eine Seele. Nein zu sagen fiel ihr verdammt schwer, denn gerne hätte sie ein zweites Pferd gekauft, doch sie war fast pleite. Ihre paar Kröten reichten gerade bis zum Monatsende.

Arno von Hofstetten schien Inkas Zerrissenheit zu bemerken. »Ich mach dir einen Freundschaftspreis. Gib mir dreieinhalbtausend, und er wird ein Sundermöhren-Pferd.«

Inka blies die Wangen voll Luft. »Das ist viel Geld, Herr von Hofstetten.«

»Herr von Hofstetten? Seit wann bist du so förmlich? Du hast Femke die Windeln gewechselt, sie gefüttert und mit uns am Tisch gesessen und Geburtstage gefeiert. Jeden Herbst ist dein Vater mit uns auf die Jagd gegangen. Deine Eltern sind unsere Freunde. Wie geht es ihnen überhaupt?«

Inka verkniff sich ein Grinsen. Arno von Hofstetten neigte zur Übertreibung. Ihre Eltern duzten sich mit den Hofstettens, keine dorfunübliche Sitte unter Hofbesitzern. Zur Herbstjagd ging heute noch das halbe Dorf, und von Freunden konnte auch keine Rede sein. Selbst die Geburtstage waren Kindergeburtstage, an denen Inka als Notnagel diente, da zu Femkes Ehrentag selten Gäste eintrudelten.

»Gut«, sagte sie, »es geht ihnen gut. Ich glaube, sie wollen den Globus umrunden.«

Hofstetten nickte. »Das Wohnmobil ist das Beste, was ihnen passieren konnte. Endlich aus dem muffigen Dorf raus. Ich wohne seit siebenundsechzig Jahren hier, aber weiter als vier Wochen Helgoland bin ich nicht gekommen. Und das auch nur, weil Konstanze das Meer und diese unförmigen fetten Fische, die sich faul am Strand tummeln, sehen wollte.« Er strich sich sein gestutztes Bärtchen glatt. »So, und jetzt sag: Das Futter für das erste Jahr und falls Tierarztkosten anstehen, was ich aber nicht glaube, Bajazzo ist pudelgesund, schenk ich dir.«

»Ich überlege es mir«, erwiderte Inka mit Blick auf die beiden Brüder. »Kann ich ihn mir morgen Vormittag zum Ausreiten ausleihen?«

»Klar, ich lasse ihn für dich satteln.« Hofstetten fühlte sich siegessicher. Er schenkte Inka ein väterliches Lächeln.

»Sag mal ...« Inka überlegte, ob sie zu der amtlichen Frage, die ihr auf der Zunge lag, wieder das förmliche »Sie« verwenden sollte, entschied anders und fuhr fort: »Arno, wo ...« Inka stoppte. Sie sollte diplomatischer vorgehen. Sie begann neu: »Arno, wo werdet ihr die Hochzeit von Femke und Lukas feiern? Bei euch oder auf Deerbergs Gut?«

»Ach, was weiß ich! Die beiden machen einen Zampano. Das geht mir so auf die Nerven. Kannst du nicht mit Femke und Lukas reden! Du kennst die beiden, sie hören auf dich.«

»Ich? Was soll ich Lukas sagen? Hör auf mit deinen Abenteuern, und heirate endlich deine Verlobte.«

Arno von Hofstetten starrte Inka mit offenem Mund an.

»Nun sieh mich nicht so erstaunt an, Arno. Es ist kein Geheimnis, dass Lukas Femke betrügt. Wir leben auf einem Dorf mit funktionierender Nachrichtenzentrale.« Und das aus ihrem Mund. »Ein Geheimnis ist nur«, fuhr sie fort, »warum Femke sich das von Lukas gefallen lässt. Darüber sollte ich mit ihr sprechen.«

Von einer Sekunde zur anderen verdunkelte sich Arno von Hofstettens Gesicht. Seine natürliche Bräune vertiefte sich. Er steckte die Hände in die Taschen seiner dunkelblauen Steppjacke und schnaufte durch die Nase ein und aus. »Das lässt du schön bleiben«, zischte er Inka an. »Das ist Familiensache und hat nichts mit dir zu tun.«

Inka zählte innerlich bis zwanzig, ohne Hofstetten aus den Augen zu lassen, dann fuhr sie fort: »Aber es geht mich was an, wenn mein Fall mit Lukas und Femke im Zusammenhang steht.« Sie blickte Arno von Hofstetten fest in die Augen. Sein rechtes Auge war tiefblau, das andere glänzte mit hellerem Schimmer wie das eines Huskys.

»Was?« Hofstetten lachte unnatürlich laut auf. »Du glaubst, dass Lukas oder Femke die drei aus dem Irrenhaus auf dem Gewissen haben? Da galoppierst du aber auf dem falschen Weg, Mädchen!«

»Das hoffen wir, Arno. Was aber Fakt ist, Lukas amüsiert sich gerne mit verheirateten jungen Damen aus dem *Seerosenhof*. Und keine Frau, weder aus Stadt noch Dorf, und schon gar nicht Femke, würde das nicht merken und sich damit abfinden. Also, Arno, warum ist Femke seit ihrer Verlobung lammfromm und hält ihr sonst so vorlautes Mündchen?«

»Sag du es mir, Inka.«

Inka zögerte. Sollte sie in die Offensive gehen und Arno sagen, dass sie wusste, dass er pleite war und er Femke an Lukas verschachern wollte, um sich finanziell zu sanieren? Doch was war, wenn diese Aussagen nicht stimmten und Rübezahl nur Dorfgetratsche weitergetragen hatte? Nicht jeder Undeloher Bauer war mit dem Nachbarn Freund. Manch einer gönnte dem anderen nicht das kleinste Quäntchen Stallmist unter dem Nagel. Und Gerüchte entstanden schnell. Lukas betrog Femke. Aber das war bisher auch alles.

Sie sollte mit Femke reden.

»Wo warst du Montag dieser Woche in der Zeit von 20 Uhr bis 23 Uhr?«, fragte sie stattdessen und traf ins Wespennest. Ebenso gut hätte sie mit Handschellen wedeln können.

Arno von Hofstetten legte die Stirn in Falten und warf Inka einen Blick zu, der etwas mit einer angreifenden Horde Rodeostiere gemeinsam hatte.

»Ob ich ein Alibi habe, meinst du wohl«, antwortete er ruppig und winkte Benny dem Stallburschen. »Bring Bajazzo in die Box, und mach' ihn sauber. Aber bring Inka vorher die Pellets mit dem grünen Aufdruck«, befahl er, und an Inka gewandt: »Und wofür brauch ich das? Verdächtigst du mich?«

»Wir verdächtigen im Augenblick jeden aus der Umgebung«, bemerkte Inka vorsichtig. »Die Ermittlungen laufen.«

»Und das schleppend, wie mir scheint, da euer Chef Fritz es vorzieht, sich das Fell auf dem Sonnendeck eines schwimmenden Hochhauses zu sonnen.«

Was sollte diese Anspielung? Inka versuchte ein Lächeln, dann sagte sie: »Fritz weiß um die Fähigkeiten seiner Mannschaft. Und ich hätte gerne eine Antwort.«

Arno von Hofstetten schnaufte kurz, dann drehte er sich um und ließ Inka stehen.

Jetzt war Zeit für einen Angriff. Getratsche hin oder her. Wahrheit ja oder nein.

»Wir wissen von deiner Insolvenz, Arno«, spuckte Inka ihm in den breiten runden Rücken.

Arno von Hofstetten drehte sich abrupt um. Hofstetten war ein feister Mann in Inkas Größe. Seine weißen, vollen Haare lagen links gescheitelt und akkurat geschnitten über einem runden Kopf. Er duftete nach einem Rasierwasser, das Inka an übersüßten Honig-Bananen-Quark erinnerte. Früher, als Kind, fand sie es wunderbar, war heimlich in sein Badezimmer geschlichen, um sich etwas davon auf den Pullisaum zu träufeln. Heute schüttelte sie sich vor dem aufdringlichen Duft.

»Und wir wissen auch, dass du Femke an Lukas verheiraten willst«, das Wort *verschachern* schenkte sie sich, »damit du finanziell saniert bist. Der Deerberg-Hof steht für Qualität. Und wir wissen ebenfalls, dass Victor Deerberg seinen Sohn unter die Haube bringen will, damit er mit deinem Weideland expandieren kann«, setzte sie nach. Jetzt war es raus.

Arno von Hofstetten schluckte ein paarmal und sagte in maßregelndem Ton: »Ich wiederhole, Inka. Auch das sind Familienangelegenheiten, die dich nichts angehen.«

»Mich nicht, aber die Polizei.«

Er kam auf Inka zu und stellte sich ihr gegenüber. »Inka«, sagte er, sein Atem stank fischig, »du überschreitest deine Grenze.«

»Das bin ich gewohnt«, entgegnete Inka. »Wo warst du am Montagabend, als Robert Andresen ermordet wurde, in der Zeit von 20 Uhr bis 23 Uhr?« Ihre Stimme hatte die angemessene Schärfe.

Hofstettens Kiefer mahlten. »Im Stall. Ich war im Stall bei dem verrücken Pensionspferd. Es hat wieder mal gebockt. Wäre es meins, wäre es längst beim Abdecker. Aber des Menschen Wille ... Wie auch immer. Ich wollte es beruhigen. Bist du jetzt zufrieden?«

Inka ging auf die Frage nicht ein. »Und wie hast du es beruhigt?«

»Sein Besitzer gab mir Tropfen, für den Fall, dass er wieder rumturnt und die Box auseinandernimmt.«

Ketamin, lag Inka auf der Zunge, doch sie fragte: »War Konstanze auch im Stall?«

»Nein. Du weißt, mit Pferden hat sie nichts am Hut.«

Inka nickte. Konstanze, Arnos Frau, besaß eine Boutique für Abendmode in Lüneburg. Außer zur jährlichen Herbstjagd im Oktober sah Inka sie höchstens ein- oder zweimal im Sattel.

»Aber sie hat dich gesehen, als du in den Stall gegangen bist, oder?«

»Frag sie doch.«

»Morgen, wenn ich Bajazzo hole. Ich bin kurz vor 11 Uhr da. Grüß sie schön und danke.«

Arno von Hofstetten nickte und marschierte Richtung Ställe, aus denen Benny mit einem weißen Fünfkilobeutel mit grünem Schriftaufdruck angeeilt kam.

56
Vom Hofstetten-Gestüt ritt Inka zum *Seerosenhof*.

Sie band Harlekin an die Laternenstange vor dem Eingang und eilte ins Foyer. Eine Stille wie in der St. Magdalenenkirche zum sonntäglichen Abendmahl schlich durch das Haus.

Inka warf einen Blick durch die offene Tür des großen Speiseraums. Kaum ein Tisch war besetzt. Sie zählte achtzehn Personen, die meist alleine an einem Tisch saßen und ihr Abendbrot einnahmen. Der Springbrunnen in der Mitte war ausgestellt, die Waldnymphen sahen traurig in ihre ausgetrockneten Krüge, und die grüne Apfelpyramide war auf fünf Früchte zusammengeschrumpft.

»Was ist denn bei Ihnen los? Hier herrscht ja gähnende Leere«, fragte sie Frau Plunder, die an der Anmeldung saß und ebenso traurig wirkte wie die Waldnymphen aus dem Speisesaal.

»Abgereist, fast alle unsere Gäste sind abgereist«, sagte sie mit ihrer tiefen rauchigen Stimme.

»Warum?«, wollte Inka wissen, obwohl sie den Grund erahnte.

»Wir sind eine private psychosomatische Einrichtung, Frau Brandt. Unsere Patienten, Gäste«, verbesserte sie, »zahlen viel Geld für ihren Aufenthalt. Dafür verlangen sie eine gewisse Sicherheit. Und nachdem ... Nun, drei Todesfälle sind kein gutes Zeugnis für unser Haus. Vier Kolleginnen haben die Berliner Investoren bereits gekündigt.«

Inka nickte mitfühlend. »Ist Herr Wesel im Haus?«

»Ja. Seit den ... Nun, er verlässt kaum das Haus und bleibt auch über Nacht.«

»Frau Plunder, ich muss Sie das fragen, und bitte, antworten Sie mir. Nur so kann ich Ihnen vielleicht helfen. Wissen Sie von einer Bedrohung gegen den *Seerosenhof*?«

Frau Plunder druckste herum, und Inka sah ihr an, dass sie mit den Worten haderte. »Ja. Ludwig, Herr Wesel, ich habe mit ihm geredet. Wir kennen uns, nun nicht das, was Sie denken ... Ich meine, wir kennen uns schon sehr lange. Ich war in Buchholz seine Sekretärin, als er noch seine Praxis hatte.«

»Was hat er Ihnen erzählt, Frau Plunder?«

»Frau Brandt, ich bin nicht befugt, Ihnen Auskunft zu erteilen. So gerne ich das auch möchte. Doch als Vertraute ...«

»Schon gut. Ich verstehe«, erwiderte Inka. Sie hätte sie auf die Wache bestellen und unter Druck setzen können, doch wie sie Frau Plunder einschätzte, würde sie ihr auch dann nichts verraten. »Bringen Sie mich bitte zu Herrn Wesel.«

»Gern. Vielleicht können Sie uns ...«

Auch wenn Frau Plunder nicht weitersprach, wusste Inka, was ihr auf dem Herzen lag. Zum ersten Mal tauchte in diesem sonst so strengen Gesicht der Seerosenfrau eine Regung von Angst und Sorge auf, die Inka nachdenklich stimmte. »Es wäre besser gewesen, Sie hätten mit mir geredet. Aber ich werde sehen, was ich tun kann«, sagte Inka mit gedämpfter Stimme.

Sie warf einen schnellen Blick vor den Eingang auf Harlekin und folgte Frau Plunder bis zur Schiebetür, die Ludwig Wesels Büro vom Rest des Hauses trennte.

»Bitte.« Frau Plunder nickte, und Inka sah, wie ihre Mundwinkel ein kleines bisschen nach oben gingen.

Ludwig Wesel saß in dem Sessel in der Sitzecke, und Inka schien es, als würde er schlafen.

»Guten Abend, Herr Wesel«, grüßte sie und trat vor den Leiter, »ich würde Ihnen gerne eine Frage stellen.«

»Guten Abend, Frau Kommissarin.« Wesel hob den Kopf, stand auf und reichte Inka die Hand. Es war ein kraftloser Händedruck aus einer klammen Hand. »Bitte«, sagte er, »setzen Sie sich.« Er wies auf den gegenüberstehenden cremefarbenen Ledersessel. Sein freundliches Koboldlächeln war verschwunden. Nichts mehr erinnerte an den Ich-kann-dir-alles-erzählen-Blick. Um seine Augen lagen dunkle Schatten, seine Arme hingen schlapp an seinen Schultern, als wären sie aus der Verankerung gerissen.

»Herr Wesel. Ich hörte, Sie schließen den *Seerosenhof*.«

»So, wer sagt das?«

Inka überhörte die Frage und fiel mit der Tür ins Haus. »Ich hörte auch, dass Sie bedroht werden?«

Ludwig Wesel rutschte unruhig im Sessel hin und her. »Wer kommt auf diesen Blödsinn?«

»Zwei Mitarbeiter von Ihnen und eine Patientin sind ermordet worden. Da ...«

Wesel ließ sie nicht aussprechen. »Das hätte überall geschehen können. Dass es bei uns im Haus passiert ist, war Zufall.«

»In meinem Beruf gibt es keine Zufälle, Herr Wesel. Bei uns gibt es Fakten, Indizien und Täter. Und alle Fäden führen zu Ihnen ins Haus. Und jetzt frage ich Sie noch einmal. Kann es sein, dass Sie bedroht werden und Sie aus diesem Grund den *Seerosenhof* schließen wollen, weil Sie Angst um Ihre Patienten ... Gäste«, berichtigte Inka sich, »und Mitarbeiter haben?«

»Nein«, antwortete Wesel mit fester Stimme, »das stimmt so nicht.«

»Sondern?« Inka wartete einen Augenblick, bevor sie sagte: »Herr Wesel, ich kann Ihnen helfen, doch nur, wenn Sie sich auch kooperativ zeigen.«

Ludwig Wesel schüttelte den Kopf. »Ich werde den *Seerosenhof* nicht aufgeben und schließen.«

»Über kurz oder lang wird Ihnen nichts anderes übrigbleiben. Wie viele Patienten sind in dieser Woche abgereist? Fünfzig?«

»Siebenundfünfzig«, antwortete Wesel matt. »Heute Morgen der siebenundfünfzigste.«

»Sehen Sie. Und so geht es weiter, bis nur noch Sie übrigbleiben. Und was glauben Sie, wie lange die private Berliner Investorengemeinschaft mitspielt, Herr Wesel? So ein Haus kostet Unterhalt. Vier Mitarbeiter haben bereits ihre Arbeit verloren. Und in drei Monaten läuten nicht nur in der Stadt, sondern auch bei uns die Weihnachtsglocken.«

Ludwig Wesel setzte sich aufrecht hin, dann sagte er mit fester Stimme: »Das machen Sie richtig gut, Frau Brandt. An Ihnen ist eine Psychologin verlorengegangen. Aber ich kann Ihnen nicht helfen.«

»Das ist schade, Herr Wesel. Ich hätte Sie für klüger gehalten.« Inka stand auf. »Falls Sie es sich überlegen ...« Sie schob ihre Karte auf den Chrom-Glastisch neben eine halbvolle Kaffeetasse, »rufen Sie mich an. Jederzeit.«

57 Der Sonntagmorgen begann für Inka um sechs Uhr. Paula tobte putzmunter durch die Wohnung. Um acht Uhr stand Mark mit Brötchen vor der Tür.

Zwei Stunden wälzten sie den Fall hin und her und betrachteten jede Möglichkeit von allen Seiten. Wer hatte Andresen, die Paulsen und Viola Lassnik getötet? Inka und Mark waren sich einig, dass nur ein Täter für die drei Morde in Frage kam.

Lukas schied als Täter ebenso aus wie Rikes Ehemann und Femke. Marquardt, Andresens Kollege, war in der Muckibude, während Andresen seinen Vortrag hielt.

Auch seine Aufenthalte zu den Todeszeiten von Mareike Paulsen und Viola Lassnik konnte er genauestens belegen.

Lukas hätte seine Gespielinnen nicht umgebracht. Für Rikes Ehemann gab es keinen Grund, eine Köchin und einen fremden, noch dazu schwulen Therapeuten umzubringen. Femke, die Lukas' Eskapaden duldete, wie sie Mark gestanden hatte, fiel, auch wenn sie diesbezüglich nicht die Wahrheit sagte, ebenso aus der Liste der Verdächtigen. Doch was war mit Ludwig Wesel? Sebastian Schäfers Angaben stimmten bis ins letzte Detail, daran gab es nichts zu rütteln. Wesel wurde bedroht. Aber warum machte er nicht den Mund auf?

Es war halb elf, als Mark sich verabschiedete und sich auf den Weg zu Victor Deerberg machte. Sein Auftreten im Büro stimmte hervorragend mit ihren neuen Informationen überein. Und sein Motiv, einige von Lukas' Gespielinnen aus dem Weg zu räumen, damit sein Sohn endlich zur Vernunft kam und er an Hofstettens Weidefläche gelangte, war ein Motiv, das in Inka zwar gewaltiges Unbehagen auslöste, aber es war eins. Und was war mit Arno von Hofstetten? Seine Insolvenz drückte ihn gegen die Wand, eindeutig. Doch konnte er drei Menschen töten? Inka und Mark kannten ihn seit Kindesbeinen. Er hatte sie huckepack über das Gestüt getragen, mit ihnen herumgealbert und ihnen Reiten beigebracht.

Sie brauchte Wahrheiten.

Inka riss sich aus den Gedanken, kontrollierte den Sattel und ritt mit Harlekin zum *Hofstetten-Gestüt*.

Arno von Hofstetten grüßte sie von weitem mit einem breiten Lächeln. »Bajazzo ist fertig«, rief er ihr zu und verschwand eiligst hinter dem Haupthaus Richtung Ferienwohnungen.

»Danke«, erwiderte Inka winkend. Mit Harlekin am Zügel schritt sie zu den Ställen, wo Benny auf sie wartete.

»Morgen, Benny«, grüßte sie den Mittzwanziger mit dem leichten Downsyndrom. Auf Hofstettens Hof arbeitete er seit elf Jahren und hatte mit der Arbeit bei den Pferden seine Erfüllung gefunden. »Ich bring ihn in zwei, drei Stunden wieder in die Box.«

»Chef sagt, kannst dir ... dir Zeit lassen. Willst ihn kaufen, hat ... hat ... hat er gesagt.«

»Na mal sehen, Benny. Ich bin noch am Überlegen. Sag, Benny, ist Konstanze da?«

»Die ist mit Femke weg ... weggefahren.«

»Hat sie gesagt, wann sie wiederkommt?«

Benny schüttelte den Kopf und lächelte, dann sagte er: »Nee, aber die sahen komisch aus.«

»Wieso?«

»Weiß nicht, irgendwie komisch und lustig auch«, sagte er und lächelte wieder. Er hatte ein schönes ansteckendes Lächeln.

»Danke«, erwiderte Inka, schwang sich auf Harlekins Rücken, nahm Bajazzos Zügel, die ihr Benny reichte, und trabte langsam los Richtung Dorfteich.

58 Sebastian Schäfer saß auf der ersten der zehn neu gezimmerten Bänke am Dorfteich, als Inka mit beiden Pferden am Zügel auf ihn zukam.

»Guten Morgen«, sagte Sebastian. »Sie meinen es ernst, was?«

Seine Frage war überflüssig.

»Morgen, Herr Schäfer. War so abgemacht. Sie reiten mit mir aus und kriegen dafür im Gegenzug ein paar neue Informationen für Ihr Detektivbuch.«

»Ja, wenn ich die von Ihnen bekomme, aber heute habe ich ja welche für Sie, so könnten wir doch ...«

»Nichts da. Reitkappe aufsetzen und rauf auf den Sattel.«

Mit ungelenken Bewegungen stieg Sebastian auf die Bank und hangelte sich von dort weiter auf Harlekins Rücken. Inka verkniff sich das Grinsen.

»Na, wie ist die Luft da oben?«

»Schlecht«, antwortete Sebastian. Er saß auf dem Pferderücken, als hätte er einen Besenstiel verschluckt.

»Wird gleich besser. Wir fangen ganz langsam an. Schön locker bleiben. Harlekin ist ein Sanfter.«

Inka nahm Harlekin am Zügel und führte beide Pferde langsam Richtung Heide.

Nach zwanzig Minuten schwang sie sich auf Bajazzos Rücken.

»Das machen Sie gut, Herr Schäfer«, sagte Inka, die Sebastian beobachtete, der zwar öfter den Hintern aus dem Sattel hob als nötig, doch minütlich mehr Gefühl für Harlekins Schrittfolge entwickelte. »Sie sind ein Naturtalent.«

»Sparen Sie sich Ihre Lobhudelei«, erwiderte Sebastian. »Wie weit ist es noch?«

»Wieso, müssen Sie aufs Klo?«

Sebastian legte die Stirn in Falten. »Machen Sie das eigentlich immer so? Erst loben und dann vergackeiern?«

Inka lachte laut auf. »Kommt auf die Frage an.«

»Meine Frage wäre, wo wir hinreiten.«

»Zum Totengrund.«

»Das hört sich grauenhaft an.« Sebastians Misstrauen gegenüber diesem Ausritt wuchs sekündlich.

»Hören Sie auf zu nörgeln, entspannen Sie sich, und genießen Sie die Aussicht«, gab Inka ihrem Begleiter zu verstehen.

»Das würde ich ja gerne, aber ich sitze auf einem Pferd«, knurrte der ungehalten und warf Inka ein schwaches Lächeln zu.

»Wussten Sie, Herr Schäfer, dass die Lüneburger Heide während der Eiszeit ein Gletschergebiet war?«, fragte Inka mit dem Hintergedanken, ihren Begleiter aus seiner Anspannung zu lotsen.

»Nein. Da habe ich in der Schule gefehlt.«

»Das nehme ich Ihnen nicht ab. Wer als Steuerbeamter arbeitet, hat nie in der Schule auch nur eine Stunde geschwänzt.«

»Von Schwänzen war ja auch nicht die Rede. Ich habe nur gesagt, dass ich beim Geschichtsunterricht über die Lüneburger Heide gefehlt habe. Aber vielleicht kann ich die Stunde ja mit Ihnen nachholen. Erzählen Sie mir etwas über diese unglaublich schöne Landschaft.«

Inka schmunzelte. »Ist das Ihr Ernst?«

»Ich bin nicht der Typ, der erst lobt und dann vergackeiert.«

»Gut zu wissen«, sagte Inka. Sie zögerte noch einen Moment, dann sagte sie: »Also bitte, Geschichtsunterricht à la Inka Brandt. Wenn Sie etwas nicht verstehen, mein Herr, dann bitte melden.«

Sebastian nickte zustimmend.

»Der Temperaturanstieg unserer Erde hat bewirkt, dass die Gletscher Massen an Sand und Steinen hinterlassen haben. So ist ein Geröllstau entstanden und der

Wilseder Berg mit seinen 169 Metern. Er ist die höchste Erhebung der nordwestdeutschen Tiefebene.« Mit dem Arm wies Inka über ein Wacholderwäldchen. »Und um den Berg hat sich ein riesiger Mischwald mit Mooren und Bachläufen ausgebreitet.«

»Und was sind das für komische kullernde und zischende Laute, die wir gerade hören?«, fragte Sebastian.

»Das sind Birkhühner. Es ist Herbstbalzzeit. Leider gibt es nur noch wenige dieser Vögel. Sie gehören zu den bedrohten Tierarten.«

»Aha«, sagte Sebastian, und: »Es ist wunderschön hier.« Selbstversunken saß er aufrecht im Sattel und sah über die Weite der lilablühenden Heidefläche.

»Ja, das ist wahr«, sagte Inka und folgte Sebastians Blick. Es waren diese Momente, in denen sie nie woanders sein wollte.

»Kommen Sie, noch ungefähr fünfhundert Meter, dann sind wir am Ziel.« Sie schnalzte mit der Zunge, gab Bajazzo ein Zeichen mit dem Zügel und galoppierte los.

Am Totengrund banden sie die Pferde drei Meter hinter der Bank an eine hochstämmige Eiche.

»So«, sagte Inka und ließ sich auf die Bank fallen. »Das ist der Totengrund. Es ist eines der berühmtesten Heidetäler der Lüneburger Heide.«

Eine hügelige Talebene, die ein rosa und lila Farbenspiel offenbarte, glühte in der Mittagssonne auf wie beginnendes Heidefeuer.

»Bring mich an den Horizont«, sagte Sebastian staunend und rutschte neben Inka auf die Bank.

»*Fluch der Karibik*, erster Teil. Hab ich auch gesehen.« Sie sah in Sebastians schokobraune Augen.

»Richtig.« Er wandte den Blick wieder auf die Landschaft. »Nur das hier ist viel schöner. Es ist ... ist atemberaubend. Ich wünschte, ich könnte schweben und über jedes einzelne Moosstück, jede einzelne Blüte des Heidekrauts mit den Fingern streichen, mein Gesicht hineintauchen und tief einatmen. Dieses Hoffnungsgrün, kräftiges Flaschengrün, wechselnd ins Seegrün, das alles verschmelzen lässt zu einem Teppich in tiefem Rosa, fast rotem ...« Er hielt inne. »Ich bin beeindruckt, auch wenn sich das bestimmt unerträglich kitschig anhört.«

»Überhaupt nicht, ich finde, das war richtig poetisch«, sagte Inka, dann: »Und Sie haben recht. Es ist so wunderschön, dass man das ganze Tal umarmen und festhalten möchte.« Ein Lächeln lag auf ihrem Gesicht. »Dass wir den sensationellen Ausblick genießen dürfen, verdanken wir übrigens einem Pastor namens Wilhelm Bode aus dem Jahr 1906.«

»Aha«, sagte Sebastian. »Und was wollte der Pfarrer mit der Heide?«

»Nichts. Nur die Schönheit des Tals für die Nachwelt erhalten. Er setzte sich dafür ein, dass die Heideflächen um den Totengrund gekauft werden konnten«, erklärte Inka und: »Sehen Sie, da vorne.« Inka wies auf eine Herde Heidschnucken. »Ihr Namensvetter.«

»Ja«, sagte Sebastian und stimmte ein. »Wo kommen die Schafe ...«

»Heidschnucken«, unterbrach Inka.

»Heidschnucken, gut, wo kommen die her? Der Gletscher hat sie sicher nicht angespült.«

»Nein. Die Geschichte der Heidschnucken geht zurück bis in die Jungsteinzeit. Damals rodeten erste Heidebauern den Wald und betrieben noch Ackerbau, die Heidschnucken hielten sie nur als Versorgung. Doch da sie nicht genug Dünger hatten, blieb ihnen nichts anderes übrig, als die Ackerflächen der Natur zu überlassen. Das war die Stunde des Heidekrauts. Es eroberte die Landschaft. Erst später, im Mittelalter, als der Ackerbau weitgehend eingestellt war, begannen die Bauern die Heidschnucke nachhaltiger zu züchten. Die Schnucke gab ihnen Wolle, Fleisch und Fell. Noch heute ist sie ein fleißiger Landschaftspfleger. Ohne ihren Verbiss, sie knabbern an Pflanzen«, erklärte Inka weiter, »würden die Heidepflanzen verholzen und Kiefern- und Birkenwälder sich ausbreiten und die Gegend in einen Urwald verwandeln.«

»Von Ihnen erfährt man mehr als aus jedem Geschichtsbuch.«

Sebastian lachte.

»Langweile ich Sie?«

»Keineswegs. Ich finde es hochinteressant. Da sitzt man am Tisch und futtert Heidschnuckenwürstchen und Heidschnuckenkeule und weiß nicht einmal etwas über die Tiere und die Gegend. Aber ...«, sagte er zögerlich, »es gibt da eine Sache, die ich Ihnen trotz dieser berauschenden Aussicht zeigen muss.«

»Sie meinen, ich muss mein Versprechen einlösen und ein paar Ermittlungsergebnisse preisgeben.«

»Nein. Ich weiß, dass Sie das nicht dürfen.« Sebastian griff in seine Jackentasche.

Bevor er Inka die Briefe zeigen konnte, klingelte ihr Handy.

»Entschuldigung«, sagte Inka und nahm Marks Anruf an.

»Inka, hör zu. Victor Deerberg hat kein Alibi. Für keinen der Morde. Er ist puterrot angelaufen, hat alles abgestritten und sofort nach seinem Anwalt geschrien.

Ich sage dir, wenn er es nicht war, dann lösen wir den Fall nie. Außerdem hat er die richtige Körpergröße, und ich glaube, wir kennen jetzt das Messer, mit dem er geschnippelt hat.«

»Du hast die Tatwaffe?«

»Nein. Aber als ich unseren Senior suchte, bin ich in den Stall. Sein Stallbursche fuchtelte gerade mit einer Klinge herum. Als ich ihn fragte, was es für ein Messer sei, sagte er, es wäre …«

»Eine Hauklinge«, fuhr Inka ihm hektisch ins Wort. »Sie ist extrem scharf und gleitet durch härtestes Hufholz. Mit Griff ist sie dreißig oder sechsunddreißig Zentimeter lang, die Klinge selbst hat jedoch nur eine Länge von elf bis fünfzehn Zentimetern. Verdammt, warum bin ich da nicht gleich draufgekommen! Ich hoffe, du hast das Messer nicht mitgenommen.«

»Natürlich nicht. Ich mach doch die Pferde nicht scheu.« Mark lachte kurz auf. »Lass uns das morgen in Angriff nehmen, sobald wir die Durchsuchungsbeschlüsse in der Tasche haben. Soll ich noch Hofstetten aufmischen, was meinst du, Inka?«

»Spar dir das, ich war gestern Abend bei ihm. Mach dir noch einen schönen Sonntag. Alles Weitere morgen.«

Inka klappte ihr Handy zu, die Verbindung war beendet. Ein praktisches Teil. Aufklappen, Anruf annehmen, zuklappen, Anruf beendet. Kein Herumgetippe auf einem Display. Sie rutschte zu Sebastian auf die Holzbank.

»Verraten Sie mir Ihre Handynummer?«, sagte Inka.

»Klar«, erwiderte Sebastian und sprudelte los.

»Moment, nicht so schnell. Mein Handy ist neu und …«

»Sie haben ein Seniorenhandy?« Sebastian grinste spöttisch.

»Es hat Bluetooth«, verteidigte Inka ihr neues weinrotes Klapphandy mit den großen Ziffern auf der Tastatur, die sie verdammt praktisch fand. Es war ein erneuter Aufschub für die Lesebrille und ihre Eitelkeit.

»Ah, die Freisprechanlage.«

»Die auch. Ja, neulich, als wir telefonierten, hätte ich fast einen Lastwagen geküsst, weil … Na ja. Der Knabe im Media Markt sagte, ich bräuchte …«

»Ein Radio und ein Telefon, die kompatibel sind. Kenn ich, hab ich bei meinem alten Kasten auch eingebaut.«

»Sie? Ein Steuerberater! Sind das nicht die Männer mit den zwei linken Händen?«

»Aus Ihrem Mund klingt das wie ein Kompliment«, antwortete Sebastian und hielt Inka sein Display hin.

»Nichts anderes sollte es sein.« Inka schmunzelte und tippte Sebastians Nummer ein. »So«, sagte sie, als sie die letzte Ziffer eingetippt hatte, »und was ist nun so brisant, um mit mir persönlich zu reden?«

»Hier«, sagte Sebastian und reichte Inka die Briefkopien.

Inka las schweigend, kopfschüttelnd, dann sprang sie von der Bank auf und polterte los: »Und die zeigen Sie mir erst jetzt!« Sie spürte, wie ihr die Röte ins Gesicht schoss. »Warum haben Sie …« Inka wedelte mit den Briefen in der Luft.

»Nun halten Sie mal die Luft an. Sie waren es doch, die unsere gestrige Verabredung gecancelt hat.«

»Ja, aber doch nur … Scheiße. Wo haben Sie die her?«

»Na, woher wohl? Aus Wesels Schreibtischschublade.«

»Und die hat er Ihnen so freiwillig überlassen.«

Sebastian lachte spöttisch. »Schön wär's gewesen. Nein. Natürlich nicht.«

»Und wie …? Nein, ich will es gar nicht wissen.« Inka drehte Sebastian den Rücken zu und sah über den Totengrund. »Sie gehen zu weit, Herr Schäfer. Hobbydetektiv hin oder her. Sie gehen verdammt noch mal zu weit.«

»Es sind nur Kopien. Die Originale liegen an dem Platz, wo sie vorher gelegen haben.«

»Und?« Sie drehte sich wieder um. »Sie sind bei Wesel eingebrochen. Wie soll ich jetzt damit umgehen?« Die Briefe landeten auf der Bank neben Sebastian.

»Es war Gefahr in Verzug.«

»Sie haben sie doch nicht alle! Was glauben Sie eigentlich, wer Sie sind? Sie brechen in ein Büro ein, vernichten Spuren und glauben …«

»Stopp!«, sagte Sebastian, stand auf und stellte sich vor Inka. »Ich muss Ihnen etwas beichten.«

Inka rollte die Augen und schnaufte. »Was denn noch?«

»Ich bin nicht der, für den Sie mich halten.«

»Was ist das jetzt für ein kitschiger Filmspruch?«

»Nein. Hören Sie doch. Ich bin kein Beamter. Also Beamter ja, ich arbeite bei der Polizei. Ich bin Polizeipsychologe.«

Für zehn, zwanzig Sekunden starrte Inka Sebastian wortlos an, dann lachte sie laut los. »Sie, ein Polizeipsychologe? Dass ich nicht lache.« Sie ließ sich auf die Bank fallen.

»Das haben Sie ausgiebig getan, aber es stimmt. Ich habe Ihnen die Wahrheit erzählt«, setzte Sebastian nach.

»Das glaube ich jetzt nicht.« Inka schüttelte den Kopf. Sie sah Sebastian in sein ernstes Gesicht. »Wer hat Sie geschickt? Fritz? Jankowitz? Ein Richter? Sollen Sie schnüffeln, ob ich meine Arbeit richtig erledige oder …«

»Niemand. Ich bin zufällig hier. Nein, auch nicht zufällig. Ich bin in Ihren Fall geschlittert, weil ich im *Seerosenhof* bin.«

»Und warum sind Sie im *Seerosenhof*? Posttraumatische Belastungsstörungen können es wohl nicht sein.«

Sebastian setzte sich neben Inka und blickte über den Totengrund.

Es verging eine Weile, dann erzählte er.

»Wir waren an einem Fall. Ein Frauenmörder. Zwei Jahre ermordete er in elf Städten Deutschlands persische oder indische Frauen. Vornehmlich Frauen unter zwanzig. Er überfiel sie in Parks, betäubte sie, spritzte ihnen ein tödliches Gift, rasierte ihnen die Haare ab, cremte sie ein, schlug sie in weißes Leinen und malte auf das Leinen ein schwarzes Hakenkreuz. Dann stellte er sie an einen Baum und band sie fest. Immer die gleiche Prozedur. Wir arbeiteten unter Hochdruck, oft rund um die Uhr. Bis ...« Sebastian atmete aus. »Wir hätten ihn geschnappt. Alle Hinweise waren ausgearbeitet. Jedes Puzzleteil ergab mehr und mehr ein Ganzes. Nichts konnte schiefgehen. Teilchen für Teilchen legte er uns auf den Tisch. Es war, als wollte er gefasst werden. Endlich seinen Ruhm genießen. Sich zeigen. Den Triumph einfahren, dass er uns zwei Jahre an der Nase herumgeführt hatte. Doch falsch gedacht. Er spielte mit uns. Er hatte alles geplant, wollte, dass wir ihm auf die Pelle rücken. Er hat uns reingelegt und uns in eine Falle gelockt und wir, mich ...« Sebastian biss sich auf die Unterlippe. Er schluckte, dann fuhr er langsam fort. »Eine Kollegin diente als Lockvogel. Alle waren bereit. Dann bekam ich einen Anruf. Er sagte, das Spiel sei aus. Er hätte keine Lust mehr und würde sich nun verabschieden. Andere Länder hätten auch schöne Frauen. Und ob wir glauben würden, er ließe sich von einem einfältigen Psychologen schnappen. Doch vorher gäbe er noch eine Abschiedsveranstaltung.«

Inka sah Tränen über Sebastians Wangen rollen, hörte seinen schweren zitternden Atem.

»Was ist passiert?«, fragte sie leise.

Sebastian holte noch einmal tief Luft und sagte: »Er schickte mir eine Videobotschaft auf mein Handy. Meine Frau und meine Tochter ...« Sekunden vergingen, in denen Sebastian nur dasaß, nicht sprechen konnte. »Meine Frau und meine Tochter«, begann er neu, »sie standen gefesselt am Fenster unseres Hauses. Er hat es in die Luft gesprengt. Sie ... sie sind vor meinen Augen ...«

Sebastian vergrub sein Gesicht in den Händen. Sein Oberkörper zuckte wie von Stromschlägen erfasst. Inka legte den Arm um den großen kräftigen Mann und drückte ihn an sich. Sebastian fiel zur Seite, legte den Kopf auf Inkas Schoß und fing hemmungslos an zu weinen.

Es verging eine Viertelstunde, bevor Sebastian sich langsam aufrichtete. »Entschuldigung«, sagte er und schnäuzte sich die Nase.

Inka schüttelte den Kopf und wischte sich ihre Tränen aus dem Gesicht. »Wofür? Es gibt nichts, wofür Sie sich entschuldigen müssen.«

»Ich sehe sie. Jede Nacht. Maja war zweiunddreißig, und Katharina war sieben.« Sebastian senkte den Kopf auf die Brust. »Sie geben mir die Schuld.«

»Wer?«

»Maja und Katharina. *Deine Schuld*, sagen sie mir in meinen Träumen. Immer wieder: *Deine Schuld*. Jede Nacht.«

»Aber ...«

»Nein.« Sebastian winkte ab. »Sie haben recht. Es ist

meine Schuld. Maja bat mich so oft, ich möge aufhören, eine eigene Praxis eröffnen. Denk an unsere Tochter, falls dir etwas passiert, hat sie gesagt. Was soll aus ihr werden, was soll ich ihr erzählen? Wäre es nur mir passiert.«

Inka griff Sebastians Hand.

»Danke«, sagte er und sah Inka mit Tränen in den Augen an. »Vielen Dank.«

Inka schluckte, atmete tief ein und wischte sich über die Augen. »Nicht dafür«, sagte sie schniefend.

»Jetzt habe ich Sie zum Weinen gebracht.« Sebastian versuchte ein Lächeln. »Dabei waren Sie fuchsteufelswütend auf mich.«

»Und das müsste ich immer noch sein«, erwidere Inka.

»Mit Recht. Ich hätte Ihnen von Anfang an die Wahrheit über mich erzählen sollen. Aber ...«

»Besser spät als nie. Nur eins will mir nicht in den Kopf. Sie sind im *Seerosenhof*, um gesund zu werden. Warum mischen Sie sich in einen Fall ein, der Sie nichts angeht? Warum lassen Sie nicht alle fünfe gerade sein und entspannen sich?«

»Weil ... Weil jeder Täter, der geschnappt wird, ein Erfolg ist.«

»Sie können nicht alle Täter dieser Welt schnappen, Herr Schäfer. Es werden immer welche durchs Sieb fallen. Sie sollten in erster Linie an sich denken. Werden Sie gesund.«

»Sie haben den Beruf verfehlt, Frau Brandt. Sie sind keine Polizistin, sondern Psychologin.«

»Das habe ich schon einmal gehört.« Inka sah auf die Briefe, die auf der Bank lagen. »Und was soll ich jetzt mit den Dingern anfangen? Soll ich zu Wesel gehen und ihm die Kopien vor die Nase halten und sagen: Hier, ich hab schwarz auf weiß, dass Sie bedroht werden. Was soll das bringen?«

Sebastian zuckte die Schultern.

»Eben.« Inka wiederholte seine Geste. »Und auch noch handgeschrieben. Wer schreibt heutzutage überhaupt noch etwas mit der Hand«, sagte sie und erinnerte sich, dass sie das durchaus machte, zumindest die Briefe an ihren Freund John in Australien.

»Jemand, der sich sicher ist, dass er nicht erwischt wird«, definierte Sebastian.

Zehn Meter vor ihnen flog ein Turmfalke seine Runde, fächerte seinen Schwanz, verharrte wie stehend in der Luft und tauchte dann im Sturzflug in der Heide ab. Zwei Sekunden später schwang er sich mit einer Maus im Schnabel wieder in die Lüfte.

»Wahnsinn.« Sebastians Blick folgte dem Vogel, der seine ausgebreiteten Flügel gegen den Wind schlug. »Ich wusste nicht, dass Landleben so schön sein kann«, sagte er, ohne über seine nächsten persönlichen Worte nachzudenken: »Und das haben Sie alles für einen Mann aufgegeben.«

Inka sah ihn perplex an.

»Undeloh ist ein Dorf«, antwortete er, und es klang fast wie eine Entschuldigung.

»Ja. Das haben Sie anscheinend schneller kapiert als ich in siebenunddreißig Jahren.« Sie lachte. »Aber meine Geschichte ist unwichtig. Wir haben einen Fall zu lösen. Und ich hoffe, wir dürfen weiterhin auf Ihre Unterstützung zählen.«

»Ich tu, was ich kann. Aber nur, wenn Sie mir ein paar vertrauliche Ermittlungsergebnisse verraten. Wer hat ein Alibi, wer war in der Tatzeit wo, welche ...«

»Stopp, stopp, stopp«, sagte Inka, »eins nach dem anderen.« Dann klingelte zum zweiten Mal ihr Handy. Sie sah auf die Anruferkennung. Keine Rufnummer. Sie nahm ab. »Hallo.«

»Ist da Frau Brandt, die Kommissarin?«, fragte eine aufgeregte Frauenstimme.

»Und wer will das wissen?«, fragte Inka zurück.

»Entschuldigung. Ich bin es, Sabine Mahnke aus dem *Seerosenhof*.«

»Frau Mahnke, Brandt hier, was kann ich für Sie tun?«

»Mir ist noch etwas eingefallen, Frau Brandt. Es geht um Rikes Mann. Ich habe ihn gesehen. Am Morgen, als Rike, nun, als ich Rike gefunden habe.« Sie atmete schnell, und ihre Worte sprudelten wie ein Wasserfall aus ihrem Mund.

»Wo haben Sie ihn gesehen, Frau Mahnke?«

»Im Treppenhaus vom *Seerosenhof*. Er kam mir entgegen.«

»Wann war das genau, können Sie sich erinnern?«

»Als ich zum Frühstück ging. Ich nehme immer die Treppe. Ich fahre nicht mit dem Fahrstuhl. Ich habe …« Sie ließ ihren Satz unvollendet. »Jedenfalls ging ich runter, und er kam rauf.«

»Sind Sie sicher, dass es Herr Paulsen war?«

»Hundertprozentig. Ich dachte noch, Mensch, was macht der in aller Frühe im Haus, der wird noch Rike aufwecken.«

»Können Sie sich an die Uhrzeit erinnern?«

»Klar, es war 7.20 Uhr. Wie jeden Morgen. Muss ich machen.«

»Frau Mahnke, wären Sie zu einer Gegenüberstellung bereit?«

Inka hörte tiefes Atmen. »Hinter einem Spiegel. Herr Paulsen würde Sie nicht sehen«, setzte sie beruhigend hinterher.

»Ja. Das mache ich. Wann?«

»Wenn es nötig wird, melde ich mich. Ich danke Ihnen für Ihren Anruf.« Inka legte auf.

»Was ist los?«, fragte Sebastian und stand von der Bank auf.

»Paulsen, der Mann von Rike. Eine Patientin sah ihn zur Tatzeit im *Seerosenhof*.«

»Sabine Mahnke?«

»Ja. Warum? Kann man ihr nicht ...«

»Glauben? Doch. Sie hat Panikattacken und Angstzustände. Fährt nicht mit dem Bus oder dem Fahrstuhl. Aber sie ist nicht klirre, wenn Sie das meinen. Nur wie wir alle ein wenig vom Weg abgekommen. Verlaufen eben.« Sebastian grinste.

»Und was wollen Sie jetzt machen, Frau Brandt?«

»Auf jeden Fall eins nach dem anderen erledigen. Ich fahre zu Paulsen und ... Kann ich die einstecken?«, fragte sie und faltete die Briefe.

»Sicher.« Sebastian nickte.

»Haben Sie heute noch etwas vor?«

»Warum?«

»Wenn Sie wollen, können Sie mit mir nach Neugraben fahren und Paulsen in die Zange nehmen.«

Sebastian nickte. »Sonntags haben alle Irren Freigang.« Er verdrehte die Arme und zog eine Clownsgrimasse.

Inka musste lachen. »Also, dann los. Wir bringen die Pferde in den Stall, und ich lade Sie, bevor wir losbrausen, auf den Sundermöhren-Hof zum Mittag ein.«

59 Auf dem Herd in der Wohnküche des Sundermöhren-Hofs hatte Hanna Wirsingeintopf mit Kartoffeln und Hackklößchen für die Feriengäste bereitgestellt. Als Inka mit Paula, Jana und Sebastian eintrat, saßen bereits zwölf Menschen am Mittagstisch.

Inka versteckte Paula hinter ihrem Rücken und fragte in die Runde: »Wer hatte noch keine Windpocken?«

»Wir sind geimpft«, kam von linker Bankseite. Eine Familie mit zwei Kindern grinste sie arglos an. Das junge Pärchen, das Inka gestern auf dem Hof über den Weg gelaufen war, sah sich kurz an, tuschelte und sagte an Inka gewandt: »Alles okay.«

»Wir haben auch alle Kinderkrankheiten durch«, kam von rechter Bankseite, wo zwei Rentnerehepaare saßen, die kurz die Köpfe hoben und kollektiv nickten.

»Wie ist es mit den Herren?« Inka suchte den Blick zu zwei Männern, die angezogen waren, als gingen sie in die Oper, und ihre Stühle zusammenrückten, als hätte sie nach der Pest gefragt.

»Wir sind auch ... oder?«, fing der jüngere der beiden zu fragen an, während er seinem Begleiter einen schmachtenden Blick gönnte. Er trug seine Haare schwarz und zurückgekämmt und hatte mehr Ringe an den Fingern als der Modedesigner Harald Glööckler in seiner Fernsehwerbung. »Ich jedenfalls bin gepikst, gegen alle Kinderkrankheiten, als kleiner Junge. Meine Mutter ...« Das Rumpeln unter dem Tisch und das schmerzverzerrte Gesicht, das er seinem ringlosen Nebenmann zuwarf, erledigte weitere Antworten.

»Wunderbar«, sagte Inka und schob Paula auf den Stuhl neben Jana, während sie linksseitig neben der Mutter mit den zwei Kindern Platz nahm. »Wo soll es denn hingehen?« Inka griff im Brotkorb nach einer Scheibe Kürbisbrot, brach sie mittig durch, drückte eine Hälfte Paula in die Hand und wies mit der anderen auf den Stapel Prospekte, die jeder neben seinem Teller platziert hatte.

»Das wissen wir noch nicht genau. Die Salztherme in Lüneburg soll schön sein«, meldete sich eine Rentnerin mit rotkariertem Halstuch zu Wort. Inka schätzte sie Mitte siebzig.

»Das ist eine gute Wahl«, mischte sich der junge Vater ein. »Wir waren gestern dort.«

»Wir wollen da auch noch hin, nicht wahr, Hansi«, kam von dem Beringten.

»Wollten wir nicht erst Ski fahren im Snow-Dome?«, erwiderte sein geschniegelter Begleiter.

»Du wolltest Ski fahren, ich wollte die Paddel-Kanutour machen, aber wie du willst, mein Süßer. Ich richte mich da ganz nach dir.«

Jetzt war es raus.

Unter dem Tisch rumpelte es auf der anderen Seite, und die Rentnertruppe steckte die Köpfe zusammen.

»Da sollten Sie unbedingt hin. Der Snow-Dome in Bispingen hat letztes Jahr November nach einem Jahr Sanierungspause neu eröffnet. Paula und ich gehen dort ab und an Schlitten fahren«, warf Inka ein, um das Gespräch zu entschärfen, nicht wissend, welche Lawine sie mit den Worten ›Schlitten fahren‹ losgetreten hatte.

»O ja, Schlitten fahren«, sprudelten die Kinder links der Bank wie aus einem Mund auch sofort los. »Mama, wir wollen Schlitten fahren.« Sie zupften an den Pulliärmeln ihrer Mutter, als wollten sie jeden Faden einzeln lösen.

Sie kamen ordentlich in Fahrt.

»Gehen wir auch Schlitten fahren?«, begann jetzt noch Paula.

»Wenn deine Windpocken weg sind, mein Schatz. Aber Jana hat versprochen, dass du gleich mit ihr auf den Spielplatz gehst.«

Paula zog ihre Stupsnase kraus, dann lächelte sie und nickte. *Wie leicht sie zufriedenzustellen ist*, dachte Inka und küsste Paula auf den Scheitel. Sie verbrachte viel zu wenig Zeit mit ihr.

»Wir wollen Schlitten fahren«, nölten die Kinder gegenüber lauter und im Kanon. Ihre achtjährigen und neunjährigen Fäuste trommelten energisch neben halbgefüllten Tellern, in denen die Suppe hin und her schwappte.

Eine Frau löste ihren Blick von den Prospekten. Sie musste nicht aussprechen, was sie dachte. Der Mann neben ihr sah kurz hoch, rollte mit den Augen und wischte seinen Suppenteller mit einem Stück Brot aus.

Der Familienvater sorgte für Ruhe. »Dann gehen wir heute Schlitten fahren und morgen in den Serengeti-Park. Und jetzt esst euren Teller leer, sonst gibt's gar nichts.« Sein Machtwort wirkte. Das Mädchen und der Junge löffelten die Suppe in ihre kleinen Münder, als würde der Schnee wegschmelzen, bevor sie im Snow-Dome eintrafen.

Sogar Paula, die angestrengt das Gespräch verfolgt hatte, beeilte sich, ihren Teller leer zu essen.

Auch die Rentnerin schien zufrieden. Sie beugte sich vor und fischte nach zwei Scheiben Kürbisbrot, die Scheiben mit den meisten Kernen, schlug sie sorgfältig in eine Papierserviette ein und verstaute sie in ihrem Rucksack.

60 In Neugraben, direkt am Fischbeker Naturschutzgebiet, wohnte Knut Paulsen in einem Walmdachbungalow.

In Jogginganzug und Turnschuhen öffnete er Inka und Sebastian die Tür. Auf seinem Shirt unter den Achseln hatten sich kreisrunde Schweißflecken gebildet.

»Tag«, grüßte er knapp. »Was wollen Sie?«

»Ihnen ein paar Fragen stellen. Dürften mein Kollege Herr Schäfer und ich reinkommen?«

»Bitte.« Paulsen bat sie ins Wohnzimmer. Ein Raum, der sechzig Quadratmeter groß sein mochte und in dem ein weiß gekachelter Eckkamin Inkas bewundernde Blicke auf sich zog. Ohne sich mit Belanglosigkeiten aufzuhalten, begann Inka ihre Fragen zu stellen.

»Herr Paulsen, Sie erzählten, dass Sie an dem Morgen, an dem Ihre Frau ermordet wurde, im Bett lagen und Ihren Rausch ausschliefen. Das war gelogen. Und jetzt frage ich Sie ein zweites Mal: Wo waren Sie an dem Morgen, als Ihre Frau ermordet wurde?«

Plötzlich wirkte Paulsen nervös.

»Da, wo ich Ihnen sagte. Im Bett.«

Inka wurde lauter. »Wir haben einen Zeugen, der Sie im Treppenhaus am Mittwoch, dem 3. September, um 7.20 Uhr im *Seerosenhof* gesehen hat.«

Sebastian warf Inka einen bedeutungsschweren Blick zu.

»Blödsinn. Ich war im Bett.« Knut Paulsen strich sich durch schweißnasse Haare.

»Herr Paulsen, haben Sie Ihre Frau aufgesucht, weil Sie ihr notorisches Fremdgehen nicht mehr ertragen konnten?«

»Nein. Ich sagte Ihnen schon, dass sie mich geliebt hat. Die jungen Hüpfer waren für sie nur Zeitvertreib und Bestätigung.«

»Bestätigung, die Sie ihr nicht geben konnten.« Inka fixierte Paulsen mit zusammengekniffenen Brauen. »Das kann auf Dauer die Seele belasten. Minderwertigkeitsgefühle, Selbstzweifel oder ...«

»Wut«, mischte sich Sebastian ein.

»Danke, Herr Kollege. All dies kann dazu führen, dass einem die Galle überkochen kann.«

»Hören Sie auf mit dem Quatsch!«, fuhr Paulsen auf, »das ist doch an den Haaren herbeigezogen.«

»Aber es ist nicht an den Haaren herbeigezogen, dass Sie einhunderttausend Euro an Ihre Frau hätten zurückzahlen müssen, wäre Rike mit einem jungen Hüpfer auf und davon. Geld, das Rike in die Sanierung Ihres Friseurladens gesteckt hat. Da ist es bequemer, sie ist hin. Und der *Seerosenhof* bot die perfekte Kulisse.«

»Verdammt noch mal! Nein!«, schrie Paulsen. »Ich würde nie meine Frau wegen des Geldes umbringen. Außerdem gibt es ein Sparbuch ... warten Sie.«

Paulsen eilte zur Anbauwand in cappuccinofarbenem Glanzlack, die eine Wandseite des Raumes füllte. Aus einem Schrankteil zog er einen buchgroßen Karton. »Bitte«, sagte er und reichte Inka ein kobaltblaues Sparbuch mit gelbem Aufdruck. »Nun machen Sie schon«, forderte er, »sehen Sie nach. Jeden Monat überweise ich Rike fünfhundert Euro. So war es abgemacht, bis ich alles Geld abbezahlt habe.« Er legte die rechte Hand auf den Kaminsims, als müsse er sich abstützen.

»Ja, ich sehe die monatlichen Eintragungen«, sagte Inka. »Nur, wo steht, dass Sie das für die Abbezahlung überwiesen haben? Ist das irgendwo schriftlich hinterlegt?«

»Schriftlich hinterlegt, schriftlich hinterlegt. Was brauchen Sie noch für Beweise? Rike und ich haben das untereinander vereinbart. Wir waren verheiratet.«

»Eben«, erwiderte Inka, und: »Verheiratet.« Sie legte das handgroße Buch auf den Kaminsims neben eine silbergerahmte Fotografie des Ehepaars.

»Es reicht! Sie verlassen mein Haus. Meine Frau ist ermordet worden. Ich trauere, und Sie kommen her und verdächtigen mich. Das ist pietätlos.« Seine Hände gruben sich in die Taschen der Jogginghose.

Inka ließ Paulsens Ausbruch verpuffen. »Ich frage Sie ein letztes Mal, Herr Paulsen: Wo waren Sie am Mittwoch, den 3. September, in der Zeit von sieben Uhr bis acht Uhr? Und überlegen Sie genau. Noch können Sie Ihren Kopf aus der Schlinge ziehen. Unser Zeuge ist gerne zu einer Gegenüberstellung bereit.«

Paulsen schnaufte und rutschte in die schwarze Ledergarnitur. Inka und Sebastian nahmen gegenüber Platz.

Es folgte eine Weile der Stille.

»Ja«, sagte er, »verdammt, ich war da. Ich wollte mit ihr reden. Am Abend zuvor rief ich sie an. Sie sagte, sie wollte mich nicht mehr sehen, solange sie im *Seerosenhof* sei. Sie bräuchte Abstand und wollte gesund werden.«

»Das ist keine schlechte Aussage. Manchmal braucht man einen gewissen …«, begann Sebastian, verstummte jedoch sofort, als er Inkas tadelnden Blick auffing, und sagte: »Und dann, Herr Paulsen?«

»Ich wusste, dass sie sich auch in der Klinik mit anderen Männern rumtrieb. Davon hielt sie nichts ab. Auch nicht ihre Angstzustände oder was weiß ich, was es war. Ich bin durch den ganzen Psychoscheiß nie durchgestiegen.« Paulsen stand auf und öffnete eine ellengroße Klappe der Anbauwand. »Wollen Sie auch?«, fragte er und wies auf ein Bataillon Flaschen.

»Ja«, begann Sebastian, »ich hätte gerne einen ... Ach, besser nicht, wir sind ja noch im Dienst. Vielen Dank.«

Paulsen nickte, griff nach der vordersten Flasche und schenkte ein sechseckiges Glas halb voll.

»Und ja«, sagte er, als er wieder im Polster saß, »ich war wütend.« Er stellte die Flasche vor sich auf den Tisch. »Ich bin nicht mehr so fit wie ein Dreißigjähriger, wenn Sie verstehen. Es braucht eben alles seine Zeit, und wenn, dann geht es viel zu schnell. Na ja, das ist wohl das Los der Männer.«

Inka grinste. Sebastian nicht.

»Wie auch immer, ich wollte mit ihr reden.« Er warf einen Blick auf Sebastian, dann auf sein Glas, das er mit beiden Händen umfasst hielt. Er setzte es an den Mund und trank einen kräftigen Schluck. »Ich habe an ihre Zimmertür geklopft und geklopft, bestimmt fünf Minuten.«

»Hat Ihre Frau geschlafen?«

»Möglich. Ja, ich denke schon. Sie hatte nur einen Slip unter ihrem Bademantel an. Sie schläft, schlief immer halb nackt.«

»Woher wussten Sie, dass sie nur den Slip anhatte?«

»Weil sie sich den Bademantel überzog, als sie mir die Tür aufmachte. Ganz einfach.«

Inka nickte. »Und weiter.«

»Sie hat mich ausgelacht. Gesagt, ich solle mich trollen und in meinen muffigen Laden, zu meinen Rentnerinnen verziehen, das wäre die Liga, in der ich mich auskenne. Und käme sie nach Hause, reiche sie die Scheidung ein.

Sie hätte allemal genug von mir.« Paulsen jagte den Rest der gelbbraunen Flüssigkeit in einem Zug durch seine Kehle. »Ein Wort gab das andere und ...« Er verstummte.

Inka wartete einen Augenblick, bis sie sagte: »Was ist dann passiert?«

»Nichts. Zumindest nichts, was Sie denken. Ich bin aus dem Zimmer gestürmt und die Treppe runtergelaufen.«

Paulsen ließ sich gegen die Lehne fallen. »Ich habe sie nicht umgebracht. Ich habe sie geliebt.« Er senkte den Blick.

Irgendetwas sagte Inka, dass der Mann vor ihr die Wahrheit sprach. Die Kollegen fanden Paulsens Fingerabdrücke in Rikes Zimmer auf dem Türrahmen, der Stuhllehne, im Badezimmer an einer Kachel, auf dem Wasserhahn und dem Toilettendeckel. Der Vergleich mit den Fingerabdrücken auf der Kaffeetasse ergab ein eindeutiges Ergebnis. Was aber auch bedeutete, dass er Rike nicht angerührt hatte.

»Herr Paulsen, würden Sie bitte einen Zettel und einen Stift holen«, bat Inka.

Paulsen sah sie verstört an. »Was?«

»Einen Zettel und einen Stift, bitte«, wiederholte Inka, während sie aus ihrer Jackentasche einen Drohbrief hervorholte. »Ich möchte, dass Sie aufschreiben, was ich Ihnen vorlese.«

Paulsen nickte und schrieb, was Inka ihm diktierte.

»Geben Sie mir bitte den Zettel.« Inka streckte die Hand über den Tisch und verglich die Schrift. Auf den ersten Blick fand sie keine Übereinstimmung. Die Schrift des Drohbriefs war in leichter Rechtsneigung verfasst. Paulsens Schrift glich eher einer Blockschrift, wie sie für Überweisungen oder Steuerbescheide ausgeführt wurde.

Sie würde beide Briefe einem Graphologen übergeben. In ein paar Tagen wüssten sie, ob Paulsen die Drohbriefe geschrieben hatte.

Inkas Blick hing an den geschwungenen Anfangsbuchstaben mit Schleifen und Ösen. Eine Schreibschrift, wie von Drittklässlern geübt. Irgendwie kam ihr die Schrift bekannt vor. Sie zog die anderen Briefe aus der Tasche und sah sie nacheinander durch. Alle begannen mit gleichen schnörkeligen Anfangsbuchstaben, wie sie meist Frauen schrieben. War es eine Frau, die die Drohbriefe geschrieben hatte? Waren sie mit ihrem männlichen Täterprofil, jetzt nach all den gesammelten Fakten, doch noch auf dem Holzweg?

»Haben Sie Haustiere, Herr Paulsen?«, fragte Inka und steckte alle Briefe und Paulsens Schriftprobe in die Tasche.

»Nein, dafür habe ich keine Zeit. Warum?«

»Es war eine rein formale Frage.«

»Wann kann ich meine Frau beerdigen?«

»Ich rufe Sie morgen an.«

61 Als Inka um 15.32 Uhr auf dem Sundermöhren-Hof eintraf, saß Nuppi in der Wohnküche, schwatzte mit Hanna und Tim, während Paula mit Jana Memory spielte.

»Mama, jetzt nicht«, sagte Paula, als Inka ihre Tochter umarmen und küssen wollte, »ich gewinne gerade.«

Alle lachten.

»Dann kriegst du meinen Kuss, Nuppi«, beschloss Inka

und drückte dem Arzt einen dicken Kuss auf die Wange. »Was machst du auf dem Hof? Ist jemand krank?«

»Muss jemand krank sein, wenn ich euch besuche? Ich wollte nur sehen, wie es meinem Patenkind geht. Kratzt sie sich oft?«

Inka schüttelte den Kopf. »Nein. Auch die Bläschen sind verschwunden.«

»Na dann kann sie, wenn sie will, Mitte nächster Woche wieder zu Tilly.«

»Wunderbar«, sagte Inka, schenkte sich Tee ein und griff zum Teller Rosinenschnecken, den ihr Hanna reichte.

»Und habt ihr den, den ihr sucht, eingetütet?«, fragte Konopka, ohne auf Details einzugehen.

Inka schüttelte den Kopf. »Nein. Wir drehen uns im Kreis«, antwortete sie kauend. »Heute Mittag hätte ich es fast gedacht, leider war es ein Fehlschuss.« Sie schluckte. »Morgen schickt uns der Staatsanwalt die Durchsuchungsbeschlüsse, dann geht's wieder los.«

»Ihr habt einen Verdacht?«, wollte Konopka jetzt wissen.

»Der ein oder andere steht auf der Liste, ja«, antwortete sie, »aber nach den Erkenntnissen von heute Mittag könnte es wieder der falsche Zug sein, auf den wir aufspringen. Sag mal, Nuppi, kennst du dich mit Ketamin aus?«

Manfred Konopka wirkte unschlüssig. »Es ist ein Narkotikum und wird meist in der Tiermedizin verwandt. Musst den alten Jonas fragen, euren Tierarzt, der ...«, sagte er, dann fiel ihm Tim ins Wort.

»Der alte Jonas ist restlos verstaubt, Nuppi«, wehrte Tim ab. »Wenn Inka 'ne Beruhigung braucht, hol ich ihr 'ne Dosis aus dem Schlachthaus, steht im Medizinschrank.« Tim setzte sein übliches spöttisches Grinsen auf.

»Was? Du hast das Zeug auf dem Hof?!«, fuhr Inka ihren Schwager barsch an.

»Sicher. Das hat fast jeder auf dem Dorf im Schrank. Was plusterst du dich so auf?«

»Eine Patientin des *Seerosenhofs*«, Inka sah kurz zu Paula, dann hob sie mit geschlossener Faust den Arm über den Kopf, als hielte sie einen Strick und legte den Kopf schief, »ist erst mit dem Zeugs betäubt und dann … wenn ihr versteht.«

Ein allgemeines Raunen ging durch die Runde.

62 Sebastian zündete sich eine Zigarette an und stellte sich ans geöffnete Fenster. Die Sonne versank so schnell, dass man zusehen konnte.

Unten am Eingang standen Mitpatienten und unterhielten sich. Er hörte, wie eine Patientin, absichtlich laut, ihre schlechte Meinung über den *Seerosenhof* kundtat. Wesel solle das Mörderhaus schließen. Sie müssten Geld bekommen und nicht bezahlen, damit sie hierblieben. Frisches Obst gäbe es nicht mehr, und das Mittagessen sei unterdurchschnittlich. Die Worte strömten nur so aus ihrem Mund.

Sebastian schloss das Fenster, klappte den Laptop auf und öffnete die Datei mit den Täterprofilen. Das ein oder andere Verhaltensmuster war hinzuzufügen.

Was Verhaltenscharakteristika und Erscheinungsbild des Täters anging, blieb er bei seiner Meinung. Der Täter war ein Einheimischer zwischen Ende fünfzig und Mitte sechzig. Jemand aus dem Dorf. Sozial integriert, intelligent und mit Familie. Eine Familie, die es zu schützen galt. Vor Andresen, Rike und Viola, möglicherweise sogar vor Wesel. Er setzte ein Fragezeichen.

Wer hatte eine Familie? Pferde? Ketamin? So viel Druck, dass er morden würde? Wer kam in Frage? Doch vor dem *Wer* setzte Sebastian das *Warum*. Warum wählte der Täter dieses Opfer?

Das *Warum* konnte nur mit den Drohbriefen zusammenhängen. Doch die Schrift von den Briefen und Paulsens Probe waren nicht identisch. Zudem hatte er weder Familie, Pferde noch Ketamin im Vorratsschrank. Lediglich sein Einhunderttausend-Euro-Motiv sprach gegen sein haariges Alibi.

Und dann war da noch dieser eindeutige nonverbale Impuls, den er empfangen hatte, als Inka Brandt die Drohbriefe sah. Fast schien es ihm, als würde sie die Schrift kennen.

63 Inka saß auf der Terrasse, blickte über den Garten in den Sonnenuntergang, wie der orangerote Ball am Horizont langsam versank, und versuchte die letzten Sonnenstrahlen des Tages aufzunehmen. Sie liebte diese stillen Momente auf der Terrasse ihrer kleinen Dreizimmerwohnung.

Vor ihr lag ein Block Briefpapier. Die ersten Worte lauteten: *Dear John*, dann leere Zeilen. Sie wusste nicht, was sie John schreiben sollte. Fünf Jahre waren vergangen, seitdem sie ein Lebenszeichen von ihm bekommen hatte. Er war verheiratet und hatte eine Tochter. Sie hatte Fabian geheiratet. Von ihrer ruinierten Ehe und Paula wusste er nichts. Wo sollte sie anfangen?

Inka trank einen Schluck Wein, als es an der Tür klingelte.

»Sag mal, Inka«, sprengte Jana die Stille und marschierte durch den Flur, das Wohnzimmer bis auf die Terrasse, »meinst du, ich bin für das Landleben geeignet?« Sie plumpste auf das Schaffell im Gartenstuhl und streckte ihre langen Beine von sich.

»Da fragst du mich was«, antwortete Inka. »Auf jeden Fall bist du noch reichlich munter für das, was du geleistet hast.«

»Nun sag endlich«, drängelte die Sechzehnjährige.

»Ich weiß es nicht, aber zuzutrauen ist es dir. Dennoch musst du das allein entscheiden. Nur lass dir Zeit. Denk daran, du bist ein Stadtkind, gehst in Discos, auf Partys, shoppen in den exclusivsten Läden von New York. Du bist jung und ungebunden, hast dein Abitur im nächsten Jahr in der Tasche und vielleicht eine aufstrebende Karriere in einem dieser glitzernden Wolkenkratzerbüros vor dir. Das alles kannst du natürlich auch eintauschen gegen Gummistiefel, Schweinemist, Hühnerkacke und Dorfdisco.«

Jana wartete ein paar Augenblicke, dann sagte sie: »Du lebst auch auf dem Dorf, läufst nicht in Gummistiefeln rum und bist bei der Polizei.«

»Ja, aber ich bin hier geboren, Jana. Ich lebe seit über dreißig Jahren in Undeloh. Und außer einem Austauschjahr in Australien«, Inka warf einen kurzen Blick auf den angefangenen Brief, »sechs Wochen französischer Schüleraustausch, drei Wochen Sizilien und fünf Jahren Lübeck habe ich nichts von der Welt gesehen.«

»Na, das ist ja deine Schuld. Mama hat oft gesagt, du sollst uns besuchen.«

»Stimmt.« Inka lachte. »Der Punkt geht an dich. Aber ich bin ein Landei, und das ist gut so. Ich könnte es mir nie anders vorstellen, auch wenn ich manchmal meckere. Allein der Gedanke, sich in New York zwischen all den Menschen auf der Straße zu drängeln, die Hektik, die Autos, der Gestank. Ich krieg schon zu viel, wenn ich nach Stade reinfahre. Und Polizistin bin ich von Montag bis Freitag. Samstags bin ich Zimmermädchen, Verkäuferin im Hofladen und füttere auf der Weide Hühner und Gänse, und da trage ich sehr wohl Gummistiefel. Ebenso, wenn es heißt, Stall ausmisten.«

»Na bitte. Mehr will ich ja auch nicht. Ich will einen Beruf, einen Bauernhof und ein paar Tiere.«

»Und was für einen Beruf hast du dir vorgestellt?«

»Hebamme«, sprudelte es aus Jana. »Das ist mein Traumberuf. Hebamme auf dem Dorf.«

Inka blies die Wangen voll Luft, ließ diese prustend wieder entweichen. »Das ist ein toller Beruf, nur was sagt deine Mutter?« Inkas Frage kam zögernd. Janas Mutter kannte sie nur zu gut. Teresas Zwillingsschwester, Helene Hansen, war das fiebrige unruhige und vollkommene Gegenteil ihrer bodenständigen Schwester. Als junge Frau war sie nach dem Abitur in die große ferne Stadt aufgebrochen, hatte sich nach oben gekämpft, viel gewonnen und ebenso viel verloren. Heute standen die Reichen und Schönen der New Yorker High Society Schlange an ihrer Tür und holten sich Rat bei Immobilienkäufen.

»Sie quakt, das kannst du dir ja vorstellen. Sie meint,

in diesem Beruf lebt man von der Hand in den Mund, schlechte Arbeitszeiten und … und … und … Ich solle lieber studieren, am besten so einen New Yorker Bankerkram, Jura oder Medizin und weiter Schönheitschirurgie, das fände sie toll, und da hätte sie einflussreiche Kontakte, um mich unterzubringen. Aber mit meinem Dickkopf käme ich eben nach Papa, dem wäre sein Lotterleben ja auch wichtiger als Sicherheiten.«

»Sicherheiten sind nicht das Schlechteste, Jana, und vielleicht solltest du die Worte deiner Mutter …«

»Ach, Inka, hör auf. Ich finde meine Idee klasse. Ich will weder Paragraphen lernen noch überkandidelten High-Society-Ladys Falten glätten oder Bauchspeck absaugen. Das ist doch widerlich. Und dass Papa auf dem Land in Vermont ein Lotterleben führt, stimmt ja auch nicht. Sein Angelgeschäft läuft bestens.«

Inka schüttelte den Kopf. Einer Sechzehnjährigen Ratschläge erteilen, war, wie einer Kuh den Sonntag zu erklären. Wobei sie Janas Einwände nur zu gut verstand. Was hatte sie sich aufgelehnt, als ihre Eltern ihr von dem Polizeiberuf abrieten. Es wäre viel zu gefährlich, dazu schlechte Arbeitszeiten und wenig Geld. Doch nie hatten sie darauf bestanden, dass sie den Hof übernahm, dafür hatten sie Hanna, den Jungen der Familie Brandt.

»Also gut, Jana. Dass die Frauen in eurer Familie früh wissen, was sie wollen, ist ja nicht ungewöhnlich. Und ich bin mir sicher, welchen Weg du auch einschlägst, du kommst damit klar. Darum mache ich dir einen Vorschlag. Nach den vier Wochen auf dem Hof fliegst du brav nach Hause, machst dein Abitur, schaust, was das Leben dir in der großen weiten Welt noch bieten könnte, und besuchst uns zu den Ferien. Ich verspreche dir, ich kümmere mich darum, dass du nicht nur auf unserem Hof, sondern auch auf allen anderen Höfen auf dem Dorf arbeiten kannst.«

»Aber …?«

»Stopp!« Inka hob die Hand. »Es gibt eine Hebammenpraxis in Hanstedt. Ich werde nachfragen, ob du dort reinschnuppern kannst.«

Jana strahlte. »Und du sprichst auch mit Mom?«

»Nein.« Inka schüttelte vehement den Kopf und lächelte. »Das wirst du alleine erledigen. Wer erwachsen werden will, muss auch manchmal Steine aus dem Weg räumen.«

Inka hatte ihre schlauen Worte gerade ausgesprochen und ein mageres Nicken von Jana erhalten, als ihr Handy klingelte.

Es war Mark.

»Mark, was gibt's am Sonntagabend?«

»Ich wollte dir nur sagen, du brauchst morgen nicht erst auf die Wache, ich bringe die Durchsuchungsbeschlüsse mit, und wir treffen uns vor dem Deerberg-Hof. Dort sollten wir anfangen. Er hat keine Alibis, und seinen Frust über Lukas' Ausritte hat er auch nicht verheimlicht.«

»Gut, Mark, lass uns zehn Uhr vereinbaren, ich will vorher noch zu Jonas Hinrich. Wir sehen uns morgen.« Inka legte auf.

»Sag mal«, fragte Jana und zog den Briefblock über den Tisch, »du schreibst noch mit der Hand?«

»Ja.« Inka nickte. »Veraltet, oder?«

Jana wiegte den Kopf. »Es ist eher selten«, sagte sie vorsichtig, »im technischen Zeitalter und dem Leben in Nanogeschwindigkeit auf Briefpapier und Stift zu setzen. Aber meine Mom macht das auch. Ich sag immer, sie soll sich endlich einen Computer kaufen, aber nein. Alles technisches Zeugs, das Strahlen verursacht. Du kennst sie ja, ein Gesundheitsapostel vor dem Herrn. Allein der Gedanke, dass ich auf dem Hof Ställe ausmiste, war für sie reinster Horror. Du glaubst gar nicht, wen sie alles löcherte, um zu erfahren, welche Impfungen ich bräuchte, damit ich mir nicht diese oder jene Krankheit einfange. Am liebsten hätte sie mich während meiner Ferien in eine ihrer leeren Luxuswohnungen eingesperrt. Stell dir vor, sie schreibt Geburtstagsbriefe, Einladungen, sogar ihre Maklerverträge mit der Hand.« Jana verdrehte die Augen und trank einen kräftigen Schluck aus Inkas Weinglas. »Alles gut?«, fragte sie, als sie Inkas nachdenklichen Blick sah. »Hast du Angst, dass ich dich mit irgendwas anstecke, weil ich aus deinem Glas getrunken habe?«

Inka schüttelte den Kopf. »Quatsch. Nein. Ich überlege etwas anderes«, sagte sie. »Jana, bist du mir böse, wenn ich dich rausschmeiße? Mir ist da was eingefallen, für die Arbeit.«

»Alles gut. Ich husch unter die Dusche und marschier dann artig ins Bett. Wenn das meine Freunde wüssten, dass ich um acht Uhr im Bett verschwinde und dann noch …« Sie sparte sich weitere Worte, gab Inka einen Kuss auf die Wange und verschwand aus der Tür in Richtung Haupthaus.

Inka sprang aus dem Gartenstuhl und rannte ins Wohnzimmer. Die Schnörkelschrift, na klar. Jetzt wusste sie wieder, wo sie die gesehen hatte.

64 Am Montagmorgen, nach einer kurzen Nacht, wählte Inka die Nummer von Jonas Hinrich. Wieder nur der Anrufbeantworter: »Ich bin auf einem Außentermin und erst um 17 Uhr wieder zu erreichen.« Das hatte sich erledigt.

Um zehn Uhr stand Inka vor dem Deerberg-Hof in Egestorf. Mark tuckerte mit seinem Mini neben Inkas Golf, gefolgt von zwei uniformierten Kollegen im Streifenwagen.

»Morgen, Inka«, sagte er. »Sieh mal, was ich habe.« Er wedelte mit einem Stapel Zettel in der Luft. »Durchsuchungsbeschlüsse für alle Höfe der Gegend.«

»Super«, erwiderte Inka. Sie fühlte sich unwohl bei dem Gedanken, Mark nichts von den Drohbriefen erzählt zu haben. Auch, dass sie den Absender der Briefe erahnte? Sie musste mit der Sprache raus. Sofort.

»Mark, ich muss dir was sagen«, begann Inka.

»Moment.« Mark wandte sich zu den Kollegen. »Ihr wartet. Ich hole Deerberg, und dann nehmen wir uns zuerst die Ställe vor. Die Vorratsschränke nach Ketamin absuchen und Haare von jedem Pferd. Eintüten und Beschriften nicht vergessen.« Er drehte sich wieder zu seiner Kollegin. »Ja, Inka, was wolltest du mir sagen?«, fragte er.

»Mark, es gibt da etwas ... Ich weiß nicht, wie ...«

»Herr Freese, sollen wir auch von den Hunden und Katzen die Haare eintüten?«, unterbrach ein Kollege mit hellbraunen welligen Haaren Inkas Beichte.

»Nein. Nur von den Pferden, sagte ich doch«, antwortete Mark genervt. »Entschuldige, Inka. Er ist unser neuer Kollege von der Streife. Jetzt weiß ich nicht mehr, wie er heißt. Irgendwas mit Vogel oder so«, Mark legte die Stirn in Falten. »Na ist egal. Was wolltest du mir sagen?«

Inka stockte. »Ich wollte sagen ...« Ein lautes Knattern hinter ihrem Rücken ließ sie erneut verstummen.

Lukas Deerberg, der auf seiner feuerroten Ducati vom Hof knatterte, stoppte mit einer Staubwolke neben Inka und Mark. »Na, ihr zwei, was habt ihr denn vor? Einen Überfall auf meinen Alten?« Er lachte sein kitschiges Zahnpastalächeln.

»Lukas, steig von deiner ausrangierten Eierschaukel ab, und halt den Mund«, blaffte Mark und: »Frauke.« Er winkte der jungen Uniformierten. »Unterhalte den Knaben eine Weile. Ich bin gleich bei euch. So, Inka, auf ein Neues?«

»Mark«, sagte Inka. Der Mut hatte sie endgültig verlassen. Es musste so gehen. »Ich dachte, wenn wir alle bei Victor reinstürmen, hat der nichts anderes im Sinn, als seine Bauernkumpane, vor allem Arno, anzurufen und zu warnen. Darum fahre ich zu Hofstetten, während ihr euch bei Deerberg amüsiert.«

»Gute Idee. Aber du alleine bei Arno?«

Inka winkte ab. »Also weißt du, Mark, Arno ist für uns beide doch kein Fremder. Und Deerbergs Gestüt hat mehr Ställe als Hofstettens. Du brauchst die Männer und Frauke.« Inka warf einen Blick auf den neuen Kollegen, der seinen Kopf gerade in den Kofferraum des Streifenwagens steckte.

»Trotzdem, Inka, mir ist nicht wohl bei dem Gedanken. Warum muss Fritz auch in den Urlaub, wenn im Dorf, wo sonst kein Kartoffelsack geklaut wird, drei Morde hintereinander passieren! Das ist verrückt. Die Morde sind verrückt, nicht Fritz, du weißt, was ich sagen will.«

»Mach dir keine Sorgen, Mark. Nur warte eine Viertelstunde, bevor ihr reinmarschiert, ich klingel dich kurz an, dann weißt du, dass ich bei Arno angekommen bin. Es ist besser, wir überfallen sie gleichzeitig«, sagte Inka, während sie hinter das Steuer rutschte.

Mark Freese nickte.

»Frau Brandt, Frau Brandt. Stopp.« Der neue Kollege lief Inka direkt vor den Wagen und wedelte wie ein Fluglotse mit den Armen in der Luft.

Inka kurbelte das Fenster runter. »Was?«, schrie sie.

»Sie brauchen Equipment.«

»Ich brauche was?«, fragte Inka.

»Na, Tüten zum Verwahren der Borsten.«

»Haare, Herr Kollege ... Amselfeld«, sagte sie mit Blick auf den in Silber aufgedruckten Namen an linker Brusttasche seiner Uniform. »Bei Pferden heißt es Haare oder Fell. Schweine haben Borsten und ...« Sie hielt inne. Was hatte noch Borsten? Heidschnucken, Rinder, Hasen. Nein. »Und Vögel haben Federn und zwitschern«, sagte sie überstürzt und auch, weil ihr nichts anderes einfiel.

Amselfeld schenkte ihr einen missbilligenden Blick. Witze auf seinen Namen schienen dem Kollegen nicht fremd. Inka warf die Tüten, die er ihr kommentarlos in die Hand drückte, auf den Beifahrersitz und brauste los.

Zwölf Minuten später erreichte sie den Hofstetten-Hof und brachte den Wagen neben dem weißen Marmor-Springbrunnenrondell zum Stehen. Heute plätscherte kein Wasser aus Füllhörnern und Blumenspitzen. Das Gestüt schien ausgestorben. Kein Mucks war zu hören. Fehlten nur noch vertrocknete Grasbüschel, die der Wind über die Straße fegte, und der Eindruck einer verlassenen Westernstadt wäre perfekt.

Wie vereinbart ließ sie Marks Handy einmal klingeln und stieg aus dem Wagen. Über den Kiesweg schritt sie zum Haupthaus und klopfte mit dem Messingknauf dreimal kräftig gegen die Holztür.

Konstanze von Hofstetten öffnete in altrosafarbenem Hosenanzug mit passenden Wildlederpumps.

»Inka«, näselte sie, »was machst du denn hier? Musst du nicht arbeiten?«

»Darum bin ich hier. Ich wollte zu deinem Mann.«

»Der ist im Stall. Glaube ich«, sagte sie in einem Ton, als wäre es ihr egal, wo sich ihr Ehemann aufhielt.

»Aha. Sag, Konstanze. Ich wollte dich schon gestern fragen, aber du warst nicht da, als ich Bajazzo holte. Wo war Arno ...«

»Stimmt. Arno erzählte mir, du willst Bajazzo kaufen. Das ist eine gute Idee.« Sie nestelte an ihrer Perlenkette, die eng ihren Hals umschlang. »Er passt zu dir und Harlekin. Aber was erzähle ich, du bist eine hervorragende Reiterin, und ich kenne keinen besseren Besitzer für die beiden Brüder.«

Inka staunte. So viel Lob aus Konstanzes Mund. »Ja«, sagte sie zögerlich, »ich bin am Überlegen. Doch das ist es nicht, ich wollte dich fragen, ob du mir sagen kannst, wo Arno am Montagabend letzter Woche zwischen 22 Uhr und 23 Uhr war?«

»Na, da gibt's nur eins.« Konstanze von Hofstetten machte sich nicht die Mühe, Inka ins Haus zu bitten. »Entweder hat er vor dem Fernseher geschnarcht, oder er lag im Bett und hat geschnarcht.«

»Du weißt also nicht, ob er aufgewacht und in den Stall gegangen ist.«

»In den Stall? Um die Uhrzeit?« Konstanze lachte unnatürlich hell auf.»Das kann ich mir kaum vorstellen. Aber wer weiß, was er alles treibt? Was ich dir damit sagen will, ist, ich weiß nicht, wie er seine Abende verbringt. Ich gehe jeden Abend um neun Uhr auf mein Zimmer. Die Zeiten, in denen ... Nun, egal. Möchtest du einen Tee mit mir trinken? Ich habe eine neue Sorte im Teeladen in Lüneburg gekauft. Heidelbeere mit Vanille.«

»Später vielleicht, Konstanze. Erst muss ich Arno sprechen«, sagte Inka. »Aber könnte ich vorher ...« Sie kniff die Beine zusammen.

»Sicher. Geh nur, du kennst dich ja aus.«

Inka rannte an Konstanze vorbei und die geschwungene breite Holztreppe des Hauses nach oben in den ersten Stock. Alles war wie in ihrer Kinderzeit. Nichts hatte sich über die Jahrzehnte in dem Haus verändert.

Inka eilte über die Teppichläufer, die den cremefarbenen glänzenden Fliesenboden schonten, vorbei an Gemälden in goldgeschnörkelten Rahmen, hüfthohen blumenbedruckten Vasen, Tischuhren mit Engeln und Liebespaaren, die zu jeder vollen Stunde zu einer Melodie tanzten und den Flur in unklares Geläut verwandelten und vor denen sie als Kind stand und versucht hatte, eine Melodie zu erkennen.

Inka öffnete die Tür mit dem einzigen silberfarbenen Türgriff. Arno von Hofstettens Zimmer mit Masterbad. Sie eilte ins Badezimmer und wühlte in den Schränken. Nichts. Kein Ketamin. Sie öffnete den Kleiderschrank. Der aufdringliche Honig-Bananen-Aftershave-Duft mischte sich mit dem muffigen Geruch ungelüfteter Wäsche. Sie tastete sich durch Arnos Garderobe, befühlte die Taschen, sah in die Schrankeinschübe und Schrankböden. Nichts.

Mitten im Raum blieb sie stehen. Das große Bett.

Übergröße für einen kleinen Mann. Sie schmunzelte. *Der Sekretär ist eine Handarbeit aus Thailand und hat ein Geheimfach*, hatte er ihr, der Zwölfjährigen, stolz erklärt. *Das kennt niemand. Nur du und ich*, waren seine Worte, an die Inka sich, als wäre es gestern gewesen, erinnerte.

Inka krabbelte unter den Tisch, drückte den fingerlangen Hebel zur Seite und öffnete die Bodenplatte. Mit der rechten Hand griff sie in die Ablage. Sie berührte einen Stapel loser Papiere, dann hörte sie Schritte auf dem Flur und Konstanzes Stimme.

»Inka, wo bist du?«

Noch zwei Zimmertüren. Inka krabbelte mit den Fingern weiter nach hinten. Noch mehr Papierkram und etwas, dass sich wie eine Schokoladentafel anfühlte. Das hatte Zeit.

»Ich bin hier«, rief sie, dann schlug die Tür auch schon mit voller Wucht auf.

»Was machst du in Arnos Zimmer? Das Gäste-WC befindet sich noch immer unten am Eingang.«

»Ich wollte …« Inka zögerte und lächelte verlegen wie ein Schulmädchen, »na ja, wegen der alten Zeiten. Du weißt doch, wie ich Arnos Aftershave …«

Konstanze zog die Nase kraus. »Ja«, sagte sie, »ihr habt immer beide gleich gerochen. Ich konnte das stinkende Zeug noch nie ausstehen. Und jetzt komm. Benny lief mir gerade über den Weg, er geht frühstücken, und ich muss hinterher, sonst schmiert er mir wieder die Küche mit Käse, Marmelade und was weiß ich noch für Kreationen voll. Er ist ein lieber Junge und zuverlässiger Stallbursche, aber er braucht ein Lätzchen und einen Babysitter, wenn es ums Essen geht.« Konstanze lachte. Aufrichtig. »Ach so, er sagt, Arno ist bei den Ställen.« Sie machte auf dem Absatz kehrt. »Solltest du mich noch brauchen, dann findest du mich in meinem Zimmer, sobald ich Benny abgefüttert habe«, setzte sie nach. »Ich muss unbedingt meinen Steuerkram fertigmachen. Das wird Stunden dauern.« Sie strich sich über die Stirn, als verbrachte sie bereits Stunden in ihrem Kämmerlein.

»Erst mal nicht. Danke«, sagte Inka und sah Konstanze nach, wie sie Richtung Küche stolzierte.

Als sie die Eingangstür öffnete, rief ihr Konstanze nach: »Und wenn du Femke triffst, sag ihr, sie soll mit Benny nach Lüneburg fahren, er braucht neue Arbeitskleidung. Der Junge will nicht aufhören zu wachsen.«

65 Femke stand hinter der letzten Stallbox mit dem Rücken an die Backsteinwand gelehnt. Sie rauchte.

»Seit wann rauchst du?«, fragte Inka erstaunt.

»Seit drei Minuten.« Femke trat die Kippe in den Matschboden des Paddocks.

Inka grinste. Typisch Femke, immer einen zynischen Spruch auf den Lippen. Wo war nur die liebenswürdige Dreijährige mit den roten Zöpfen geblieben, der sie Äpfel abschälte, Grießpudding kochte und als Einziger erlaubte, ihr Pony *Sternschnuppe* zu reiten? Sie sparte sich einen weiteren Kommentar und fragte: »Wo finde ich deinen Vater?«

»In der dritten Stallreihe.«

»Danke. Ach, deine Mutter sagt, du sollst mit Benny nach Lüneburg fahren und Arbeitskleidung kaufen.«

»Schon wieder. Immer drückt sie mir den Knalli auf.«

Femke verzog das Gesicht und stapfte los Richtung Haupthaus.

»Knalli. Lass das nicht deine Mutter hören«, sagte Inka, doch Femke war außer Hörweite.

Als Inka an der dritten Stallreihe ankam, stand Arno von Hofstetten an der letzten Box. Aus einigen halbhoch geöffneten Boxen steckten Pferde neugierig ihre Köpfe. Andere Holzboxen waren ab einer Höhe von einem Meter fünfzig mit Gittern verschlossen.

»Grüß dich, Inka«, sagte Arno von Hofstetten. Er kam auf Inka zu, umarmte und küsste sie wie immer. »Na, machen wir für Bajazzo einen Vertrag?«

»Gut, dass du darauf zu sprechen kommst, Arno.« Sie wischte sich die Wange ab. »Es ist einer der Gründe, warum ich hier bin.« Inka zog Harlekins Kaufvertrag aus der Jackentasche. »Kannst dich noch erinnern? Es ist deine Handschrift auf dem Vertrag, oder?«

»Es ist unser Vertrag, warum fragst du?« Hofstetten nickte zustimmend.

»Dazu komme ich sofort. Arno, hast du Ketamin in deinem Vorratsschrank?«

»Klar, wofür brauchst es?«

Inka ging auf die Frage nicht ein. »Zeig es mir«, forderte sie den Hofbesitzer auf.

»Sicher.« Hofstetten ging zum Anfang der Stallreihe und schloss mit einem Schlüssel, den er an einer Kette am Hosenbund trug, eine Stahltür auf.

In dem zehn Quadratmeter großen Raum standen links und rechts Metallregale. Inka erinnerte sich an ihre Mutter, die eingemachte Bohnen und Pflaumen auf gleichen Regalen im Keller lagerte.

Links standen Tüten mit verschiedenen Sorten Vitamin-

Pellets und Pferdeleckerlis. Inka las: Apfel-Leckerli ohne künstliche Farb- und Konservierungsstoffe, Bananen-, Sanddorn- und Mango-, Lakritz-, Rote-Beete-Leckerlis in Glückspilzform, Eukalyptus-Bonbons, mit Honig verfeinerte Bananen-Chips, Mineralecksteine. Auf der rechten Seite im obersten Regal stapelten sich Huf-Gel, neu verpackte Halfter und Sattelunterlagen, Bürsten und Kardätschen. Hufbeschlags-Garnitur mit allerlei Besteck entdeckte Inka in der mittleren Reihe. Ihr Blick blieb an den Hauklingen hängen, die, mit blauen und roten Griffen, mit der Schneide kopfüber in einer Metalldose steckten.

»Hier«, sagte Arno von Hofstetten. Mit einem zweiten Schlüssel öffnete er einen grauen Spind am Ende des Raumes.

»Kannst du mir sagen, Arno, ob etwas fehlt?«, fragte Inka. Ihr Blick lag auf den bauchigen Flaschen mit dem grauschwarzen Aufdruck und der transparenten Flüssigkeit, von der, wie sie feststellte, kein Tröpfchen fehlte.

Arno von Hofstetten betrachtete die Flaschen mit nachdenklicher Miene. »Vierzehn, alle da«, sagte er zufrieden.

»Wer hat alles einen Schlüssel für den Raum?«

»Sag mal, Inka, was wird das hier?«

»Eine Durchsuchung mit gerichtlichem Beschluss.« Sie hielt Arno von Hofstetten den Durchsuchungsbeschluss vor die Nase.

»Das ist nicht dein Ernst, oder?«

»Ich wünschte, es wäre anders. Wer hat alles einen Schlüssel für den Schrank?«

Arno von Hofstetten räusperte sich. »Ich und der Tierarzt«, sagte er knapp.

»Und was ist mit Femke, Konstanze und deinen Pferdepflegern Pitt, Heiko und Benny? Könnten sie auch an den Schrank?«

»Nein. Ausgeschlossen.«

»Wo stecken die beiden? Das Gestüt ist wie ausgestorben.«

Ein unbehagliches Gefühl überfiel sie. Ob sie Marks Rat, mit Verstärkung zu Arno zu fahren, hätte annehmen sollen? Nein. Warum? Sie kannte Arno seit ihrer Kindheit. Selbst wenn er … Nein. So weit würde er nicht gehen.

»Wenn du Pitt und Heiko meinst, die haben heute frei. Und jetzt spuck's aus, Inka, was willst du wirklich?«

Inka holte tief Luft und setzte an: »Dich fragen, wo du am Montagabend letzter Woche von 22 Uhr bis 23 Uhr warst.«

»Im Stall bei dem durchgeknallten Pensionspferd. Das sagte ich dir bereits. Und Konstanze kann …«

»Konstanze ging um neun Uhr auf ihr Zimmer«, unterbrach Inka ihn.

»Na und, dann hat mich eben keiner gesehen, was noch lange nicht heißt, dass ich den Seelenklempner aufgeschlitzt habe.«

»Arno, ich glaube dir nicht.« Inka zog einen der Drohbriefe aus der Tasche und setzte alles auf eine Karte, als sie sagte: »Das ist deine Handschrift. Warum hast du Wesel aufgefordert, den *Seerosenhof* zu schließen? Warum hast du Robert Andresen, Mareike Paulsen und Viola Lassnik ermordet?«

Ohne zu zögern und in sarkastischem Tonfall sagte Hofstetten: »Du kannst mir keine Morde anhängen. Du hast nicht das kleinste Staubkorn als Beweis.«

»Du irrst, Arno. Mein Staubkorn sind die Drohbriefe und Harlekins Vertrag mit identischen Handschriften.

Ein graphologisches Gutachten wird die Übereinstimmung bestätigen.«

Es raschelte hinter Inka. Konstanze erschien im Türrahmen.

»Den kannst du dir sparen, Inka. Ich habe die Briefe an den *Seerosenhof* und Leiter Ludwig Wesel geschrieben.«

Inka blickte Konstanze verblüfft an. »Du?«, fragte sie mit offenem Mund. Ihr fielen die Schnörkel und Ösen der Schrift ein. »Und was ist mit Harlekins Vertrag? Ich stand daneben, als Arno ihn unterzeichnet hat.«

»Unterzeichnet, richtig. Aber aufgesetzt habe ich ihn.«

»Warum?«, fragte Inka.

»Warum ich den Vertrag oder warum ich die Drohbriefe geschrieben habe? Nun«, sagte Konstanze. »Ich schreibe alle Verträge, ob für Arno oder mich mit der Hand. Ich hasse das technische Zeitalter. Aber das interessiert dich sicher nicht, oder?«

Inka schüttelte verneinend den Kopf.

»Seit drei Jahren steht uns das Wasser bis zum Hals, Inka. Die glanzvollen Jahre, wo wir als die reichsten Bauern der Gegend galten und uns auf die faule Haut legen und den Kontostand anhimmeln konnten, sind vorbei. Unsere einzige Rettung war Femke.« Sie lachte auf. Es war ein trauriges, verzweifeltes Lachen. »Heiraten die beiden nicht in den nächsten drei Monaten und zahlt Victor Mitgift, gegen Weideland natürlich, geht der Hof in die Zwangsversteigerung, und wir landen unter der Brücke.«

»Hast du …«, begann Inka.

»Nein«, unterbrach Arno scharf. »Konstanze hat nur die Briefe geschrieben.«

»Ich verstehe das nicht. Konstanze führt eine gutgehende Boutique, auf dem Hof habt ihr supermoderne

Ferienwohnungen, die Pensionspferde, den Verkauf der Pferde. Wo ist das Problem?«

»Wir haben uns verspekuliert. Wir dachten, wir könnten auf den Zug aufspringen und mit dem Bau des Verrücktenhauses mehr Gäste auf das Gestüt locken. Also haben wir umgebaut, mit allem Schickimicki. Unsummen sind draufgegangen. Nur kaum einer will sie mieten. Die Einnahmen, mit denen wir gerechnet haben, sind nicht eingetroffen. Wir haben die Preise gesenkt, Werbung geschaltet, Events angeboten. Nichts. Die Wohnungen stehen leer und verrotten. Die Pensionspferde bringen kaum Erlös und der Verkauf … Nun, ab und an ein Pferd, aber das reißt uns nicht aus dem Loch. Und nur von Konstanzes Einkommen können wir das Gestüt nicht halten. Was sollen wir machen, in unserem Alter?« Arno von Hofstetten zuckte die Schultern. »Unsere Hoffnung lag auf Femke. Allerdings war sie nicht begeistert von unserem Vorschlag, sich …«

»An Lukas Deerberg ranzumachen?«

Arno von Hofstetten nickte. »Er ist ja bekannt in der Heide als …« Er holte tief Luft. »Femke ist auch keine Heilige, aber sie ist ein treues Mädchen. Familie steht für sie ganz oben. Na ja, wie auch immer. Nach ein paar Monaten hat es zwischen den beiden trotzdem gefunkt. Und von einem Moment zum anderen schien Lukas wie ausgewechselt. Für ihn gab es nur noch Femke. Jeden Wunsch hat er ihr von den Augen abgelesen. Das war schon unheimlich, wie er sie verwöhnt und umschwärmt hat. Ein schönes Paar die beiden.« Arno von Hofstetten wirkte nachdenklich, aber er lächelte, leise und verträumt.

Inka stimmte zu. Femke und Lukas waren ein schönes Paar. Zwei Königskinder, die sich gefunden hatten.

»Ein halbes Jahr später begannen die Vorbereitungen für die Hochzeit«, begann Hofstetten wieder, »eine Gästeliste wurde aufgestellt, Essen geplant, Blumen, Kleid und das ganze Drumherum. In der Zwischenzeit eröffnete der *Seerosenhof*, und die ersten Bewohner zogen ein. Und Lukas, ja, der fiel schnell und nur allzu gerne in alte Angewohnheiten zurück und verschob einen Hochzeitstermin nach dem anderen. Mehr brauche ich dir wohl nicht erklären.«

»Und da entscheidet ihr euch für Mord? Ich verstehe das nicht. Ihr, die ...« Inka schüttelte den Kopf. Sie kannte Konstanze und Arno von Hofstetten, seit sie denken konnte. Dreimal die Woche hatte sie die kleine Femke beaufsichtigt. Kannte jeden Winkel des Hauses, alle Angestellten. »Was sollten die Morde ändern, wenn Lukas Femke nicht heiraten will, sondern lieber durch die Gegend ...« Inka unterbrach sich.

»Das war ja der Grund für die Briefe an den Leiter des *Seerosenhofs*. Wir hofften, er schließt das Haus und es kehrt wieder Ruhe ein, und Femke und Lukas ...«, sagte Konstanze. Sie wirkte niedergedrückt. Ihre rosige Gesichtshaut war blass, ihre Augen irrten unruhig im Raum umher.

»Aber das hat er nicht, und ihr habt angefangen ...«

»Ich, Inka. Konstanze hat nicht gewusst, dass ich die Drohbriefe in die Tat umgesetzt habe. Zuerst zumindest nicht. Und ich sage dir eins, du hältst sie da raus, verstanden!« Arno von Hofstetten starrte Inka an, ein gefährlicher Versuch zu ergründen, ob sie ihn verstand.

»Tzz, als ob das einen Unterschied macht.« Angewidert von Arnos Kaltschnäuzigkeit wandte Inka sich ab.

»Versteh doch«, bat Konstanze, »wir haben alles versucht und auch mit Lukas gesprochen. Victor hat sich den Mund fusselig geredet. Gesagt, er solle seine Abenteuer mit den Frauen aus dem *Seerosenhof* einstellen und endlich zu seinem Eheversprechen stehen. Aber der meinte nur: Femke wäre eine tolle Frau, und irgendwann würde er sie sicher heiraten, doch erst, wenn er es wollte.« Konstanze faltete die Hände wie zu einem Gebet und trat ein paar Schritte näher an Inka heran.

Zwei Schritte, eine Armlänge und einen Atemzug entfernt. Der akzeptierte Sicherheitsabstand zwischen zwei Menschen.

»Aber darauf konntet ihr nicht warten. Ich verstehe.« Inka vergrößerte den Abstand, lehnte sich mit dem Rücken an die Backsteinwand und verschränkte die Arme vor der Brust. Sie blickte von Konstanze zu Arno, der das Wort an sich riss und sofort lospolterte:

»Wie denn auch? Und dann fing noch dieser Therapeut mit seinen bescheuerten Vorträgen an. Das ganze Dorf hat er mit seinem verrückten Gesülze auf den Kopf gestellt. Überall hörtest du nur noch, Fremdgehen wäre gesellschaftsfähig, könne Beziehungen beleben. Lukas hat sich die Hände gerieben. Für ihn war das der Freifahrtschein ins Schlaraffenland. Vier Monate bin ich zu seinem bescheuerten Vortrag gegangen und habe ihn bekniet, er möge mit dem Mist aufhören. Seine irrsinnigen Feldzüge einstellen. Ohne Reaktion.«

Inka entging nicht der Blick, den Konstanze und Arno von Hofstetten tauschten.

»Ich wollte … Lukas war uneinsichtig und benahm sich wie ein trotziges Kind, Wesel reagierte nicht, und der bekloppte Andresen lachte mich nur aus. Mir ist der Kragen geplatzt.«

»Weiter«, sagte Inka.

»Weiter, weiter. Was noch?«

»Warum Mareike Paulsen und Viola Lassnik?«

»Sag mal, Inka, du kommst ohne Verstärkung auf den Hof, obwohl du weißt, dass ich der Mörder bin. Du hast vielleicht Nerven!«

»Ich habe es nicht gewusst, Arno. Vielleicht geahnt. Aber ...« Inka stockte. Es fiel ihr schwer, einen Menschen des Mordes zu überführen, den sie seit Ewigkeiten kannte. »Ich wollte mit dir reden. Dir die Möglichkeit einer Erklärung geben, falls ...« Sie musste sich konzentrieren und ihre Gefühle ausschalten. »Verrate mir, warum hast du Mareike Paulsen und Viola Lassnik umgebracht?«, fragte sie amtlich.

»Weil ... weil sie zwei von Lukas' Gespielinnen waren, sie sich im *Seerosenhof* aufhielten und die Drohbriefe mehr Gewicht erhielten. Ich habe gehofft, dass Wesel das Haus schließt. Die Zwangsversteigerung rückt näher und ... Verdammt, Inka. Was willst du noch?«

»Warum hast du sie mit Ketamin betäubt?«

»Warum, warum? Warum macht man dies oder das? Sie hätte das Haus zusammengeschrien, wäre ich ihr ohne dem Zeug auf die Pelle gerückt.«

»Und wie hast du es angestellt? Ich meine ...«

»Ich hab ihr was in den Kräuterschnaps gemischt.«

»Und Rike hat mit dir angestoßen, bevor du ...« Sie brach ihren Satz ab und wartete, bis Hofstetten antwortete.

»Nein, hat sie nicht. Verdammt, Inka. Ich sah die Schlampe mit Lukas in einer Box, wie sie es getrieben haben. Als sie am nächsten Tag kam, um auszureiten, bot ich ihr fünf Tausender, wenn sie Lukas in Ruhe lässt. Sie hat angenommen, aber wollte, dass ich ihr das Geld in den *Seerosenhof* bringe. Was weiß ich, warum?«

»Fünftausend Euro? Das ist unsere letzte Reserve, Arno«, entrüstete sich Konstanze.

Arno von Hofstetten ignorierte Konstanzes Einwand und wandte sich wieder an Inka. »Ich musste sie zum Schweigen bringen. So oder so. Im *Seerosenhof* habe ich ihr das Geld auf den Tisch gelegt und gesagt, dass sie es haben könne, wenn sie mit mir den Vertrag mit einem Kräuterschnaps besiegle. Es gehöre sich so auf dem Dorf. Während sie das Geld einsteckte, habe ich ihr das Ketamin in den Kräuterschnaps gemischt.«

»Was hatte Rike an, als sie dir die Tür aufmachte?«

»Wie, was sie anhatte? Wie meinst du das, Inka?«

»So wie ich das gesagt habe. Was trug sie für Kleidung, als sie dir die Tür öffnete?«

»Einen Bademantel. Schweinchenrosa. Sie wollte wohl gerade in die Dusche.« Hofstetten grinste und setzte nach: »Aber die Tür war nicht verschlossen, sondern nur angelehnt.«

»Und was war mit Viola Lassnik? Woher wusstest du, dass sie mit Lukas … Hast du ihr ebenfalls Geld angeboten?«

Arno von Hofstetten druckste. »Ich hab Lukas von einem Detektiv beschatten lassen. Einen Monat lang. Ich wollte wissen, mit wem er sich noch alles rumtreibt. Die Koch-Schnepfe hab ich vor dem Verrücktenhaus abgefangen. Erst hat sie mich auf die doppelte Menge raufgehandelt und dann abserviert. Ich könne mir mein stinkendes Geld sonst wo hinschieben, denn mit wem sie es trieb, sei allein ihre Sache.«

»Und wie lange hättest du noch …« Konstanze wagte

nicht auszusprechen, was ihr den Boden unter den Füßen wegriss. Verängstigt sah sie ihren Mann an, als sähe sie ihn heute zum ersten Mal.

»Es sind kaum noch Patienten im Haus. Du wirst sehen, Konstanze, in den nächsten Tagen ist das Haus dicht, und Femke und Lukas werden heiraten. Alles wird gut.«

Inka schüttelte den Kopf. Sie brauchte einen Moment, um zu begreifen, dass Arno von Hofstetten, der Mann, der für sie früher der gute Onkel war, der jede Maus aus der Pferdebox in die Freiheit entließ, kaltblütig drei Menschen ermordet hatte.

Als hätte Hofstetten ihre Gedanken erraten, sagte er: »Du hast keine Beweise, Inka. Die Drohbriefe, gut, die kannst du uns anhängen, aber sonst ...?« Er setzte ein überhebliches Grinsen auf.

»Wir haben Haare.«

»Haare?«

»Ja. Zwei schwarze Pferdehaare, kleine Kiesel und einen Teilabdruck eines Schuhs fanden wir bei Mareike Paulsens Leiche.«

»Und wenn schon«, knirschte Hofstetten. »Schwarze Pferdehaare? Pah. Viele Rassen haben schwarze Haare im Fell, das solltest du als erfahrene Reiterin wissen. Und Kieselsteine? Sieh dich um, Inka. Die Dinger findest du überall. Nicht mal der Teilabdruck hilft dir in deiner Sammlung.« Seine Stimme klang gefährlich ruhig.

»Stimmt, Kiesel gibt es überall, möglich auch der Teilabdruck, aber nicht die Pferdehaare. Hier irrst du, Arno. Es gibt eine DNS-Untersuchung, mit der wir feststellen können, von welchem Tier die Haare stammen.«

»Und, dann sind sie der Schlampe eben von der Kleidung in die Badewanne gefallen. Sie war täglich hier und hat sich Pferde zum Reiten ausgeliehen.«

»Am Bademantel?«

»Beweis mir anderes, Mädchen. Du kannst mein Geständnis durch die Lüneburger Heide trällern. Trotzdem ist es null und nichtig.«

»Kommst du freiwillig mit mir auf die Wache?«, wollte Inka von ihm wissen. Ein aussichtsloses Trugbild, das sie da überfiel.

Hofstetten verweigerte ihr die Antwort, stattdessen sagte er: »Unsere Inka. Sie ist noch immer die Träumerin von früher, nicht wahr, mein Schatz.« Er lachte laut und scharf auf und drückte Konstanze an seine Seite. Selten schien sich das Ehepaar so nah.

Eine bedeutungsschwangere Pause entstand. Hofstettens Gesicht verdüsterte sich weiter, und eine gefährliche Mischung aus Zorn, bitterer Selbsterkenntnis und Verärgerung flammte in seinen Zügen auf.

»Schade, ich dachte ...«, begann Inka und versuchte so gelassen wie möglich zu wirken, obwohl sie spürte, dass sie damit auf dem Holzweg war. Sie zog ihr Handy aus der Tasche. Sie musste Mark informieren. Eine ungelesene Nachricht stand im Display. Sie drückte die OK-Taste.

»Bitte melden. Ich glaube, ich kenne den Täter. S.«, lautete die Nachricht. Inka schmunzelte. *Ich auch*, dachte sie gerade, dann ging es auch schon los.

»Denken ist in deiner Situation ein fataler Fehler, kleine Inka.« Ruckartig griff Hofstetten Inkas Handgelenk und drehte ihr den Arm auf den Rücken. Das Handy knallte auf den Steinboden. Der Deckel ging ab, und das Display zersplitterte auf dem Beton.

»Was machst du, Arno?«, wandte Konstanze entsetzt

ein. »Das ist Inka. Sie hat auf unsere Tochter aufgepasst. Sie ist ein Familienmitglied. Sie ist ...«

»Deine Inka. Ja. Die ganzen Jahre höre ich nichts anderes. Wenn du dich nur so um Femke bemüht hättest. Aber immer nur Inka. Inka hier, Inka da.« Seine gekränkten Worte prasselten wie Steinschlag auf Konstanze ein.

»Na und, dafür hast du Femke. Ich hab immer gesagt, sie soll sich einen anderen Mann als diesen Taugenichts Lukas suchen. Das nimmt ein schlimmes Ende. Aber sie macht ja nur, was ihr Papa sagt«, konterte Konstanze. Haarsträhnen lösten sich aus ihrer sorgfältig gelegten Hochfrisur, ihre sonst so gesunde Farbe wich aus ihrem Gesicht, während Arno scharlachrot anlief.

Inka fragte sich, worum die beiden da stritten. Nie war ihr aufgefallen, dass Konstanze ihr herzlicher zugetan war als ihrer eigenen Tochter. Wenn sie kam, verhielt sie sich eher abweisend. Inka konnte ihre Gedanken nicht zu Ende denken.

Arno verstärkte seinen Griff und polterte erneut los: »Aber deine Inka wird uns einbuchten, bis wir vergammeln. Willst du das etwa?« Er warf seiner Frau einen niederschmetternden Blick zu. Ohne auf ihre Antwort zu warten, beugte er sich leicht seitwärts, zog aus der Metalldose eine Hauklinge und setzte sie Inka an die Halsschlagader.

»Bist du verrückt geworden? Du kannst nicht ... Schmeiß die Klinge weg, und lass Inka los!«, schrie ihm Konstanze ins Gesicht. Sie schrie und schrie, als wolle sie alle Undeloher Bewohner aus ihren Häusern herbeirufen.

Arno von Hofstetten hörte nicht zu. »Quatsch nicht rum, sondern hilf mir lieber«, zischte er durch zusammengebissene Zähne.

»Nein, das werde ich nicht tun«, kreischte ihm Konstanze ins Gesicht.

»Dann verschwinde, geh ins Haus!«, donnerte Hofstetten seine Frau an. »Ich erledige das alleine.«

»Arno«, keuchte Inka, »lass mich los. Meine Kollegen sind nicht weit. Sie werden mich vermissen.« Sie wusste, ihre Worte würden Arno nicht aufhalten. Zu viel war geschehen. Er hatte nichts mehr zu verlieren und würde nicht zögern, ihr ebenso den Hals aufzuschlitzen wie Andresen.

»Sollen sie kommen. Was meinst du, werden sie finden? Und jetzt vorwärts.« Er schob Inka an Konstanze vorbei, die ihr einen entsetzten Blick zuwarf.

»Es tut mir leid, aber es gibt keine andere Lösung«, gab ihr Hofstetten fast mitleidig zu verstehen, dann öffnete er die Verriegelung der Boxentür und schubste Inka zu dem Schimmel.

Augenblicklich bäumte sich der Schimmel auf, drehte sich in der Box und starrte Inka, die sich dicht an die Holzverkleidung drängte, mit dunklen Augen an. Er presste die Kiefer aufeinander und bleckte seine Zähne. Kein gutes Zeichen.

»Arno, mach die Tür auf.« Inkas Worte kamen ebenso flüsternd wie bebend.

»Nichts da! Wegen dir werde ich nicht auf der Straße schlafen. Du machst mir meinen Plan nicht kaputt. Im *Seerosenhof* sind kaum noch Patienten, Wesel wird schließen, und Lukas und Femke heiraten. Basta.«

»Arno, da spiel ich nicht mit. Die Drohbriefe waren eine Sache, aber mit den Morden bist du zu weit gegangen.« Konstanze verschluckte sich fast vor Aufregung. »Und jetzt noch Inka. Nein! Geh weg«, sagte sie. Mit ihrer Schulter drückte sie Arno mit aller Kraft zur Seite.

»Spinnst du?«, schrie er. Sofort ging er auf Konstanze los. Seine Hand schnellte vor, packte Konstanze an den Armen und schleuderte sie zu Boden. »Hör auf mit dem Scheiß, sonst steck ich dich zu deiner Inka in die Box.«

Konstanze hörte nicht zu, rappelte sich wieder auf und versuchte erneut, die Verriegelung zu lösen. Arno hob die Hand zum Schlag und erwischte seine Frau mit der Klinge an der rechten Handinnenfläche. Konstanze schrie und ließ vom Schloss ab. Blut tropfte auf den Boden, versickerte auf Stroh und Beton.

Der Schimmel wurde immer unruhiger. Er schlängelte seinen Kopf hin und her, und seine Hinterhufe knallten wie Donnerschläge gegen die Box.

Inka hielt die Luft an. Schweiß rann ihr über das Gesicht, über den Rücken und an den Beinen herunter. Sie dachte an Paula. Sie freute sich so, dass sie in ein paar Tagen wieder zu ihrer Tilly und den Freunden durfte. Und sie wollte mit ihr Schlitten fahren im Snow-Dome. Vielleicht noch *Das Verrückte Haus* besuchen, vor dem Paula stand und es mit großen Kulleraugen bestaunt hatte. Warum steht das Haus denn auf dem Kopf, Mama?, hatte sie sie bei ihrem letzten Besuch in Bispingen gefragt. Weil ... Inkas Kopf tobte und verhinderte jeden klaren Gedanken.

»So und jetzt lassen wir dich alleine.« Arno von Hofstetten riss sie aus ihrem Gedankenkarussell.

»Arno«, sagte sie flüsternd, »du kommst damit nicht durch. Meine Kollegen sind nicht weit, und über kurz oder lang ...«

»Hör auf, Inka. Niemand wird mir etwas nachweisen können. Jeder wird denken, dass dich deine Neugier in die Box getrieben hat. Und dass der Schimmel das verrückteste Pferd auf dem Hof ist, leuchtet selbst Benny ein.«

»Und ich habe mich selbst eingesperrt? Das nimmt dir doch keiner ab.« Ein letzter Versuch.

»Das lass man meine Sorge sein«, sagte Arno mit emotionsloser kühler Stimme. »Darum kümmere ich mich später.« Seine Mundwinkel umspielte ein sardonisches Lachen.

»Wirst schon sehen, na ja, höchstwahrscheinlich nicht, nach deiner Beerdigung in einer Woche ist alles vergessen, kein Hahn wird mehr danach krähen, wer die drei auf dem Gewissen hat. Der *Seerosenhof* wird geschlossen und der Fall als ungelöst abgelegt. Der Wind weht wieder aus der richtigen Richtung.« Er griff nach dem Besen, der an der Mauerwand lehnte, und knallte den Holzstiel dreimal kräftig gegen die Box. Mit festem Griff um Konstanzes Oberarm verließ er die Stallreihe.

Der Schimmel bäumte sich erneut auf und wieherte ebenso ohrenbetäubend wie gefährlich.

Unter Inkas Füßen schien der Boden zu beben. Oder waren es ihre Knie, die zitterten?

»Ruhig«, sagte sie, »ganz ruhig. Du bist ein Lieber, nicht wahr?« Wollte sie das Pferd oder sich beruhigen?

Wieder hob der Schimmel die Vorderbeine, stampfte auf den Boden und legte die Ohren rückwärts flach an seinen Kopf.

Es war so weit.

Inka blieben nur Sekunden, um am Holzvorsprung bis zum Gitter hochzuklettern und sich in Sicherheit zu bringen. Die Finger um das Gitter gekrallt, die Zehenspitzen auf dem kaum handbreiten Holzrand der Box abgestützt, hing sie in der rechten Ecke der Box.

Ob es fünf oder fünfzig Minuten waren, die Inka in Todesangst verbrachte, wusste sie nicht, bis sie eine Stimme hörte. Töne, die wie durch einen kilometerlangen Tunnel verzerrt an ihr Ohr drangen.

»Frau Brandt. Sind Sie hier?« Dann noch einmal: »Frau Brandt.«

»Hier«, flüsterte sie, »ich bin hier.«

»Wo?«

»Hier drinnen. Hilfe!« Es war ein verzweifelter, kläglicher Ruf.

»Ich kann Sie nicht sehen«, hörte sie die Stimme erneut rufen.

»Ich bin ganz hinten, in der letzten Box.«

Immer die Mitte der Stallreihe im Auge, eilte Sebastian zur Box, aus der leises Keuchen drang.

»Um Himmels willen! Was machen Sie in dem Stall?«

»Auf den Bus warten, das macht man so, wenn man wie eine Fledermaus in der obersten Ecke einer Box von einem traumatisierten Pferd hockt«, gab Inka zur Antwort. »Verdammt, was soll ich hier schon machen.« Das war zu laut. Der Schimmel wieherte ohrenbetäubend, bockte abwechselnd mit Hinter- und Vorderläufen, schüttelte den Kopf und sah mit wehender Mähne aus, als tanzte er zu wilder Heavy-Metal-Musik.

»Geht es Ihnen gut?«, fragte Sebastian.

»Blendend«, erwiderte Inka spöttisch. »Und jetzt los, Schäfer, machen Sie die Box auf!«

»Dann kommt das Vieh rausgerannt.«

»Und das soll es auch«, flüsterte Inka. Sie verkniff sich das Schreien, obwohl sie am liebsten losgebrüllt hätte.

»Ich kann das nicht. Ich …« Sebastian trat acht Schritte rückwärts, ohne zu ahnen, dass er sich dem Rappen

Sammy näherte, der neugierig den Kopf über die Holzverkleidung streckte. »Ich rufe Hilfe, halten Sie sich fest.«

»Schäfer, bis Hilfe kommt, bin ich Bodenbelag. Los, Sie können das! Sie sind mit mir in der Heide ausgeritten. Öffnen Sie das Schloss.«

Sebastian schüttelte den Kopf. Für *Sammy* das Zeichen, seinen Besucher liebevoll zu begrüßen und an den Haaren zu knabbern. Erschrocken drehte Sebastian den Kopf. Schleimige Schlabberküsse fuhren ihm quer über das Gesicht. Sebastian schrie auf, und *Sammy* zog enttäuscht den Kopf in die Box.

»Schäfer«, drohte Inka mit fester Stimme. »Kommen Sie verdammt noch mal her, und öffnen Sie den Riegel.«

Mit dem Pulloversaum wischte sich Sebastian das Gesicht ab. »Wenn das man gutgeht«, sagte er, während er sich Zentimeter um Zentimeter dem Schimmel näherte, der ihn aus großen dunklen Augen neugierig fixierte, als würde er ihn scannen.

»Na«, sagte Sebastian. Einen halben Meter vor den Gitterstäben blieb er stehen. »Wie heißt du denn?«

Inka verdrehte die Augen. »Ich heiße: Mach-das-Tor-auf.«

»Nein, so heißt du nicht, nicht wahr. Hier steht, dein Name ist: Sir Galando. Der Name passt zu dir. Sir Galando«, wiederholte Sebastian.

Der sonore Bariton des Menschen gefiel dem Schimmel. Seine Ohren richteten sich auf, und er stellte das Schweifpeitschen ein.

»Haben wir nichts Schönes für dich?«, säuselte Sebastian in schläfrigem Tonfall, der in anderer Situation sicher angebracht gewesen wäre, hier jedoch kaum hinpasste.

»Gute Idee, vorne ... am Anfang der Stallreihe im Vorratsraum gibt's massenweise Leckerlis«, schnaufte Inka aus ihrer Ecke. »Mit denen können Sie ihn ablenken und dann das Schloss aufbrechen.«

Sebastian sah sich um. Am Eingang des Stalls standen ein Eimer mit Brotkanten und ein Eimer mit Äpfeln. »Aber das ist vielleicht besser«, sagte er und verschwand augenblicklich aus Inkas Blickwinkel.

»Hey, Mister Pferdeflüsterer, zum Lagerraum geht's in die andere Richtung. Und könnten Sie sich bitte beeilen, ich kann mich nicht mehr lange halten.«

Sir Galando wieherte, schüttelte kurz den Kopf und trat dichter an das Gitter, als wolle auch er nachsehen, wohin sein Gesprächspartner verschwunden war.

»Bin schon wieder da«, machte sich Sebastian bemerkbar. Im Arm trug er den Apfeleimer. »So, mein Guter. Jetzt hab ich was Feines für dich.«

»Sie müssen den Apfel auf die ausgestreckte flache Handinnenfläche legen. Er nimmt den Apfel mit ...«

»Den Lippen, ja, weiß ich. Auch Rübezahl sieht fern.«

»Nur nicht so empfindlich«, knurrte Inka.

»Wie viele Äpfel dürfen Pferde fressen?«

»Bis sie kotzen, und jetzt sperren Sie endlich das Schloss auf.«

»Moment, ich beeil mich ja, aber ...«

»Was, was ist los?« Inkas Stimme überschlug sich vor Aufregung.

»Weiß ich nicht, da klemmt was.« Sebastian keuchte. »Jetzt, jetzt, glaub ich, geht es. Noch einen Moment.«

»Was denn noch?« Inka hörte ein Poltern, dann tiefes Kullergeräusch, als rollten Hunderte von Kugeln auf einer Kegelbahn ihrem Ziel entgegen.

»Sind Sie bereit da oben?«

»Nein, bringen Sie mir Strickzeug. Ich leg noch 'ne Handarbeitsrunde ein. Verdammt! Natürlich bin ich bereit«, motzte Inka. Ihr linkes Bein war eingeschlafen, das rechte schmerzte unerträglich, und ihre Finger, die sich um das Eisengitter krallten, fühlten sich an, als würden sie abbrechen. Lange ging das nicht mehr gut.

»Also dann«, sagte Sebastian. Er warf den leeren Eimer Richtung Paddock, öffnete die Tür und klemmte sich schützend hinter den Holzverschlag.

In seelenruhigem Hufgetrappel bewegte sich der Schimmel aus der Box. Mitten in der Stallreihe blieb er stehen und fraß einen Apfel nach dem anderen, die sich über den Stallboden verteilten.

Sebastian eilte in die Box, schloss die Tür hinter sich und half Inka aus ihrer Fledermausposition.

»Das wurde auch Zeit«, sagte sie, und: »Danke. Das haben Sie prima hingekriegt.« Zitternd streckte sie Sebastian ihre verkrampfte Hand entgegen. »Ich heiße übrigens Inka.«

»Sebastian«, antwortete er, nahm die gereichte Hand und drückte sie sanft und vorsichtig, als würde jeder einzelne Finger bei zu starker Berührung wie ein Eiskristall zerbrechen.

66 Zehn Minuten später traf Mark mit fünfzehn Kollegen auf Hofstettens Gestüt ein.

»Was ist passiert?«, fragte er Inka, die zähneklappernd vor ihm stand.

»Arno hat mich zu dem Fliegenschimmel in die Box

gesperrt.« Inka sprach stockend, während sie sich vorsichtig, so als müsse sie prüfen, ob ihre Beine sie wieder trügen, aus Sebastians Umarmung löste. »Aber ich hatte einen mutigen Retter.«

Marks Blick huschte zu Sebastian, er nickte ein stummes Danke und sagte: »Meinst du den Schimmel, der draußen Richtung Heide davonsaust?« Mit einer halben Drehung wandte sich Mark Richtung Scheunentor. Seine Jacke ging auf und zeigte seine Dienstwaffe, die in einer Seitentasche steckte.

»Ja«, sagte sie, während sie sich den Staub von der Kleidung klopfte. »Und woher wusstest du, dass ich Verstärkung brauche?« Inka nickte zu den ernst und düster dreinblickenden Kollegen aus Hanstedt und Soltau, die wie einzementiert auf der Rasenfläche vor der Scheune standen und nur auf ihren Einsatzbefehl warteten.

»Als Sebastian dich nicht erreichen konnte, rief er mich an. Er erzählte von den Drohbriefen und teilte mir seinen Verdacht mit. Als ich ihm sagte, du wärst bei Arno, war es leicht, eins und eins zusammenzuzählen. Warum hast du vor Victors Hoftor nicht den Mund aufgemacht und gesagt, dass ihr Drohbriefe gefunden habt, die Arno belasten? Ich hätte dich niemals alleine fahren lassen.« Mark Freeses Vorwürfe klangen scharf.

»Das wollte ich, aber … Außerdem war ich mir nicht sicher, dass Arno dahintersteckt, und wollte es wohl auch nicht wahrhaben.« Aller Hass, den Inka noch vor ein paar Minuten in der Box auf Arno von Hofstetten empfunden hatte, fiel von ihr ab und verwandelte sich in Traurigkeit.

»Ich kann es auch nicht glauben.« Mark Freese schüttelte verständnislos den Kopf, als hätte er Inkas Gedanken erraten. »Arno als dreifacher Mörder! Als Kinder haben wir hier auf dem Hof gespielt. Wir haben ...« Er ließ den Satz unvollendet und schluckte.

Inka nickte zustimmend und sagte: »Gehen wir sie holen.«

67 Von außen war das Haupthaus totenstill. Nur das leise Plätschern des Rondellbrunnens und Inkas und Marks knirschende Schritte über Kiesboden durchbrachen den kalten Septembermorgen. Sebastian hatte sich zu den Kollegen auf den Rasen gestellt und verfolgte jeden Schritt der beiden Kommissare, die sich dem Haus näherten.

Dreißig Meter entfernt, am Beginn der Straße Neunstücken, blinkten die Blaulichter auf den Dächern der vier Streifenwagen. Zwei Beamte hielten neugierige Touristen und Undeloher vom Grundstück fern. Von weitem erkannte Inka ihre Schwester und ihren Schwager, die in einer Menschentraube standen. Sie nickte den besorgten Gesichtern zu, hob kurz die Hand und sah, wie Hanna erleichtert ihre Hand auf den Brustkorb legte.

»Ich gehe zuerst rein«, sagte Inka und blickte in Marks dunkle Augen, die ihr Gesicht studierten, als wollten sie sagen: Muss das auch noch sein. Doch wusste er, dass sie sich davon nicht abbringen ließ, er brauchte es gar nicht erst zu versuchen.

Gefolgt von ihrem Kollegen, ging Inka die zehn Stufen zur Haustür hoch. Sie wollte schon klingeln, als kämen sie zu einem netten Kaffeebesuch, als sie sah, dass die

Tür einen Spaltbreit offen stand. Hatten Konstanze und Arno die Tür absichtlich offen gelassen? Wussten sie, dass es nicht lange dauern würde, bis die Polizei kam, oder wollten sie fliehen und suchten nur noch schnell ein paar Sachen zusammen? Aber wo sollten sie hin? Aus dem Dorf kamen sie nicht raus. Ein Anruf und alle Autobahneinfahrten waren gesichert.

Inka gab den Kollegen auf dem Rasen ein Handzeichen aufzurücken, sich zu verteilen und die Vorder- und Hinterseite des Hauses zu sichern. Schnell und lautlos huschte sie in die Diele, hinter sich hörte sie das Klicken von Marks Dienstwaffe. Wann hatte sie das letzte Mal eine Waffe gezogen? Im ersten Jahr in Lübeck, als sie bei einer Razzia in einem privaten Bordell in einem Hochhaus im Stadtteil Buntekuh unterwegs waren, und das zweite Mal vor einem Jahr, als sie eine Bande Zigarettenschmuggler im Hafen observierten.

Im Haus war es ebenso still. Nicht einmal ein Flüstern war zu hören. Das einzige Geräusch war das Ticken der Standuhr in der Diele.

Sie schlich weiter zur Treppe, die in den ersten Stock des großen Hofhauses führte, blieb kurz stehen, lauschte. Nichts. Schließlich öffnete sie die Tür zum Wohnzimmer, machte ein paar Schritte hinein und blickte sich um. Auf dem Wohnzimmertisch stand eine Vase mit gelben Rosen, die die Köpfe hängen ließen. Wie nachlässig, kam es Inka in den Sinn. So hatte sie Konstanzes akkurat geführten Haushalt nicht in Erinnerung. Inkas Blick wanderte zur wuchtigen Eichenschrankwand, dem Fernsehtisch, den schweren weinroten Samtgardinen. Nichts hatte sich seit damals verändert, die Zeit schien all die vergangenen Jahre stehengeblieben. Auf dem Kaminsims standen einige

Kinder- und Hochzeitsbilder. Inka warf einen schnellen Blick darauf und bemühte sich, einen klaren Kopf zu bekommen und alle störenden Gedanken zu verbannen. Sie sah sich nach Mark um, der ihr wie ein Schatten auf Schritt und Tritt folgte. Er wirkte gefasst, aber auch nervös.

Sie schloss die Wohnzimmertür und ging in die Küche. Ein Wasserkessel stand auf dem Herd. Er war noch handwarm. Auf dem Küchentisch brannte eine Kerze, und eine kleine Vase spät blühender Wiesenblumen schmückte den für vier Personen gedeckten Tisch. Angebissene Brötchen mit Schokoladencreme und Käsescheiben, die sich am Rand zu wellen begannen, lagen auf den Tellern, aufgeschlagene Eier, halbgefüllte Kaffeetassen und Orangensaftgläser, unabgedeckte Marmeladentöpfchen.

Es schien, als wurde eine Familie aufgefordert, sofort ihr Frühstück zu beenden, oder hatte verschlafen und beeilte sich, um nicht zu spät bei der Arbeit zu erscheinen. Letzteres wirkte bei Betrachten des reich und liebevoll gedeckten Frühstückstisches eher unwahrscheinlich.

Inka holte tief Luft. »Hallo«, rief sie. »Konstanze, Arno, wo seid ihr?« Niemand antwortete.

»Könnten sie vielleicht im ...«

Mark hatte noch nicht ausgesprochen, als Inka sagte: »Ich hasse Keller.«

»Ich weiß, ich gehe vor.«

Inka zögerte kurz, dann sagte sie: »Bitte.« In diesem Fall ließ sie ihrem Kollegen gern den Vortritt. Keller hatte sie schon immer soweit es ging gemieden. Als Kind hatte sie sich unter dem elterlichen Wohnzimmertisch versteckt und einen Horrorfilm im abendlichen Fernsehprogramm verfolgt. Schattenwesen, die aus Kellerwänden krochen und Menschen verschlangen. Ein hinderliches Trauma, mit dem sie heute gut umging, doch das in Stresssituationen gern aufloderte.

Mark knipste das Licht an, ein magerer Schein flutete die Treppe. »Konstanze, Arno!«, rief er in den Kellerraum, »seid ihr da unten? Hier ist Mark! Kommt rauf, ich muss mit euch reden.« Keine Antwort.

Die Holzstufen knarrten bei jedem ihrer Schritte, die sie sich weiter hinab in den Keller wagten. Inkas Herz schlug wild gegen ihre Brust, als sie die Stufen hinter Mark hinunterstieg. Als sie das Ende der Treppe erreicht hatte, blieb sie neben ihrem Kollegen stehen. Da sah sie das Ehepaar.

Konstanze und Arno von Hofstetten saßen nebeneinander an einem staubigen alten Esstisch, als würden sie auf Bedienung warten, die ihnen die Reste des Frühstücks servierte.

Um sie herum stand altes Gerümpel: eine Heißmangel, Kartons mit leeren Weinflaschen, geschlossene Kartons mit und ohne Werbeaufschrift. Weiter hinten auf Metallregalen vier in Folie eingeschweißte Zehnerpacks Glühbirnen, zwei Kinderzimmerlampen, eine mit Pferdeaufdruck, die andere mit Pumuckl. Auf dem Tisch lag ein Stapel Geldscheine, der, wie die Staubschlieren referierten, ein paar Mal hin und her geschoben worden war. Ein halb geöffneter Aluminiumkoffer zeigte achtlos hineingeworfene Kleidungsstücke.

Konstanze knüllte ein Papiertaschentuch in den Händen und schluchzte, während Arnos Brustkorb sich kräftig hob und senkte. Vor ihm stand eine geöffnete Kognakflasche, aus der ein Viertel fehlte. Keiner der vier Menschen sagte einen Ton, sie sahen sich nur stumm an.

Dann nahm Arno von Hofstetten noch einen kräftigen Schluck aus der Flasche, rückte den Stuhl zurück und stand auf. Er beugte sich zu seiner Frau und flüsterte ihr etwas ins Ohr, worauf die, lauter als zuvor, zu schluchzen begann. Er küsste sie auf den Scheitel und schaute ebenso demütig als auch wütend zu Inka und Mark.

»Gehen wir«, sagte er zu den Kommissaren. Seine Stimme klang leise, wie ersticktes Stöhnen. Er wusste, er hatte verloren. Er streckte die Hand zu seiner Frau aus, wartete, bis sie sie ergriff, und zog sie dann an seine Seite. Mit aufrechtem Gang ließ er sich von Mark zu den Kollegen führen, die sich vor der Kellertür postiert hatten.

68

Vor dem Haupthaus wartete Fritz Lichtmann auf seine Mitarbeiter.

»Was treibst du denn hier?«, fragte Inka ihren Chef und eilte vor Mark die Eingangsstufen hinunter. Mit kurzem Blick sah sie Konstanze und Arno von Hofstetten nach, die mit gesenkten Köpfen von den Kollegen zu den Streifenwagen geführt wurden. »Solltest du nicht mit Charlotte im Liegestuhl lümmeln und bei braungebrannten Schönheiten in Baströckchen Cocktails ordern?«

Fritz Lichtmann lachte auf. Er hatte das entspannteste Lächeln auf dem Gesicht, das Inka je bei ihrem Chef gesehen hatte. Seine Augen funkelten vergnügt, und er schien in den paar Tagen Urlaub um Jahre verjüngt, was sicher auch an seiner unüblichen saloppen Kleidung von Jeans, Karohemd und lässig über die Schulter gelegtem Pullover lag.

»Ach, mir war zu heiß auf den Fidschis, und da habe ich gedacht, ich schau mal, was die Lüneburger Heide Neues bietet.« Er grinste. »Nein, ehrlich, ich hab am Freitag auf der Wache angerufen, hm«, sagte er und schmunzelte, »jetzt weiß ich gar nicht mehr warum. Wie auch immer, auf jeden Fall hob euer neuer Kollege Amselfeld ab, und wir kamen so ins Plaudern.«

»Und er hat dir natürlich sofort brühwarm durchs Telefon gezwitschert, dass wir einen Fall haben.« Inka stemmte die Hände in die Hüften. »Was bildet der Vogel sich ein, dich im Urlaub zu stören? Der hat wohl das Überflieger-Syndrom.«

»Alles gut, Inka, beruhige dich, übermorgen wären wir sowieso nach Hause gekommen. Aber sagt, das mit Arno ist ja wirklich ein Ding.« Er sah von Inka zu Mark, die zustimmend nickten. »Es ging ja schon lange das Gerücht, dass er finanziell mit dem Rücken an der Wand steht. Aber wer hätte gedacht, dass seine Dämonen ihn so weit treiben, dass er Menschen ermordet. Amselfeld«, Lichtmann kickte das Kinn Richtung Rasenfläche zu dem Kollegen, »sagte, es ging um Ferienwohnungen?«

»Ja«, erwiderte Inka. »Arno hat sich mächtig verspekuliert und über Jahre geschwiegen, alle Sorgen und Schulden pflichtbewusst auf seinem Rücken allein getragen. Als Femke und Lukas sich verlobten, dachte er, mit der Fusion von Deerbergs und seinem Hof wäre er aus dem Schneider. Doch Lukas hofierte als heißer Kater die Patientinnen des *Seerosenhofes* und verschob die Heirat Monat für Monat. Arno musste Insolvenz anmelden und befürchtete, mit seiner Familie auf der Straße zu landen und zum Gespött des Dorfes zu werden.«

»Das ist ja ungeheuerlich. Ich bin Jahrzehnte im Job

und habe gedacht, dass mich nichts mehr erschüttern kann, aber ...« Lichtmann holte tief Luft. »Wusste Konstanze von den Morden?«

»Sie sagt nein. Angeblich schrieb sie nur die Drohbriefe, mit denen die beiden Ludwig Wesel unter Druck setzen wollten, damit Lukas' Schlaraffenland geschlossen wird. Aber das können wir ihr nicht beweisen.«

»Was wird aus den beiden, Konstanze und seiner Tochter meine ich?«, fragte Sebastian, der sich inzwischen zu den drei Kommissaren gesellt hatte.

Inka zuckte die Schulter. »Konstanze kommt wohl mit einer Geldstrafe oder Bewährung davon. Aber um die beiden mache ich mir keine Sorgen, die beißen sich durch. Arno wird wohl länger auf seine Freiheit verzichten müssen«, sagte Inka und warf einen verträumten Blick Richtung Heidelandschaft, wohin sich Sir Galando aus dem Staub gemacht hatte.

Für meine Leser

Undeloh ist ein kleines verträumtes Kutscherdorf in der Lüneburger Heide. Ungefähr eine Autostunde von Hamburg entfernt. Hier können Sie wandern, reiten, Kutschfahrten unternehmen, Pilze sammeln, stöbern in *Heitmanns Hökerladen*, die Ruhe bei endlosen Wanderungen genießen und in Heidschnuckenbraten und Buchweizentorte schwelgen.

Ganz gleich, was Sie auch tun, lassen Sie es sich gutgehen.

Die psychosomatische Einrichtung *Seerosenhof*, das Hofstetten-Gestüt, Deerbergs-Gutshof und den Sundermöhren-Biohof können Sie leider nicht besuchen. Diese Orte sind, wie auch all meine Figuren und Handlungen, aus meiner Phantasie entstanden.

Danksagung

Heidefeuer ist das erste Buch, das ich als Auftragsarbeit geschrieben habe. Oje, ging mir als Erstes durch den Kopf, als ich meine Unterschrift unter den Vertrag des Ullstein Verlags gesetzt hatte. Wie sollst du das nur schaffen? Was ist, wenn dich eine Schreibblockade heimsucht? Dir irgendetwas dazwischenkommt und du den Abgabetermin nicht einhalten kannst.

So ging das nicht! Ich musste den Kopf frei bekommen! Mich frei machen von Möglichkeiten, die passieren könnten, wenn …

Aber wer kann das schon so einfach.

Doch ich hatte keine Wahl, musste mich der Herausforderung stellen, wollte ich meine Selbstzweifel besiegen.

Eine ungewohnte, aufregende und auch beängstigende Zeit begann, denn bisher hatte ich meine Romane immer bereits fertig geschrieben einem Verlag angeboten.

Monat für Monat verging und einige meiner Befürchtungen traten ein, doch ich habe es geschafft!

Und wie nach jedem abgeschlossenen Werk schulde ich vielen Menschen, die an mich geglaubt, mir Vertrauen und Wissen geschenkt haben, herzlichen Dank.

So auch Günter Heise, der vor sieben Jahren auf einer Literaturveranstaltung meinen Weg kreuzte. Danke, Günter, dass ich Dich als liebgewonnenen Freund bezeichnen darf und Du mit Ruhe und Gelassenheit mein eifrigster Testleser geworden bist.

Ein lieber Dank geht auch an das Betreiberehepaar Parpart des Hotels *Zum Heidemuseum* am Wilseder

Berg, für die zahlreichen Auskünfte über den Hotelbetrieb.

Ein Undeloher Kutscherbetrieb, dessen Betreiber namentlich nicht genannt werden möchte, verriet mir viele Insiderinfos über das Undeloher Dorfleben. Ich danke Euch.

Ein Dankeschön geht an Rainer Bohmbach, Polizei-Hauptkommissar der Polizei-Pressestelle Stade, der mich geduldig mit gesetzlichen Auskünften und rechtsmedizinischen Recherchen versorgt hat, die für dieses Buch nötig waren.

Meinem Mann sage ich Danke für sein endloses Verständnis, wenn ich vor lauter Schreiben die Welt um mich herum vergaß und er Abend für Abend allein verbringen musste.

Doch diese Danksagung zu schließen, bevor ich nicht dem Ullstein Verlag gedankt habe, ist undenkbar.

Ich danke allen Mitarbeitern in Vertrieb, Graphik, Marketing, Helfer und Helferinnen, die *Heidefeuer* mit ihrer großartigen Professionalität zum Brennen gebracht haben.

Besonders gilt mein Dank meinen Lektorinnen Nina Wegscheider und Louisa Pagel, ohne deren präzise Kommentare und Ideen ich manchmal einem Irrlicht hintergerannt wäre.

Sollten Sie, lieber Leser, auf Fehler oder Ungereimtheiten in diesem Buch treffen, dann bitte ich um Entschuldigung, aber bitte Sie auch, dass Sie allein mich dafür verantwortlich machen.

Angela L. Forster, September 2015

Christiane Dieckerhoff

Spreewaldgrab

Kriminalroman.
Taschenbuch.
Auch als E-Book erhältlich.
www.ullstein-taschenbuch.de

Abgründe im Spreewald ... Klaudia Wagner ermittelt in ihrem ersten Fall

Polizistin Klaudia Wagner lässt sich vom hektischen Ruhrgebiet in den idyllischen Spreewald versetzen. In Lübbenau ist es allerdings wenig beschaulich. Zwischen den Kanälen und Fließen verbergen sich Geheimnisse und nie vergessene Schicksale. So auch in ihrem ersten Fall: Ein Unternehmer wird tot aufgefunden, seine Geliebte ist verschwunden. Dann findet Klaudia das Skelett einer jungen Frau. Regen und Nebel ziehen im Spreewald auf, und Klaudia droht, sich bei den Ermittlungen selbst zu verlieren. Sie muss erkennen, dass die Idylle eine teuflische Kehrseite hat.

»Die Sprache: Außergewöhnlich. Die Handlung: Verstörend. Die Figuren: Undurchsichtig. Alles an diesem Buch macht Lust auf mehr.«
Arno Strobel

Christof A. Niedermeier

Waidmanns Grab

Kriminalroman.
Taschenbuch.
Auch als E-Book erhältlich.
www.ullstein-taschenbuch.de

Zehn kleine Jägerlein ...

Als Koch muss man wissen, woher das Fleisch kommt, das man serviert. Das findet jedenfalls der Jägerstammtisch, der sich wöchentlich in Jo Weidingers Restaurant trifft. Der junge Koch lässt sich überreden, an der nächsten Jagd in den Wäldern des Rheintals rund um die Loreley teilzunehmen. Plötzlich wird einer der Jäger von einer Kugel niedergestreckt; die Polizei geht von einem Querschläger aus. Nur Jo ist sich sicher, dass das tödliche Geschoss aus einer anderen Richtung kam. Er beginnt auf eigene Faust zu ermitteln. Und dann wird auf einem Hochsitz der nächste tote Jäger gefunden ...